# 食夢先生

Dream Catcher

南疆卷

金子息・著

# 目錄

# Chapter 01

# 雪擁藍關

# 1

自古鬼怪無影無形，只能通過夢境攪擾人心。而我恰巧與以噩夢為食的妖獸結伴，進入他人夢境驅散作祟的妖邪，並以此收取一定的錢財為生。

因此，我被人稱作「食夢先生」。

車轍聲伴隨著呼嘯而來的風雪撩起馬車的側簾，文溪和尚急忙抬手拉緊了簾子，將栓扣重新繫好，避免那夾雜著冰粒的寒風鑽入溫暖的車廂。一旁的靈琚側身躺在嬴萱的懷抱裡，二人靠在一起取暖，隨著馬車搖擺的韻律淺眠。

我坐在另一側，從窗子的縫隙裡看著不停後退的道路，輾壓在雪地上長長的輪印，宛如兩條翩躚的絲條纏繞著縱橫千里、粗鹽般大小的冰粒倏忽鑽入我的鼻孔，讓我重重地打了個噴嚏。入冬了。我們如同南下避寒的候鳥，一路奔波不停。

我從馬車車廂裡鑽出，拍了拍坐在馬夫身邊駕馬的雁南歸，示意他進來休息。馬車已經連續跑了三天，即便是像車夫這般包裹著夾棉的大襖，這刺骨的寒風也能將人的骨頭給吹透。可雁南歸卻搖搖頭，執意要留在外面。

無奈，我見他穿得單薄，只好將自己的裘襖披在他身上，繼而轉身回到車廂中，隨著馬車毫無規律地搖擺起來。

我們要從衛輝南下直抵湘西，到一個名為瀘溪的小鎮。由於距離較遠，像我們這般日夜兼程馬不停蹄地跑，也要跑上個十天半月。身上的錢全都用來雇馬車，因此一路上我們也沒有吃過一頓飽飯，單憑乾糧窩頭充饑。

瀘溪位於酉水中游和武陵山脈中部，是湘西最大的苗族聚集地，那裡的苗人都保留著最原始的生存狀態，也是最善於製蠱的群族。

我們在衛輝了結血莧一事後，在血莧最後殘存的記憶裡發現了文溪和尚妹妹的身影。子溪一頭齊耳短髮，手持圓刀，身著黑衣，被血莧利用毒蠱控制其意識帶到了一座湘西風情的吊腳樓中，交給了一名瘦弱蒼白的黑袍男子。而那記憶中的吊腳水樓頗具苗疆風格，山寨中成片的竹樓有著十分明顯的地域特徵，因此，為了找尋那座陰森的吊腳樓，我們便決定動身前往湘西。

去瀘溪，其實還有另外一個目的。據文溪和尚說，那裡有一群善於製蠱的老一輩苗人，血莧在我身體裡埋下的毒蠱還未徹底清除，因此我們前往瀘溪，也是為了尋一製蠱高手替我解除體內毒蠱的侵擾。

由於我的身體在夢演道人的幫助下獲得重生，雖毒蟲未除，可牠在我的體內並沒有什麼要命的影響。只不過牠會使我時常暈厥，還伴隨劇烈的心絞痛，著實不怎麼好受，這麼拖下去也不是辦法，正好湘西為毒蠱發源地，我也就沒有拒絕文溪和尚的提議，攜家帶口地一同奔赴瀘溪。

在血莧的記憶中，吊腳樓中那名身著黑袍的羸弱男子，正是鬼豹族四長老之一的鬼臼。據傳，鬼臼身體虛弱不堪，卻善於玩弄心計，或許從他的身上，我還能找到我師父與鬼豹族糾纏的原因，搞清楚中公豹後人為何視姜潤生為宿敵，弄明白我師父為何要幫助朱雀族保護天暠不被鬼豹掠奪，進而查出他失蹤的真相。

帶著這所有的「或許」，我們不顧險阻，風雨兼程。

誰知剛行了三日，恰逢大雪，風雪阻了秦嶺山路。在車夫的堅持下，我們不得不停下腳步，在藍關古道休整調息，待風雪停歇再度上路。

雲橫秦嶺家何在，雪擁藍關馬不前。

我懷抱暖爐站在客棧窗前，遙望那封山的大雪，忽然想起了夢演道人曾對我講述的，與我師父在雪中對飲的情景，不禁心有所動。

「嬴萱，去溫一壺酒，咱們也暖暖身子吧。」我轉身朝著正在鋪床的嬴萱說道。

天寒大雪，不如小酌。

我們在迴廊中支起一張桌案，各自懷抱暖爐披著大襖坐下，溫熱的黃酒順著喉嚨鑽入之前被寒風灌得麻木的胸腔，凍得僵硬的身子逐漸暖和了起來。雁南歸喝得不多，只是輕輕抿了幾口便帶著靈琚回屋，生怕這飄落的大雪把小丫頭給凍壞了。嬴萱喝得最起勁，我和文溪和尚都還沒盡興，酒壺便已經見了底。

無奈，我和文溪只好作罷各自回到房間。嬴萱這個死女人也不知道哪根筋搭錯了，仗著酒勁嚷嚷著非要幫我們洗衣服，還找掌櫃的要來了針線，似乎是要縫縫補補一通。

沒辦法，外面的雪還在下，我們一直趕路也都沒有怎麼休息，倒不如趁此機會把該準備的給好好置辦一下。「野鳥」似乎不怕冷，到院子裡找了個磨刀石便坐下卡卡地打磨起自己的青鋼鬼爪來。文溪和尚帶著靈琚，在房間裡將之前的草藥進行研磨，摻了蜂蜜製成便於攜帶的藥丸。我閒來無事，拗不過死女人的直脾氣，於是脫下了自己那破爛不堪的灰布長袍丟給嬴萱，披了件大襖到客棧裡轉悠轉悠。

由於大雪封山，今日投宿的人格外多。

客棧前廳坐著一些車夫，看樣子都是因為天氣的原因而不得不在此停歇。我要了碗茶，不動聲色地坐在角落裡，豎起耳朵聽他們打發時間的閒扯。

車夫來往於各個城鎮，他們的消息往往是最靈通的，指不定我能得來什麼有用的情報。我一邊小口嘬著大碗茶，一邊捕捉我需要的信息。

聽來聽去都是一些無關緊要的事情，直到我注意到同樣坐在角落深處的一抹白色身影，那身影似乎有些眼熟，可當我定睛看去的時候，那裡卻空無一人。

眼花了？我揉揉眼睛，卻被身旁人的話語打斷了思路。

「天氣這麼反常，不會又是玉精出來搗亂吧？」

# 2

我放下手中的茶碗轉頭看去，只見兩名剛剛進屋的車夫，熟識地和眾人寒暄片刻後坐在了我的身旁，故意壓低了聲音討論道。

「誰知道呢，不過看這大雪的架勢，八成是沒跑了。」那車夫坐下後一臉惆悵地抱怨著。

我正好奇剛要開口詢問，那兩名車夫似乎是注意到了我，上下打量我一番後好心地詢問：「這位也是來採玉的？」

我一愣，隨即想到這裡剛巧是位於秦嶺北麓的藍田關口，正是出產美玉的寶地。古稱上等美玉為「球」，次玉為「藍」，這裡因盛產次玉，故名藍田。而我們前往南疆所走的主路，正是以此命名的藍關古道。

我笑著搖搖頭：「路過而已，大雪封山，只能在這裡等老天爺脾氣順了再起程。」

車夫聽我這麼說，一副了然於胸的樣子，他擺擺手：「什麼老天爺，我們常在這一道跑，這個季節秦嶺很少有這麼大的雪。」

「就是，」另一位車夫接話，「這大雪根本就是想封了那些採玉人的財路。」

我聽他們似乎是話裡有話，便順嘴問道：「怎麼個說法？」

車夫看我並不像是來採玉，於是打開了話匣子：「我們這裡啊，怪得很。雖說產玉不少，但也都是一些次玉，往往賣不上什麼好價錢。可是說來奇怪，從前幾年起，每到冬天下雪的時日，就會有不少人從籽料裡開出上好的美玉，直接賣給官路，賺了不少錢。」

「這不是好事嗎。」我聽了笑笑。

車夫搖頭，兩眼一橫道：「什麼好事……你聽我說完。那些美玉在藍田開鑿出來的時候沒任何異樣，就連那些經驗豐富的鑑寶人都說是千年難得一見的上品。可你猜怎麼著，這些上等玉只要轉手賣給了下家，人家扛回去不出兩天，就變成了一塊兒通透的冰，眨眼工夫就化成水了。」

「什麼？」我詫異地確認。

車夫點頭：「千真萬確，那些美玉只要出了我們藍田地界就會變成普通的冰，但下家又沒有證據，分明從這裡運出來的時候是完好的美玉，於是只能打碎了牙往肚裡吞，就當是看走了眼，做了賠本生意唄。」

另一個車夫也點點頭說道：「所以啊，人們就盛傳這藍田出了個玉精，把普通的冰塊變成美玉來騙取買家的錢財。」

我聽得莫名其妙：「既然知道這樣，那在下雪的時候就不要去採玉，這樣不就沒問題了？」

車夫撇撇嘴：「人啊，歸根結底一個字，貪！」

旁邊的車夫也拍了拍我的肩膀：「小兄弟你還太年輕，你想想，那開出的極品美玉，可是要比那些次玉貴了不止十倍的價錢。採玉的為了賺錢自然不會放過這下雪的好機會，因為他們知道，就算最後變成冰塊，反正錢也拿到手了，和他們沒一點兒關係。」

「但是，那些買家明知道……」我反駁。

「買家？買家更貪心！他們都是些買進賣出的中間人，低價收籽料回去加工，像這樣品質極佳的美玉，收回去請個師傅雕刻成工藝品，那價格可就翻了不知道多少倍。所以他們寧可花大價錢去冒險，就跟賭石的性質差不多，萬一碰上了真正的美玉，之前吃的虧又算什麼？」車夫輕蔑地笑笑，對我搖頭。

我無奈地笑笑，反正一個願打一個願挨，與我也沒什麼干係。閒聊片刻後時間也不早了，我裹了大襖起身準備回屋。剛拐進房間的走廊，卻聽見屋子裡熱熱鬧鬧的。我有些奇怪，放輕了腳步站在門口，透過門縫往裡面看去。

贏萱已經將衣服洗乾淨並且拿在火爐上烘乾，似乎是要準備縫補，可她卻不知道抽什麼風，拎著我的灰布長袍穿在自己身上，鬆鬆垮垮的袍子遮擋住她那凹凸有致的身軀，看起來有些好笑。

靈琚坐在床邊正開心地拍手嚷嚷著：「噢，師娘變師父啦！」

贏萱也不知道是喝多了還是怎樣，隨手將房間角落裡的雞毛撣子握在手中，學著我的模樣單手在空中胡亂劃了幾下，然後猛然揪下一根雞毛抬手扔向空中：「陰陽破陣，萬符通天！」

我一愣，臉瞬間黑了下來。

贏萱得寸進尺，抬手將雞毛撣子揮向那凌空的雞毛，氣勢洶洶地單腿一收，金雞獨立地亮了個相：「火鈴符，破！」

「哈哈哈哈，師娘好棒！啊，火燒到靈琚屁股啦！」小丫頭倒是配合，開心地捂著屁股在床上翻滾著。

「妖精，哪裡跑！看老娘不把你生吞活剝烤熟了吃！」贏萱把雞毛撣子丟在一邊，上前去撓靈琚的腋下，兩人鬧作一團。

實在是看不下去，我清了清嗓子推門而入。

「幹什麼呢？」我壓低聲音，試圖打斷她們的玩鬧。可是她倆似乎根本沒注意到我的存在，嬴萱那死女人更是反手抓起地上的雞毛撣子瘋狂揮舞起來。

「吃我一個那什麼什麼符！」嬴萱猛然抬手。

我一個躲閃不及，叫那雞毛撣子一下子戳在了左眼上。我痛得直不起腰來，捂著左眼扯著嗓子嚷道：「死女人，你幹什麼呢！」

嬴萱回頭看到我，趕緊吐了吐舌頭，脫下我的長袍拎起靈琚一溜煙就不見了。

我眼眶疼得發麻，不住地流淚，根本沒工夫去追她們。我坐在床上沒好氣地收起袍子披在身上，氣得連喝水端杯子的手都在發抖。

靜下心來，一股清甜的香味鑽入了我的鼻孔。

我低下頭嗅了嗅，正是從我的灰布長袍上散發出的味道。想到剛才嬴萱穿著我衣服的情景，我的臉突然有些發燙，急忙站起身打開窗，讓寒風鑽進來沖散這女人留在我衣服上的味道。

這死女人……一招一式學得還挺有模有樣……我不禁挑起了嘴角。

呸呸呸！我趕緊把自己糟糕的念頭打斷，剛要端起杯子喝水，卻被從窗子外面衝進來的雁南歸給撞了個滿懷。

杯子掉落在地，我也一屁股坐在了地上。

「幹什麼呢幹什麼呢！一個個都瘋了？」我呵斥著站起身，「就不能好好走門進來嗎！」

誰知眼前的雁南歸雙眸低沉地看著我，似乎是有什麼急事才這般衝撞，不等我問，他便抬手猛然抓住我正在擦身上水漬的手腕：「姜楚弦，文溪變成玉了。」

# 3

「什麼？」我以為自己聽錯了，皺眉看向眼前的野鳥。

雁南歸猶豫片刻，還是如此說道：「就是……字面意義的，變成了玉。」

之前車夫的談話突然提醒了我，我一驚，趕緊讓他帶路。野鳥一邊帶我往那邊走，一邊將詳細情況告知了我。

「我在院裡看他端著盆洗衣服的水出來倒在樹後，卻又半天不見他回來，覺著奇怪，到樹後一看，他就這副模樣了。」雁南歸腳程很快，話剛落就已經帶我來到了現場。

只見眼前的文溪和尚模樣沒有任何的改變，只不過通體變成了剔透的美玉，如同一尊寶玉的雕像。

我上前敲了敲文溪和尚的身子，根本就是沒有任何生命跡象的普通玉石，冰涼而堅硬。

雁南歸用他那冰冷的眸子掃視一眼，蒼白的臉頰上沒任何情緒波動，肩頭的黑色鎧甲落了一些碎雪，如同是臥在肩頭的白貓。而雪落在他那一頭銀髮上，卻融為一體，根本不見蹤跡。他看我沒有動靜，有些擔憂地問道：「怎麼辦？」

怎麼辦？還能怎麼辦，先扛回去再說。

野鳥二話沒說將這尊文溪玉雕小心扛在肩頭，生怕一不小心磕碰，讓文溪缺個胳膊少個腿什麼的。

回屋後發現嬴萱已經呼呼大睡，靈琚也躺在一旁睡得正香，看樣子是之前玩鬧得累了。我和雁南歸面面相覷，實在不知道該如何下手，眼前的文溪，怎麼看都像是個生硬的玉製雕像。

「對了，不如我化夢試試看，萬一文溪和尚的記憶裡有關於這件事情的經過，問題不就迎刃而解了？」我突然一拍腦門。

可是野鳥似乎並不贊同我的看法：「這副模樣……也能化夢？」

被野鳥這麼一問，我也有些猶豫了，只好拔開葫蘆蓋子，讓睡得昏天暗地的阿巴鑽出了老巢，舒展一下牠那柔軟彈性的身軀。

「啊哈——」阿巴從一縷黃煙化作獸形，剛一落地就打了個重重的哈欠，貓眼轉了轉，掃視著屋子裡的一切。

「怎麼，姜楚弦，又有什麼麻煩事嗎？」阿巴似乎根本沒注意到文溪和尚的異常，挪動牠圓潤的身子湊近，一臉疑惑地盯著我。

我抬手指了指身旁動作僵硬保持不動的文溪和尚：「這種情況，能化夢麼？」

阿巴順著我的手看過去，隨後又疑惑地轉身看著我：「你傻了？做食夢先生這麼多年，這種初級的問題還用得著問我？真是有夠麻煩的……」

我臉一沉，抬手狠狠戳了戳阿巴的腦袋：「給我好好說話！」

阿巴躲開我的手，迷茫的眼神中透露著疑惑：「姜楚弦，你到底怎麼了？」

我歎了口氣：「怎麼了？看不出來嗎？這傢伙變成了一尊玉雕，我問你能不能化夢看看到底發生了什麼。」

阿巴怔住，咧開牠的大嘴驚訝地看著我和身旁的雁南歸：「玉雕？是我瞎了還是你倆傻了？這麼個活生生的人站在這裡，你倆說這是玉雕？窮瘋了？」

這下換我和雁南歸迷茫了。

「這……」我上前敲了敲文溪的身子，脆生生的聲響讓我更加疑惑，「這分明就是玉石的聲響，你怎麼會說是大活人？」

阿巴似乎注意到了事情的蹊蹺，走上前蹭了蹭文溪和尚的身子，隨即轉頭看向我：「出問題的不是他，是你們。」

雁南歸似乎意識到了什麼，突然閉上眼湊近了玉雕的文溪和尚，屏氣凝神片刻後，一臉凝重地抬頭看向我：「的確如此。」

「到底怎麼回事？」我看事情有些複雜，急忙催促。

阿巴不緊不慢地扭動身子到我旁邊，慵懶地開口道：「我眼裡的這個花和尚十分正常，只不過是像被抽了魂兒一樣失神站在這裡。」

雁南歸點頭：「不錯，文溪身上確實有心跳。」

我揉揉眼反駁：「可我看他明明就是個玉雕。」

雁南歸似乎有什麼想法，轉身搖醒了一旁睡著的嬴萱。嬴萱睡眼矇矓地坐起來，剛一看到文溪就大叫一聲「媽呀」，撲上去就動手動腳起來。

「姜楚弦你行啊，哪兒弄來這麼大一尊玉雕？這得值多少錢？哎，不對，這怎麼像雕的文溪的那張臭臉？」

我上前拉開嬴萱，向雁南歸投去疑惑的目光。

「雪。」雁南歸低頭沉思片刻，緩緩說道。

我猛然醒悟過來，加之剛才那些車夫的討論……不錯，有問題的根本不是文溪和尚，而是這場莫名的大雪。

「我知道了。阿巴一直睡在葫蘆裡，沒有接觸到外面的雪，因此沒有受到任何影響。而我們幾人都多多少少淋了雪，有邪祟通過雪將噩夢根植於我們的意識之中，擾亂了我們的視覺，把文溪看成了玉雕。」我將自己想到的因由說了出來。

嬴萱顯然還沒弄明白到底發生了什麼，當然也是因為沒睡醒，迷迷糊糊地問道：「什麼？」

我將之前在客棧前廳聽到的關於「玉精」的事情告知了雁南歸，他聽後果然做出了和我一樣的判斷：「根本不是從籽料裡開出了上好的美玉，那些美玉從始至終就只是普通的冰塊而已，只不過那些商人和我們此刻一樣受到了這場藍田大雪帶來的噩夢的影響，而將冰塊看作了美玉，因此那些商人只要出了藍田地界，離開了大雪帶給他們的噩夢，視覺便能恢復正常，而那原本就是冰塊的『美玉』，也就自然融化掉了。」

推斷至此，我也緊跟著鬆了口氣。幸好只是噩夢擾亂了視覺，如若不然，文溪和尚這麼個活生生的人突然變成沒有生命的玉石，才是最讓人擔憂的事情。

「那現在怎麼辦？」嬴萱雖然還沒聽太明白，但仍舊擔心地看向我，似乎是在等我的決斷。

「還能怎麼辦，誰能知道是這場大雪搞的鬼，現在連我都中招了，估摸著肯定又是個通連的噩夢，隨便找個人進入他的夢境，把背後作怪的邪祟給收了，問題自然就解決了，你說是不？」我轉身看向阿巴。

阿巴一副愁眉苦臉的模樣：「又是這麼個大規模的夢境，姜楚弦，你是要累死我。」

我笑笑，摸出青玉笛敲在牠頭上：「如此盛宴，你這麼貪吃，怎麼會錯過呢？」說著，我便吹響了青玉短笛。

# 4

阿巴帶著我和雁南歸還有嬴萱一起進入了文溪和尚的夢境，一陣強烈的眩暈和墜落感之後，我們三人便來到了這場與藍田村民通連的夢境之中。

夢境中居然是一片蒼茫的冰雪之城，不愧是通過雪花來散播噩夢。皚皚白雪遍布，散落飄零的雪花像是墜入凡間的碎星，冰雕的巨型階梯綿延伸向遠方，盡頭是一座氣勢恢宏的冰砌堡壘，晶瑩的冰面反射出耀眼的光芒，如同光明的城堡。而我之前在客棧見到的那些車夫，此刻都整齊地並排坐在那層層台階之上，當然也包括文溪和尚和靈琚。除此之外，台階上還有許多陌生的面孔，看樣子應該是藍田的玉石商人和無辜的村民。他們人人手捧一輪晶瑩剔透的圓形玉鏡，表情安詳地凝視著。

我警惕地抽出玄木鞭，掃視四周，發現並沒有什麼危險，便走向了冰雕的階梯。

「姜楚弦你要小心，別忘了你們三人其實也中了招。要時刻保持清醒，如果不小心意志動搖，就會像那些人一樣無法自拔。」阿巴圍繞在我耳邊好心提醒我，我伸手摸出了胸口的天眼，看著它光滑白亮的狀態，定了定神。

阿巴說得不錯，這裡雖然是文溪和尚的夢境，但畢竟與藍田所有人的夢境都相連，加之我們三人身上早已因為接觸過大雪而被埋下噩夢，如果對方出其不意，我們很容易迷失在其中。我和雁南歸還好，我有天眼護身，野鳥洞察力極強，就是這個死女人比較麻煩。想到此，我不得不伸出手拉緊了嬴萱的手腕，她愣了愣，卻沒有拒絕。

我們走近了夢境中的文溪和尚，我低頭看了看他手中捧著的玉鏡，那晶瑩的圓盤如同鏡子般剔透，只見文溪和尚癡迷地看著玉鏡中呈現出的幻景，面帶微笑，根本沒有意識到我們的靠近。

我壓低了身子朝他手中的玉鏡看去。

只見文溪的玉鏡之中竟呈現了一幅十分美好的影像，短髮女孩歡笑著挽起他的手臂，在花海中奔跑著玩鬧，那正是他與他妹妹子溪小時候的樣子。而文溪和尚則津津有味地捧著玉鏡，看得出神。

「看來，這是能迷惑人心的玉鏡。你們小心點，不要被它擾亂了心智。」我提醒道。

這裡的每個人都被自己手中玉鏡所呈現出來的景象吸引，每個人看到的畫面都有所不同，卻都是他們目前最為渴望的事情：身纏萬貫、富甲一方、子孫滿堂、升官發財、步步高升……每個人最渴望得到的東西，都被這明鏡般的玉鏡照得一清二楚，從而讓他們迷失其中。

我正要感歎這人性的弱點，卻感到手裡抓著的手腕有些顫動。

我轉身看去，卻見嬴萱正在試圖掙脫我的手往台階高處走去。而那台階盡頭的堡壘上正堆積著小山般的玉鏡，和這些人手中拿著的一模一樣。

「不能去看那個！」我手腕一發力將她拉回到身邊。這死女人果然是受到了之前雪花的影響，意志力驟減，一上來就著了道。

誰知道嬴萱卻像是著了魔，雙眼發光，甚至有些興奮地看向我：「喂，姜楚弦，你難道不想知道，你會從那玉鏡裡看到什麼嗎？說不定，就是你最想知道的秘密呢？」

嬴萱此話一出，我便突然有些動搖。

是啊……如果這些玉鏡能照出我內心最渴望的東西，那麼說不定，我能從裡面看到我師父的秘密？

我的師父現在在什麼地方？他和我到底是什麼關係？我為什麼會從古墓中誕生？我們的壽命為何是不多不少的一百年？所有的問題瞬間衝擊著我脆弱的神經，讓我原本堅定的決心有所動搖，竟神不知鬼不覺地跟隨贏萱的腳步往台階上走。

剛走了沒幾步，我被身後的雁南歸一把鉗制住了肩膀。他猛然發力，力道極大，肩頭鑽心的疼痛讓我猛然清醒。

可也就是因為這麼猛然的刺痛，我的手剛一鬆開，贏萱便頭也不回地往台階高處跑去。

「謝了。」我回頭對野鳥道謝，隨即上前一把抓住贏萱垂在身後的辮子阻攔她的腳步。可是她仍舊不厭其煩地用了那個奇怪的動作，一彎腰脖子向後一挺，辮子便從我的手中掙脫。

「哎，你給我站住！」我氣急敗壞地跟在贏萱後面，可她根本不管不顧，徑直衝向台階頂部，隨手就抄起了一枚散落在地的玉鏡。

「住手！」我一躍而起，卻根本來不及阻攔。

只聽得唰的一聲，雁南歸便從我的頭頂側身躍起，速度極快地朝著贏萱的方向衝去，同時抬起了青鋼鬼爪瞄準了贏萱手中的玉鏡。

啪——

清脆的碎裂聲傳來，贏萱手中剛剛捧起的玉鏡，被雁南歸迅速劈成兩半。而贏萱像是猛然醒悟過來一樣，按著太陽穴表情痛苦地蹲下身子。

我急忙上前扶起她：「沒事吧？」

贏萱抬頭看來人是我，突然臉一紅，一把將我推開，神色慌亂地站起身背對著我，吞吞吐吐地說：「沒……沒什麼……」

我有些奇怪，低頭看看那面破碎的玉鏡，卻什麼都看不到。

「你在裡面看到什麼了？」我看嬴萱臉色不太好，臉頰上的紅暈像是飄落在雪地上的花瓣，於是我上前像往常一樣拉她，可她卻更是漲紅了臉，一把甩開我的手往反方向跑去。

我一臉迷茫，轉頭看了看雁南歸，企圖從他那兒得到解釋，畢竟他方才躍起的時候肯定看到了嬴萱手中玉鏡的影像。可誰知這野鳥根本沒有要和我解釋的意思，還一改平日面癱的模樣，一臉笑意地搖搖頭跟上了嬴萱的腳步。

什麼玩意兒……我一腳踢開玉鏡的碎片，撇撇嘴跟了過去。

# 5

啪的一聲脆響，先行走上前的嬴萱率先抬手打碎了文溪和尚手中的玉鏡，文溪神情恍惚片刻，同樣是一臉迷茫地站起身：「子溪呢？她去哪兒了？」

「拜託大哥，這都是鏡子裡面呈現出來的幻象罷了。」嬴萱不屑地解釋道，卻絲毫不記得剛剛到底是誰差點中招。

我沒好氣地上前一拳捶在文溪的肩頭：「老實交代，你幹了什麼壞事，竟然被人變成了玉石雕像？」

文溪皺眉回憶：「我沒幹什麼啊，就是在院子裡看到一個漂亮的小姑娘，剛想著……」

「你個花和尚不會又去招惹良家少女了吧?!」嬴萱雙目一沉。

文溪心虛地擺手笑道：「怎麼會，我只不過上去搭了個訕而已。」

「鬼才信你！」我沒好氣地說，要不是你對人家動手動腳，人家至於把你變成玉雕麼？不過文溪的話讓我有些疑惑，難道營造這通連噩夢的罪魁禍首，是個普普通通的小姑娘？

我沒細想，轉頭將靈琚手中的玉鏡也擊碎，小丫頭年歲還小，體力似乎有些透支，玉鏡碎後便身子一歪昏倒過去。雁南歸上前抱起靈琚，將她安頓在角落，卻突然轉身抽出青鋼鬼爪，猛然擋在了我的身前。

「小心！」雁南歸迅速出招，一道白光閃現，一枚突然飛起的玉鏡朝我們徑直飛來，雁南歸的鋼爪一擋，雙方碰撞出尖銳的聲響，玉鏡也因此更改了運行軌跡，掉落在一側。

我們迅速進入警戒狀態，可是這些玉鏡突然的運動毫無規律可言，它們從四面八方飛起，又從不同的角度朝我們旋轉著飛馳而落，因高速旋轉，那本就單薄的圓盤邊緣變得更加鋒利，稍有不慎就被割破了手臂。

我們四人背靠背各自面朝一個方向阻擋飛舞的圓盤，可即便是被擊落，那些玉鏡卻還會再次懸浮，重新旋轉著攻向我們。

「這樣不是辦法！我先撐住，南歸，你想辦法找出背後操縱這些玉鏡的人。」文溪和尚擊落一枚玉鏡後說道。我領會了文溪的意圖後便上前護住他，讓他騰出工夫雙手結印，一道橙紅色的光芒瞬間籠罩在我們四人身上，強大的防禦結界阻隔了玉鏡的攻擊，雁南歸也趁機收手，半蹲在地上閉起了眼睛。

「衝擊力太大，你抓緊時間！」文溪咬緊牙關撐住，回頭對雁南歸說道。

玉鏡碰撞守護結界的聲響清脆而劇烈，感官發達的半妖雁南歸集中精力捕捉空氣中任何一絲可疑的聲響和氣味，就在文溪額角冒汗將要支撐不住的瞬間，雁南歸猛然睜眼起身，趴在嬴萱的耳邊低語片刻，嬴萱二話沒說抽出弓箭，朝著遠處台階盡頭的堡壘瞄準。

同時，雁南歸抬手猛然擲出青鋼鬼爪，劃過一道流線形軌跡朝著台階頂部飛去。

「萱姐，放箭！」雁南歸似乎在計算什麼，在青鋼鬼爪即將掠過堡壘時突然抬手發令。

嬴萱早已準備好，拉滿的弓猛然鬆開。箭羽如離弦的飛鳥準確朝著青鋼鬼爪的方向飛去，卻沒有瞄準什麼隱藏的對手，而是直愣愣朝著青鋼鬼爪飛去。

我正疑惑不解，就見弓箭精準地撞擊在了青鋼鬼爪上。由於受到上方弓箭力度的衝撞，鋼爪飛行的角度猛然發生轉變，垂直朝著冰砌堡壘後方飛去。我不禁開始佩服野鳥豐富的作戰經驗，這種利用撞擊而改變運行方向進而打到位於死角的對手的方法，還是第一次見。

也就是在同一瞬間，不停旋轉撞擊的玉鏡盡數停下掉落在地，碎成了一地的冰碴。

文溪和尚鬆了口氣，解開結界，我們便趁對手停歇的間隙朝著台階後面衝過去。

還……還真是個小姑娘？

她看上去不過十來歲的樣子，皮膚剔透如雪，似乎比雁南歸的蒼白還要白上一個色度，就連頭髮也都微微泛白，像是褪色的鬃毛。一雙充滿驚恐的眼睛上下打量著我們，顫抖著身子往角落裡面縮。她的腳邊掉落了一把短刀，自己肩頭被青鋼鬼爪劃傷，正往下淌血，染紅了刀刃。

「你……」我有些於心不忍，急忙撕開了自己的麻布圍巾幫她包紮傷口止血。她仍舊是顫抖著提防我們，蒼白的手指握成拳，因太過用力而關節分明。

「小姑娘，你叫什麼名字？這是怎麼一回事？」嬴萱畢竟是女人，她主動上前同這夢境的操控者攀談，可是不管我們怎麼說，她都一言不發，咬緊了牙關。

這可麻煩了。小姑娘雖然膚色偏白，與正常人相比確實有點奇怪，但既然文溪能在夢境外看到她，那說明她也不至於是什麼妖邪，如果貿然讓阿巴吞了，萬一這事情有什麼隱情也不好辦。

正在我們一籌莫展之際，蒼白的小姑娘突然彎腰拾起了掉落在地的短刀，沒有任何預兆地揮手朝面前的嬴萱砍去。嬴萱根本毫無戒備，誰能想到這樣柔弱可愛的小姑娘竟會這般有攻擊性？果不其然，嬴萱的手臂被短刀劃傷，方才掉落在地的玉鏡再次浮起高速旋轉起來。

「快躲開！」我上前將嬴萱揹在身上迅速後退，與那小姑娘保持了一定的安全距離。雁南歸及時護在我們身前，文溪和尚也及時結印做好了防禦的準備。

那小姑娘手持短刀，居然沒有理由地在無數飛速旋轉的玉鏡的庇護下，徑直朝我們攻了過來，可即便如此，她那蒼白的臉頰上仍然寫滿了恐懼。

「姜楚弦，你護好萱姐，我來對付她。」雁南歸將重新拾起的青鋼鬼爪套在手臂上，主動迎了上去。

我有些擔憂地一把拉住雁南歸的手臂：「可是對方只是個……」

野鳥似乎看穿了我的擔憂，表情有所舒緩地衝我點頭：「你放心，我這雙手臂不是為了成為屠戮的武器而存在，而是為了保護你們，保護靈琚。」雁南歸冷漠的臉頰上浮現出微弱的笑意，蒼白寡淡的皮膚透露著讓人安穩的光芒，我失神地鬆開了手，不由自主地想要去相信這名傷痕累累的少年的允諾。

雁南歸翻身上前迎上了小姑娘的短刀，刀刃相見，尖銳的聲響劃破天際。雁南歸的力道明顯是壓抑了幾分，控制在一個既能壓制對方卻又不至於傷及對方性命的範圍。

雁南歸蓬鬆卷曲的白色長髮上下飛舞，臉上堅毅的神情，讓我早已忘卻了那個曾經面對鬼豹族人恨不得將對手撕碎的、嗜血瘋狂的半妖。

所有人都在成長，誰說不是呢。

我放心地將後背交給雁南歸，在文溪的護送下把嬴萱揹到靈琚所處的安全角落，嬴萱手臂的傷口有些深，不及時處理等夢境坍塌後回到現實會更難痊癒，於是我叫文溪留在這裡給嬴萱做簡單處理，而我則前去支援雁南歸。

交代完畢，我剛邁出腳步走出冰砌的圍牆，幾枚玉鏡便急速朝我飛來。我側身一躲，雖躲過了前方的攻勢，卻絲毫沒注意到身後夾擊的玉鏡。

「姜楚弦趴下！」

野鳥的聲音從頭頂高處傳來，我急忙應聲蹲下，頭頂冷風倏忽劃過，鮮紅的血液便滴落在皚皚的雪地上，鮮紅色暈染開來，如同綻放的玫瑰。

# 6

雁南歸冷峻挺拔的身影擋在我的面前，右臂前曲，替我擋下了直逼我要害的玉鏡。鋒利的玉鏡如同機械的齒輪，硬生生插入了雁南歸的手臂，力道之大，幾乎要將他的整個右臂斬斷。

「野鳥你……」我抬起頭看著他的背影，震驚得說不出話來。

雁南歸卻根本不以為意，抬手將插入右臂的玉鏡拔出來丟在一旁，鮮血直湧的手臂像是失去了骨架的支撐，軟塌塌地耷拉在身側。他沒有理會自己斷掉的手臂，而是將右手的青鋼鬼爪取下裝在左臂，迅速做出了防禦的姿態。

「還記得嗎，這隻手，可是你救回來的，所以替你擋一下，正好兩清了。」雁南歸似乎覺察到身後的我還未從震驚中緩過神來，於是稍稍側身，語氣平緩地對我說道。

我……救回來的？

經他提醒，我猛然想起曾經在仙人渡鎮，靈琚將還是一隻燕雀的他從河水中打撈上來後，我將他折斷的翅膀接上並用樹枝固定的情景。

原來那個時候我無心的舉措，竟真的幫他治好了右臂。

所以說，這一切都是有因果輪迴的吧。俗話說，投我以木桃，報之以瓊瑤。我認了靈琚當徒弟後並沒有什麼可以教給她的東西，卻唯獨教會她一個道理，那便是幫別人的忙，別人自會摘柿子感謝你。自己曾經無意種下的因果，在關鍵時刻總會報答在自己身上。

我笑著搖搖頭站起了身，面前手持短刀的小姑娘操控著無數玉鏡向我們逼近，雁南歸拖著他受傷的手臂正欲上前攔截，卻被我猛然一把拉住，制止了他的腳步。

雁南歸疑惑地回頭看向我。

我將自己低垂的頭顱緩緩抬起，語氣中略帶戲謔地看向面前的雁南歸：「你現在只有一隻手，該怎麼履行你的承諾，談何保護我們、保護靈琚呢？」

雁南歸有所觸動，雙目微沉，面露難色。

「所以啊，」我慢慢抽出了背後的玄木鞭，站在雁南歸的右側，「從現在開始，我就是你的右手。」

雁南歸睜大了眼睛看向我，驚訝中透露著一絲了然於胸的默契。

「要上了。」我站在雁南歸右側替他抵擋所有從這個方向進攻的玉鏡，他則單手朝那蒼白的小姑娘衝去，我倆配合默契地躲避了一路上向我們飛來的玉鏡，在即將接觸到對手的瞬間，我猛然壓低身子借力給野鳥，他身子一歪從我背上撐起，抬腿踢向了俯衝下來的玉鏡。同時我伸手抓住雁南歸完好的左臂用力一甩，他躍起的同時鬆手，將青鋼鬼爪瞄準了對面的小姑娘，一擊制敵。

劇烈的聲響過後，小姑娘手中的短刀斷裂，她自己也因受到衝擊而倒地不起。

我上前扶起雁南歸，正欲喚出阿巴將對手吞下，卻被耳畔的呼嘯聲吸引了注意。

夢境中除了這個小姑娘，竟然還有其他的同伙?!

身旁的雁南歸用力朝我的腿部絆去，我一個趔趄跌倒，剛好躲過了呼嘯而來的匕首。我爬起身子轉頭看去，竟是一個正常的男人躲在堡壘後面對我們發起了攻擊。

「你是誰？」我疑惑起身。在噩夢中，竟然能夠擺脫邪祟的控制而自主行動，想來應該不是一般人。那人看起來和尋常的村民並沒有什麼兩樣，身著精緻的華服，還留著兩撇短促的鬍鬚，賊眉鼠眼，中等身材，年歲看起來比文溪還要大上些許。

對方沒有言語，而是站定了看向我身後的小姑娘。

「京墨……對不起。」小姑娘似乎注意到了對方的存在，委屈卻又痛苦地呢喃著。

「沒用的傢伙。」那個被稱作京墨的男子有些不屑地瞥了一眼倒在地上的小姑娘，同時從懷中摸出另一把匕首向我逼近。

雁南歸和嬴萱都有傷在身，現在不是戀戰的時機，普通人在夢境中無須處置，現在最緊要的是將那作祟的小姑娘收服，這樣一來，噩夢坍塌，我們自然不會受到這名男子的威脅。

「阿巴！」我抬起玄木鞭撕下原始天符，同時迅速奔跑遠離那名男子，企圖先用捉神符將營造噩夢的主謀收服。

可那男子似乎看穿了我的意圖，迅速從另一個方向抄起匕首向我衝來，幾乎不顧性命地來阻攔我清除噩夢。身後的雁南歸見勢不妙，急忙上前阻攔，可就在這電光石火之間，只聽噗哧一聲利器刺破肉體的聲響，一切都安靜了下來。

雁南歸抬起的青鋼鬼爪本是要阻攔男子的腳步，可那蒼白的小姑娘卻以為雁南歸要下死手，脫力不起的她竟突然爆發出極強的力量衝向雁南歸，自己主動撞在了那鋒利的青鋼鬼爪上，用自己的身體阻擋了可能傷到那名男子的利刃。

一瞬間，我和雁南歸都愣住了。

可那個叫京墨的男子根本沒有將這小姑娘放在眼裡，依舊紅了眼手持匕首向我撲了過來。

唰的一聲，遠處簡單包紮了手臂的嬴萱拉滿弓箭，精準射出的箭鏃將京墨手中的匕首打飛，我趁機急忙喚出阿巴，將那身受重傷的小姑娘一口吞下。

白光閃現，腳下的冰雪世界開始坍塌。我腳下一空，跌入一片刺眼的白光之中。

「不管你是誰，我還是要謝謝你。」

茫茫的白光中傳來空靈的聲響，雖不知是誰在我耳邊低語，但我知道，這是營造噩夢的邪祟殘存的最後的記憶。不過，對方竟通過彌留之際企圖與我對話，想來是還有什麼放不下的執念吧。

「你究竟是誰？」我懸浮在白光之中，輕聲問道。

「我沒有名字，沒有身分，沒有意義，我不知道自己到底是個什麼東西，我誕生在冰窟之中，擁有操控冰雪的能力。」

我點點頭。如果我推斷不錯，這應該是常年不化的冰雪歷千年汲取天地精華而生出了軀體和意志的雪精，這樣的例子有很多，比如生長了千年的老樹修成樹精，風化了千年的石頭修成石精，這種自然界中偶然誕生的精體並沒有惡意，卻與一般沒有形體的邪祟不同，他們不單單是殘存的意識，而是有真正實體的生物，外表看起來和普通的人類沒有什麼區別。

這種精體與一般的邪祟和含恨不入輪迴的亡魂不同，他們十分脆弱，加之誕生歷時千年，因此比較稀有。我曾跟在師父身邊那麼多年，也只碰到過一次。

「那麼，你現在找我，是有什麼話想要託付我嗎？」我不禁發問。這些精體往往沒有什麼十分強烈的主觀意願，一般都是自在徜徉在誕生地附近，沒有憂慮地活著，根本不會去主動侵入人類的意志營造噩夢。

對方頓了頓，隨即聲音顫抖地說：「是的，一直以來由於我的關係，讓藍田的玉石商人陷入麻煩之中，實在是抱歉。若不是這次遇到了你們，我不知道這種事還要持續多久。所以，我想要對你說聲謝謝。」

我怔住：「怎麼，難道你營造這樣的噩夢，是有人逼你不成？」

這名雪精輕聲歎了口氣，娓娓道來她的苦衷。

原來，她曾經一直一個人住在誕生的冰窟之中，沒有朋友，忍受不了孤單的她決定鑽出冰窟到村子裡生活，卻因為白得嚇人的肌膚而被村民當作妖怪，小孩子欺負她不說，就連大人也都對她退避三舍，即便是她從未做過任何傷天害理的事情。

後來，她被人趕出住所流落街頭，幾天滴水未進的她對這個冷漠的世界感到絕望，就在她孤身躺在荒郊野外即將昏迷的時候，這個名叫京墨的玉石商人從礦場回來路過這裡，給了她一口剩飯，將她救回了村子。

甦醒後的她將京墨當成了救命恩人，小心翼翼地跟隨他生活，同時做一些力所能及的小事。但京墨終歸是個從小混跡江湖的老到商人，他逐漸發現了小姑娘控制冰雪的特殊能力，於是京墨便在特意與她培養感情的同時，向她提出了這樣一個完美的計畫。

京墨讓小姑娘通過大雪營造噩夢來蒙蔽藍田人的雙眼，這樣，小姑娘特製的冰塊也能被當作上好的美玉。京墨暗自通過黑市交易，將一些特製的冰塊低價且大量地賣給中間人，只要是在藍田淋了雪的人，受到噩夢的影響，都會將這些冰塊看作上好的美玉。因此，中間人幾經轉手讓這些特殊的冰塊流通到市場上，京墨通過這種方法賺了個盆滿缽滿，還四處散播謠言說有玉精在搞鬼。因此，人們在離開藍田後發現美玉化作冰水，也沒人懷疑到京墨的身上來。小姑娘自然不明白這其中的道理，只是覺得能讓自己的救命恩人開心，就一定沒錯。

「直到後來，我看到走出藍田後脫離噩夢、發現高價收來的玉石竟然只是冰塊的商人賠得血本無歸，甚至一蹶不振想要輕生時，我才意識到自己做得並不對。」小姑娘有些傷感地歎息道，「可是我告訴京墨能不能不要再這樣，他卻根本不聽，如果我擅自停下，他肯定會生氣的。我實在不知道該怎麼辦，他是我今生最重要的人，我不可能違背他的意願。」

我詫異地問道：「所以，你剛才根本就不願意與我們交戰，卻不得不拿起短刀，為了保護這場京墨策劃的夢境而拚上性命？」

「是啊。」小姑娘的語氣中夾雜著些許笑意，「在我被世人拋棄的時候，在我孤身一人不知所措的時候，在我成為人們口中的怪物的時候，是他給了我一口剩飯和一把短刀。所以，為了那口飯，我今生唯一的主人便只有他一人；為了那把刀，我即使是以身為刃也未嘗不可！」

一直都十分怯懦的小姑娘，此時的語氣中卻透露著從未有過的堅定。

我不知該如何回應她單純的想法，在她的眼裡，京墨就是她的一切，即便是自己根本不想做的事情，就因為京墨的一句話，她也會拚了性命地去滿足他。甚至，用自己的身體去阻擋一切可能會傷到京墨的人。

「不過，現在都已經結束了……幸好我遇到了你們，才……才終於能讓這場噩夢徹底結束。我知道自己快不行了，再也沒有辦法滿足他的要求……所以……我來是想請你幫我，幫我跟京墨告個別，告訴他……認識他，我真的很高興……」對方的聲音逐漸變小，讓我有些不知所措。

「謝謝你……」對方的聲音越來越弱，四周的白光逐漸暗淡，我的身體緩慢落地，回到了之前的客棧房間之中，靈琚還在熟睡，文溪和尚也不再是玉雕模樣，他在替贏萱和雁南歸包紮。我恍惚地站在角落裡轉眼看向窗外，卻突然發現，那封山的大雪，早就已經停了。

# 7

事情按說已經結束，可那小姑娘最後的囑咐讓我心頭堵得慌，於是我悶聲不語地推門，披上長袍走出了客棧。

我幾經打聽，終於站在了京墨的家門前，剛要推門而入，就聽見屋裡傳來了劇烈的打鬥聲。我急忙趕過去，卻只見京墨一人癱坐在地，狼狽不堪，並不像夢境中那般風光，衣服凌亂，身上還有不少被打傷的痕跡。

「騙子……就連妖怪也都是騙子……」京墨喃喃自語，狀如瘋癲。

我走上前無奈搖頭，攙扶起他：「我有話要替別人轉達。」

誰知對方根本不看我，抱著手中的冰塊自言自語。

沒辦法，既然答應了別人，再怎麼說也要做到。我歎了口氣按住京墨的肩膀，一字一句地對他說：「她走了，她讓我轉告你，這輩子能認識你，她真的很開心。」

誰知京墨聽到我的話後，突然回過頭來盯著我怒吼：「妖怪！」

我一愣，不知他到底發什麼瘋，下一秒他卻抬手狠心打碎了手中的冰塊，瘋狂地怒吼：「妖怪沒有一個好東西！言而無信，薄情寡義！就在剛剛，我正在交易，那妖怪卻不知為何突然撤走了夢境，叫對方發現我是拿冰塊糊弄他，這下好了，我京墨在藍田再也混不下去了……」

「不知為何？那我現在就來告訴你！方才在夢境中她為了救你，現在已經不在這個世界上了！」我心裡正不痛快，聽他這般說更是怒火中燒，於是上前一拳打在京墨的臉上，「妖怪？你也把她當作妖怪？這麼說一直以來你都是在利用她？呵，我看你才是真正的妖怪！」

京墨終於有些清醒了，上前一把抓住我的衣領同我扭打起來：「你說我是妖怪？你瘋了！哈哈……你真是瘋了！我是妖怪？那她又是什麼東西?!」京墨喪心病狂地指向那被自己打碎的冰塊問道。

我手上發力將他一把推開，上前將京墨按在地上：「像她那麼善良的人，為了報答你而不得不做自己根本不想做的事情，這根本不是妖怪的所作所為！而你這樣利用別人的善良來貪婪作惡，又和妖怪有什麼兩樣?!」

京墨怔住，愣愣地看著我，隨後眼神游離地回頭看了看那早已破碎的冰塊。

我站起身整了整衣領，丟給京墨一個惡狠狠的眼神，頭也不回地走了。

既然他的把戲已經被當面揭穿，因此再也無法做玉石生意，而那蒼白的小姑娘也永遠離開了這個世界，藍田的大雪再也不會夾雜任何雜質，這樣的結局，大概是她最想看到的吧。

回到客棧，我心仍有鬱結，灌下幾杯溫水後嗆得連連咳嗽。靈琚已經醒來，根本不知道到底發生了什麼；嬴萱安靜地坐在角落裡縫補我的衣袖，手臂的傷口已經沒有大礙，可是神色卻還是像在夢境中時有些不太對勁；文溪見我臉色很差，便也沒有追問事情的結果，出門和車夫商量起程的時間。

雁南歸的右臂已經被文溪包紮得當，默然坐在我的對面，面無表情地看著我。

我被他盯得渾身不舒服，便翻了個白眼：「看什麼看！」

誰知雁南歸也不生氣，眼神複雜地看了看我，隨後像是做了什麼決定一樣主動湊過來在我耳邊輕聲說道：「你就不想知道萱姐在那玉鏡中究竟看到了什麼？」

我怔住。

其實我自然是好奇的，甚至想自己去捧個玉鏡看一看自己內心最為渴求的幻象。但是想到這些都是如此善良的小姑娘為了報答自己恩人而不得不營造出的夢境，但對方從始至終只把小姑娘當作可以利用的妖怪，我的心裡有說不出的難受。

雁南歸看我愣住，以為我在思考，於是壓低聲音趴在我耳邊低語片刻，我的臉登時漲紅，手中的水杯也慌亂倒在一旁。我窘迫得起身走向窗前，讓並不凜冽的寒風鎮定我的思緒。

雁南歸好笑地看著我，眼神隨即飄向角落中的靈琚。

窗外的雪停了，白茫茫的遠方像是沒有盡頭的柔軟絨毯，瑞雪兆豐年，看來，是個好兆頭呢。

我輕笑，隨後轉身悄然看了看角落裡正在努力學習縫補的女人。

Chapter 02

# 東江魚婦

# 1

出了藍關古道，我們仍舊是雇了輛馬車，因之前在藍田耽擱了時間，於是日夜兼程，十天十夜，這期間換了四匹快馬，才終於在今日傍晚抵達湘西。作別車夫，我們便沿著一路的山澗流水，向著瀘溪方向走去。

越往南走，冬日的寒氣越是悄然不見。

行路難。在荒無人煙的南疆野林子裡行路，更難。

夜色已濃，行了一日，離瀘溪還有段距離，看來今日不得不露宿林中。我挑了個看似避風雨的山坳，雁南歸便立即會意，一躍而起，青鋼鬼爪寒光閃現，枝頭四散的枝椏便悉數落地。

我同文溪和尚拾了柴火，鋪蓋、生火、搭棚，儼然一副老手模樣。甚至連小丫頭靈琚也都能搓著草繩編出個席子來。

嬴萱自然是沒有參與進來，而是提了弓箭，進林子裡覓食去了。

置辦好窩棚，我便揣著手倚在角落裡閉目養神，文溪和尚取了水囊找水源，雁南歸則習慣性地四處巡視，遇著什麼毒蛇猛獸也就順手給收拾掉扔得遠遠的，省得後半夜裡不安生。靈琚很老實地坐在我身旁，兩眼直愣愣盯著燃起的篝火，不知道在發什麼呆。

「師父，今晚誰做飯呀？」小丫頭輕輕吸了吸鼻子，甕聲甕氣地問我。

我眼皮抬都沒抬：「老規矩。」

「哦。」靈琚失望地低下頭，頭上的羊角辮也像是枯萎了的花兒耷拉下來。

「嘿，老娘今兒手氣不錯。咱們今晚有口福啦，哈哈哈！」未見其人，先聞其聲，只見羸萱手裡拎著幾隻中箭的野兔，正大搖大擺地朝我們這邊走來。南疆之地雨林叢生，野物自然是種類繁多，風餐露宿倒也能一飽口福。

大家都像是提前商量好了一般，都在這個點兒回到了營地。五人圍坐在篝火前，都是一副嚴肅緊張的表情。

接下來要發生的事情，關係到我們每天最重要的事情——吃。

我們五人雖然個個都在肚子裡頭養了個饞蟲，卻偏偏沒有一人精通廚藝。實不相瞞，在我們幾人當中，非要算下來，廚藝最好的恐怕是靈琚。

而眼下這種露宿的情況，選擇誰來做飯，簡直是決定我們五人生死的重大議題。

考慮到不管是選誰來做飯也都是難以下咽的情況，我們便採用了一種最為公平的方法——猜拳。

按照往常的規律，雁南歸是從未輸過的，因為他作為半妖感官發達，往往能在對手出拳的瞬間看到對方手指的細微動作變化而對自己的出拳進行及時的調整；而我這個人運氣不賴，挑挑揀揀也總落不到我頭上；至於羸萱，這女人即便是輸了，也總會想方設法地賴掉，什麼這獵物是我打的已經貢獻過功勞了、今日身體不適不能碰涼水之類的。所以，到最後總是文溪和尚與靈琚的較量。

果不其然，三局過後，就只剩下了他倆。

靈琚與文溪和尚無聲對視著，彷彿將要進行一場曠古大戰，在五人緊張的氛圍下，劍拔弩張，鋒芒畢露。

靈琚侷促不安地搓著自己的小手，思索著該出哪些指頭，緊張的表情看起來有些好笑。倒是文溪和尚仍舊一臉標準的微笑，僧袍下的手掌已經做好了應戰的準備。

剪刀，石頭，布！

刀光劍影，飛沙走石，輸贏往往只是一瞬間的事情。

靈琚伸出右手，一個握成拳頭的小手毫不猶豫地伸了出來。

而對面的文溪和尚，則定格在一個攤開的手掌上。

看來戰局已定，所有人都鬆了口氣。

可就在靈琚的嘴角即將掛不住耷拉下來的時候，坐在文溪身旁的雁南歸突然單臂一震祭出了青鋼鬼爪，犀利的眼神如刀子般劃過文溪和尚。也不知道到底發生了什麼，只見文溪和尚猛然一個哆嗦，伸出的五根手指，愣是又縮回去了三根。

「哇，贏了耶！」靈琚喜笑顏開，雙臂高舉開心地嚷嚷著。雁南歸不動聲色地收起抵在文溪腰間的鋼爪，低頭輕笑回應靈琚。

文溪和尚一臉木然，黑著臉轉身提起了已經放好血的野兔，燒水扒皮去了。

我努力憋住笑，看雁南歸馱起靈琚到草叢裡捉螢火蟲去了。我知道，文溪現在的內心一定是茫然的、惆悵的、拒絕的，這種「要不是我打不過你，我早就翻臉了」的感覺，我深有體會。

飯罷，我們都早早睡下，連續趕路讓我們都有些精疲力竭，即便是露宿潮氣逼人，我也能一沾席子就睡死過去。可那野鳥還是放心不下，執意坐在樹梢守夜，好在一夜相安無事，第二日我們便繼續起程往瀘溪方向走去。

一踏上湘西的土地，就被這裡獨有的氣氛所感染，濕潤得可以掐出水來的氣候，飄香的燻肉伴著紅椒的香味飄散，各種淙淙的溪流在光滑的石板上來回沖刷時光的印記。河溪上由一個個石墩組成的跳腳橋上，身揹竹簍頭戴白巾的苗族阿婆在夕陽下留下剪影，身上穿戴的銀器發出叮噹的脆響。

河溪兩側都是一排排的吊腳樓，正屋建在實地上，廂房除一邊靠在實地和正房相連，其餘三邊皆懸空，靠柱子支撐，上側以茅草或杉樹皮蓋頂，優雅的絲簷和寬綽的走欄相間，樓簷翹角上翻如展翼欲飛。

這樣獨具民族地域特色的建築，除了造型奇特，還有很多好處，眾所周知，湘西氣候濕潤，蟲蛇較多，吊腳樓高懸地面既通風乾燥，又能防毒蛇、野獸，樓板下還可儲放雜物或飼養牲口。

湘西多小路，曲徑通幽，蜿蜒濕滑，因此我們的速度並不快。眼看行了一日都不見前往瀘溪的大路，不過好在前方不遠處有幾處煙火，我們舟車勞頓，不宜長時間徒步，於是決定在前方的村子裡投宿。

沿著蜿蜒的小徑拐過種類繁雜的樹木，一條清川橫在了面前，我們依次踏過石柱組成的跳腳橋，踩著蒼翠的草叢拐上石坡，一座飽經風霜的石碑出現在我們的面前。

石碑早已風化得沒有了邊緣的棱角，上面雕刻著三個清秀的字跡，和湘西本身小家碧玉的風格十分符合：風雨鎮。

「風雨鎮？」文溪和尚走上前，抬手輕撫那通身光滑的石碑，彷彿這石碑被無盡的風雨沖刷打磨，吸收天地日月之精華，飽含歷史風霜，正羞赧地站在我們面前向我們展示著這青翠的小鎮。

「怎麼，你認得這個地方？」我上前觀察，石碑後面還刻了一首詩，只不過年代久遠已經看不清楚上面到底寫了什麼。

文溪和尚點點頭，雙手合十對著石碑行了個佛禮，繼而轉身對我們說：「我在史書上讀到過，風雨鎮是一座擁有千年歷史的古鎮，也是一個山城，位於酉水之陽，原為西漢酉陽縣治所，因得酉水舟楫之便，上通川黔，下達洞庭，自古為永順通商口岸，素有『楚蜀通津』之稱。不僅如此，它隱匿於山谷之中，更是文人雅士尋幽訪古之佳處。」

沒想到，我們陰差陽錯，竟然來到了一座千年古城。

「好，就它了！這裡濕氣太重，老娘今晚要好好泡個熱水澡解解乏。」嬴萱上前一邊活動筋骨，一邊從我和文溪和尚之間徑直穿過去，頭也不回地走進了風雨鎮。

我無奈地搖搖頭，便跟上了嬴萱的腳步。

## 2

風雨古鎮簡直就是湘西文化的縮影。四周是青山綠水，古鎮內部卻是曲折幽深的大街小巷，臨水依依的吊腳木樓，青石板鋪就的五里長街，處處散發著淳厚古樸的苗家民風民俗，簡直是「湘西口音滿背簍，猛洞河古老風流」。

我們沿著石板長街一路來到西水岸邊的渡船碼頭，從碼頭向左望，可見風雨鎮瀑布和其旁建在懸崖邊的飛水寨。風雨鎮多為土家族人，土家族人向來熱情好客，我們在村民熱情的招呼下住進了一戶闊綽人家，我將身上僅剩的最後一點錢遞給了對方，雖然錢數不多，但對方還是十分開心地收下，並帶著我們走入了一座較大的吊腳樓中。

闊綽人家姓向，主人是一個滿臉笑容的老大爺，他喊來了年輕的小女兒帶我們去吊腳樓側邊的廂房。這小姑娘看起來十六七歲的模樣，穿著清爽的少數民族服飾，兩條又黑又粗的辮子垂在胸前，莽撞地跑進來和門口站著的文溪和尚撞了個滿懷，她見對方是個和尚，羞紅了臉低頭一笑，轉身帶著我們往客房走去。

我們來到客房，裡面擺了四張竹子做成的床，小姑娘從另外的房間裡抱來了被褥，還在床鋪上鋪上了花色鮮豔的鋪蓋，花紋繁雜豔麗，針腳細密卻毫不馬虎。

「這真好看，是自己繡的？」文溪和尚上前接過那小姑娘手中的被褥，彎腰幫忙鋪了起來，隨即還抬手愛惜地摸了摸那花鋪蓋，讚賞地對著那小姑娘說道。

別看文溪是個假和尚，從他上次教我怎麼應付血莧來看，我就知道他肯定是個情場老手。小姑娘被文溪和尚這麼一誇，臉頰瞬間漲紅了，嬌羞得如同枝頭含苞待發的桃花：「嗯，是的。」

我空有一副好皮囊，常年被人當小白臉看待，可我這張笨嘴裡卻總是吐不出什麼好話，因此總是在文溪和尚面前黯然失色。這不，從頭到尾，人家小姑娘的眼神壓根兒不往我身上瞟，我別過頭揮了揮衣袖，沒好氣地坐在了一張已經鋪好的床鋪上。

文溪和尚還在繼續：「真的嗎？手太巧了。你叫什麼名字啊？」

小姑娘見文溪越湊越近，更是羞得不行，胸前掛著的銀質百歲鎖晃了幾晃，流蘇搖曳，加快了手中鋪床的速度，聲音清脆地回答：「向雨花。」

「雨花，你的名字太美了。不過，」文溪和尚說著就側身站在了小姑娘的身邊，用那掛著佛珠的右手拉起對方嬌柔的小手含情脈脈道，「和你俊俏的容顏相比，就遜色多了。」

小姑娘輕聲驚呼，猛地抽回手，紅著臉跑了出去。

我不屑地笑了笑，給文溪和尚拋了個白眼：「這花鋪蓋叫西蘭卡普，也被稱作土家之花，是土家族女孩人人都要學著繡的東西，也是土家族婚俗中的主要嫁妝，更是女家經濟地位的標誌和女兒有無教養的憑證。這位長老，你這麼誇人家，可別讓單純的小姑娘誤會了你，還以為你想做人家夫婿呢。」

文溪和尚卻無所謂，一臉春風地盤起了手中的佛珠：「阿彌陀佛，小僧惶恐，出家之人從不貪戀紅塵。」

「呸。」一邊的嬴萱一拳打在文溪和尚的腦袋上，「你個花和尚少在這兒假正經，有本事先把你腦袋上的碎毛給剃了！我可知道，你肚子裡的花花腸子可不比姜楚弦少。」

「哎哎，關我什麼事。」聽到嬴萱這麼說，我立刻站起來準備反駁。

「咳。」

門口輕聲的咳嗽打斷了我們的吵鬧，我們這才發現，臉頰通紅的向雨花正倚在門邊，瘦小的身子看起來楚楚可憐，她羞怯地抬頭對我們說道：「阿爸讓我來喊客人，該吃晚飯了。」我尷尬地笑笑，急忙推了推文溪和尚，跟在向雨花的身後走下了吊腳樓。

土家族喜飲酒，以酒解除疲勞，以酒示敬，以酒祭祖，以酒待客，以酒傳情，以酒表喜慶，以酒烘染氣氛，有著豐富的情趣盎然的敬酒和飲酒風俗。我們圍坐在長條形的木桌前，人人面前擺了一大碗清酒。

除清酒之外，我們的面前還都擺了一大碗苞穀飯，是以苞穀麵為主，適量地摻一些大米用鼎罐煮，或用木甑蒸而成，噴香耐嚼。飯桌上都是一些極具民族特色的菜餚，有些根本叫不出名字，可是它們冒著的香氣卻讓我口水漣漣。

「這是豬肉合菜、小米粑粑、八月瓜，還有水酸菜，來來，客人不必客氣。」向家主人十分熱情地向我們介紹著飯桌上的飯菜，嬴萱不等對方說完，就已經忍不住伸手捏起了一個臘肉粽塞進了嘴裡，三兩口吞下一個肉粽，然後激動得直拍手叫好：「好吃！」

聽嬴萱這麼說，向家主人開懷大笑起來，一旁捧著小碗的向雨花也低下頭嬌羞地笑了，如同含苞的梨花。我們五人連日來舟車勞頓，從沒有吃過一頓飽飯，此刻便不再拘束，端起了苞穀飯，就著紅油臘肉吃了起來。

鮮紅的小尖椒辣得人渾身發汗，這是湘西人祛除身體濕氣最為簡單有效的方法。我們個個如同餓狼，風捲殘雲般將一桌子飯菜清理乾淨。靈琚更是沒皮沒臉地揣了兩個肉粽在口袋裡，弄得我有些不好意思，卻又只顧吃菜，顧不得阻止她。

向家主人倒是根本不介意，舉起了手中的酒碗一飲而盡。向雨花坐在父親身邊不停地幫他倒酒，辣椒臘肉混合著濃烈香醇的清酒，我們五人個個大汗淋漓，面色赤紅，文溪和尚坐在向雨花旁邊還不忘十分體貼地給小姑娘夾菜，雁南歸卻還是挺直了身子小口吃菜，如同在軍隊中的嚴肅作風。直到嬴萱毫不顧忌地打了個飽嗝，我們才心滿意足地離開了飯桌。

飯後，嬴萱和靈琚一起幫向雨花收拾餐桌，雁南歸站在廚房門口消食，我和文溪和尚沿著吊腳樓的遊廊走到了溪水上的竹橋，遙望著遠方煙波浩渺的山林。

「你不覺得很奇怪嗎？」文溪和尚不知從哪裡摸出一根竹籤剔牙，挑眉看向我。

我將一隻手背在身後，轉頭回道：「你是說……向家？」

文溪和尚點點頭：「看這吊腳樓的規模，向家應該算是個大戶。可是你發現沒，這裡除了向家主人和女兒向雨花，就沒有別人了？」

他說的這些我早就注意到了，這麼大的宅樓按理說不應該只有父親和女兒兩人。不過，這畢竟是人家的私事，我們作為客人不應該過問才是。但保險起見，我還是決定去向家主人和向雨花身邊探夢看看。

剛這麼想著，就見向雨花端著木盆出來打水，文溪和尚的眼神便又飄向了小姑娘玲瓏有致的身子上。我無奈地搖搖頭，默唸心法，準備探夢。

瞬眼看過去，向雨花身上一切正常，並無任何噩夢纏身。

看來，還是我們多慮了，說不定小姑娘的其他家人外出做工了。

我對文溪和尚輕輕搖頭表示向雨花並無異樣，文溪和尚便抬眼挑眉輕浮地一笑，這行為與他身上那件破舊的土黃色袈裟極為不符。文溪和尚轉頭雙手撐在竹橋扶手上，對著向雨花吹響了口哨，活脫脫一個無恥的大叔。

我的天，我怎麼會和這樣的人成為同伴？為了不惹火上身，我趕緊轉身逃離現場。

雨花聽到口哨聲便端著木盆抬起頭，見對方是文溪，臉一紅低頭轉身便走。文溪和尚心滿意足，笑嘻嘻地看著小姑娘窘迫的模樣，真是夠變態的。我本以為雨花會一溜煙逃跑，可誰知她卻突然停下了腳步，猶豫片刻後轉身對著文溪和尚說道：「在苗家和土家山寨裡不要隨便吹口哨，會……會招鬼的。」說罷，就重新低下頭急匆匆離開了。

我和文溪和尚面面相覷，四下靜謐的竹林也顯得陰森起來。

「鬼有什麼好看，都不如害羞的小姑娘好看。」文溪和尚故作輕鬆地聳聳肩，這般自我安慰著笑呵呵地走下了竹橋。

# 3

收拾完畢還未入夜，我們五人便在風雨鎮四處轉悠，也順便打聽一下有沒有我師父的消息。踩在光滑的青石板路上，腳板硌得生疼，卻隨處能見到揹著大背簍的老阿婆輕巧地快步走在上面，靈琚看著那些手編的竹簍有些眼饞，再看看自己身上破舊的藥簍，無奈地歎了口氣。雁南歸似乎注意到了靈琚的小心思，轉身就朝著坐在路邊編竹簍的大媽走去。

我心說這野鳥身上又沒錢，這麼去不純粹是碰一鼻子灰嘛，於是壞笑著沒有理會雁南歸，繼續往前走去。

不過這風雨鎮確實有些奇怪，這裡女眷偏多，男人偏少，而且隨處可見年輕的小姑娘，個個長得精緻可人，穿著黑藍相間的素色民族服裝，頭上包著一模一樣的頭巾，在小橋流水的山寨中顯得那般楚楚動人。

走了一大圈也沒有什麼收穫，這裡的吊腳樓雖然很多，也不缺少雄偉堂皇的大型吊腳樓，卻都不是我們在血莧記憶中看到的那座古樓。鎮子裡的人口也並不是很多，我們不管走到哪裡都能迎來對方的笑臉，讓人覺得心裡很是舒坦。

天色漸晚，我們準備返回向家，卻左右不見雁南歸的身影。無奈，我們四人先行回去，嬴萱和靈琚在雨花的帶領下先去洗澡，我和文溪和尚分別躺在吱吱呀呀的竹床上，聆聽耳邊的蟲鳴和流水聲，樓下時不時傳來幾聲向家主人嘹亮清脆的歌聲，讓人全身放鬆。

竹簾突然被掀開，雁南歸灰頭土臉地回來了，可手上的確提著一個嶄新的竹編小背簍，大小適中，剛好適合靈琚的身高。竹簍底部還用彩色的布條穿插著編織，很是精美好看。我詫異地上前準備接過那藥簍看看，雁南歸卻小氣地將竹簍揹在身後，低眉掃視一圈問道：「靈琚呢？」

我有些尷尬地縮回了手，撓了撓頭說道：「和嬴萱在樓下洗澡呢，估計一會兒就上來了。」

話音剛落，穿著藍布袍子的嬴萱就牽著靈琚回來了，靈琚穿了一件土家族風格的花色衣裙，頭髮還濕漉漉地垂在肩膀上。她見雁南歸回來了，就撒開了嬴萱的手一下撲在了對方的身上：「小雁！」

雁南歸有些不好意思，沒有說話，而是將藏在身後的小竹簍遞給了靈琚，然後一言不發地轉身出去了。

呵，這不善言語的野鳥應該多跟文溪和尚學學才是。

靈琚開心地將小竹簍抱在懷裡，喜歡得不行，剛要抬頭向雁南歸道謝，就已經不見了對方的身影。

「奇怪，雁南歸哪來的錢去給靈琚買藥簍？」嬴萱應該是穿了向雨花的衣服，領口有些緊繃，一邊擦著她烏黑濃密的長髮，一邊坐在靠窗的床上問道。

文溪和尚笑笑不作聲，下樓洗漱去了。

我站起身拍了拍靈琚濕潤的腦袋：「他是沒錢，但他隨便去山上打兩隻山雞野兔什麼的，村民自然願意同他交換。」

我話音剛落卻發現事有蹊蹺，盯著靈琚身上的民族服飾問道：「這衣服哪兒來的？」

嬴萱看了看，扯了一下自己身上的藍布袍子笑著說道：「哦，這個啊，雨花借給我們穿的，這裡太潮濕，我們的衣服被拿去洗了。」

我眉頭緊皺站起身，連連搖頭。

「怎麼了？」嬴萱看我表情怪怪的，於是走上前打量起穿著民族服飾的靈琚，「小丫頭穿起來還挺好看的。」

「謝謝師娘。」靈琚抬頭甜膩地笑道。

「不對。」我還是搖頭，「這向家絕對有問題，家中若只有雨花和她父親二人的話，那麼靈琚身上這件小孩子的衣服是哪裡來的？看這衣裳的針腳和樣式都是嶄新的，絕不是雨花小時候的衣服。」

嬴萱聽我這麼說，這時才緩過了神蹲下對著靈琚的衣裳細細觀察起來，不仔細瞧還好，仔細一看，甚至在這件衣服的領口處發現了幾滴血漬一樣的東西。我和嬴萱面色凝重相顧無言，頓覺這清冷的山寨裡透著一股說不出的陰森。

「嘿嘿。」突然，一聲小姑娘的笑聲從耳邊傳來。

我低頭看向靈琚：「笑什麼？」

靈琚無辜地瞪大了眼睛，連連搖頭：「我沒有啊。」說著，她就用自己嫩藕般的雙手捂住嘴巴以示證明。

我愣住，難道是出現了幻聽？可面前的嬴萱也是一臉驚恐地看著我，讓我更加不知所措。

我低頭看著靈琚，方才那小孩子的笑聲確實和靈琚不太像，比起靈琚甜膩清脆的聲音，剛才的笑聲似乎夾雜著一絲說不出的詭異。外面天色已經盡黑，吊腳樓裡的光線十分昏暗，我和嬴萱都屏住了呼吸，緊張地聆聽著任何可能錯過的細微聲響。

「嘿嘿。」小孩子的笑聲再次傳來，清晰甚至帶著空洞的回聲，好像就是從我們這個房間中傳來。靈琚嚇得急忙鑽進了嬴萱的懷裡，我隨即抽出玄木鞭一把將她倆護在身後。

「何方妖孽？」我為了給自己壯膽而怒喝一聲。

「嘿嘿……來陪我玩吧。」

詭異稚嫩的童聲再次傳來，而這次的聲音來源，好像比剛才更近了。

那空靈的孩童笑聲讓我頭頂直冒冷汗，我和嬴萱誰都不敢先行有任何動作，生怕激怒了這隱匿在房間裡的嬰童。可對方卻好像是看得見我們此刻緊張的模樣，嘲笑般再次發出了詭異的笑聲。

根據笑聲的大小來判斷，這次的聲音離我們更近了。

突然，一陣細碎的腳步聲從我們的頭頂傳來，嬴萱嚇得一屁股坐在了地上，閉著眼摟緊了懷中的靈琚。我雖自己也心有餘悸，可是為了查明究竟是何物在搗鬼，壯起膽子掀開竹簾追了出去。

吊腳樓的結構很特殊，頂部是用草編的席子疊加動物皮充當房頂。我翻身抓住門框，腳蹬窗台一躍就上了房頂，方才的腳步聲是從這裡傳來的，可是眼下除了頭頂一輪明月別無他物，就連稀疏的星子都十分吝嗇地躲在雲層中不出來。我借著月光在房頂張望一番卻毫無收穫，只好翻身回屋。

文溪和尚此時已經洗漱完畢回到了房內，遠處的雁南歸見我上房頂也急忙回屋。我又多點起了一盞燈，昏暗的屋子裡這才顯現出一絲明亮。靈琚睡在嬴萱的懷裡，剛才嚇得不輕，雖然閉眼淺眠，身子卻還在瑟瑟發抖。

文溪和尚和雁南歸聽了我的敘述，也都陷入了沉默。

「其實，」雁南歸站在窗子旁邊手肘倚在窗框上說道，「我之前的確在房間裡聽到過細碎的小孩子講話聲，而且聽聲音並不是一個人。」

半妖的聽覺要比人類敏銳得多，雁南歸的話給我們提供了新的線索，風雨鎮向家的確異常古怪，先不說靈琚身上的那件小孩子衣裳，光是黑夜中空靈的嬰童笑聲就已經夠詭異的了。

我低頭思忖片刻，說道：「你們先不要聲張，避免打草驚蛇。我看這向家主人和向雨花都沒有什麼惡意，或許是這寨子裡有不乾淨的東西，我和雁南歸去四周打探一下，文溪你留在這裡保護女眷。」

嬴萱不樂意了，就吵吵起來：「哎，你別瞧不起女眷啊，姜楚弦，我告訴你，我一個頂你倆呢！」

我急忙皺眉，對著嬴萱做了個噤聲的手勢，然後用下巴指了指睡在嬴萱懷裡的靈琚，然後努力擺出一副好臉色，心平氣和地對她說：「行行行，我知道你厲害，可是總不能讓我來哄靈琚睡覺吧？你行行好，成不？」

嬴萱看我示弱，於是不好再說什麼，擺擺手讓我離開。我轉身將玄木鞭拿在手中，和雁南歸一起走出了吊腳樓。

# 4

南方的冬天有種說不出的陰冷，濕氣就像黏稠的液體包裹在全身，即便是隔著厚厚的衣服，也讓人有種赤身行走的感覺。我手提一盞油燈走在前面，雁南歸雙目掃視四周跟在後面，我們不確定這小鬼對我們是否有惡意，也不清楚他們是什麼來路，自然不能貿然出手。我倆只要確保向家的吊腳樓四周沒有任何異常，讓我們安然度過這一晚足矣。

夜幕籠罩的風雨鎮死氣沉沉，各種分辨不清的蟲鳴聲點綴了孤單的夜晚，卻也為黑暗中的未知對手製造了隱藏自己動靜的干擾源。雁南歸身為半妖，感官是正常人類的一倍，因此探路的任務便交給了他。我們以向家的吊腳樓為圓心，方圓一里地為半徑進行偵察，所到之處無有人聲，夜色四合，小山寨安詳得有些詭異。

「你檢查過向家父女二人嗎？」雁南歸走在前面突然開口，打破了一路的寧靜。

我搖搖頭，忽然意識到黑暗中雁南歸根本看不到，於是說道：「向雨花身上沒有異常，但是向家主人我還未進行探夢。」

雁南歸停下腳步，轉身將手中的油燈舉在我的面前：「以後不管到哪裡投宿，都先檢查一遍為好。」

雁南歸說得沒錯，提高必要的警惕對我們來說是一種保險，特別是在我們與鬼豹族有仇恨糾葛的情況下，對方在暗，我們在明，如果稍有不慎，對方便可輕易取了我們的性命。

我剛準備點頭，就掠過雁南歸的肩頭看到前方不遠處的樹叢中有一個黑影掠過，我急忙推開雁南歸追了上去。那黑影看起來行動迅速但個頭不大，應該是個幼童。身邊有雁南歸壯膽，我全然忘了害怕，拔腿就順著對方的路徑追去。

雁南歸反應十分迅速，丟下手中的油燈追了上去，從我的耳邊呼嘯而過。

「嘿嘿嘿，小雁！」

突然，遠處傳來了之前那嬰童的笑聲，並且伴隨著一聲十分親暱的呼喚，那語調和叫法都和靈琚十分相像，雁南歸猛然停下了腳步，疑惑地看向我。

「不是靈琚。」我提醒道。

「小雁！」那小鬼似乎玩心很大，見我們不回應，就再次提高了音量。空靈稚嫩的聲音穿過黑暗直抵我的耳蝸，我看到雁南歸吞下了口水，乾澀的雙唇微張，似乎想要做出回應。我急忙一把拉住雁南歸的手臂，同時另一隻手捂住了雁南歸已經張開的嘴，他原本想要進行的回應就這樣被我硬生生給塞了回去，他一臉疑惑，推開我的手看向我。

我示意他不要出聲：「這小孩子的聲音來自西南，那是傳說中鬼門所在的方向。在這種深夜野外聽到有人呼喊你的名字，千萬不要輕易回答，傳說那是鬼門關來勾魂的使徒，模仿你最親近的人叫你的名字，讓你不自覺就想要回應。」

雁南歸聽我這麼說，默默閉緊了嘴再也不說話。

我剛鬆了口氣，就聽到前方的小孩子換了一種聲調，親暱撒嬌般地朝著我們這邊喊道：「師父！」

我愣了，這感覺和靈琚叫我的時候一模一樣。

「靈……」我剛要起身回答，就被雁南歸一拳打在了臉上。這野鳥手勁極大，打在我的臉頰上火辣辣的疼，牙齒也磕破了嘴裡的皮層，一股血腥味撲面而來。

好在這一拳讓我瞬間清醒，剛才我還對雁南歸說教，現在轉眼換了我就差點著了道，對方不過是在模仿靈琚來誘惑我們上鉤而已，看來對方不是個好惹的善類，善於利用人的心理進行攻擊。

「師父，小雁。」前方幼童的聲音再次傳來，這次我和雁南歸都不再回應，而是相互使了個眼色，悄然兵分兩路包抄過去。我倆放慢了腳步，我的布鞋踩在柔軟的草叢上幾乎不發出任何聲音，雁南歸更是靜得嚇人，我倆繞到了聲音的兩側，看到一棵合抱粗的大樹，那小鬼應該就躲在這棵大樹的後面。

我對著遠處的雁南歸揮了揮手，我倆便同時撲向大樹。

「小鬼，哪裡跑！」我大喝一聲，抽出玄木鞭揮了過去，可是玄木鞭卻直接打在了樹幹上，樹後竟空無一人，彷彿剛才那呼喚聲是憑空出現的一般。

我和雁南歸面面相覷。

就在我不知所措的時候，雁南歸突然蹲下拾起了什麼東西，我湊過去借著月光看，竟是一把銀白發亮的小長命鎖。

它由白亮的苗銀打成，呈長形古鎖狀，下面綴著幾個銀鈴，鎖面上刻有「長命百歲」四個大字。這種東西在湘西十分常見，它是由老一輩掛在兒童脖子上的一種裝飾物，按照迷信的說法，小孩子只要佩掛上這種飾物，就能避災去邪，「鎖」住生命，所以在湘西，許多嬰孩從出生不久就掛上了這種飾物，一直掛到成年。

看來，那搞鬼的確實是個小孩子，先不說他是人是鬼，年歲上至少不會很大。

「是兩個。」雁南歸看我在思考，於是將手中的長命鎖遞給我說道。

「兩個？」我接過長命鎖揣在口袋裡。

雁南歸點點頭：「這兩個小孩子音色雖然十分接近，但是偶爾能聽到聲音的重疊，說明不止一個孩子在這裡。」

聽雁南歸這麼說，我更加疑惑，不過現在時間不早，再不回去的話恐怕文溪和尚他們會擔心，於是我們回到之前丟掉油燈的地方，帶著它回到了向家吊腳樓。

因放心不下，我們決定今夜輪流值守，避免有小鬼來搗亂。

我值頭班，後半夜交給雁南歸和文溪和尚。嬴萱和靈琚都已經睡下了，我撐起一張小桌板在床上畫符，畫的正是當時從西周古墓中抄下來的貼在石棺上的符咒。根據符文的排列推斷，它裡面應該是隱藏了一首敘事詩，至於內容說的是什麼我仍舊不得其解，但我已經將它們深深烙印在了腦海中，準備等這邊事情告一段落之後再回到蓋帽山，去問問通曉各類符文的燈芯無息。

說也奇怪，夜深之後寨子裡竟安靜了，再也聽不到小孩子的說笑聲。我安然守夜到了交接的時間，換了雁南歸接替我，我便倒下睡去。

一覺睡到了天明，文溪和尚站起身伸了個懶腰，然後對著睡眼惺忪的我搖了搖頭。奇怪，夜裡居然沒有任何異常，這讓我對那兩個小鬼的身分更加疑惑。

我摸出了昨夜在樹下撿到的長命鎖，決定去找向家主人問問看。

靈琚揹著新的竹編藥簍，在文溪和尚和雁南歸的陪伴下去林子裡採藥，我和嬴萱吃罷早飯，卻不見向家主人的身影，只有向雨花一人在默不作聲地擦桌子。趁著文溪和尚不在，我湊到小姑娘的身邊，十分禮貌地對她點點頭。

雨花怯懦地看著我，然後也學著我的動作對我點了點頭：「客人有什麼需要？」

我盡量讓自己和藹地笑了笑，卻覺得臉上的肌肉根本不聽自己使喚，估計又是身體裡的毒蟲在搞鬼。我強忍住抽搐的面部肌肉，低下頭對著雨花說道：「是這樣的，我就是好奇，這麼大的吊腳樓，只有你與父親兩人居住嗎？」

「客人你問這個幹什麼？」向雨花十分警惕地後退了兩步，眼神飄忽不定，雙眉緊湊地往中間挑動了一下，顯然是不願意同我談及這個話題。

我看向雨花對我有所抵觸，於是只好作罷，轉而從懷中掏出了昨夜在樹下撿到的長命鎖放在手心遞給她看。向雨花一看到那個長命鎖，臉色瞬間發白，本就白皙稚嫩的皮膚更是顯得毫無血色，她下意識地回頭看了看吊腳樓下部懸空的一層，然後慌張地轉身一把搶過我手中的長命鎖，如同一隻受驚奓毛❶的幼貓警惕地看著我：「客人從哪裡得來的？」

這小姑娘還是單純，剛才她那一系列下意識緊張的動作暴露出了太多的疑點，我笑而不語抽回了手，友好地衝她點點頭，就和嬴萱一起回屋了。

「怎麼，你又發現什麼了？」嬴萱剛一進屋拉上竹簾，就迫不及待地轉身問我。

我示意她不要說話，隨即揮動衣袖俯身側耳貼地，聽著地板下面的動靜。

我們房間的底部就是吊腳樓懸空撐起的位置，下面用柱子撐起來形成的底層房間蟲蟻較多，濕氣較重，一般是不住人的，都是用來儲存物品或者飼養牲口，可現在看來，那裡面一定有不為人知的秘密。

❶ 惱怒發火之意。

果然不出我所料，我聽見下面傳來了細碎輕微的腳步聲，腳步聲摻雜著不易覺察的銀鈴碎響，看樣子應該是向雨花拿著那長命鎖走入了一層柵欄裡。嬴萱也學著我趴了下來，屏氣凝神，靜靜細聽。

不一會兒，下面就傳來了細微的嗔怪：「不要再淘氣了，小心被人發現！」聽聲音應該是向雨花沒錯。和我所想一樣，昨夜那兩個唬人的小鬼一定就住在我們下方的柵欄裡，由於吊腳樓平干欄式的木質結構，因此隔音效果並不是很好，所以那小鬼一定是聽到了我們的談話，才會學著靈琚的聲音喊我們「小雁」和「師父」的，而靈琚穿著的少數民族服裝，也一定是來自於他們。

向雨花話音剛落，我就聽到了昨夜那熟悉的小孩子聲音：「知道啦，一點兒都不好玩。」

嬴萱睜大了眼睛看向我，我趕緊示意她不要出聲，繼續聽下去。

緊接著，又一個相似的小孩子聲音傳來：「那姐姐陪我們玩好嗎？」

向雨花輕聲回答：「等明日客人走了，我再來陪你們玩好嗎？來，把長命鎖戴好了，可別再丟了。」說完，就聽到向雨花退出來的腳步聲。

我和嬴萱站起了身，沉默著坐在了竹床上。

# 5

先不說下層的兩個小孩子到底是人是鬼，光是向家將他們藏匿在平日裡住不了人的下層吊腳樓裡的行為就已經非同尋常了。為了一探虛實，我決定讓嬴萱去引開向雨花，趁她不注意的時候進入吊腳樓的底層。

嬴萱點頭同意我的方法，她剛要轉身出去，我們就聽到外面傳來了一陣嘈雜聲。我拉住嬴萱，透過竹簾向外面看去，卻見一群風雨鎮的村民圍在院子裡，向雨花阻攔在院門口，好像是起了什麼爭執。

「真的沒有，鄉親們你們行行好，就饒了我們吧。」向雨花堵在門口苦苦哀求，可外面的村民根本不聽解釋，你推我搡地就往向家吊腳樓裡衝，我和嬴萱面面相覷，不知道到底發生了什麼。

「怎麼可能沒有！這馬上就到祭祀的日子了，如果不按時奉上貢品，咱們寨子就要遭殃了！」

向雨花的眼角帶淚：「當年我姐姐就已經交了出去，現在怎麼還來我家？我們真的沒有了。」

「不可能，之前還看到你娘挺了大肚子，怎麼可能沒有！」

村民們不由分說衝撞開了向雨花的家門，不等雨花阻攔就走進了正屋的各個房間進行搜查。

向雨花無力地阻攔著：「我娘那時候懷了死胎，難產而亡，那時候不是鄉親們一起幫襯著給我娘下的葬麼？哪裡還會有啊！」

村民根本不聽雨花的解釋：「不對！早就覺得你們家不對勁了，昨天還有人說，在你們家聽到了小丫頭的笑聲呢，肯定是被你們給藏了起來！」

雨花瞬間愣在原地，不知所措地擋在吊腳樓底層的門口，緊張地看著那些村民，頭頂直冒冷汗。

我搖頭歎氣，這小姑娘太單純了，這不是擺明了此地無銀三百兩麼?!

就在村民們準備強行搜索吊腳樓底層的時候，一聲清晰明朗的小丫頭聲音從大家的身後傳來。

「小丫頭的笑聲？是在說我嗎？」

所有人都抬頭轉身看去，只見靈琚揹著小藥簍坐在雁南歸的肩頭，剛才那句話正是出自她之口，靈琚身後的藥簍裡裝滿了各種草藥，看來應是滿載而歸。

雁南歸冷眼掃視著那些村民，似乎夾雜著一絲敵意，一旁站著的文溪和尚則不慍不火地微笑看著這些野蠻的村民，什麼都沒有說。

「對！」這時，向雨花終於反應了過來，跌跌撞撞地跑到了靈琚的身邊如釋重負地說道，「是靈琚，你們聽到的小丫頭的笑聲，應該是這位寄住在我家的客人。」

我鬆了口氣，心說靈琚他們回來得真是時候。

村民們你看看我，我看看你，似乎有些忌憚面無表情卻暗含殺機的雁南歸，便迅速大笑化解了此時尷尬的氣氛：「哈哈哈，原來如此啊，是我們莽撞了。」

「對對，是我們太心急，抱歉了。」

「誤會，都是誤會！客人你別放心上。」

…………

村民們迅速哄笑起來，剛才那劍拔弩張的氣氛瞬間化解，熱情和親暱再次出現在他們的臉上，村民們猶如退潮一般，離開了向家的院子。

院落恢復平靜，向雨花鬆了口氣，一直發抖的雙腿猛然一軟，徑直坐在了地上。

文溪和尚急忙扶起向雨花，我和嬴萱也從屋子裡出來，給向雨花倒了杯熱茶壓壓驚。向雨花驚魂未定地一把抱住了一臉茫然的靈琚，連聲道謝。

靈琚無辜地抬頭看看我：「師父，小姐姐為什麼要謝靈琚？」

我剛要回話，就聽身後傳來了輕聲的腳步，兩個小小的黑影迅速從吊腳樓底層鑽了出來，一把撲到了向雨花的懷中。

「姐姐！」兩個小女孩都穿著和靈琚相似的民族服飾，留著一頭齊耳的短髮，脖子裡掛著一枚苗銀打造的長命鎖。兩個小丫頭的年紀加起來不超過十歲，長相極其相似，應是一對雙胞胎。可是二人卻都灰頭土臉，身上還有一些蚊蟲叮咬的痕跡，讓本來粉嫩如荷藕的肌膚變得粗糙不堪。

向雨花一把抱起那兩個小丫頭失聲痛哭，我們五個人都不知道到底發生了什麼，無言以對，只好尷尬地站在院子裡。她們三人就那樣哭著，直到向家的院門被推開，向家主人手裡提著新鮮的兔肉回到家門，見那兩個小丫頭都在院子裡抱著雨花痛哭，手一哆嗦，肥美的兔肉便掉落在地。

向家主人一直和藹的臉上露出了凶狠的表情，氣急敗壞地上前給了向雨花一個巴掌，然後一手拎起一個小丫頭就回到了吊腳樓的底層，轉身將柵門狠狠關上：「誰讓你們倆跑出來的？萬一被村裡人發現了可怎麼辦！」

「爹，不是的……」向雨花上前解釋。

我們五個人不知所措地站在院子裡，好像是撞破了別人的隱私一般，走也不是，留也不成。鬧劇過後，向雨花溫了一壺酒招待我們，然後就轉身回到吊腳樓底層陪伴那兩個小孩了。向家主人手裡持一桿水煙愁眉不展地在吞雲吐霧，我們五個人圍坐在桌子前，誰也不說話，無人率先打破這尷尬的平靜。

向家主人深吸一口氣，端起面前的酒杯一飲而盡，張開了他那張布滿滄桑的雙唇，緩緩地說道：「其實，我們風雨鎮一直以來都有一個詛咒。」

面對神秘的湘西向家，我有一肚子的問題想要問他，可是又怕自己太過主動反而會引起對方的戒心，於是放緩了語氣追問道：「詛咒？」

向家主人點點頭，眼神飄向了寨子深處：「二十年前，寨子裡突然河水斷流，久無降雨，各種草木紛紛枯萎，這在多雨濕潤的湘西是十分罕見的旱情。

「那個時候，整個風雨鎮都陷入了危機，民不聊生。不過更奇怪的是，從那個時候起，我們寨子裡懷孕的婦人都毫無例外地誕下了雙胞胎，而且都是雙胞胎姐妹。因此，我們寨子就將這厄運叫作『雙生花詛咒』。」

「雙生花詛咒？」我不禁聯想到了之前向雨花與村民對峙的時候說出的話，以及她提到過的，自己的姐姐。

向老漢點點頭：「就在旱情最為嚴重、風雨鎮人口驟減的時候，鎮子裡來了一位黑衣的法師，他對村子進行占卜之後告訴我們，導致風雨鎮被詛咒的原因，竟是河神法力衰減造成的。而寨子裡接連誕下雙生花，正是河神對村民的暗示。那黑衣法師對我們說，只要將雙胞胎姐妹作為祭品供奉在河邊的飛水寨樓裡，入夜之後河神便會顯靈，到了第二天早上，寨樓裡便會只剩下姐妹其中的一個，另一個就是被河神選擇，作為貢品被吃下，以維持法力。」

我瞬間明白了那些村民們所說的「供奉」「祭品」到底是怎麼回事。

向老漢繼續說道：「剛開始我們不相信，因為誰也不想讓自己家的孩子去冒這個風險。但是那黑衣法師對我們說，只要給河神供奉過雙生花，那麼這家的詛咒就會消失，下一胎就一定會出現男童，而且旱情也能得到緩解。於是，當時的鎮長主動交出了自己的兩個女兒，果然，在第二日早晨，寨樓裡就剩下了一個姐姐，妹妹不知去向，問那姐姐到底發生了什麼，她也說不出個所以然。

但是事情和黑衣法師說的一樣，從那天起，河水就有了新的水流，天上也降起了大雨。而鎮長媳婦懷胎十月，果真生下了一個胖小子。

「黑衣法師的話得到了印證，但是他又說，每年的這個時候都要對河神進行供奉，也就是一個雙生花只能保證一年河水不再斷流。於是寨子裡的村民為了保護風雨鎮的平安，就商議按照姓氏順序輪流上繳貢品，家裡只要有雙生花孩子的都逃不過供奉，向雨花的姐姐就是在十年前的時候輪到當貢品被河神吃掉的。」

這時，吊腳樓底層的向雨花已經回到了這裡，聽到父親這麼說，於是低頭落淚：「在寨樓那晚，是姐姐為了救我，主動替我擋下的……我被姐姐藏在了寨樓裡的一個木櫃之中，河神來的時候沒有找到我，於是只好帶走了姐姐……」

我聽後竟有些不知所措，這殘忍的破解詛咒的方法是多麼的詭異可笑，人們為了誕下男童，為了風調雨順，竟不惜犧牲自己的親生骨肉，難道女兒就天生該比兒子低賤嗎？而且，更為可疑的是向家主人話中的那名黑衣法師，這讓我不得不懷疑所謂河神供奉，會不會就是黑衣法師在幕後搗鬼。

贏萱突然想起了樓下的那兩名小丫頭，於是一拍大腿提出了自己的疑惑：「不對啊，不是說了，只要供奉過雙生花，下一胎就可以生男孩子了麼？既然向雨花的姐姐被當作貢品獻給了河神，那為什麼樓下的那兩個……」

向老漢搖搖頭歎了口氣：「下一胎的確是男孩沒錯，只不過……又多了個妹妹。」

我們幾人瞠目結舌。

難道說，樓下的雙胞胎並不是雙生花，而是龍鳳胎??

# 6

小孩子的性別本來就不容易區分，再加上那兩個小孩子都是灰頭土臉的短髮模樣，我們先入為主地將他們當成姐妹也是情有可原。原來那晚搗鬼的並不是什麼鬼怪，而是這兩名淘氣的兄妹。

向老漢愁眉不展：「他們的確是一對龍鳳胎，大的是哥哥，叫向雲來，小的是妹妹，叫向雲旗。那個黑衣法師沒說過如果出現這種情況該怎麼辦，也不知道龍鳳胎是否滿足供奉的條件，關鍵是，孩子娘也因生產他們兄妹倆難產而死，我當時看著這兩個孩子愁得寢食難安，保險起見，我只好先把他們藏在吊腳樓底層，平日裡囑咐他們不要露面，能躲多久就躲多久。這不，又到了今年供奉的季節，可是全村找不出雙生花，寨子裡的人才會像方才那樣挨家挨戶地搜，恐怕我也瞞不了多久。」

「你怎麼看？」一旁的文溪和尚聽了向家主人的話，轉身問我。

我知道文溪和尚在意什麼，那名向老漢所說的黑衣法師，很有可能與血莧記憶中將子溪交予大型吊腳樓王座上的那名黑衣男子鬼臼有所關聯，至於那唬人的河神和寨子裡的雙生花詛咒，都很有可能與鬼豹族搶奪天暑的陰謀有關。

我對文溪和尚點點頭，轉身對向老漢說道：「你放心，雲旗和雲來的事情，我們是不會說出去的。但是你們為什麼沒有懷疑過，那黑衣法師有可能是在欺騙你們呢？」

向老漢急忙搖頭：「不，我們都是平常的老百姓，只求一世平安，即使懷疑過又怎樣，事實擺在眼前，如果斷了對河神的供奉，村子將會再度陷入旱情，我們也終究無法生下男童傳宗接代，如果不按那黑衣法師的方法，我們風雨鎮恐怕早就成了一座空城。」

我站起身對著向老漢微微鞠躬，隨即從腰間抽出了玄木鞭對向老漢說道：「實不相瞞，我們現在懷疑那河神與黑衣法師是我們一直追蹤的妖物，他們不過是在利用謊言騙取寨子裡雙生花的性命，來完成一些不為人知的邪惡陰謀。」

向老漢顯然對我不放心，懷疑地看著我：「可那又怎樣，我們都是尋常百姓，根本無法與他們作對。即便知道對方可能是在利用我們，但只要他們保證鎮子的平安，我們都毫無怨言。」

很明顯的弱者心態，只要對方不威脅到性命，即便是捨棄一些重要的條件也無所謂。我搖搖頭，歎了口氣：「難道你們不想除掉這搗鬼的河神和黑衣法師，讓鎮子恢復到曾經的平靜嗎？」

向老漢為難地看著我：「可是我們……實在是沒什麼本事……」

我整了整衣領，端起了架子說道：「在下倒是有一些降妖除魔的本事，但是又有一定的局限性，我必須通過夢境才能將邪祟收捕，所以，我需要進入到曾經被當作貢品的人的夢境中去。不知道這個忙，你們願幫否？」

一直在旁邊沉默的向雨花突然鼓足了勇氣站起身，嬌弱的面龐中透露著一絲堅定：「我願意！」

文溪和尚笑了笑，站到向雨花身邊，用寬大的手掌拍了拍雨花的肩膀，如一縷春風般溫聲細語說道：「小姑娘平日裡萬分羞澀，但沒想到能這麼勇敢。不過可惜，這個忙你幫不上。」

我也點點頭說道：「按照你之前所說，你姐姐將你藏在了木櫃之中，也就是說你根本就沒有見過河神，因此在你的潛意識裡並沒有河神的記憶，你也沒有沾染河神的噩夢，所以我無法進行捕捉。」

雨花失望地低下了頭，隨後又突然想起了什麼一樣，拍了拍手對我們說：「我雖然沒有看見，但是寨子裡那些被送去供奉卻被河神留下的雙生花裡，肯定有人見到過。這樣，我去找她們來幫忙。」向雨花話還沒說完就急匆匆轉身走下了吊腳樓，身上細碎的銀飾發出叮噹的脆響。

「這丫頭……」向老漢愁眉苦臉地看著雨花遠去的背影連聲歎氣，「她是想替自己的姐姐報仇，才會這麼上心吧。不過，恐怕她找不到願意幫忙的人吧……」

「怎麼說？」嬴萱疑惑地走上前看著身邊的向老漢。

「村子裡的人從來不敢去質疑河神，想要他們幫助我們一起反抗，是根本不可能的事情。」

我陷入了沉思，是啊，習慣被欺壓的弱者是不會想到反抗的，他們寧願想當然地認為自己力量弱小無法反對統治者，奴性的慣用思維是不會讓他們聯合起來為自己而戰，或許連他們自己都不知道，自己的力量其實要比想像中更強大。

就在我們都陷入困惑的僵局時，身後傳來了輕微的孩童的聲音：「那個，我們願意幫忙。」

我們驚訝地轉身，卻見雲旗和雲來兩人又偷偷鑽了出來，沿著窗戶的側邊爬進了正屋的房間裡。兩人打著赤腳，小臉灰撲撲的，只有一雙滴流圓的大眼睛明亮閃爍，脖子裡都掛著一個長命鎖，小小的身體裡似乎蘊含著無限的潛能。

對了，樓下是可以清晰地聽見我們談話的。

「你倆怎麼又出來了？」向老漢說著就上前抱住他們。

「爹，你聽聽我們的計畫好嗎！我們真的想幫大姐報仇！」兩個小孩子奮力在向老漢的懷抱裡掙扎，可向老漢根本不管不顧，轉身就將他們兄妹倆帶入了底層。

果然不出向老漢所料，一直到了夕陽西沉，向雨花才垂頭喪氣地回了家，白裡透紅的臉頰上掛著細密的汗珠，乾澀發白的雙唇微微顫抖，原本靈動水嫩的小姑娘彷彿一天之間蒼老了許多。她坐下先猛喝了一碗清水潤了潤嗓子，才拖著疲憊的身子轉身去廚房做飯。看來，這小姑娘是費了不少心思，也不知磨破了多少嘴皮子，可最終還是空手而歸。

看來，風雨鎮的村民早已習慣了被欺壓，已經麻木了。

事情陷入了僵局，我和文溪和尚只好再尋找其他的辦法。靈琚也鬧不清到底發生了什麼事，只是對藏在底層的雲旗和雲來兩兄妹非常好奇，非要拉著嬴萱一起去底層找他們倆玩。嬴萱拗不過靈琚，只好偷偷帶著靈琚下了一層。雁南歸守在向家院子門口，避免有村民路過發現吊腳樓裡的秘密。

炊煙裊裊，晚飯在雨花精巧的雙手下迅速完成。向雨花拿了飯菜去底層給雲旗和雲來送飯，我和文溪和尚都跟在後面，想要去看看那吊腳樓一層的模樣。

隨著向雨花的腳步，我們來到了那神秘的吊腳樓底層，這裡陰森黑暗，幾乎見不到光，四周由數不清的粗壯的木頭柱子支撐，用竹條紮成的細密的柵欄將四面圍起，只留了一些細小的通風口。地上鋪著石板，冰冷潮濕，蚊蟲也多，四周的角落裡堆滿了大大小小的竹筐和一些雜物，在最裡面的雜物堆後面，我看到了嬴萱和靈琚的身影。

走上前，只見那裡鋪著幾層被褥和紗織的蚊帳，周圍還點著一些驅蚊蟲的熏香。雲旗和雲來就坐在蚊帳裡面同靈琚講話，他們二人見雨花來送飯，便開心地將一旁的木製小桌板擺放整齊，主動接過雨花遞上的飯菜擺放整齊。靈琚和嬴萱也站起了身，同我們一起離開了陰冷潮濕的一層。

「他大爺的，真不敢相信，兩個小孩子居然在那種暗無天日的生活環境下成長！簡直是……」嬴萱剛走出來，就氣沖沖地在我身邊輕聲嘀咕著。

向雨花聽了嬴萱的話，也愧疚地低下了頭：「沒辦法，因為害怕雲旗和雲來被村民抓去當貢品，為了活命，就只能這樣委屈他們了。」

向雨花說得不錯，事情過於複雜，或許只有這樣才能保全這兩個無辜幼童的生命。不管是哥哥雲來，還是妹妹雲旗，他們兩個人的性命本就應該由他們自己做主，而不是那些愚昧、一味順從的村民。

我們回到正屋圍坐在一起吃晚飯，我和文溪和尚還在討論著應該如何收服這個作祟的河神。在現實中我根本沒有勝算，但是現在又找不到合適的人進入恰當的夢境。我們一時間陷入僵局，直到一旁的雁南歸默默放下了手中的碗筷，抬頭對我說道：「夢中夢。」

我醍醐灌頂，竟然把這麼重要的方式給忘記了。

嬴萱也在一旁附和：「對啊，南歸說得不錯，姜楚弦，你先進入向雨花的夢境，然後在向雨花的夢境中找到雨花的姐姐，再對她進行化夢，直接進入雨花姐姐的夢境中直面那個河神，而且河神的力量也會通過雨花的夢境而過濾衰減，這樣勝算不是更大了？」

我點點頭，可眉頭同時也皺了起來：「但是，你們忘記了非常重要的一點。」

文溪和尚和嬴萱都疑惑地看向我。

我歎了口氣，看了看身邊坐著的一臉期待的向雨花，說道：「可是如果，我是說如果，雨花的姐姐在十年前被河神抓走並不是被囚禁了起來，而是已經遭遇不測，那麼……」

「那麼根據你之前所說，夢境由人心而生，人心已死，便同時也沒有了夢境。」文溪和尚沉重地接上了我的話，正是我想要表達卻開不了口的假設。

向雨花和向老漢都失望地低下了頭。

剛剛燃起的希望瞬間被冷水澆滅，父女倆顯然萬念俱灰，根本吃不下一口飯。

就在這時，門口的竹簾再次被一雙小手掀開，只見向雲來手中端著已經空了的飯碗，拉著妹妹雲旗的手走了進來。

「你倆上來做什麼！」向老漢趕緊拉上竹簾，生怕被外人看到。

誰知道，向雲旗和向雲來竟齊刷刷跪在了地上，面對我連連磕了幾個響頭，兩個小童用稚嫩的聲音向我乞求道：「師父，讓我們來幫你吧。」

向雨花急忙攙起自己的弟弟妹妹，拿細嫩的手背給他們倆擦了擦灰頭土臉的臉頰：「雲旗雲來，你們聽話，這件事你們是幫不上忙的，乖乖回去好嗎？」

誰知那兩兄妹竟然執意要幫忙，並且提出了一個連我都從未想到過的方法。

向雲來站起身抹了一把鼻涕，堅決地說道：「爹，姐姐，今年就把我打扮成女孩子，讓我和妹妹一起去供奉吧！這樣一來，我們兩人中就必定有一人能留下來，而留下來的這個人，一定會仔細看清楚河神的樣子，讓這位師父進入夢境，把那個作祟的河神給除掉！替大姐和全村的女孩子報仇！」

向老漢二話沒說，抬手就打了向雲來一個耳光，雖下手不重，卻也讓雲來一個趔趄。雲旗急忙扶住自己的哥哥，轉頭對著向老漢說道：「爹，求求你了！至少這樣，河神除去，我們活下來的那個就不用再躲到暗無天日的底層去生活了。爹，你就應了我們吧！」

「不行！這代價和風險都太大了！你娘已經因為你倆而死去，我不能再失去你們任何一個！

這個辦法絕對不行！」向家主人決絕地轉過身，不再聽雲旗和雲來的勸說。

這兩個小孩子……簡直比靈琚都要人小鬼大，這種超出年齡的成熟，或許正是那種簡陋艱苦的生活環境造成的。兩個小娃娃分別扯住向老漢的左右衣袖不停地勸說，就連一旁站著的向雨花也都擔憂地低下了頭。

他們所說的辦法的確可行，就是代價太大。他們這是拿自己的生命做賭注，不管河神選擇了哪一個，他們都會因此而丟掉性命，而我也必須通過剩下的那個孩子進入夢境，徹底消滅河神，不然，孩子如此大義凜然的犧牲就白費了。

我也如同向老漢一樣陷入了猶豫之中。雖然雲旗和雲來不是我的孩子，但是誰也不想讓兩個無辜的孩子去冒險，況且是以丟掉性命為代價。這種瘋狂的冒險，若沒有一顆萬分強大的心，是根本無法做出這樣的決定的。這讓我對兩名小娃娃刮目相看，不自覺就陷入了兩難之地。

最終，在小娃娃的苦苦哀求之下，向老漢終於默認了他們的辦法。雖然心痛欲絕，但是看著兩兄妹堅定的眼神，向老漢深吸一口氣，抹了把老淚轉身走了出去，像是下了極大的決心，臨走時還不忘囑咐向雨花：「今晚給他倆洗個澡，準備明日供奉！」說罷，就留下了一個孤獨瘦弱的身影，和天下所有不善言辭的父親一樣，選擇了默默離開。

雨花緊緊擁著雲旗和雲來，哭得說不出話來。

我歎了口氣，轉身離開，回到了客房將自己關了起來。

這樣做……真的對嗎？

# 7

朝露初生，青山含翠，湘西的清晨來得特別早。我恍惚間睜開眼的時候，外面已經是鑼鼓喧天。

我猛然驚坐而起，心中頓覺不妙，轉眼看去，屋裡其他幾個人早已不見了蹤影。我急忙站起身披了衣裳掀開竹簾，向家的院子裡已然擠滿了村民。

院子中人頭攢動，兩架竹製的轎子繫著五顏六色的布條，座位上鋪著鮮豔的西蘭卡普，下面墊著幾層手編的竹席，轎子正停在大院中央，扛轎子的都是臉上畫著奇怪彩飾的青壯年。只有轎子前面跟著一位老婦人，頭頂著複雜精緻的銀飾，臉上溝壑縱橫，傴僂著身子手中持著一桿木杖和一口木碗，正在低頭唸叨著什麼。嬴萱、靈琚還有雁南歸和文溪和尚都混跡在人群中，雖然都試圖往轎子那邊湊，可是仍舊被人群衝散，就像飄零的浮萍。

我因站在吊腳樓高處，所以看得見轎子上坐著的雲旗和雲來。只見他倆已經換上了鮮豔的民族服飾，都是穿著藍紅相間的長裙，肩頭披著繡工繁複的披風，短髮都被悉心盤起，看來村民們並沒有注意到雲來其實是個男孩。兄妹倆頭上都戴著厚重精緻的頭巾，粉嫩的小臉在鮮豔的顏色下襯托得幾乎毫無血色。

兄妹倆面色凝重，看得出來他們還是有些害怕，畢竟他們只是總角[2]年歲的小孩子。

「這……」我看著熙熙攘攘的人群，目瞪口呆。

這時，向雨花手端蓋著紅棉布的托盤走來，呈上了兩碗清酒。為首的阿婆努力直起腰，用手指蘸著那銀碗中的酒水，彈指一揮，朝天和地各灑幾滴，以敬天地，而後就讓轎子上的雲旗和雲來盡數喝下。

這詭異的祭祀儀式讓我看得很不舒服，甚至沒有一點點心理防備。

這裡不見向老漢的身影，恐怕是作為父親，見不得這種生離死別的場景吧。誰能想像，今日兩個活生生的小娃娃，明日就只會剩下一個了。

為首的阿婆抓起木碗中的白色顆粒拋撒在空中，那應該是驅邪用的白鹽。一聲響鑼過後，村民們吆喝著唱著聽不懂的歌謠，齊刷刷地抬起了轎子，簇擁著雲旗和雲來一同走出了向家的院子，朝著遠處的飛水寨樓緩慢進發。

這時，留在院子裡的向雨花雙腿一軟，坐地掩面哭泣，手中端著的空酒杯摔落在地。

院子裡瞬時就只剩下了我們的人，我這才緩過神來急忙走下吊腳樓，詢問事情由來。

嬴萱告訴我，今日清晨，雲旗和雲來洗漱過後，雲來換上女裝，兩人主動挨家挨戶地去敲門宣告自己的身分，村民們正愁找不到祭祀用的雙生花，見了雲旗和雲來主動上門，自然緊鑼密鼓地張羅起來，挑了個所謂的良辰吉時，就早早地開始了供奉，根本沒有給向老漢留任何猶豫的機會。

文溪和尚攙扶起哭泣的向雨花轉身回屋，靈琚似乎也受到了這悲傷氣氛的感染，鼻頭紅紅地扯著雁南歸的手，站在那裡一動不動，怯懦地看著我，小嘴嚅動，卻沒有發出任何提問。嬴萱一臉苦相和我對視一眼，搖了搖頭，隨即重重地拍了拍我的肩膀。

---

❷ 舊時幼童編紮頭髮形如兩角謂之「總角」。

我懂嬴萱的意思。

現在，所有的希望就都寄託在我的身上了。

我從未想過，兩個不諳世事的小娃娃，竟也能這般做出大義凜然的犧牲。不管明早回來的是雲旗還是雲來，我都一定不能辜負他們用生命給予我的厚望。

我打了個寒顫，回過神來轉身回屋穿衣服，沿著吊腳樓遊廊走上去，卻瞥見正屋裡有一個伶仃的背影。我駐足透過稀疏的竹簾張望，原來是一早上都不見人的向老漢。只見他面對牆根單手撐著身旁的木桌，身上的粗布藍衫洗得發白，褶皺縱橫，滄桑穩健的身軀止不住地顫抖，那雙寬闊得能撐起一家子生活重擔的肩膀，此時卻像是戰場上無助的倖存者，面對屍橫遍野，只願解甲歸田。

我不忍心去看，急忙轉身回屋。

待今晚供奉結束，明早將兄妹倆剩下的那個接回來，就要面對一場未知的惡戰。此時此刻，不僅僅是我，連同其他人都陷入了緊張的備戰狀態。由於我們並不清楚河神到底是何方神聖，因此我們都盡量做足準備。

嬴萱借來了磨刀石，毫不停歇地製作箭鏃，一聲聲有節奏的摩擦聲霍霍而來，直抵我的心頭；雁南歸在靈琚的幫助下將自己卷曲的銀色長髮悉數紮好拋在腦後，隨即就一直閉目養神，等待明日的戰鬥；文溪和尚帶著靈琚一起準備了許多草藥，湘西氣候濕潤，有許多珍貴的草藥，他們將解毒和止血的草藥研磨後摻入蜂蜜捏成丸狀隨身攜帶一同化夢，不光如此，文溪和尚還做了一些自製的煙幕彈，以備不時之需。

而我，默唸心法，熟悉五行符咒。同時還利用自己畢生所學，準備了一些可能用得上的東西。

首先是鹽。鹽能驅邪，危難之際撒鹽可將惡靈驅散。其次，我問雨花要了一根紅色的細線，就是平日裡用來縫補的普通棉線，但是紅線能拴小鬼，防止對手進行暗算。最後，我找來朱砂、黃紙，畫了一些師父曾經教我的護身符咒，雖不知到底有無用處，但我還是依次分發給他們，以作保險之用。

做完這一切已經是晚上了，晚飯時分，所有人都沒有胃口，只是隨意扒了兩口飯就放下了碗筷，不約而同地望向飛水寨樓的方向。蒼穹如墨環蓋大地，此時的雲旗和雲來，怕是正在經歷人生中最艱難的時刻。

幾乎是輾轉反側一夜無眠，就連靈琚也在不停地磨牙，所有人都神牽對岸的寨樓，根本無心睡眠。好不容易熬過這一夜，還未等東方的天際滲出光芒，我們一行人就已經穿戴整齊，準備前往飛水寨樓去接應被剩下的雲旗或者雲來。

河對岸的建築風格要比這邊更加雄偉壯闊一些，頗有血莧記憶中那座寨樓的氣勢。寨樓簷牙高啄，殿宇雄峙，飛簷瓦頂，木質結構上早已經被包裹了歲月潤澤的光芒，暗紅色紋理的木樁直插入河床之中，將巨大的寨樓穩穩托住。

張燈結彩的祭祀寨樓裡散發著詭異的安靜，雁南歸悄然上前觀望，確定了飛水寨樓裡並無他物之後，才示意我們上前。

我們迅速推開寨樓的大門沿著遊廊走入正房，寨樓兩側掛滿了繡花的帷帳，地上鋪設著編織精細的竹席，如同長舌一般延伸到盡頭。而寨樓盡頭並沒有封死，反而是一個開闊的敞開式平台，用木框圍起，中間擺著兩只繡花蒲團。

而那繡花蒲團上，正有一個小小的身影。

我快步上前抱起那昏迷的孩子，撩開額前的短髮看去，沒想到被留下的，竟是個真正的女孩！

「向雲旗？」我有些錯愕。按道理來說，河神下令要供奉雙生花，那就說明他需要童女而非童男，怎麼雲旗身為女孩子卻反而被留下？

我抱起雲旗轉身就走，不在寨樓裡進行過多的停留，疾步回到向家的吊腳樓裡，將雲旗安置在床榻上。向老漢猛然推門進來，看到安然無恙的雲旗，撲上來就死死抱住泣不成聲。向雨花也丟下了手中的活計，倒了一碗熱水送到了雲旗的身邊。

我利用這段時間進行了探夢，默唸心法，睜開眼，卻見雲旗的脖頸處竟然纏繞了一圈銀白色的環狀物，走近了看，竟是數十尾的尖頭銀魚首尾相連，形成了一個環形枷鎖，死死卡在了雲旗的脖子上導致了她的昏迷。

魚蝦之將？難道那搞鬼的真是河神不成？

文溪和尚替雲旗把了脈，好在她只是受到驚嚇而昏睡過去，文溪和尚施以金針，安神定魂，不一會兒，向雲旗就緩緩睜開了眼睛。

「爹……姐姐……」雲旗醒來後虛弱地看了眾人一眼，眼角便落下了晶瑩的淚水，「哥哥他……」

向雨花泣不成聲：「雲旗乖，不要害怕……」

雲旗搖搖頭，眼淚卻根本無法停歇：「是哥哥救了我……河神……不！是一條巨大的銀色東江魚，而且長著人的身子。牠本要張嘴吞下我，可就在那一瞬間哥哥推開了我，自己卻被大魚吞下。然後我兩眼一黑便不省人事了。」

長著人身子的東江魚?!我聽了雲旗的話後茅塞頓開。這根本不是什麼河神，而是一隻東江魚婦在搞鬼！所謂魚婦，其實就是溺水而亡的屍體被河中的小魚當作寄生的溫床，屍體中未散的怨氣將鑽入其中的小魚當作餌料，雙方互為依託共生，形成了半人半魚的寄生體，終日藏在河底，威力不大，不會主動攻擊人，只是通過吞食河裡的其他魚類生存下去。

可是魚婦吃人的說法，我之前從未聽說過！

我急忙推開擋在面前的向老漢，讓文溪和尚給雲旗餵下安眠的藥物盡快化夢，如果來得及，或許還能趕在雲來被徹底消化之前打敗東江魚婦，救出小娃娃！

看著被自己哥哥救下的雲旗，我有說不出的難受，只能握緊了身上的玄木鞭。

向雲來，謝謝你用一個男孩子的臂膀，承擔了一個男人的擔當。

# 8

東江，是湘江源頭之一。江水清澈純淨，是不可多得的天然礦泉水。江湖中盛產銀色小魚仔，以藻類、浮游植物為食，因此肉質滑嫩鮮美，常被湘西人加工燻製，是湖南當地的一道名產，這種銀色尖頭的小魚仔，也因此被稱為「東江魚」。

而讓我們萬萬沒有想到的是，這次作祟的「河神」，竟是一隻東江魚婦。

雲旗喝了安神助眠的草藥睡下之後，我便吹響青玉笛將她帶入深度睡眠之中。我迅速喚起阿巴，將靈琚託付給向雨花，剩下所有人都隨我一同進入了雲旗的夢境。

一陣眩暈代替了之前失重的墜落，看來阿巴的修行隨著時間也在不斷提高，同時帶四個人一起化夢並不像從前那麼吃力。

我站定後迅速觀察，發現我們果然是來到了河對岸的飛水寨樓腳下。嬴萱身後的箭筒裡裝滿了補給的箭，雁南歸手腕一振抽出了青鋼鬼爪，文溪和尚將那串黑色的無患子珠盤在手腕上跟在我們身後，我手持玄木鞭，二話沒說就準備上前踢開飛水寨樓的大門。

哪知我剛邁出步子，身後就有一股力牽制住了我。我停下腳步回頭，卻見雁南歸扯住了我的灰布袍，正冷眼掃視著我，我轉身揮手掙脫掉他的控制說道：「幹什麼？還不抓緊時間？」

因東江魚婦吞下雲來還沒過去太長時間，因此我們抓緊行動或許還來得及救孩子一命，故我有此一問。

雁南歸沒有說話，眼神中透露出的更多是清冷，那眼神如同千年寒冰般將我口中呼出的熱氣瞬間凍結。他眼珠輕微移動，看向了我身後的河面。

這時我才注意到，嬴萱和文溪和尚也都被河面吸引了目光。我急忙轉身，卻見那現實中原本平靜的河面居然整齊地從中間劈開露出了河床，形成了一條通往河底的通道，兩側的水簾翻滾湧動，水花四濺。我正納悶好端端的河水為何突然有這般變故，就見河面中央道路盡頭出現了一個銀白色的身影。

隨著那身影的走近，四周腥臭之氣大作。身邊的雁南歸突現怒容，瞬時就抬起了青鋼鬼爪。我定睛看去，那銀白色的身影竟愈發變得巨大，塌扁的魚嘴醜陋不堪，兩側腮瓣開合，一雙青綠色凸起的眼球中凶光閃動，而那巨大的銀白色身體上布滿了堅硬如鎧甲般的鱗片，而那原本連接魚尾的下半身，卻分明是一雙人類的腿！

「果真是魚婦。」確定了對手之後我鬆了口氣。魚婦本是淹死在河中的人的屍體與魚相結合寄生的一種生物，半人半魚，吃河裡腐爛的魚蝦維生，並不是什麼凶猛的物種。這種妖物很特殊，如果不拆散人和魚，魚婦就是活著的狀態，但若是拆散了人的屍體和魚，則兩者都會回歸死亡的狀態。

只不過，這區區東江魚婦，又是如何做到控制河水斷流、驅散雨水，甚至讓風雨鎮的村民世世代代孕育數量龐大的雙胞胎姐妹呢？

還未等我思考明白，那巨型的東江魚婦就已經通過開闊的平台爬上了飛水寨樓，我們四人根據雁南歸的指示，急忙從寨樓一側的迴廊繞到了頂層，決定從上面給這個魚婦來個措手不及。

距離那東江魚婦越近，那腥臭的味道便更加濃烈。嬴萱索性將手腕上繫著的絲巾綁在臉上用以阻隔臭氣，而我們三個大男人只好皺眉強忍，壓低了身子向那魚婦停留的位置移動。

寨樓是木質結構，樓下傳來隱約的哭聲，應是雲旗和雲來見到如此醜陋的龐然大物而被嚇到，我們加快了腳步，抵達了最佳埋伏的地點——祭祀台子的正上方。

雁南歸示意我們先不要輕舉妄動，畢竟這麼大一條魚婦，少說也有上百年的修為，我們莽撞行事必定吃虧。我們四人匍匐在頂層，透過木製的夾板向一層望去。

雲旗和雲來兩個小娃娃抱作一團，雲旗已經嚇得閉上了雙眼，卻又突然像是想起來了什麼，努力逼迫著自己顫抖著睜開了雙眼。我知道，她是在努力記住這東江魚婦的樣貌，好為我化夢提供幫助。畢竟夢境是由人深層的記憶所主導，記憶越明晰，那麼夢境就越接近現實。

我為這兩個小娃娃的勇氣而感到震撼。那東江魚婦魚頭一擺，猛然將自己笨重的上半身摔在了祭祀的平台上，整座飛水寨樓都發生了強烈的震動，所幸這大型建築比較堅固才沒有發生塌方。看那東江魚婦行動十分遲緩，兩側的魚鰓一開一合，弧度彎曲的魚嘴猛然大張，腥臭的味道便更加濃烈了。

「吃……吃！我要……吃……」

東江魚婦如同癡傻一般呢喃著，這也更加讓我確定了其背後一定有幕後主使。我們屏氣凝神，時刻準備在雁南歸的發令下奮力一擊。

就在我們埋伏在飛水寨樓頂層伺機而動的時候，忽然，只見銀光一閃，那東江魚婦扁平的大嘴中突然吐出了無數的細小魚仔，銀鱗尖頭，分明是一群東江魚仔。那群小魚仔首尾相連，如同鎖鏈一般朝著兩個小娃娃飛去。

銀魚組成的枷鎖如同捆金仙繩一般迅速圍繞在向雲旗的身邊，同時，銀光乍閃，魚鏈急速收縮，眼看就朝著雲旗的脖子狠狠收緊。雁南歸見狀正要發令進攻，卻見方才被魚鏈衝擊力震向一旁的雲來突然翻身站起，不顧自己身上的傷痛猛然朝著自己的妹妹撲了過去，一把推開了無法動彈的雲旗。

由於護妹心切，雲來的力量極大，於是，雲旗脖子上的魚鎖瞬間斷裂，身體被猛然甩了出去，脖子上雖然還套著銀魚鎖鏈，可已然擺脫了東江魚婦的控制。雲旗撞在一側的牆壁上，痛得昏了過去。

東江魚婦顯然被雲來的所作所為而激怒，銀珠般的雙目突現凶光，再次張開了嘴，無數的東江魚仔便伴隨著腥氣再次襲來，這次的目標很明確，正是向雲來，看來魚婦並沒有認出雲來並不是女孩。

下一刻，魚鏈迅速收縮，死死地卡在了護在雲旗身前的雲來的脖子上，他小小的身體瞬間被魚鏈牽動，緊緊勒在脖頸。只見他表情痛苦地試圖用手去掙脫枷鎖，可是無濟於事，被魚鏈拖住狠狠摔在地上，隨即魚鎖收縮，守在遠處的東江魚婦張大了嘴，等待獵物的回籠。

# 9

「動手！」雁南歸突然低聲示意，下一秒，他已然舉起了青鋼鬼爪，寒光凜冽，直朝那正在收縮的魚鏈。只聽「喀嚓」一聲，魚鏈應聲而斷，魚婦因沒有了受力而猛然後退落入了河水之中，雲來也因窒息昏死過去。

我和嬴萱應聲而動，文溪和尚先是手持無患子珠結印，形成了一層橙黃色的暖光籠罩在早已昏迷不醒的雲旗和雲來的身上。我抽出玄木鞭落在了雁南歸的身邊，而嬴萱仍舊守在高處，已經拉滿了弓，瞄準那翻騰的水面。

唰——

只聽水中一聲巨響，水光乍現，河水被巨大的力量掀起了一道噴濺的水牆。我和雁南歸連連後退，還未等那水牆散去，就見當中一道黑影朝我倆這邊逼近。

我和雁南歸默契地分別朝兩邊側身一閃，移動的同時我轉身揮鞭，對面的雁南歸也同時出爪。那黑影正是魚婦，我和雁南歸準確地擊中了魚婦的身體，只是由於受水霧影響，我們根本看不清到底打在了哪裡，只是手部感受到了劇烈的反作用力。

水霧還未散去，黑影怒吼一聲就不見了蹤影，隱匿在水汽深處。我停下動作側耳細聽，企圖根據聲音來判斷魚婦所在。可我還未捕捉到任何聲響，自己身下就猛然一沉，背部受到了猛烈的撞擊，緊接著嗓中一甜，要不是我用玄木鞭撐在前方，身體早就飛出幾丈遠了。

雁南歸見我遭到突襲，便更加提高了警惕。半妖的感官要更加敏感，可是我們眼前的這些水霧就好像自帶屏蔽功能，完全隱匿了東江魚婦的行動。那樣一個龐然大物在我們身邊移動，我們竟根本無法覺察。

「東北側！」突然，樓上的嬴萱衝我們喊道。

下一秒，雁南歸燕步迴旋一躍而起，一個漂亮的側空翻便躲過了來自東北方向的襲擊。雁南歸之所以被稱為高手，那是因為不管在什麼時候，即便是在防守或者躲閃的瞬間，他也能迅速做出準確的回擊判斷，在對手進攻的同時進行反攻。就在雁南歸尚未落地的同時，他猛然出手向下刺去，只聽清脆的一聲金屬碰撞的響聲，幾片如同鐵片的魚鱗便掉落在了我的腳邊。

高處的嬴萱配合緊密，抬手就放出了弓箭。那一支黑色的利箭宛如一條拖尾的流星，朝著那魚婦方才被雁南歸擊落魚鱗的部位準確飛去。只聽噗哧一聲，那東江魚婦發出了淒厲的怒吼，四周的水汽迅速散去，那受了箭傷的魚婦便清晰地出現在我的面前。

弓箭刺入了對手沒有魚鱗覆蓋的柔軟肌膚之中，流出了濃稠的褐色血液。可是魚婦沒有倒下，反而張大了嘴，再次朝我吐出了無數的銀魚仔。

魚仔數量極多，我根本應接不暇。情急之下，我從懷中抓出之前帶來的那一袋白鹽，抬手就朝著那些魚仔們撒去。晶瑩顆粒的細鹽擊落在魚仔的身上竟毫無作用，轉念一想，這些魚仔不過是受魚婦控制的河魚罷了，又不是什麼鬼怪，白鹽自是毫無作用。

「姜楚弦你大爺的！都什麼時候了你還在那醃魚!?」嬴萱破口大罵。

我正要抬頭反擊，那些魚仔紛紛衝過細鹽，死死纏住了我的腰部。只覺腰下一疼，我整個人便側身倒了下去。

雁南歸從一側迅速飛奔而來，抬手就準備將我腰部的魚鏈斬斷。可是還未等他動手，我身上無數的魚仔便分化出又一條魚鏈，迅速纏繞在了雁南歸的身上。

「這魚婦是利用這些魚仔在吸收人的精氣！」我身上的力量正在被這些魚仔一點點吸收，躺在地板上根本無法掙扎動彈，抬起頭對著雁南歸說道。

他顯然也感受到了力量的流失，不過終究是半妖，力量要比我這個普通人大得多，他努力撐起身子，反手就用鋒利的青鋼鬼爪將我腰部的魚鏈割斷。

「烤了牠！」雁南歸用盡全力一腳將已經沒有魚鏈束縛的我踢開，將我送至了距離東江魚婦較遠的安全距離。

我手握玄木鞭站起，灰袍衣袂向後一甩，木鞭橫空，單手撕下原始天符奮力上拋，隨即抬手用玄木鞭直指符咒：「陰陽破陣，萬符通天！火鈴符——破！」

巨型的火龍從符咒中噴射而出，盤旋著朝那些魚仔們飛去。一陣火光過後，腥臭的氣味便變成了烤魚的肉香，那些銀魚仔統統像是失去控制般掉落在地，通體焦黃，已是一副烤熟了的模樣。

「你這東江魚婦為增加修為而禍害風雨鎮二十餘年，今日我決計饒不了你！」我乘勝追擊，再次撕下原始天符催動五行心法，雙手持玄木鞭厲聲怒吼：「捉神符，破！」

流星金光像是點燃的煙火般四散炸開，朝著那龐大的東江魚婦飛去。我盡力控制住手中的玄木鞭，讓捉神符能夠準確地捆綁在魚婦的身上。

金光閃現，捉神符瞬間形成了枷鎖死死控制住了東江魚婦的身體，我舒了口氣輕蔑一笑：「哼，你以為就你有繩索麼？」

雁南歸飛身躍起，朝著無法動彈的魚婦奮力一擊，魚婦登時被掀翻了身子，魚肚朝上，早已無任何還手之力。

「阿巴！」我收起玄木鞭低聲呵道。

阿巴迅速幻化出身形，張開嘴一舉吞下了那不省人事的魚婦。

高處的嬴萱翻身躍下，落在我的身邊查看我之前背部的傷勢，文溪和尚已經將兩名小娃娃安置在一旁，保證了雲旗的生命安全。本以為事情到這裡就應該結束了，可是阿巴卻遲遲沒有吞下已經沒有邪祟的夢境，而是有所顧慮地翻轉著貓眼，看著那已經恢復平靜的河面。

「怎麼了？」我見阿巴有點不對勁，於是上前問道。

阿巴拖著柔軟圓潤的身子轉身，面色凝重地對我說道：「夢境還沒有被完全淨化，仍舊有噩夢的殘餘，我沒法徹底吃掉。」

難道……是那鬼豹族黑袍法師鬼臼？

就在我們不知所措的時候，身後突然傳來了清脆的掌聲。我們四人即刻回頭，卻發現正是一身瑩瑩亮光的契小乖！

「你……你怎麼在這裡？」我驚訝地問道。

小精靈掩面一笑停下了鼓掌，輕盈地飛過來停在我的面前，笑嘻嘻地說道：「沒想到，功力大增嘛。」

我面對突然的誇獎有些不好意思，忍痛對他笑了笑。

「我為什麼不能在這裡，這裡是夢境，我是夢境的契約守靈，我不在這裡，還能在哪裡呀？」他半透明的身子如同彩蝶般在我們面前旋轉著。

「可是上次，你不是在衛輝？」我疑惑問道。

他嘟了嘟嘴說道：「我早就說過啦，每個夢境都是一個平行於你們那裡的世界，只要有夢境的地方，就有被埋藏在深處被遺忘的記憶，那也自然就有我契小乖了！」

我愣住：「你和衛輝的那個契小乖不是同一個人？」

他嘻嘻一笑，懸停到我的面前拍了拍我的肩膀：「小哥哥，你還算不傻嘛。」

「可是，你又怎麼會和那個契小乖長得一模一樣，而且也認得我？」

「不管在哪一個夢境裡，所有的契約守靈都叫契小乖，長得自然也都一模一樣，而且我們之間的記憶和思維都是相通的，所以也可以說，我們既是同一個人，又不是同一個人。」

我被他搞暈了，倒是一旁的文溪和尚若有所思地點了點頭：「這應該和分身是一樣的道理吧？」

契小乖沒有回應文溪和尚，而是依然圍繞在我身邊，湊近了對我說道：「雖然小哥哥你已經把魚婦給消滅了，但是這還不夠，小乖還需要你幫我一個忙。」

「什麼？」我看向他。

「去救下那些之前被供奉給魚婦的孩子。」

我們所有人都愣住了：「那些孩子不是都被魚婦給吃掉了？難道他們都還活著？」

# 10

契小乖轉身搖搖頭，隨即長舒一口氣，將事情的前因後果娓娓道來。

那些被魚婦捉去的孩子們並沒有被魚婦吃掉，實際上是被關在了河底的洞穴之中。女孩子陰氣重，因此便有人利用東江魚婦抓來了無數的小女孩來給自己提供陰氣，而他則幫助東江魚婦大增修為，因此控制了河水斷流，並在風雨鎮村民的飲用水中加入了煉製的抑制陽氣的蠱藥，讓村民們體內陰氣大作，進而接連懷上女性雙胞胎，好讓自己獲得源源不斷的陰氣。

「你所說之人，是否就是村民口中的那名黑衣法師？」我問道。

契小乖點頭道：「不錯，他就是鬼豹族四大長老之一，鬼臼。」

一旁的嬴萱追問：「那之前在血莧記憶中看到的吊腳樓中的男子……」

契小乖肯定地點了點頭。

果然，現在確定了鬼臼的身分，那麼文溪和尚的妹妹，就在這個鬼臼的手中！

文溪和尚顯然也意識到自己妹妹的下落，於是立刻追問道：「那麼當日在血莧記憶中所見的湘西吊腳樓，定是那人的老巢了？」

契小乖回答道：「沒錯，據我所知，鬼豹族的四大長老，分別是善於控制昆蟲的妖女血莧、天生蠻力的獸人血竭、修習至陰之術的法師鬼臼，還有脾氣火爆控制業火的獨眼老太昔邪。其中呢，血竭是血莧的哥哥，而昔邪則掌管鬼豹族財政大權，他們四人各自有一支鬼豹軍隊，鎮守在四方大地，原本在正義人士的圍剿下已近乎滅絕，但最近不知為何異軍突起，在鬼豹族族長申應離的操控下力量大增，甚至數次攻上聖地，除了南極門之外，其他的三門都遭受了重創，好在四神獸全力抵抗，才保證了天碁沒有被鬼豹族奪取。

「上次的南極門一戰，就是由血竭率軍，血莧為其提供村民的恐懼當作力量來源，而昔邪經商謀取大量錢財用以支撐，至於這個鬼臼……」

我沒想到，鬼豹族居然擁有如此龐大的組織體系與明確的分工合作，並且在申應離的指揮下如此有預謀地去搶奪天碁。原來不僅僅是南極門，聖地的安全早已經岌岌可危，這鬼豹族到底為何要不惜一切代價搶奪天碁，而我師父又為何偏偏出面阻止？看來這一切因由，只有找到我師父才能知曉。

契小乖繼續說道：「話說這個鬼臼，他自身力量其實並不強大，但他工於心計，能夠巧妙地通過心理暗示和毒蟲來控制他人意識，進而達到他想要的目的。其實在衛輝的時候，就是他教血莧煉製靈蠱恢復妖力，為的就是借血莧的手除掉小哥哥。可惜他的計畫落空，沒想到小哥哥你們會戰勝血莧並且來到湘西。」

「哎哎，先不說這個，不是說要救小孩子們麼？這個好像更要緊吧？」嬴萱在一旁聽得有些不耐煩，撥開我和文溪和尚劈頭蓋臉地問道。

契小乖回過神來抬手一揮，將我們四人包裹在了一個透明的氣泡之中：「水泡會帶你們抵達河底洞穴的，孩子們都在那裡。現在救孩子要緊，以後的事情，我再找機會慢慢同小哥哥講吧！」說罷，小乖雙手一推，我們四人便順著氣泡的移動落入了河水之中。

透明的氣泡包裹，讓我們得以在水下進行呼吸，我們如同魚類順利潛入了河底。

河水中有無數的銀色小魚擺尾潛行，油綠的水草隨著水波搖曳生情，雖已是寒冬，但由於有了透明氣泡的阻隔，我們絲毫感受不到刺骨的寒冷。氣泡迅速朝著河底深處漂去，在一大團水草河藻的後面，果真出現了一個被隱匿的洞穴。

氣泡落地，我們腳踩河底的淤泥，卻如履平地般在水底行走自如，不愧是由夢境碎片組成的契約守靈，在夢境中竟能如此自如的運用潛意識能量。我們四人先後走入洞穴，因洞穴中較為陰暗，因此我祭出火鈴符用作照明，洞穴的全貌便顯現在我們的眼前。

這裡如同天然的鐘乳石溶洞，頭頂的石頭光滑圓潤地垂下，身邊各種粗細的石柱挺身而立，怪石嶙峋、造型各異、顏色豔麗，恍如走進了人間幻景般美妙。看來，這便是那東江魚婦的老巢了。

我們朝著洞穴深處走去，洞穴的盡頭是一片開闊的平台，中間的地面有一個天然的凹槽，四周堆滿了五彩繽紛的貝殼和鵝卵石，形成了一個橢圓形的窩，看來，這就是東江魚婦平日裡休息的地方。繞過這裡，後面便是一個被水草封閉住的走廊，雁南歸抬手用青鋼鬼爪割斷那些妖嬈搖曳的水草，一條縱深極長的走廊便出現在我們眼前。

我們四人一踏入走廊中，瞬間震驚。

走廊兩側都是一間間的牢籠，金屬的欄杆後面關著一個又一個青綠色的巨型魚卵，而魚卵裡面包裹著的，正是那些昏睡的孩子！

那些孩子似乎都已經停滯了生長進程，都還停留在小丫頭的樣貌，並且她們看起來虛弱不堪，似乎那層黏膩的魚卵正在吞噬她們的精氣，而她們又如同被封存在羊水中的標本，維持著脆弱的生命來用以提供源源不斷的陰氣。

我們四人左右開弓，將那些金屬欄杆盡數破壞，然後割破那些晶瑩剔透的青綠色魚卵，小心翼翼地將那些昏睡的孩子們取出。這些小姑娘就像是新生的嬰兒般粉嫩，由於長期處在河底，又被包裹在這樣溫熱的魚卵中，她們的肌膚變得十分敏感脆弱，我們急忙將她們放入契小乖的氣泡中。

在這些魚卵的底部，都有一條細長的管子通向深處，看樣子這些女孩子的陰氣就是通過這些管子輸送到鬼臼那裡的。可是我們四人帶著這二十多個孩子行動不便，無法進行深度探索，於是我們決定先行將孩子們送出去。

我們驅動氣泡沿著原路返回，冒出河面之後，我們將那些昏睡的孩子依次打撈上來放在寨樓裡，隨即準備再度下河追查鬼臼的所在地，可是我剛邁出腳步就身子一軟，劇烈的心絞痛伴隨著頭暈，想來必定是血莧在我體內放置的毒蠱再次發作。我身體發汗，支撐不住便摔倒在地。

夢境由於沒有了食夢先生的支撐而迅速開始坍塌，雖心有不甘，但此刻我們別無他法，一陣白光閃現，我們四人便安然無恙地回到了向家的吊腳樓裡。

文溪和尚叫靈琚去熬藥，隨即就開始對我施針來緩解我體內的毒素。嬴萱帶領著村民前往飛水寨樓去接那些已經從噩夢中脫離的孩子。我聽到向雲旗的笑聲，安心地閉上了眼。

再次醒來已經是傍晚了，我的腳底又一次被文溪和尚扎滿了金針。靈琚一直守在我身邊，見我醒來便急忙端起了早已熬好的湯藥，十分貼心地餵給我。

只不過她個子太小有些吃力，門口站著的雁南歸見狀便默默進屋，接過了靈琚手中的湯藥轉身餵給我。

我將草藥盡數喝光，胸口的絞痛已經好了很多。我靠在棉榻上調整呼吸，隨即轉頭問道：

「他們人呢？嬴萱、文溪，還有向家？」

雁南歸沒有說話，靈琚卻開心地撲在我的床邊，用她那銀鈴般的聲音說道：「和尚師父和師娘去給那些救回來的小姐姐們看病去啦，讓靈琚留在這裡照顧師父。」

「她們還好吧？」我扭頭看向雁南歸。

雁南歸面無表情地點頭說道：「無礙，文溪說她們只是精氣受損，按方抓藥養上一年半載就沒問題了。倒是文溪他有些不好，畢竟好不容易才找到和他妹妹有關的線索，可是就這麼斷了。」

我無言。

入夜之後，風雨鎮突然變得熱鬧了起來。我披著衣服掀開竹簾，卻見向家的院子裡張燈結彩，村民們搬來了大大小小的桌椅擺成一條長龍，向老漢帶著幾名土家族漢子在廚房裡殺豬宰牛，阿婆們成群結隊地在河裡淘洗蔬菜辣椒，年輕的姑娘們都帶來了嶄新的碗筷擺放在長桌上，就連向雲旗和向雲來也都一人抱了一罈子酒，腳踩歡聲笑語中走來。

「這是？」我疑惑地看向身邊的向雨花。

雨花上前扶住我，笑盈盈地說道：「師父你救回了所有的孩子，村民們都說要好好感謝你呢。這不，歌舞台子都搭起來了。」

熱情的湘西人民各有分工、忙裡忙外，向家的大院子裡登時變成了歡慶的殿堂。光著膀子踩著高蹺表演的土家漢子，踩著鼓點跳著擺手舞的年輕姑娘，雖然聽不懂歌詞但是曲調悠揚的歌聲，合菜、團撒、臘肉、粑粑，十一碗菜香氣撲鼻，高粱糯米酒伴著小米椒的辣氣，如同湘西的清泉般滑入深喉，看著村民們的笑臉，我不由得熱淚盈眶。

文溪和尚喝了不少，被雨花拉著一起上台跳著擺手舞，靈琚和雲旗、雲來也加入了舞蹈的隊伍。贏萱還在和湘西漢子划拳比賽喝酒，雁南歸雙臂抱肩，一雙笑眼盯著台上的靈琚。

我孤身坐在這片歡樂祥和的氛圍中，第一次對我一直以來所排斥的職業產生了好感。

Chapter 03

# 金鈴懸棺

# 1

昨夜喝了個大醉，一直睡到日上三竿。雖有些頭痛欲裂，但心底卻是高興的。

但是更加奇怪的事情卻發生了。

我整夜都在做同樣的一個噩夢，夢中有個熟悉的白色身影遠遠地站著，我企圖上前卻怎麼也靠近不了。就這樣簡單的畫面一遍遍重複著，讓我的精神有些恍惚。或許是受到體內毒蠱的影響而虛弱，才會做這種怪夢吧。

在風雨鎮耽擱了幾日，起床後我們便告別了向家準備起程。雨花的姐姐還在臥床養病，就算如此她也執意要在雨花和雲旗、雲來的攙扶下給我們送行。告別了風雨古鎮，我們便朝著瀘溪方向走去。

從這裡抵達瀘溪，還需要穿過一片野林。風雨鎮的村民們給我們備足了乾糧，文溪和尚還在雨花的幫助下縫製了幾枚香囊，裡面裝著一些驅蚊蟲蟻蛇的草藥讓我們戴在身上，畢竟這裡身處南疆，毒蟲走獸遍野，還是小心為妙。

林子裡十分陰冷。南方的冬季是一種深入骨髓的黏膩的冰涼，我和文溪和尚走在前面帶路，嬴萱裹了件袍子跟在後面。雁南歸仍舊是馱著靈琚，一言不發地默默走在最後。倒是靈琚興致滿高，咿咿呀呀哼唱起了一曲戲文，唱的正是《花庭會》，唱腔婉轉動人，卻數次被不合時宜的吸鼻子聲打斷，看來這小丫頭的鼻炎算是好不了了。

走了將近兩個時辰，我們才出了野林，踏上了一條寬闊的土路，道路兩側有不少行腳商在此歇腳。嬴萱嚷嚷著肚子餓，算起來也到了飯點，我們沿著土路找了一家米粉鋪子，就著酸豆角和辣醬一人吃了一大碗。天色漸晚，繞過前面那座山就是瀘溪的地界了，於是我們不得不趕緊去找個地方住下。

瀘溪和風雨鎮比起來要大得多，卻也都是流水淙淙的吊腳樓群落。一條瀘溪從這裡穿城而過，讓這座小城變得婉轉清麗。這裡作為湘西最大的苗族聚集地，正是我們尋找血莧記憶中那龐大吊腳樓和解除我體內毒蠱的最好去處。

我們沿著土路來到阻隔瀘溪的山腳下，沿著盤山的小路向著西邊走去。夜色已深，若不是方才吃晚飯耽誤了片刻，此時我們恐怕已經抵達了目的地。無奈，我只好找了些樹枝點燃拿在手裡照明，一行五人磕磕絆絆地走著潑墨般的山路。

入夜以後，四周清冷無比。我們對這裡本身就不太熟悉，再加上月黑風高，本來一刻鐘的路程我們愣是走了半天都還看不到頭。樹影婆娑，各種參天的大樹在我們微弱的火光下張牙舞爪，遠處還時不時傳來鳥獸的叫聲，夾雜著冷風游離在我們身側，讓本就慌亂的我們更加窘迫。

「都怪你，姜楚弦你太沒本事了，帶個路也能帶錯！」嬴萱懊惱地一屁股坐在地上，雙手揉搓著自己發脹的腳踝，對我翻了個大大的白眼。

「你個死女人，你行你上啊，少站著說話不腰疼。」我正著急，聽嬴萱這麼說更是暴躁，氣不打一處來，也破罐子破摔地雙腿盤起往地上一坐。

雁南歸將靈琚放下來，噌噌兩下爬到了高處的枝頭張望，似乎在尋找可行的路。

文溪和尚搖搖頭微笑道：「現在不是吵架埋怨的時候，再這麼耽擱下去，萬一山中出現什麼毒蛇猛獸我們也不好應付，倒不如趕快想想辦法。」

我抬頭看了看站立在枝頭的雁南歸，他挺拔的身影在月色的籠罩下鍍上了一層朦朧的銀光，他輕盈翻身落地，對著我搖了搖頭。

我就不信了！剛才明明一直沿著土路走沒錯，又沒有什麼岔路，怎麼就走不出去呢？我一跺腳，拉起雁南歸就朝著西南方向的樹叢中走去。雁南歸莫名其妙，靈琚見狀也試圖跟上來，卻被我制止，嘟著小嘴回到嬴萱身邊。

我帶雁南歸到一個四下無人的隱蔽角落，探頭看了看遠處的嬴萱，隨即就低頭撩起袍子解起了褲腰帶。

雁南歸本就莫名其妙，見我突然如此詭異行徑，更是瞬間臉色大變連連後退，清透雪白的臉頰竟然掠過一絲羞容。

我沒搭理他，一邊褪下自己的褲子，一邊示意他也趕緊脫。雁南歸震驚地站在那裡無所適從，尷尬地別過頭去不再理會我。

「想什麼呢。」我瞥了他一眼隨即輕笑道，「我是覺得咱們這路迷得有些不對勁，怕是遇上鬼打牆，所以想找你搞點童子尿來。」

雁南歸顯然鬆了口氣，沒有說話，自己默默繞到一棵大樹後面自行解決。

我把尿朝著西南方的鬼門撒出去，天氣陰冷得讓我打了個寒顫。我抖了兩抖提起褲子，朝著雁南歸的位置走去。

我過去的時候，雁南歸已然整理好了衣褲，有些尷尬地指了指樹下：「這樣可以麼？」

我壞笑著點點頭，隨即拍著雁南歸的肩膀說道：「果然沒猜錯。」

雁南歸沒反應過來，斜眼投來疑惑的目光。

「童子……嘿嘿。」我偷笑，然後用胳膊肘輕輕撞了撞雁南歸結實的胸膛，「那個花和尚肯定不行，關鍵時刻，還得靠咱倆。」

雁南歸雙眉一垂別過頭去不再理會我，我撇撇嘴，聳肩跟了上去。

「小雁，你和師父幹嘛去啦？」靈琚見我們回來，頭一歪，羊角辮掃在一旁閉目養神的嬴萱臉上，聲音喏喏地問道。

雁南歸低頭不語，我反倒是笑嘻嘻地看著他們，隨即轉身尋路，準備繼續往前走試試。

誰知，我們剛走出兩步，山間突然陰風大作，陰冷的寒風吹得我們睜不開眼。我們停靠在樹後避風，等呼嘯的風聲漸弱，才依次走了出來。

然而，隨之而來的並不是原本靜謐的夜晚，反倒是一陣清脆的銅鈴聲從遠處傳來。

「有馬車要過來麼？」嬴萱聽到鈴聲後疑惑地問道。

雁南歸搖搖頭，習慣性地抬手將靈琚護在身後：「不對，根本就沒有馬蹄聲，甚至連腳步聲都沒有。」

我渾身的寒毛瞬間立起，在這樣的深山老林裡，既沒有馬車或者人路過，怎會傳來這樣詭異的鈴聲？

叮鈴——叮鈴——

清脆悠長的鈴聲就像是穿越沙漠的駝鈴，卻又彷彿在千年冰川下驟然降溫，丁零清脆，刺透耳膜，還帶著冰碴子般的清冷與尖利，在這樣極濃的夜色裡更平添了幾分恐懼。

說也奇怪，這鈴聲彷彿是從很遠的地方傳來，但剛剛勁風已過，現在根本沒有任何能吹動風鈴的外力，再加之雁南歸說並沒有車馬腳步聲，因此這鈴聲定是從某種行動活物的身上傳來，讓人聽得骨軟筋麻，寒毛直豎。

我們五人都停下了動作，誰也不敢聲張，怕那傳來鈴聲的未知生物發現我們的行蹤。

雁南歸畢竟耳朵較為靈敏，側耳傾聽片刻後便抬手抓住頭頂橫著的樹枝翻身而起，站在枝頭遙望片刻，隨即面色凝重地低頭輕聲叫我：「你上來看看，那些是什麼。」

聽雁南歸的語氣，恐怕不是什麼好事。我和文溪和尚一起爬上樹梢，朝著雁南歸所指的方向借著月光看去，只見那山頂懸崖一側，幾個黑乎乎的東西錯落有致地疊放在峭壁之上，看那形狀像是木箱或者立櫃。由於距離較遠，我看不清那些長方形的東西是怎麼被固定在懸崖峭壁上的，因此疑惑地看向了雁南歸。

雁南歸對我點點頭：「鈴聲是從那裡傳來的。」

文溪和尚聽後臉色變得煞白，若不是手扶住了一側的樹幹，恐怕就掉落樹下。他見多識廣，向來喜歡研究江湖奇術、古籍傳說，應該是認出了那些是什麼東西。

「上古懸棺……」文溪和尚輕啟蒼白的雙唇呢喃道。

經文溪和尚一提醒，我終於意識到那些黑色木箱到底是什麼東西。相傳，南方古代少數民族有一種十分特殊的喪葬方式，它屬崖葬中的一種，在懸崖上鑿數孔釘以木樁，將棺木置其上，或將棺木一頭置於崖穴中，另一頭架於絕壁所釘木樁上，人在崖下可見棺木，稱之為「懸棺」。

可是懸棺這種喪葬方式又極為神秘詭譎。在遠古時代，僅靠人力到底是怎樣將裝有屍體和隨葬物品、重達數百公斤的棺木送進高高的崖洞裡去的，是一個一直以來困擾著人們的未解之謎。

「這懸棺本身就夠玄乎的了，怎麼那裡面還能有鈴聲傳來？」我有些汗顏，未知的恐懼佔據了我思考的空間，我和文溪和尚面面相覷，說不出個所以然來，為今之計還是權當沒看見轉身離開為妙。

就在我轉身的瞬間，我掠過文溪和尚的肩頭看到了一個黑色的人影正在懸崖峭壁飛速移動。我急忙抬手指給他倆看，只見那黑色瘦小的身影手持一柄圓刀，正靈活地在數十個懸棺上依次跳躍，如履平地般在陡峭的山崖上移動，停留片刻後躍至另一懸棺，好像是從那懸棺中取走了什麼東西。

我正奇怪，身邊的文溪和尚卻驚訝得張大了嘴巴。

「子、子溪……」文溪和尚失神地望著那在懸棺上飛舞的黑影，腳下一軟從樹上跌落。雁歸及時下衝攙扶落地的文溪和尚，避免他摔傷。

我趕忙跟著他倆下地，文溪和尚仍舊驚魂未定，看我過來，於是急忙拉住我的衣袖，如同癡傻般歇斯底里地喊叫著：「那是子溪！那是我妹妹子溪！」

我聽文溪和尚這麼說，眉頭不由得緊蹙，在朦朧的月色下抬頭仰望那些孤零零的懸棺，卻早已不見那黑色的人影，就連剛才那讓人毛骨悚然的鈴聲也隨之消失得一乾二淨。

「幾位是迷路了嗎？」

我們都圍在驚魂未定的文溪和尚身邊，全然沒有注意到身後有人，這麼一聲招呼突然傳來，嚇得我們幾人同時打了個冷顫。

轉頭看過去，竟是一名中年的行腳商，肩上揹著竹簍貨擔，正面色和藹地站在我們的身後。

我急忙起身表明了迷路的現狀，那行腳商笑著揮揮手，示意我們跟上他的腳步。

「這裡的路四下看起來都差不多，又是山地，高高低低起伏的，頭一回來的人總也找不見出路。」行腳商說笑著帶我們繞過幾棵合抱粗的大樹，一條小路便躍然眼前。

在行腳商輕車熟路的帶領下，我們沒多久便走出了山路，順利來到瀘溪。

瀘溪相較風雨鎮更加繁華，文溪和尚經方才的變故有些心神不寧，我們也沒工夫閒逛，隨意找了家旅店就住下了。

靈琚從自己的小背簍裡抓了一包藥草，和嬴萱一起找掌櫃的去後廚給煎了，不多時，她倆就端著一碗安神的中藥回到客房。文溪和尚喝下草藥後，蒼白的臉色才有所好轉，半臥在床鋪上苦笑著搖頭。

「怎麼，你真的看清了，那人就是你妹妹？」我坐在文溪和尚的床邊問道。

雖然那黑色身影與血莧記憶中的子溪手持一樣的圓刀，但是畢竟剛才距離那麼遠，再加上天色盡黑，看錯了也說不定。

文溪絲毫沒有懷疑：「是的，我絕不會認錯。那就是短髮黑衣的子溪，就連手裡拿著的圓刀也一模一樣。」說罷，文溪和尚將臉埋在手掌之中，陷入了苦惱。

如果文溪和尚沒有看錯，那攀爬懸棺之人的確是他妹妹子溪的話，那麼很容易說明，鬼臼的老巢就在瀘溪附近。至於子溪為何伴隨著詭異的鈴聲出現在深夜的懸棺之上，那也只有找到鬼臼才能解釋了。

## 2

不過，經過了這麼久的時間，這也是我們第一次見到活生生的子溪。只要還活著，就會有希望，哪怕是渺茫的可能，我們也都要盡一切努力救出子溪，更何況，我們面對的是共同的敵人——鬼豹族。

嬴萱坐在一旁的太師椅上蹺著二郎腿說：「咱們這次直搗那什麼鬼臼的老巢，我就不信救不出你妹妹！」

我瞪了嬴萱一眼：「說得輕巧，你知道他老巢在哪裡麼？」

嬴萱撇撇嘴嘲諷地說道：「切，要不是上次某人突然心絞痛，咱們不就能順著魚卵的管道順蔓摸瓜了麼？」

「你……」我無力辯駁，和這死女人是沒辦法講道理的。於是我不再搭理她，而是思忖片刻分析道：「契小乖當時不是說過，鬼臼自身力量不是很強大，但是他善於控制人心，利用心理暗示和蠱惑人心的巫術來操控他人幫助他達到目的。在血蒐的記憶中，子溪雙目無神，顯然是一副被控制的模樣，那麼今夜子溪在懸棺上取走的東西，一定是鬼臼所需。」

雁南歸顯然明白了我的意思，雖然站得遠遠的，但是率先請纓：「我去吧。」

嬴萱一臉迷茫：「去哪裡？」

我站起身對雁南歸搖搖頭：「先不著急，懸棺內的鈴聲太過詭異，咱們今夜先行住下休息，我也好打聽打聽這事情的由來，準備充分了再去懸棺查看。」

文溪和尚也及時抬起了頭，那一成不變的笑臉再次出現：「沒關係，興許真的是我看錯了。也是，那麼遠的距離，是我太誇張了。再說了，我們來瀘溪的目的不僅僅是找到子溪，還得想辦法尋個製蠱高人，幫姜楚弦把體內殘存的毒蟲取出。」他似乎是在自言自語地說服自己，我們四人面面相覷，都知趣地退出了房間，給文溪留一個獨立的空間。

有些人啊，就是這麼沒有安全感。我們若是不離開，他根本不肯卸下那張偽裝的面具，把自己的痛苦宣洩出來。

雁南歸牽著靈琚走在一旁，面色凝重，似乎在琢磨著什麼。嬴萱倒是根本沒注意到我們幾人情緒微妙的變化，不知從哪裡揪了根草叼在嘴裡哼著小曲。

我歎了口氣，停下了腳步。

「師父你怎麼啦？」靈琚回頭看向我。

我擺擺手，仰頭看向頭頂的明月，腦子裡淨是文溪和尚的那張不慍不火的笑臉。我是知道的，文溪說到底雖然是個城府極深的老江湖，波瀾不驚的他只有在提及自己妹妹的情況下才會出現慌亂與不安。他若不是真的看清了懸棺上的人，是不會出現如此激烈的情緒波動的。

一旁的雁南歸鬆開了靈琚的手，上前拍了拍我的肩膀，衝我點了點頭。

我苦笑：「所以說，往往那些面帶微笑的人，才是背負著最深沉的痛苦的角色啊。」

嬴萱和靈琚不明所以地看著我。

雁南歸倒是反駁道：「他只是不想讓我們擔心罷了。」

我深吸一口氣：「這麼久了，我原本以為大家都已經交了心，算得上是同生共死過的伙伴了。」

雁南歸不動聲色地繼續反駁：「你不也經常如此麼。正是因為把對方當重要的伙伴，才不想——」

嬴萱聽來聽去意識到我們是在討論文溪，於是扠著腰上前打斷道：「喲，原來你們說文溪啊……你們想多啦，他那種人，看起來總是笑咪咪的沒有一點兒脾氣，言語上被別人佔了便宜也從來不生氣，可誰也不知道他在腦子裡已經設想了多少種整死對方的法子了。」

「那傢伙腹黑是另一碼事，可這樣虛假的笑容，才更讓人擔心啊……」我長舒一口氣，看著遠處天際閃爍的星火，眉頭不由得擰成一團。

# 3

第二日起了個大早，我趿拉著鞋晃到旅店的一層，看著身著苗族服飾的行人來回穿梭，隨即重重打了個哈欠。

我草草洗漱後出門，決定去吃個早餐，順便打探那懸棺的事情。我晃悠到一家米粉店裡，要了碗素米粉低頭吃了起來。由於時間還早，早餐攤子上並沒有什麼人，我看那賣早餐的中年婦人面帶笑意，看樣子應是個好說話的主兒，於是有一搭沒一搭地同她聊了起來。

「你是讀書人吧？看你長得白白淨淨斯斯文文的，怎麼就來我們這小地方呢。」大媽一邊用木碗調製醬料，一邊笑著問我。

我也笑了笑，放下碗筷搖搖頭：「我這哪裡讀過什麼書，大姐你說笑了。」

大媽聽我開口叫她「姐」，更是喜上眉梢，脖子上那明晃晃的銀飾也晃動著愉悅的節奏。我雖長了一張深受中老年婦女喜愛的小白臉，但是畢竟不如文溪和尚那情場老手來得老到，說好話也最多就是這樣的水平了。不過這倒是十分實用，那大媽拉了一把小板凳坐在我的身邊，一手攪著鍋裡的湯汁同我聊了起來。

我先是抱著對苗蠱好奇的態度詢問了關於製蠱高人的情況，可大媽畢竟只是個小攤販，自然問不出什麼結果來。於是我將話題自然而然地引向了瀘溪外的那座荒山，進而又引到了那些懸棺上。這一下開啟了大媽的話匣子，她搬了個小馬扎[3]坐在我旁邊滔滔不絕了起來。

根據那大媽所說，那些懸棺乃是千年之前老祖宗留下的，上古時，畲族的始祖盤瓠王與高辛帝的三公主成親，育有三男一女，全家遷居鳳凰山狩獵務農。

因盤瓠王是星宿降世，生不落地，死不落土，所以他去世後兒孫們就用車輪和繩索把棺木置於鳳凰山懸崖峭壁的巖洞中。其後代代沿襲，形成了古代畬族人的懸棺葬習俗。

不過，至於那些懸棺是如何被放置上去的，大媽也說不清楚，只是說那都是老祖宗留下來的智慧。

「那……懸棺裡放置的，真的都是人的屍體？」我喝下米粉中最後一口湯，隨即轉頭問道。

大媽搖搖頭：「這我可說不清楚。你要說是老祖宗怕自己陪葬的寶貝被後人偷了去，因此才把自己的棺材設置得那麼險峻，也是有可能的。但是吧，也從來沒人真的看到過懸棺裡的東西，所以那裡面到底是什麼，葬的又是什麼人，我們老百姓自己也沒個準頭。」

我疑惑地問道：「難道從來就沒有人上去查看過？」

大媽眼神閃爍了幾下，四下張望後隨即壓低了聲音說道：「也不是沒人上去查看過，曾經有人雇了幾名樵夫，用繩索從懸崖上吊著想要去看看那懸棺中的奧妙，說白了就是想要偷點陪葬的寶貝，結果你猜怎麼著？那些樵夫上來之後兩手空空，就像是被抽了魂兒一樣，問什麼都不說，結果第二天全部失蹤，死不見屍……嘖嘖，你說說，多嚇人哪。」

「哦？」我若有所思，卻根本不得要領。

大媽看我眉頭緊皺，於是急忙笑了起來：「哎呀，我說你這個小伙子，你琢磨這個幹什麼？這些也都是我從別人那裡聽來的，傳幾傳的東西，沒個真假的。」

我站起身笑著謝過大媽，付了飯錢就告別了。

回到旅店的時候他們四人都已經醒來。雁南歸帶著靈琚和嬴萱一起出門吃早點，文溪和尚臉色已然好轉，倚在桌角同掌櫃的聊天，想必也是在打聽懸棺的事情。文溪見我回來，用眼神示意我回屋詳談，於是我朝著掌櫃的笑笑，就跟文溪一同上樓。

「怎麼樣，你打聽到什麼沒有？」文溪和尚已經恢復了平日的神態，回屋坐下呷了口熱茶，用那瞇起的笑眼上下打量我。

我將那米粉鋪子大媽告訴我的盡數轉述給文溪，他聽後點點頭道：「和我聽到的差不多。只不過這個掌櫃所說更為詳盡一些，關於那懸棺到底是如何被放置上去的，自古以來有三種說法。」

我也坐下倒了杯茶，示意他說下去。

「一種說法是，古人採用與絞車、滑輪類似的提舉技術來完成安置懸棺，但是這種說法根本沒有證據，也從來沒找到過類似的工具殘骸。」文溪和尚說道。

「第二種說法，即利用水位抬高，以船載棺而將之運進預先看好的天然洞穴或人工鑿成的崖竇裡，滄海桑田，等到數百年後水位降低，便有了石壁懸棺下臨絕壑的奇特景觀。」

我點頭贊同：「這個有道理，或許這裡在千百年前就是一片汪洋。」

文溪和尚繼續說道：「最後一種說法，說的是當時的人們依靠繩索、長梯之類的攀緣工具，將包裹屍骸的麻袋、板材、殉葬物品和必要的製棺工具等，分別借單個人力運送到事先選定的洞穴中，然後現場製棺成殮並予安葬。」

我聽後點頭，這三種說法都有一定的道理，但是又都沒有直接的證據。所以那懸棺裡到底裝的是什麼，除非我們親自上去看看，不然永遠無從知曉。

「不過，我更在意的，是那些失蹤的樵夫。」文溪和尚雙眸微有閃爍，眼神複雜地看向我。

我捕捉到文溪和尚話中的意思：「難道你認為那些樵夫是被當時雇用他們的人給殺人滅口了？」

文溪和尚眉眼舒展：「是，我也只是懷疑，可聽你那麼說，事情就有些太巧了。那些被雇用的樵夫到底在懸棺中發現了什麼，以至於招致滅口。這般想來，或許那雇主正是想要獨吞懸棺中陪葬的寶物，才會如此緘口莫言。」

「說白了，那些人不就是……盜墓賊嗎？」我直言道。

文溪和尚點頭。

我愕然：「那這麼說，命令子溪去懸棺中取物的鬼臼，難道也是個盜墓賊不成？」

文溪和尚沒有反駁，卻提點道：「話是這麼說不錯，不過事情既然和鬼臼扯上關係，那就不是什麼普通的盜墓賊了。可你別忘了，懸棺中傳出的鈴聲，足以證明棺內十有八九是個活物。」

我低頭沉思，卻實在琢磨不出懸棺中的奧秘，只好換了個話題：「不過話說回來，你妹子的身手可不比雁南歸差啊，她在失蹤之前，是做什麼的？難道跟了少林的武僧學輕功不成？」我突然想到子溪在夜色中的懸崖上輕巧飛簷走壁的身影，於是好奇地問道。

可誰知，文溪和尚竟耷拉著臉背過身去，看樣子並不想繼續這個話題。

這花和尚肚子裡不知道賣的究竟是什麼藥，我有些無趣，朝他翻個白眼便出了門。

# 4

為探明鬼臼究竟命子溪在懸棺內取走何物，我們五人決定前往那崖壁一探究竟。

我們買了些麻繩和鐵鉤帶在身上，沿著之前來時的路朝那後山的懸崖走去。我們沿著盤山小路上山，一路上除了幾個揹著竹簍挖草藥的婦人，沒有再見到其他人影。這人煙稀少的荒山也正好方便了我們的行動，不然若是被村民們看到，將我們當成盜墓賊可就麻煩了。

我們來到山頂尋了一棵歪脖子樹，我將鐵鉤和繩索死死打了個結，三股麻繩併為一股，隨即穿過自己的腰帶拴在身上。我綁好後用力拽了拽，才放心地來到了懸崖邊。

從山頂俯視，只見青煙蔽日，雲霧繚繞，陡峭的懸崖如同神聖的祭台，凜冽地招搖著險峻的山勢。往下看是深不見底的懸崖峭壁，看一眼就叫人頭昏眼花。漸暖的日頭在頭頂孵化著新春的氣溫，讓我站在那裡頭頂不住地冒汗。

「還是我下去吧。」文溪和尚走上前來，向下張望著那無底深淵，隨即轉頭對我說道。

我擺擺手：「無礙，我都已經綁好了，結實著呢。」說著，我還故作輕鬆地拉了拉腰間的繩索。

雁南歸站在那棵用來固定繩索的歪脖子樹旁，將麻繩往自己腰間一纏，轉了幾圈之後猛然紮了個結實的馬步，這樣有了歪脖樹和雁南歸的雙重保障，我就更加放心了。靈琚騎在歪脖樹上抬手摘著樹上殘留的枯葉，嬴萱一臉擔憂，卻又幫不上什麼忙，只能兩眼一閉轉過身去。

我擺擺手，示意雁南歸放繩。

雁南歸力量極大，對繩索的控制收放自如，他勻速放繩，我便平穩下降。途中，我還利用峭壁凸起的石塊和樹枝來減輕繩索的負擔。山間的冷風吹過，我如同鐘擺一般左右搖晃，身體不受控制地撞擊在石壁上，腳上踩著的石塊猛然鬆動，幾顆石子便滾落懸崖，根本聽不見落地的回聲。

我雙手死死抓住繩索，捏了把冷汗，繼續搖晃繩子示意雁南歸放繩。

我的性命此刻就懸在這一根麻繩上，這一瞬間，我感覺自己如同魚鉤上噴香的餌料，正身處汪洋之中吸引著獵物的目光。低頭望去，我距離那些黑乎乎的懸棺已經很近了。

雖然低頭看過去會讓人產生眩暈感，但是適應了半晌後，我便調整好了狀態。我尋了一根較為粗壯的樹杈踩在腳下，一手緊拉麻繩，一手攀附著凹凸不平的峭壁石塊，將自己固定在了懸棺上方三丈遠的地方。

這個距離最適合觀察。若離得太近，不小心驚動了上次發出鈴響的活物，而我被麻繩吊在半空中毫無反抗之力，根本就是那怪物的案上魚肉。所以我選擇了這麼一個安全距離，既能觀察到懸棺的細節，又能及時撤退防守。

我深吸一口氣，定睛向距離我最近的一口懸棺看過去。

那是一口黑紅色的金絲楠木棺，年代久遠，早已經風化腐蝕得不成樣子。它被八根嵌入峭壁中的木棍支撐，剛巧卡在這些木棍之中固定。但詭異的是，這口棺槨的蓋子明顯有被人打開過的痕跡，右下角有一條拳頭大小的縫隙，看來這應該是那些盜墓賊的傑作。

我屏氣靜聽，卻根本聽不到昨夜那空靈的鈴聲。山間清冷無比，在如此的懸崖峭壁之上，什麼聲音都沒有。彷彿我面對的僅僅是一口口死寂的棺槨，裡面沉睡著早已腐爛風化的軀體。

既然已經下來了，不如探個徹底。我這麼想著，就搖晃了腰上的繩索，上面的雁南歸再次放繩，我逐漸下降，也越來越能看清楚那懸棺的細節，甚至連上面雕刻的少數民族文字也都愈發清晰。

叮鈴——

突然而來的一聲鈴響讓我渾身一緊毛骨悚然，我急忙攀附在峭壁上停止了下滑。我連大氣都不敢喘，生怕從棺材裡突然蹦出個什麼鬼怪來，我下意識地抽出玄木鞭握在手中，隨時準備防禦。

不過，剛才那鈴響就如同我的幻覺一般，屏氣等待許久都沒有任何繼續的動靜。上面的雁南歸見我這邊沒了反應，便急忙搖繩詢問，我也以同樣的頻率搖繩作為回應，對方才開始繼續往下放繩。

我緩緩下降，終於來到了距離我最近的那口懸棺之上。

「阿彌陀佛，打擾了，您大人有大量，我就是來看看，保證啥也不動……」我先是胡唸叨了一通，隨即小心地踩在了懸棺的蓋子上。棺槨經過了數百年時間的洗禮，卻堅固依然，很輕鬆便承擔了我的重量。我放心地踏上懸棺，腳踩支撐懸棺的木樁，背靠峭壁山體，站在了懸棺前。

原本黑紅色的棺木四周被木釘釘死，現在右下角卻只剩下幾枚釘眼，取而代之的是下方的一根鐵柄，棺木於此處被撬開了拳頭大小的縫隙，看樣子應該是村民所說的那些樵夫作為。我俯身從那縫隙中望去，棺槨裡層的棺材上被鑿出了一拳大小的洞，看來那些樵夫應該是從這洞裡掏取了陪葬的寶貝。

我將自己的耳朵貼在懸棺上，裡面死氣沉沉，根本沒有什麼鈴聲。

那麼，鬼臼到底要從這裡取走什麼？

我思索片刻，收起了玄木鞭，從懷中摸出了之前問向雨花要的紅色棉線。棺材裡是否有毒或者活物我都並不清楚，若貿然上手，怕是會遭到暗算。我將紅棉線的一頭搓成四股，繫上一根文溪和尚行醫用的金針，用力將其彎成鉤狀，隨即手持棉線的另一頭，緩緩將鉤子垂入了那棺槨的洞口中。

我來回移動提線，試圖去觸碰棺材裡面的東西，然而拾掇❹了半天都沒有收穫，就在我要放棄的時候，我手腕突然一沉，紅繩好像鉤到了什麼東西！我立即停下了動作，小心翼翼地提拉紅繩，試圖將棺材中的東西釣出來看看。

這東西不輕，我得收著力往上提才能保證它不中途掉落。時間彷彿過去了許久，不到半米的距離，我愣是提了一刻鐘，感覺我若是再換上專業的設備，或許這手法也不比那些盜墓賊差。

終於，那東西被我順利提到了洞口處，我趴低身子從棺槨的縫隙中看去，試圖在不觸碰它的同時看清楚那到底是個什麼玩意兒。

我提線的手一用力，那東西就從洞口冒了出來。

去他大爺的！

我看清楚了那東西之後就急忙撒手扔開紅繩，隨即雙腿一軟猛然後退彈開，一下子從木樁上掉落了下去，幸好腰裡還綁著麻繩，不然我早就落在懸崖底下死無全屍了。

我驚魂未定地掛在懸崖上晃蕩。那玩意兒不是別的，竟是一隻枯槁發黑的人手！蒼白至青的

❹北方方言，整理、收拾之意。

皮膚上爬滿了黑色的線條，就像是血管中注入了黑色的毒素一般。看骨骼大小應該是個女人的屍體，經歷這麼久的時間沒有變成乾屍，反倒是水潤得不行。看樣子我手法還挺精準，直接跟那棺材裡的小姐來了個一線牽，還偏偏是紅繩！

看來這些懸棺裡，確實是葬著人。

我晦氣得不行，心有餘悸地瞥了一眼那棺材。我正欲搖繩讓雁南歸拉我上去，卻忽然聽到身後傳來了那熟悉的鈴聲，數量之多、聲音之大讓我整個天靈蓋都震顫發麻。一時間，我身邊的每一口懸棺裡都傳出了這詭異密集的鈴聲，它如魔音灌耳般吞噬著我的意識，讓我一陣頭痛欲裂。

我吞了口唾沫，趕緊用力拉繩示意雁南歸把我拽上去。隨著我的上升，那些懸棺的縫隙中也同時鑽出了許多青綠色的生物，數量極多，迅速匯聚在一起形成了一朵青雲盤旋在我的頭頂，伴隨著強烈的鈴聲，就像是轟鳴著雷聲的雨雲。我抽出玄木鞭擋在身前，那些密密麻麻的青綠色生物圍繞在我的身邊，卻自始至終都沒有朝我撲上來。

雁南歸顯然也發現了這些青綠色的玩意兒，於是加快了上升的速度。我連滾帶爬攀附著峭壁上的石塊，迅速回到了山頂。文溪和尚伸手一把拉起我，我一下子栽倒在他的身上。

「這是什麼？」嬴萱抬頭仰望那團青綠色的烏雲驚慌失措地問道。

「頭好痛……」靈琚雙手捂著耳朵痛苦地蹲下，就連文溪和尚也都皺起了眉頭，急忙捂住耳朵。

看來這些鈴聲就是從這些東西身上傳來的，只不過它們平日裡棲息在懸棺裡而已。我不管三七二十一直接揮鞭唸咒，祭出火鈴符用烈焰衝散了那團青雲。

那些東西好像並沒有什麼戰鬥力，瞬間被火勢驅散，隨著鈴聲的衰弱，三三兩兩地回到了那些懸棺裡。

我猛然癱倒在地，耳邊還有轟鳴的鈴聲回響，整個腦袋都發麻脹痛，躺在那裡呼呼喘氣。

雁南歸丟下手中的麻繩走上前，彎腰撿起了掉落在地上的一只青綠色生物，它已經被剛才的烈火高溫炙烤，變成了一具乾屍。

文溪和尚上前，看向雁南歸手中的東西，隨即疑惑地轉頭看向我：「鳥？」

我一怔，急忙上前查看。果然，那正是一隻體型極小的鳥類，羽毛青綠，尾部朱紅，色澤亮麗，體態輕盈。只不過在這鳥的脖子上，不知道被誰給拴上了一枚精緻小巧的金鈴。

# 5

「滅蒙鳥。」雁南歸用手指翻過這青綠色小鳥的身體，只見那鳥的身下竟不同於一般雙足的鳥類，長有三足和赤紅色的尾翼。

文溪和尚點頭：「不錯，這正是傳說中的凶獸滅蒙鳥，身姿嬌小，羽毛青綠，行動靈敏，以腐肉為食，經常群居出現在墳地周邊。」

我揉了揉痠脹的手臂，疑惑地盯著那滅蒙鳥脖子上的金鈴觀察起來。這小鈴鐺只有小拇指甲蓋大小，純金打造，上面甚至還有精巧的鏤空雕花，輕輕一晃動便能發出清脆的鈴聲，更不用說那麼一大群滅蒙鳥飛起而造成的震動，鈴聲更是震耳欲聾。

「這金鈴有問題。」我將自己在下面的所見所聞講述給他們聽，他們也都紛紛表示聽到這鈴聲後頭痛欲裂。我們正準備邊往回走邊商討對策，我卻被突然飛出的一顆石子砸了腦袋。

「誰啊?!」我捂著生疼的後腦勺，朝著身後的樹林喊去。

然而並沒有任何動靜與回響，我們正要轉身離開，又一枚石子親吻了我的頭頂。

「嘿，我這暴脾氣，有種出來啊，偷襲算什麼？」我氣急敗壞地轉身，卻仍舊不見任何蹤影。

雁南歸銀髮舞動，黑色鎧甲金光一閃，猛然一個回身躍起，朝著一棵大樹後面衝了過去。對方定是不會料到雁南歸如此迅猛，根本毫無躲閃之力，就被雁南歸給拎了過來。

那人竟是個十七八歲的少年，黑髮白膚，剃著一頭清爽的圓寸，高鼻小眼，穿著粗布縫製的少數民族服裝，腰裡別著一個彈弓，正一臉不甘地瞪著我。

「我偷襲怎麼了！呸，你們這群盜墓賊，要不是我大意了，才不會落入你們手中。」那少年兩眼一橫啐了口唾沫，隨即抬腳用力朝著雁南歸的左腳踩去。

雁南歸自然是不會中招，手中輕輕一用力，那少年立馬跪地求饒。

文溪和尚柔聲細語地笑臉相迎：「這位小兄弟，恐怕你是誤會了。我們並不是什麼盜墓賊——」

「還說不是！我剛才都看見了！」這小子倒是挺張狂，頭也不抬就打斷了文溪和尚的話。

我黑著臉上前，用手扳著他的臉低聲說道：「你看見什麼了？我從那懸棺裡拿什麼東西出來了？你倒是說說看？」

那小子「哼」了一聲，不屑地回答道：「切，有本事你讓我搜搜看啊！」

我聽罷雙手張開，一臉坦然地看著他。

雁南歸鬆開那小子的雙臂，示意他自便。他揉了揉自己被捏紅了的手臂，歪著腦袋朝我走過來。

「師父不是賊，我師父是好人，是醫生呢。」一旁的靈琚看不慣了，生氣地朝那小子說道，還順帶吸了吸鼻子。

那小子根本不理會靈琚，徑直上前在我身上搜了起來。裡裡外外仔仔細細地搜查了一番，除幾張朱砂符、一支青玉笛、一柄玄木鞭、一個葫蘆和一個錢袋之外別無他物。他拿著青玉笛和葫蘆仔細檢查了一番之後，才用懷疑的眼神問我：「那你剛才下去幹嘛了？」

「你管得著嗎？下面風景獨好，我下去散散心不行嗎？」我翻了個大白眼，收起那些被他搜出來的東西，頭也不回地走掉了。

嬴萱和靈琚也都跟上了我的腳步。可是那小子還不識好歹地在我身後嚷嚷著：「哎！你別走啊你！搜不出來就說明你不是盜墓賊了麼？萬一你把偷來的東西藏在哪裡了呢……」

我懶得搭理他，加快了腳步。

我們五人回到旅店，聚集在一個屋子裡商討對策。

首先，是金鈴的事情。這金鈴乍看之下毫無頭緒，可它發出的聲響能讓人頭痛欲裂，甚至一開始我們進入瀘溪時迷路，或許也是受到它的影響。

「據我所知，滅蒙鳥並沒有什麼攻擊力。」一旁的雁南歸搶先說道。

我點點頭：「所以說，這些金鈴就彷彿是滅蒙鳥的護身符，人們一旦接近懸棺，接近滅蒙鳥，那些金鈴發出的聲響便能讓人知難而退，進而保護了懸棺內的秘密。」

「至於懸棺內的秘密……」文溪和尚轉身看向我。

「懸棺內的確是人的屍體，那些屍體死去的症狀和我當時所中血莧的毒蠱一模一樣，都是皮膚上爬滿了黑色的毒血絲，身體器官迅速衰竭而亡，若不是咩咩當初給了我一條壽命，我恐怕也早就是那般模樣了。」我心有餘悸地說道。

文溪和尚提出了自己的觀點：「不錯，你上次所中的血莧之毒，的確與之相似。我用金針幫你鎖住穴道的時候，拔出的金針都變成了黑色，說明你全身的血液都已經被毒素侵染，而且有極強的傳染性。」

「毒蠱現在不還在我身體裡麼，我只不過是換了個軀體，血液裡的毒素已經清除掉了。」我說道。

文溪和尚點頭：「是，但是你有高人相助，那些躺在棺材裡的人可沒那麼幸運。我們或許可以這樣假定，假使他們中了和你一樣的毒蠱，但是沒有解藥，再加之血液有毒，若是用一般的土葬，毒素定會滲入土地污染莊稼，而這裡又不時興火葬，這也就能很好地解釋古人為何費這麼大勁，要將這些人置於懸崖峭壁的懸棺之中……」

嬴萱突然打了個響指，興奮地站起身說道：「對啊！我怎麼沒想到，為了避免傳染，古人把這些中了毒蠱的人的屍體，高高懸掛在峭壁之上，這樣比起土葬，是一種更為安全的方式啊！」

文溪和尚推理得不錯，在除去宗教民俗的因素之後，能夠解釋如此費工耗時、堪稱奇蹟的喪葬方式的，也只有這個了。只不過這些躺在懸棺裡的人，究竟是為何身中血蠱的毒蠱而亡？

我們不約而同地想到了鬼豹族。

「這些人……難道是鬼豹族的死對頭？」我疑惑地問道。

「我們作為外鄉人來到這裡，想要知道事情的真相，恐怕是問不出來的。我看，倒不如……」文溪抬眼，細長的眼眸掠過我的面龐。

「進入他們的夢境裡看一看？」我體會到了文溪的意思。

雁南歸搖搖頭：「但關鍵是，選擇誰入手比較好？」

我們再次陷入了僵局。是啊，瀘溪這麼多人口，究竟誰會知道關於懸棺的事情真相？我們這樣就好比是大海撈針，根本沒有目標。

「他！」一直遠遠坐在窗子旁邊搗藥的靈琚突然發聲，指著窗外川流不息的人群，奶聲奶氣地說道。

我們四人一齊向窗外望去，只見今日在懸崖邊用彈弓偷襲我的那小子，正在樓下揹著一擔貨物路過。

靈琚說得沒錯，那小子看我們下到懸棺裡反應十分激烈，似乎還對盜墓賊深惡痛絕，這其中一定有什麼因由才對。我對著靈琚豎起了大拇指，示意雁南歸跟上那小子的身影。

雁南歸直接從窗口一個翻身落至一旁的矮房屋頂，輕盈迅速地消失在人群中。

「還有一事，關於那些以腐肉為食的滅蒙鳥，這說不定是個突破口。」文溪和尚端起茶杯潤了潤嗓子。

「可是，最了解鳥類的野鳥走了。」我指了指還在因餘力搖擺的窗戶，無奈地聳了聳肩。

「壞師父，使喚小雁，還叫小雁野鳥。」靈琚聽了，果然又替雁南歸打抱不平了。

我打著哈哈笑了笑，伸手拍了拍她的羊角辮說道：「野鳥這是暱稱，就像你叫他小雁，一樣的。」

文溪和尚躺下身子搖搖頭：「鳥類的問題，還是雁南歸比較熟悉，還是等他回來了再討論滅蒙鳥的事情吧。」說著，文溪和尚就瞇起了眼。

我也有些困頓，讓嬴萱帶著靈琚回房後，也歪在文溪身邊，兩眼一閉進入了夢鄉。

# 6

我是被雁南歸叫醒的，我坐起身子披上衣服伸了個懶腰，才發現此時已經傍晚時分。

「已經找到那名少年的住處，今晚可以前往化夢。」所有的話語通過雁南歸的嘴說出來，都沒有任何的感情波動起伏，就如同被壓扁的音頻。

我點點頭，抬手推了推睡在旁邊的文溪和尚，我們倆愣怔了好一會兒，才穿戴好衣物坐下，人手捧了杯熱茶，從睡眼矇矓中解脫。

「對了，關於那些滅蒙鳥，你還知道些什麼？」我吹了吹熱茶冒出的水汽，抬眼望向雁南歸。

雁南歸仍舊是雙臂抱肩微微低頭，額前的銀色碎髮隨意地垂下來：「知道得並不多。只是聽說滅蒙鳥是以腐肉為食，繁殖能力較強。」

文溪和尚站起身，手裡盤著那串透亮的黑色佛珠，微微點頭說道：「的確，各類古籍上關於滅蒙鳥的記載並不多，至於那脖子上的金鈴，更是從來沒提到過。」

「那這麼說，咱們就姑且先認為這些滅蒙鳥是被人有預謀地綁上了能夠發出讓人頭痛欲裂鈴聲的金鈴，目的就是為了保證這些滅蒙鳥能夠在不被外人打擾的情況下寄居在懸棺之中，然後子溪在鬼臼的控制下前來懸棺收取某樣東西？」我低頭思忖片刻說道。

文溪和尚點頭：「楚弦說得不錯，那麼我們現在需要弄清楚的，就是那子溪從懸棺中取走的到底是什麼。」

「咱們一步步來，今夜先去那小子的夢境裡看看，明日再去懸棺那裡，我就不信查不到任何頭緒。走，咱們先去吃點東西。」說著，我起身去敲隔壁嬴萱的房門，然而連敲了三聲都沒人應，我正腹中空空餓得發昏，那死女人還不開門，於是想都沒想，直接抬手將房門推開。

「姜楚弦，你幹嘛呢？」就在推開房門的一瞬間，我聽到了嬴萱的聲音從我身後傳來。

我猛然轉身，驚訝地看著嬴萱和靈琚從對面的房間裡走出來，瞬間渾身寒毛直豎，尷尬得說不出話來：「你、你們怎麼在這裡？」

嬴萱也莫名其妙，低頭和靈琚對視了一眼後露出了一副嘲笑的表情：「哈哈，我們本來就住這間啊，姜楚弦你是睡迷糊了吧？」

那這麼說，我擅自推開的這間房門，就是其他客人的房間了？

我急忙回頭準備伸手將已經大開的房門關上，可誰知道，就在我右手觸碰到門把的時候，一道寒光閃現，利氣逼人，我本能地縮回手躲了過去。可對方居然不依不饒，躲在門後手持一根短棒透過雕花的鏤空刺向我，那棒身通體碧玉，頭部有尖利的金屬花蕊狀鉤刺，若是被擊中怎麼也得皮開肉綻。

可我與對方隔著雕花木門，根本看不見對手所在，也猜不透他將會從哪一個方位對我進行攻擊，於是我躲得十分吃力。

雁南歸見狀急忙上前支援，他一把拉住我的肩膀將我從那扇門前拉回，隨即看準了時機伸手祭出青鋼鬼爪，直接撞擊在了從門後伸出的玉棒之上，只見雁南歸反手一推，就用青鋼鬼爪死死卡住了來勢洶洶的短棒。我見他們二人僵持，便急忙上前。

「這位兄弟，實在抱歉！我無意冒犯，走錯了房間而已，還請見諒！」我言語誠懇地上前說道，看這人將一根短棒使得出神入化，定是個功力十足的高人，出門在外多一事不如少一事，有時候誠懇地道個歉，就能避免很多不必要的損失。況且，的確是我有錯在先。

可誰知那屋內門後之人卻根本沒有原諒我的意思，猛然用力一推，木門瞬間分裂成碎片。

我們都怔住了。

門後竟站著一名黃衫公子，穿著打扮都頗具文人風骨，黑髮隱匿在斗笠之中，繡著暗紋的盤扣長袍看起來十分名貴，鵝黃色的錦繡搭配橙紅色的暗紋。

這人身材並不高大，倒是算得上瘦小，和他那凶猛的氣勢根本不相符。臉也是長得白淨，一看就是個嬌生慣養的貴族公子，五官秀氣，特別是那雙鬼靈精怪的眼眸，流光撲朔，怒容嬌嗔，若非是男裝，我定會將他當成一名嬌貴的大小姐。

「走錯了房間？哼，會敲門麼？敲門的目的是讓房間的主人給你開門，而不是讓你自己推門而入！我看你們定是圖謀不軌！」

那人一開嗓，我更是疑惑了。他的聲音根本不似男子那般渾厚，反而清脆如鈴，想必是個穿了大人衣服偷溜出來的小孩子。我不由得低頭朝他灰黑色的圓邊斗笠下看去，試圖看清他的容貌。

「你看什麼！」誰知我細微的動作竟引起了他的反感，抬手就用那柄玉製短棒朝我肩頭襲來。

雁南歸及時抬手，用青鋼鬼爪阻攔了對方的襲擊。那黃衫公子看雁南歸不好惹，便收起那以金絲包裹的玉棒，不滿地背過身去。

「哎呀，幾位客人這是怎麼了？怎麼就動起手來了……」這時，旅店老板聽到了打鬥聲上了樓，看到自己的木門被我們搞得七零八落，不由得唸叨起來。

那黃衫少年壓低了頭頂的斗笠，從懷中摸出一個錢袋丟給了老板：「給，算我的。」

「你……」我被對方這不屑的態度給惹怒，正準備上前好好教訓教訓這沒教養的小毛孩，可文溪和尚卻拉住我的衣袖，對我搖了搖頭。

那黃衫少年雙手一抱拳對我們說道：「在下大理段氏，名希夷，眼下還有要事在身，這筆賬咱們今後有機會再慢慢算。告辭了。」說罷，頭也不回地揹起已經收拾好的行囊，消失在樓梯的盡頭。

段希夷？聽之不聞名曰希，視之不見名曰夷，大音希聲，大象無形，真是個好名字。

誰知文溪和尚卻急忙推推我，似乎是有什麼話要說，示意我離開這裡。

我們尋了一處僻靜的小店坐下吃飯，此時，文溪和尚才對我說起了那名黃衫少年的古怪。

「大理段氏，應該是屬於白族，那可是皇族姓氏。往上數個幾百年，在雲南有一大理古國，『段』便是當時的皇姓。看那少年的衣著打扮，應該也是個貴族才對。」

嬴萱聽後不屑地笑笑：「什麼大理古國，不是早就被滅國了嗎？就算是皇族，也是個沒落的舊朝。」

文溪和尚搖頭：「大理國是佛教國家，段氏原本出身中原武林世家，於五代後晉天福二年建國，雖貴為皇族，家傳武功卻從來不曾荒廢，反而愈加勤奮，後自成一派，皇室成員多為高手。我看那少年的功夫不俗，恐怕，的確是個皇族。咱們這梁子結得莫名其妙，我怕往後……」

我毫不在乎地拿起餅子就著湯水吃著：「人生在世，凡事都講一個『理』字，大理大理，若再不講理，那還算什麼？再說了，就算那人今後找我們麻煩，也有我扛著呢，放心吧。」

文溪和尚仍舊是有些擔憂，不過事已至此，再怎麼憂慮也只是杞人憂天，倒不如趕緊填飽了肚子，晚上去之前那苗族少年的夢境裡一探虛實。畢竟，與鬼豹族的糾葛，才是我們更需要面對的事情。

段希夷……我拿筷子在桌案上默默寫下那人的名號，不由得陷入了沉思。

# 7

飯罷，我讓文溪和尚與嬴萱帶著靈琚先行回旅店，我與雁南歸前往那苗族少年的家中進行化夢。畢竟只是調查事情由來，想來不會遇到什麼危險，所以不必傾巢而出，我與雁南歸兩人足矣。

我隨同雁南歸沿著瀘溪的主路往東北方向走去。據雁南歸所說，那苗族少年名叫白及，家中還有一名老人，應是他的爺爺。白及平日裡賣力氣養家，或是搬運貨物，或是跑腿送信，總之過得並不安穩。

雁南歸帶我來到白及的住處，其實就是一間破舊的吊腳樓，幾乎有一半已經塌陷，估計是人家廢棄的老樓，被白及佔了當自己的住處。這讓我更加好奇，為何這麼一個孤苦伶仃的小小少年，會對那些懸崖上的懸棺那般在乎？

我與雁南歸一同躲藏在吊腳樓的側邊，等待那少年睡去。白及先是給他的爺爺熬了一碗湯藥，而後又燒了熱水，幫助臥床不起的爺爺擦洗了身子，最後又收拾了屋子。做完這一切，白及才趴在了爺爺的身邊，得以休憩。

「爺爺，今日我在金鈴懸棺那裡又見有盜墓賊下去了，不知道他們拿了些什麼，不過他們恐怕又是活不過今日了吧。」白及捧著爺爺的手摩挲著，稚嫩青春的臉龐上，卻閃過了一絲悲傷。

爺爺恐怕是年歲已高有些神志不清了，聽著白及的話只會咿咿呀呀地回應。

「不過，這也算是報應吧，畢竟，先人的東西不是說拿就拿的。更何況，那棺材裡面其實也沒有什麼東西，這可是我爹用性命換來的事實，可為什麼就是沒有人相信呢……哎，若是下次我能再提前遇到盜墓賊，及時警告他們不要貿然下去，或許能救他們一命……」白及喃喃自語，語氣中有些惋惜，細小的眼眸裡閃過了一絲悔意。

哦？我和雁南歸面面相覷。原來那少年今早拿彈弓襲擊我，並不是要抓盜墓賊，而是要提醒我們，那下面的懸棺內並沒有任何寶物，並且下去會有丟掉性命的危險？

「爺爺，你說，如果我那個時候找到了地獄幽花解了我爹身上的毒，那我爹是不是就不會死了……」白及說著，緩緩閉上了眼睛，躺在床上的爺爺並沒有做任何回應，爺孫二人好像是十足默契一般，雙雙進入了夢鄉。

「喂，野鳥，地獄幽花是什麼？」我拿胳膊撞了撞身旁的雁南歸問道。

雁南歸沒有反應，只是搖搖頭。看來，這個得回去問問精通醫術的文溪和尚了。

時機成熟，我按照慣例先行對白及還有他爺爺進行探夢，發現爺孫二人身上並無異常，我只好喚出阿巴，帶領雁南歸一並進入了白及的夢境。

白及的夢境竟是在那懸崖邊上，眩暈過後，我一低頭腳下便是萬丈深淵。想起今日在懸棺內鉤出的人手，我不由得打了個寒顫，連連後退幾步，與懸崖保持了安全的距離。

雁南歸站定後，先是環顧四周，還沒等我說話，就聽到遠處傳來了車馬的聲響。

雁南歸急忙拉起我躲在樹叢裡，畢竟我們的目的是探明這些金鈴懸棺的秘密，因此不擅自參與改變夢境才是上策。

遠遠的，我看到一輛裝飾考究的馬車從遠處駛來，趕車的人是個年輕力壯的中年苗族男子。

他把馬車停靠在懸崖旁邊，隨即拉開了車門，瞬間從裡面鑽出了幾個同樣的彪形大漢，個個都是絡腮鬍和一身健碩的肌肉，看樣子，這些人應該是村民們所說的當年盜墓之後失蹤的那些樵夫。

緊接著，又一輛馬車緩緩駛來，這輛馬車更是豪華講究，車蓋四周綴著金絲鈴鐺，雕花的車身被漆上了朱紅色的塗料，看起來分外高貴，那輛馬車停靠後，從裡面僅走出了一人。只見那人身著一襲黑色的法袍，袍子寬大的連帽戴在頭上，幾乎遮擋住了他全部的面容。

我同雁南歸面面相覷，即便不用看到那黑袍男子的容貌，我也知道面前的這名黑衣法師，就是我們要找的鬼豹族四長老之一的鬼臼。

只見鬼臼對那些樵夫叮囑了些什麼，隨即，樵夫們便迅速展開了行動。他們一動作，我才注意到他們其實並不是什麼樵夫，而是一群訓練有素的專業盜墓團伙，他們的設備齊全，配合默契，分成三組，一組布置固定繩索裝置，一組測量標注下面懸棺的準確位置，一組跪在一側擺出了祭祀用的燭台，並燃起了一炷香，畢恭畢敬地跪在那裡磕了幾個響頭，想來應該是在祈禱這次盜墓行動的平安。

而鬼臼則像個體弱多病的貴公子，黑袍掩面坐在馬車裡，用那雙根本看不清光芒的眼睛掃視著這一切。看來我們推斷得不錯，之前失蹤的那些樵夫，就是鬼臼雇用來替他取懸棺中寶物的盜墓賊，只不過，現在這個差事已經交由子溪來完成了。

突然，我和雁南歸身旁不遠處傳來了細碎的啜泣聲。我猛然一驚，朝著聲音的來源望過去，只見年幼的白及正赤著腳蹲在遠處的草叢中默默注視著那些盜墓賊，眼圈紅紅的，似乎那些盜墓賊的一舉一動都牽掛著這孩子的一切。

那些盜墓賊準備得當，其中為首的一名站在馬車前對著鬼臼低聲說了些什麼，鬼臼抬起了他蒼白的手揮了揮，那些盜墓賊便應聲動作。四名壯漢身上綁著繩索吊下懸崖，其餘的在控制繩索下降和指揮。

我這時才注意到，身後的小白及關注的並不是這起盜墓行動，而是那四名被吊下懸崖的男子中的一名。眼看那些人順著繩索消失了身影，白及便反身爬上了大樹，為的是再多看一眼那下懸棺的男子。

時間過去了好久，懸崖下面傳來了有節奏的口哨聲，留在上面的盜墓賊聽到訊號便開始往上收繩索，我和雁南歸明白，想要知道鬼臼究竟從懸棺內取走了什麼，接下來夢境中出現的每一幕都十分關鍵。

身後樹上偷看的小白及顯然也很緊張，如果猜得不錯，那男子應是他之前提到過的死去的父親。小白及緊張的臉頰上布滿了細密的汗珠，就連最簡單的吞咽動作都無法完成。

率先上來的是一名手臂上有刀疤的男子，他卸下身上的繩索之後就從懷裡捧出了幾枚精巧的鳥蛋，恭恭敬敬地雙手呈給馬車上的鬼臼。鬼臼斜倚在車門，抬起蒼白無力的手捏起那些表皮光滑的鳥蛋，就像是犯了毒癮的癮君子般，貪婪地嗅著那些近乎透明的鳥蛋，隨即激動地連連打著寒顫。

「極品……太完美了……簡直就是藝術品。」鬼臼居然開口說話，那聲音聽起來陰陽怪氣，像是經過了聲帶的扭曲擠壓，時而嘶啞，時而尖細，就像是體內同時存在了多重人格，聽得人毛骨悚然。

「可是雇主，那棺材裡除了這些鳥蛋，根本沒有其他陪葬的寶貝啊。」為首的那名盜墓賊疑惑地嘟囔著。

「你懂什麼！」鬼臼突然發怒，就像是陰晴不定的天氣，他不僅極易興奮，也同樣很容易動怒，「這些鳥蛋是我攻取西極門的保障，是那些常年生活在棺材中的滅蒙鳥吸取了毒屍精氣而產下的寶物，只要我手下的鬼豹族軍團吃下這些凝聚毒氣的寶貝，什麼神獸，根本不在話下，哈哈哈……」

那盜墓賊顯然聽不懂鬼臼在說些什麼，只是有些汗顏地站到一旁。下去的四名盜墓賊已經依次安全回來，他們將拿到的鳥蛋盡數交給鬼臼，開始收拾那些繩索設備了。

「雇主，咱們的工錢該結一下了吧？」為首的那名盜墓賊一邊將繩索收起，一邊對著鬼臼說。

鬼臼黑袍下的蒼白身軀忽然不屑地抖動起來，仔細看，才發現那是他在壓低了聲音狂笑。幾個盜墓賊面面相覷，不知眼前的這名雇主到底為何突然性情大變，變得如同鬼魅般妖邪。

「錢不是問題，但關鍵是，你們有這個福分拿嗎……」鬼臼奸笑道，隨即從懷中摸出錢袋丟在地上，轉身就鑽入了馬車。馬車揚長而去，只留下那些盜墓賊在那裡分錢。

「真沒見過這樣的，要不是開的價錢高，咱們才不來蹚這渾水。」

「就是，我看他就是腦子有問題，嘟囔點兒稀奇古怪的。」

「有錢賺就行，本來還尋思著再摸點明器出來，結果棺材裡除了那濕屍之外啥都沒。」

那些盜墓賊一邊分錢一邊討論著，樹上的小白及看父親已經安全，顯然也鬆了口氣。

就在我們以為事情就這樣結束的時候，那四名下懸棺的盜墓賊突然口吐白沫栽倒在地，渾身抽搐，發出了痛苦的嘶吼。其餘的盜墓賊見狀，急忙上前攙扶，可是在觸碰了他們之後，自己也開始了抽搐，不一會兒，他們身上便出現了黑色的血絲，和我之前中毒時的表現一模一樣。

那鳥蛋有毒！

我大驚，原來那些樵夫並不是如村民所說的失蹤，而是因觸碰了那有毒的鳥蛋毒發身亡！

「爹！」小白及見勢不妙，急忙跳下樹幹往那些盜墓賊的方向跑去，我與雁南歸也站起來，剛要邁步朝前就被那其中一名倒地的盜墓賊呵斥住：

「不要過來！」

我倆與前面的白及同時停下了腳步，只見那些盜墓賊全身爬滿了黑色血絲，已然無法自行活動。白及剛要抬腿上前去攙扶那名上半身倚在石頭上的男子，那男子便十分痛苦地抬手指向白及。

「說過了……不、不要過來！」那男子似乎是用盡了全部的力氣才說完這句話，小白及面對此情此景，一時間不知該如何是好，站在原地急得眼淚打轉。

「爹……你怎麼了爹……」小白及因不能靠近，只好跪在原地朝那名男子哭喊。

那男子顯然是被劇烈的疼痛和痠麻腐蝕了神經，身體開始沒有規律地抽搐起來。小白及泣不成聲，眼睜睜看著自己的父親身受毒蠱的折磨。

「白及……你快、快回去！那懸棺中根本什麼都沒有……千萬、千萬不要再讓村裡人貿然下去……不然……」那男子艱難地說著，隨即一口膿血從嘴中吐出，再也說不出話來。

白及哭著搖頭，可眼下自己根本無能為力去施救，別說白及，就連我當日也是如此中招，毫無回天之力。

下一秒，一陣刺耳的鈴聲從懸崖下面傳來，我和雁南歸急忙捂住了耳朵。白及因沒有任何防備，因此頭痛欲裂，雙手緊緊插入頭部痛苦地倒下。只見一團青綠色的陰雲從懸崖下方升起，那群滅蒙鳥傾巢出動，盤旋在我們的頭頂。

看來，盜墓賊拿了滅蒙鳥的蛋，牠們是來尋仇了。

那些滅蒙鳥迅速圍在那些倒下的盜墓賊身旁，瞬間就包裹住了那些盜墓賊的身體，稍一用力，滅蒙鳥便輕鬆將那些盜墓賊托起，朝著懸崖下飛去。我急忙趴下觀望，只見滅蒙鳥帶著那些盜墓賊回到了懸棺之上，並抬起了懸棺的蓋子，將那些盜墓賊分別放入了不同的棺槨之中。懸崖上方沒有留下一絲痕跡，這就是所謂的死無全屍。

小白及昏倒在懸崖之上，我搖頭歎氣，卻什麼也做不了。

我喚出阿巴命牠將夢境吞噬，隨著夢境的坍塌，我與雁南歸回到了那座破舊的吊腳樓，爺孫倆還在睡夢之中，只不過白及的臉頰上掛著一絲淚水。我彎腰將掉落在一旁的被褥披在白及的身上，隨即便與雁南歸默默離開。

# 8

事情到此為止就已經十分明晰：鬼臼研製出了奪命並且能夠傳染他人的蠱毒，在村民的身上進行試驗，死去的村民因體內有毒而無法入土，只得被人們放入懸崖上的懸棺之中。鬼臼因此而獲得了孕育毒素的溫床，那些滅蒙鳥被鬼臼綁上金鈴進行操控，在懸棺內孕育毒蛋，鬼臼定時來懸棺內取走成熟的毒蛋，用以增強鬼豹軍團的力量，進而攻打西極門，奪取天晷。

文溪和尚和嬴萱聽了我的分析之後，紛紛點頭。一旁的雁南歸也認同地說道：「西極門的守衛是神獸白虎率領的白虎軍。白虎軍屬陽，百獸之長，能執搏挫銳，噬食鬼魅，是陰邪之物的剋星。」

「不過話說，」嬴萱突然好奇地湊上來，「朱雀、白虎……你們朱雀神族為何都是銀髮？難道不應該是白虎軍銀髮，你們紅髮的嗎？」

雁南歸似乎有難言之隱，吞吞吐吐道：「萱姐，這個並不重要，等以後有機會，我詳細講給你聽。」

嬴萱見雁南歸不願多說，便不再追問，擺擺手示意我們繼續。

「既然如此，看來這鬼臼是為了突破西極門，才想出了以懸棺煉製毒蛋的方法，以至陰來攻克至陽。」文溪和尚有些擔憂地說道，「那日你中毒之後，我因身上有佛光印而避免了被傳染。只是子溪若是替鬼臼取那鳥蛋，豈不是……」

我否認：「不，我覺得子溪的身手過人，比那些盜墓賊要靈敏迅速有效率。鬼臼定是看上了她這一點才會讓她來接手懸崖取物這件事，所以鬼臼肯定會將解藥注入子溪體內，避免子溪中毒身亡。」

文溪和尚聽了我的話，神色有所緩和。

「對了，姜楚弦，你之前說白及所謂能解毒的地獄幽花，又是個什麼東西？」贏萱見我們都不說話，於是提醒道。

還是文溪和尚見多識廣：「地獄幽花是傳說中的仙草，夜如金燈，折枝為炬，照見鬼物之形，傳說中能解除一切毒素。」

「那這麼說，咱們只要找到了這地獄幽花，就能解了姜楚弦體內的毒蟲？」贏萱根本就沒有在意鬼臼的事情，反而被這地獄幽花給吸引了注意力。

文溪和尚點頭：「不錯。而且這個地獄幽花——」

我揮揮手打斷了文溪和尚：「地獄幽花這個事情先放一放，現在好不容易有了鬼臼的行蹤，咱們還是想想看，怎麼才能找到鬼臼，救出子溪。」

「滅蒙鳥的產卵周期是多久？」一直不說話的雁南歸突然開聲，瞥了瞥坐在榻上的文溪和尚。

文溪和尚愣了愣，隨即歪頭思索了片刻：「古書上並無記載，不過有詩云，滅蒙鳥每年冬日會聚集在溫暖的地方集中下蛋。不過，你問這個幹嘛？」

雁南歸起身望了望窗外東風蕭瑟的景象，轉頭對我說道：「那這麼說，現在正是滅蒙鳥產卵的季節。」

我明白了雁南歸的意思。只要我們守在那懸崖上，定能再次遇到前來取走毒蛋的子溪。到那個時候，只要我們跟在子溪的身後，便能找到鬼臼的老巢。

「不過，」我話鋒一轉，回頭看向了文溪和尚，「你得老實交代，你妹子為何有那樣敏捷的身手？我們貿然跟上她，會不會有什麼危險？」

文溪和尚有些不自然地搖搖頭：「怎麼會，她不過是個小姑娘罷了。」

雁南歸卻根本不吃文溪和尚這套，冰冷鋒利的眼神如同刀子般架在文溪的脖頸處：「那種速度和跳躍能力，根本不是普通人可以達到的水平。你要是真心想救你妹妹回來，就應同我們開誠布公。」

文溪和尚知道自己是躲不過這個問題，於是猶豫片刻，終究歎了口氣說道：「其實……子溪她性格比較執拗頑劣，成日就像個瘋丫頭沒個老實的時候，還擅自把自己的長髮給剃掉，說自己根本就不是女兒身，恐怕是投錯了胎的男孩。我原本以為她就是任性玩鬧，可誰知道，後來就愈發不可收拾……」

據文溪和尚所說，子溪自小與他在少林寺生活，更是迷上了少林功夫，總是跟著武僧學習一些要命的拳法。後來，她功夫見長，再加上性子本就頑劣，結交了一些同樣是街頭混子的朋友兄弟，從此就拉幫結派組了一支隊伍，再也不回少林，反倒成了綠林土匪，燒殺搶奪無惡不作。

「我好多次勸她回頭，可是她根本不聽。後來，她的土匪隊伍遭到了重創，她回少林養傷期間，不慎誤入塔林，消失在吃人的佛塔之中……後來的事情，你們也都知道了。」文溪和尚說這些的時候，面容羞愧，看來並沒有說謊。想來也對，自己的親人即便再怎麼作惡，自己也根本無法對他萌生恨意或者產生放棄他的念頭，苦海無涯回頭是岸，文溪和尚今生耗盡普照佛光要度的唯一一個人，或許就是他自己的妹妹吧。

「我先前一直沒說，就是怕你們知道了子溪是那樣的……那樣的壞人之後，就不會願意幫助我找回她……所以，抱歉了。」文溪和尚雙手合十對我們行了個十分標準的佛禮。

我聳聳肩，毫不在意地說道：「暫且不論你妹子的品行修養，再怎麼說，她也是個無辜的生命，像鬼臼那樣單憑自己需要來操控他人人生的行為才是罪大惡極，所以你放心，我相信大家是不會因為這個而動搖鏟除鬼豹族的念頭的，對吧？」

我看向雁南歸，雁南歸沒有說話，只是輕輕點了點頭。

文溪和尚苦笑道：「或許這就是善惡有報吧，子溪她作惡，自有報應來懲罰她。所以，即便是最後我救不出她，我也毫無怨言，就當作是她早日步入輪迴，去還之前作惡欠下的債了吧。」

文溪和尚說完，落寞的笑容定格在一個悲傷的角度，這是我第一次在他虛假的笑容上讀出了真正的感情。

# 9

接下來的日子，我們日夜守衛在懸崖附近的深林中，等待子溪的身影出現。這期間，我同文溪和雁南歸都是全天候堅守，白天，嬴萱總是會帶著靈琚來給我們送飯，入夜，我們三人輪流值守，確保不錯過任何一秒鐘。

終於在第四日的夜半時分，雁南歸搖醒了睡著的我與文溪和尚，抬眼示意我們向懸崖深處望去。

「來了。」

只見一道熟悉的黑色身影，正攀附著嶙峋的怪石輕盈地往懸棺處移動。我瞬間清醒，壓低了身子避免被對方發現。定睛看去，那正是一襲黑色緊身衣的短髮子溪，眉宇間的確與文溪和尚有些相似，英氣的劍眉長在她白皙的皮膚上，一副假小子的模樣。

她手持一柄圓刀砍在山間的石縫中當作攀爬所用的支點，腰部稍稍發力就能輕盈翻身倒掛在懸崖，行動十分之迅速。只見她細長的手臂伸進了那黑漆的懸棺中，摸出了幾枚滅蒙鳥毒蛋塞入懷中的口袋裡，隨即蹬腿轉身，如飛燕般漂亮地劃過一條弧線，落在了另一口懸棺之上。

「少林寺果然名不虛傳，這身手……」我輕聲感歎道。

文溪和尚尷尬地笑笑，只聽氣音，不聞聲響。

子溪動作迅速敏捷地依次將那懸崖上的棺材摸了個遍，胸前的袋子已經鼓脹，隨即她猛然一躍，利用圓刀固定著力點一躍而起，回到了懸崖之上。

「準備走。」我拍了拍身邊的文溪和雁南歸，說實話，想要追上這妹子的速度，恐怕只有雁南歸能做到了，因此我之前便做好了準備，將一袋黃豆綁在了雁南歸的腿部，等下戳開一個小洞，黃豆便會逐漸散落在地，這樣就能給我和文溪和尚留下追蹤的記號。

就在此時，劇烈的鈴響突然傳來，我們都沒想到這次滅蒙鳥的反應竟如此迅速，就連子溪也驚訝地拔出圓刀。我們三人因早有防備，耳朵中已然塞入了棉花，因此鈴聲對我們造不成什麼劇烈的影響。只見那群數量龐大的青色陰雲從懸崖下方升起，迅速將子溪包圍，眼看就要對她進行圍攻。

不好，滅蒙鳥的威力我在白及的夢境中可是見到過的。「計畫有變，先去救子溪！」我見勢不妙，急忙大喊。雁南歸和文溪應聲而動，從草叢中竄出分別站在子溪的兩側，我隨後趕到，我們四人分立四個方向，同那些發出鈴響的滅蒙鳥進行對峙。

「子溪，捂住耳朵！」文溪和尚站在他妹子的身旁側身喊道，可是子溪就像壓根兒不認識他一樣，根本沒有做出任何的反應。仔細看去，原來子溪的耳朵裡也早就塞入了耳塞，恐怕是鬼臼吩咐她準備的。

文溪和尚手持佛珠結印，一層橙光籠罩在我們四人的身上，那些滅蒙鳥因此無法靠近，只得不停地撞擊在那層結界上，發出一陣陣悶響。用力過度的滅蒙鳥撞暈落地，不一會兒就在我們四人腳下堆積成了小山，可是頭頂滅蒙鳥的數量卻不見減少，仍舊發出密集的撞擊聲，似乎再稍稍一用力就能撞破結界，瞬間吞噬我們。

我們四人都不敢有任何動作，特別是文溪和尚，因結界靠他支撐，因此他此刻十分吃力，結印的雙手開始微微地顫抖，那串發出光芒的無患子珠也漸漸暗淡，應是撞擊過於激烈，導致文溪和尚力量消耗極快。

這樣下去不是辦法，我環顧四周，這裡並無任何藏身之地，看來只能和這些滅蒙鳥硬拚。

「文溪，你放開結界，我和牠們拚了！」說著，我抽出玄木鞭擋在胸前，隨時準備發力。

文溪和尚青筋暴起，艱難地搖了搖頭：「不行……數量太多……我怕……」

「怕什麼！這麼拖下去也不是辦法！」說著，我看向了一旁早已準備好進攻的雁南歸。

就在我們商討對策的時候，一直站在我們身後的子溪突然一聲不響地緩慢向後移動，就在下一秒，文溪和尚的結界被滅蒙鳥衝破，我將文溪護在身後揮鞭打向撲來的滅蒙鳥，卻因牠們個頭實在太小，因此命中率並不高，瞬間我身上的灰布袍就被啄出幾個破洞。

雁南歸倒是很有準頭，尖利的青鋼鬼爪直擊滅蒙鳥脖頸上捆綁的那些金鈴，擊碎金鈴，那些滅蒙鳥便不再戀戰而四散飛去。於是，我也學著雁南歸的招數，瞄準了那些金鈴。

就在我們與滅蒙鳥酣戰的時候，一旁的子溪突然揮舞圓刀劈出了一條通道，頭也不回地跳出了滅蒙鳥的包圍圈，朝著遠處跑去。

「等一下！子溪！是我啊……」文溪和尚見狀急忙上前追去，死死抓住子溪的胳膊逼停了她的腳步。可是讓我們都沒有想到的是，子溪根本沒有考慮我們的生死，抬手就用圓刀刀背劈向文溪和尚，文溪因沒有防備而中招，狠狠地向後跌落，啐出一口鮮血來。

子溪連看都沒看文溪和尚一眼，轉身就鑽入了密林。

「雁南歸，你去追，這裡我來應付。」我見勢不妙趕忙對那野鳥喊道，雁南歸迅速做出反應，一聲口哨，遠處便飛來了一群雁雀，隨著一陣金光閃現，雁南歸化作之前雁雀的真身，隨同那鳥群極速向子溪追去。

「喂！記得留記號！」我揮手打落飛上前啄我鼻粱骨的一隻滅蒙鳥，對著那消失的鳥群喊道。

滅蒙鳥的數量根本沒有顯著的減少，這麼耗下去不是辦法。我轉身朝著懸崖邊飛速跑去，滅蒙鳥毫無例外地追著我飛來，撲撲啦啦的翅膀聲混合著金鈴聲，雖然隔著棉花，卻還是聽得讓人頭痛。就在我跑到懸崖臨界點的時候，我迅速抬手將玄木鞭插入腳下的土地，隨即一躍而起跳下懸崖。

那些滅蒙鳥隨著我的動作軌跡朝著懸崖下迅猛飛去，根本沒有注意到其實我並沒有落入懸崖，而是依靠插在峭壁上的玄木鞭停留在懸崖的邊沿。我趁機翻身回到地面上，利用這點空隙時間撕下原始天符，單手畫符，默唸口訣。

「陰陽破陣，萬符通天！火鈴符——破！」

熊熊烈火迅速從符咒中爬出，翻滾著朝懸崖下那些反應過來的滅蒙鳥飛去。火勢極大，瞬間吞噬了那團青綠色的陰雲，化作了一場瓢潑的黑雨，無數被燒焦的滅蒙鳥掉落在地，傳來了一陣焦肉的氣味。

其他的滅蒙鳥見大勢已去，便立刻作鳥獸散，激烈的戰場迅速冷卻了下來。

我急忙跑向文溪和尚，發現他並沒有因受傷而昏迷，只是伏在地上肩膀顫抖，看來應該是在啜泣。

「走吧，我們去找你妹子。」我收起玄木鞭，輕聲對文溪和尚說道。

文溪和尚根本無動於衷，反而抬手奮力捶向地面，土黃色的僧袍袈裟沾滿了灰土，連他從不離手的那串無患子珠也都掉落在遠處。我彎下腰撿起佛珠蹲在文溪和尚面前，本想說點什麼，可最終千言萬語還是化作了一聲歎息，輕輕拍了拍他的肩膀。

文溪和尚嘴角掛血，半邊臉已經紅腫，看來那妹子下手不輕。他眼角掛淚，一副生無可戀的模樣搖頭苦笑，即便是拳頭已經捶出了鮮血他也沒有任何反應。

「她不認得我了……子溪她……不認得我這個哥哥了……」文溪和尚狼狽地趴在地上，如同一匹敗北的戰馬，淒涼的身影在月色下孤苦飄搖。

想來也是，不管換作是誰，被自己最在意的人無情拋棄甚至出手重傷，一時間也都無法平復心情。可是雁南歸他們已經走了許久，再不追上去，好不容易獲得的線索便要白白失去。於是，我深吸一口氣一把拽住文溪和尚僧袍的衣領將他拉起，抬手用力給了他一個耳光。

「再不走，沒人知道你下次再見到你妹子會是什麼時候！」我怒吼。

文溪和尚卻根本不知道痛，腫起的半張臉端著一副無所謂的樣子，苦笑著看著我：「找到了又怎樣……她根本……根本都不認我……」

我氣不打一處來，鬆開他的衣領一拳打在了他的另一邊完好的臉上。我用力不輕，文溪和尚被我打得連連後退，我沒有給他還手的機會，而是上前一個掃腿將他放倒在地，翻身就騎上他一頓胖揍。

「這算什麼？你還不知足?!你明明都已經見到了自己的妹妹，再一步，只要再往前一步，說不定你就能找回妹子！可我呢？你有想過我麼？我找師父已經找了整整四年，連根我師父的毛都沒見到，我有就這麼放棄麼！」我嘶吼著，在宣洩自己情緒的同時，也企圖喚起文溪和尚的鬥志。

「每次在別人的夢境中見到姜潤生身影的時候，你不知道我有多羨慕……我根本不知道我師父現在到底是死是活，到底身在何方……可是你呢？你妹妹都活生生站在你面前了，你還有什麼不知足的！」

文溪和尚已經失去了反抗的意圖，躺在地上默不作聲地聽著。

我繼續壓低我的怒火說道：「不就是被妹子打了一下麼？你根本不知道我有多羨慕你……我多希望，我做夢都想……想讓我師父再像從前那樣狠狠打我一下！哪怕是一下也好！」

文溪和尚怔住了，盯著氣喘吁吁的我，似乎是在思考什麼。

我鬆開他，自己也累得不行，躺在地上喘息休息。

我倆就這樣躺著，不知道時間過了多久，文溪和尚才緩緩站起身拉起了我，拍了拍身上的灰塵，面無表情地低聲說道：「走吧。」

雖然只是兩個字，雖然是沒有任何表情，但從前他身上那種如沐春風的感覺，再一次出現了。

# 10

我隨同文溪和尚追蹤著雁南歸沿途撒下的黃豆粒，翻越了半座山，終於在密林中看到了遠處露出的黑色吊腳樓頂，與當日在血莧記憶中看到的吊腳樓一模一樣。看來，那定是鬼臼的老巢。

不知為何，一走近那大型吊腳樓，寒意便從心底油然升起。這裡四處煙霧迷濛，根本不像是有人居住的樣子，頭頂時不時飛出一群烏鴉，發出淒厲的吟唱，揀盡寒枝而遲遲不肯棲息。拐出密林，映入眼簾的便是一條寬闊的石砌大道，兩側擺放了象形的守門石雕，早已風化磨損得失去了稜角。團團霧氣氤氳在我們的腳邊，讓這座陰冷黑暗的吊腳樓更是顯得詭異。

這裡……太過於安靜了。

黃豆粒到這兒便消失了，看來雁南歸應是進入了吊腳樓。我正要踏上石砌大道，文溪和尚伸手攔下了我：「我怎麼覺得這裡有問題。」

的確，按道理講，既然雁南歸早已經到達此處，要麼應該是同鬼臼展開了搏鬥，要麼應是在這附近隱匿身影等待我們的到來，可是這算什麼？碩大的吊腳樓中沒有任何的動靜，此時在黑夜的映襯下彷彿一具冰冷的牢籠，虛張聲勢，唱著摸不清道理的空城計。

我與文溪和尚一時間逡巡而不敢貿然上前。

「反正都到這裡了，不管鬼臼在不在裡面，你妹子肯定在就行了。說不定咱們進去之後就能看見，雁南歸正抱著你妹子往回走呢？」我雖然有些捉摸不透這座吊腳樓的虛實，但事已至此總不能眼睜睜看著，即便前面是萬丈深淵，如果不走上前看一看，誰知道會有什麼樣的結果和收穫？

文溪和尚低頭思索片刻，表情僵硬地看著我：「要不，我先進去探探路？」「你可別了，萬一你一進去也再沒動靜，那不得急死我。走吧，別想那麼多沒用的，一起闖一闖不就好了？」說著，我抽出玄木鞭便朝著吊腳樓走去。

文溪和尚見狀，也只好跟了上來。

我倆沿著石砌大道走入吊腳樓的正門，還未等我們抬手推門，那扇朱漆木門便吱呀一聲自行開合，如同迎接貴賓般敞開。我和文溪和尚對視一眼，心頭一沉，便踏入了大門。

大門內是一座空曠的院落，青石鋪就的地板上時不時冒出一些翠綠的雜草，四周高築的圍牆上還有尖利的爪牙，與其說這裡是院落，倒不如說是牢獄更加合適。我倆剛走進院子，身後的大門便重重關上了。

漆黑的院子中突然閃現了一絲火光，只見院中四周的石雕燈柱中突然依次亮起了火光，猶如鬼火般的星火自行點亮了院子，圍成一圈的燈柱將整個院子照得明亮透徹，這時我們才注意到了院子的結構——這哪裡是什麼院子，根本就是個擂台！

正前方的吊腳樓裡突然捲起了竹簾，一個開闊的平台映入我們的眼簾。那平台內擺放著一尊陰沉木雕的王座，張牙舞爪的雕花如同是黑暗力量噴發的花紋，與血莧記憶中的王座幾乎一模一樣。王座之上，慵懶地坐著一名黑袍法師，不用問，那便是我們要尋找的鬼臼。

「姜楚弦，這裡不太對勁，」文溪和尚湊上前來輕聲對我說道，「你看，這裡四周根本沒有出口，高築的圍牆杜絕了逃跑的可能，前方的王座就是一個觀禮台，這裡……根本就是個角鬥場。」

不用文溪和尚說我也發現了這裡的蹊蹺，看來這下真的是中了敵人的陷阱，早就被提醒過鬼臼是個詭計多端工於心計的角色，可沒想到還是大意了。眼下，恐怕只有同對方硬拚才可能有出路了。

「你把雁南歸和子溪藏到哪裡去了？」我上前朝著王座上的鬼臼喊道。

對方並沒有任何回應，黑袍下的表情根本讓人捉摸不透，他只是輕輕揮手，一旁的銅鑼便突然響起高亢的蜂鳴，卻根本不見擊鑼的人影。

鑼聲過後，一道黑影便從王座後猛然躍出，我同文溪和尚本能地後退防守，可對方速度過快，根本超出了我們的預料。對方上前揮動手中的武器便朝我的胸口撲來，宛如捕獵的餓狼般對我窮追不捨，一著不慎，我被對方穩固的下盤絆倒，隨即胸前猛然一痛，我本能地奮力一躲，可一襲重擊還是落在了我左側的肩頭。

要不是剛才那一閃躲，開花的就是我的胸口了。

我捂住受傷的肩膀側身躍起，遠離了那個招式急促簡單卻是直取對方性命的對手。

「子溪……」一旁的文溪和尚沒有任何動作，只是驚訝地站在那裡看著我肩頭流出的鮮血滴落在地。

我抬頭望去，方才砍向我肩頭的，果然是手持圓刀的黑衣子溪！

這次距離較近，我徹底看清了子溪的表情，淡漠無神的雙眸中絲毫沒有自主的情感流露，此時的子溪如同一具被掏空的傀儡，更像是一個無情的殺人工具，下手極狠，我和文溪根本不是她的對手。

子溪見我受傷，便轉身將目標轉向了文溪和尚，抬手揮刀朝著文溪和尚衝了過去，看那架勢幾乎是要直接取了文溪的項上人頭。

「快躲開！」我厲聲嘶吼。

然而文溪和尚根本沒有反應，只是站在那裡，失神地看著子溪距離他越來越近。

「混蛋！文溪你給我躲開！」我顧不上肩頭的劇痛，我知道，如果我再不出手阻攔，下一秒文溪和尚很可能就要身首分離。我迅速朝著子溪追去，滴落的鮮血在石砌地板上劃出了一條完美的弧線，我忍住劇痛抬手撕下了一張原始天符，迅速催動五行口訣。

「捉神符——破！」

玄木鞭直指符咒，金光乍現，無數的流星從符咒中劃過夜空朝著子溪飛去，準確地捆住了子溪的四肢。金光如同繩索一般將子溪絆倒在地，她手中的圓刀也滾落在一旁，正好掉落在文溪和尚的面前。

我鬆了口氣，卻還是不敢放鬆雙手，死死握住控制捉神符的玄木鞭，好避免子溪的掙脫。

這時，王座上的男人突然開口說話，聲音陰冷嘶啞，卻帶著不懷好意的語調：「怎麼，是不是對自己的妹妹感到失望呢？」

文溪和尚聽到這句話後猛然打了個寒顫回過神來，看到被捉神符五花大綁撲倒在地的子溪，驚得一下子坐在地上，再抬頭看看我被鮮血染紅的半個身子，驚慌失措地連連搖頭：「不……不……」

鬼臼繼續不急不慢地說道：「仔細看看，這還是你的妹妹麼？你身為少林寺人人敬仰救死扶傷的神醫，可是自己的妹妹卻是個綠林土匪，燒殺搶奪無惡不作……看看，現在連你最好的伙伴也能出手重傷，這樣的妹妹，你還想要找回來麼？」

「閉嘴！」我朝鬼臼怒吼，「有本事你下來咱倆單練！光磨嘴皮子有什麼用！」

可是文溪和尚卻像是中了迷藥般陷入了鬼臼的話語之中，一下子跪在子溪面前，看著那柄沾著我鮮血的圓刀連連搖頭：「不是的……我妹妹她……不是的……」

鬼臼根本不理會我的挑釁，反而繼續沉穩地說道：「這樣的妹妹活在世間也只能是為禍人間，倒不如給她個痛快，讓她早日投胎重新做人，這也算得上是功德一件。如若不然，她很可能會繼續傷人，就連你面前的這名好友，恐怕也要同那雀妖一般，死在她的手下……」說著，鬼臼一揮手，一具渾身刀傷的屍體從遠處滾落在我們的面前，那不是別人，正是黑衣鎧甲的雁南歸，銀色的卷曲長髮上沾滿了烏黑的血漬，蒼白的臉頰上沒有一絲生命氣息。

我怔住了，同時，手中的捉神符因為我的分心而有所鬆懈，子溪用力掙扎朝著文溪和尚腳邊爬去，試圖重新拾起圓刀。文溪和尚最後的心理防線被雁南歸的屍體擊潰，瞬時雙手捂臉仰天痛哭。

「你要繼續這樣放縱你的妹妹麼？這樣的話，不知還有多少人的性命，要葬送在她的手中。」鬼臼見文溪和尚已經失去了理智，更加有底氣地說道。

我姜楚弦還就不信這個邪了！我用力一拉，子溪再次被緊緊束縛。可是接下來的一幕更是讓我觸目驚心，只見文溪和尚呢喃著什麼，抬手撿起了子溪掉落在身旁的圓刀，雙手顫抖著舉起圓刀，瞄準了被我束縛在地的子溪。

「文溪你要幹什麼!!」我大驚，急忙喊道。

文溪和尚整個人就像是魔怔了一樣嘟囔著：「殺了她……只要殺了子溪，就能讓她解脫……」

「你瘋了！那是你妹妹！」

我沒想到鬼臼的三言兩語竟有這般迷魂湯藥的作用，同時震驚於鬼臼的變態心理。他精心布置了這樣的一個局，不管文溪和尚最後到底有沒有殺掉子溪，他都會贏。鬼臼巧妙地利用了他們兄妹倆的感情，對這般無辜的兩人進行這樣的心理折磨，簡直是罪大惡極！

我見勢不妙急忙怒吼：「文溪，不要聽那鬼東西的蠱惑！你此時若是殺了子溪，會後悔一輩子的！你忘了，子溪是受了鬼臼的控制。即便你殺了她，她也無法因此解脫，反而你會因此陷入手刃親人的自責之中，萬劫不復！」

然而文溪和尚根本沒有理會我，手中的無患子珠早已暗淡無光，只見他熱淚滾落，渾身哆嗦著用他那救人無數的雙手舉起殺戮的圓刀，雙眼一閉，猛然朝著面前毫無還手之力的子溪用力劈了下來！

唰——

# 11

就在文溪和尚持刀向子溪砍下去的瞬間，我猛然抽手奮力一拉，捉神符帶著子溪的身體隨即後退，千鈞一髮之際躲開了那鋒利的刀刃。文溪和尚的圓刀直接劈在了眼前的地面上，地面裂出了一條扭曲的縫隙。

我因過於用力拉玄木鞭而撕裂了肩部的刀傷，痛得我再也支撐不住自己的身體猛然跪地，滾燙的鮮血順著我的肩膀浸染了手臂，染紅了的灰布袍更是顯得淒美，我用盡最後的一點兒力氣朝著文溪和尚大聲吼道：「那可是你的妹妹！你還真下得了手?!」

玄木鞭脫手，捉神符迅速消失。子溪卻因剛才猛烈的撞擊而昏迷不醒。

文溪和尚因砍到堅硬的石砌地板而被震得雙臂發麻，聽我這麼一喊，便恍如大夢初醒一般恢復了神智，不可思議地看著自己那不受控制的雙手，再看看遠處被我救下的子溪和渾身是血的我，他不敢相信地突然用力將自己的頭向著地面狠狠撞去！

「啊——」文溪和尚發出一聲怒吼，額頭已被磕破流出了鮮血，碎裂的石子卡在皮肉之中，磨礪著他近乎發狂的神經，或許此時只有劇烈的疼痛才能讓他保持清醒，而不被那鬼臼營造的假象所迷惑。

「姜楚弦！」

突然，熟悉的聲音出現在我的身後，我撐起身子艱難地轉頭看去，卻發現雁南歸完好無損地站在吊腳樓大門前，一臉驚訝地看著這擂台上的慘狀。

「野鳥？你……你沒事？」我疑惑地看向方才鬼臼丟出的雁南歸屍體，卻發現那根本就是用稻草紮成的人偶，只不過身上貼了張奇怪的符咒，居然讓我們將它當成了雁南歸的屍體。

雁南歸見我受傷，急忙上前將我扶起。我擺擺手示意他不用擔心我，我雖身體受傷，但意識清醒，倒是那個文溪和尚不知道是中了鬼臼的什麼奸計，竟然性情大變，更要出手傷人，若不是剛才我及時出手，現在的子溪早已經是兩截了。

雁南歸撕下我袍子的衣袖替我止血：「我追到吊腳樓之後就陷入了走不出去的樹叢，直到方才聽到你的聲音，我才循著聲源走了出來，文溪他這是……」

怎麼回事？為何雁南歸和文溪和尚來到這吊腳樓處都陷入了奇怪的幻覺，而唯獨我依舊清醒？我猛然想起之前夢演道人告訴過我關於天眼的事情，於是我急忙用另一隻手掏出了一直戴在懷裡的吊墜，只見那棕黃色的旋渦狀吊墜正泛著瑩瑩的亮光。

天眼其實是區分夢境與現實的坐標，身在現實的時候，天眼是呈旋渦狀的閉合狀態，只有身處幻覺或者夢境之中的時候，天眼才會睜開，變得圓潤光滑潔白。這枚天眼，正是有著避免被幻術迷惑與沉迷夢境之中的功效。

正因如此，我才能時刻保持清醒。

這時，鬼臼再次對文溪和尚進行遊說：「怎麼？你還在猶豫什麼？你怎麼能忍心看著你的妹妹如此痛苦地活著？」

「你閉嘴！」我轉頭朝著黑衣鬼臼怒吼，隨即轉頭低聲對雁南歸說道：「這鬼東西沒什麼本事，只會通過幻術和催眠來蠱惑人心，文溪和尚就是被他給搞成這樣的，我現在身受重傷，只能靠你來替我教訓教訓這個只會教唆他人的懦夫了！」

雁南歸聽後沒有任何表情地站起了身子，右手小臂一震，青鋼鬼爪便呼嘯拔出，凜冽的寒氣在雁南歸的身上四溢開來，銀白色的卷曲長髮四散懸浮，我敏感地捕捉到了雁南歸眸子中透出的殺氣。

「鬼豹族長老？呵。」雁南歸邁開了被黑色鎧甲包裹的雙腿，沉穩地朝著王座上的男子走去，蒼白的肌膚根本掩蓋不了他此時內心的熱血，只見他輕蔑地挑起嘴角，舉起青鋼鬼爪便猛然蹬地，石砌的磚塊被踩出了凹陷，力量和速度之強之快都是我不曾預料的。

不好，滅族仇人的出現，讓雁南歸的獸性再一次被激發。

王座上的鬼臼顯然意識到了自己危險的處境，迅速擺手一揮，倒在一旁的子溪便如同提線木偶般迅猛站起躍向文溪和尚，拾起了掉在一旁的圓刀擋在了鬼臼的面前。

「住手！那是文溪和尚的妹妹！」我大驚，我知道失去人性的雁南歸是個嗜血的怪物，根本不管對手是誰，都會用他最為直接迅速的血腥方式了結對手性命。

然而讓我沒想到的是，雁南歸對鬼豹族更加強烈的恨意驅使著他直接飛身躍起越過了子溪，隨即反手揮爪，幾道紅光便如火流星般朝著鬼臼而去。

鬼臼顯然沒有預料到事情會變成這樣，於是急忙揮手後退從王座上躍起，無數稻草紮成貼著符咒的草人從四處集結擋在了鬼臼的身前。而下一秒，半個吊腳樓和那黑色的王座在雁南歸爆發出的強大力量下都裂成了碎片紛紛崩落。

無數的草人裹挾著虛弱的鬼臼朝著遠處飛去，而子溪也同時跟上了鬼臼的腳步，腳踏幾只草人消失在夜色中。

雁南歸顯然沒有盡興，失去人性的他需要的是更多的殺戮和鮮血，只有復仇的快感才能滿足他的需要。

可是，雁南歸剛想要追，卻又猛然停下了腳步。

他回頭看了看失血過多的我，還有那近乎瘋癲的文溪和尚，隨即沒有猶豫地瀟灑轉身，長髮迴旋，挺拔的黑色鎧甲並沒有如我想像般離我們遠去，而是篤定地朝我走來，一把拉起我另一隻手臂扛在肩頭，一隻手收起青鋼鬼爪便拎起文溪和尚的衣領，帶著我倆轉身朝著回去的方向走去。

回到旅店已經是早上了，文溪和尚離開吊腳樓之後便恢復了正常，嬴萱打了一盆熱水幫我清理傷口，靈琚更是像個小神醫一般煞有介事地給我把脈，還學著文溪和尚的樣子翻看我的眼皮。我有氣無力地瞪了小丫頭一眼，她便趕忙吐了吐舌頭，轉頭跑向文溪和尚身邊接過方子，去準備草藥了。

文溪上前幫我止血，一邊動作，一邊輕聲低言：「之前的事……抱歉了。」

我本想笑笑，可是傷口實在太痛，於是笑容變得齜牙咧嘴：「沒事沒事，你妹子也不是故意要砍我的，還不都是因為那個……」

「姜楚弦，多謝了。」文溪眼眶有些泛紅，似乎還想要說些什麼，卻如鯁在喉。

我急忙揮了揮另一隻手，讓他不要放在心上。

文溪和尚在靈琚的幫助下迅速幫我縫合傷口並進行了包紮，嬴萱端著一盆血水匆忙走出房間，再回來的時候，手裡便多了一碗湯藥。

「趁著老娘不在，敢傷我的人？看我下次見了那鬼東西，不把他生生扯成兩半！」嬴萱看我痛得厲害，更是在一旁氣憤地叫囂著，我強忍著難聞的氣味喝下湯藥，才得以休息。

「師娘要給師父報仇嗎？」靈琚接過空碗，探頭看向嬴萱。

「切……自己不中用，誰要去給他報仇，老娘就是長時間沒舒展筋骨了而已！」嬴萱說著，轉身將我脫在一旁的血衣拿起丟進了木桶。

雁南歸將我倆帶回來之後便沒再說一句話，坐在窗子旁望向遠方，雖然態度冷漠，可是我知道，這是向來堅硬冷酷的他能給予我們的最大的溫柔。

「和尚師父，你的傷還未包紮呢。」靈琚將搗碎的草藥捧在手中，抬頭望著倚在床邊的文溪，輕聲說道。

我循聲望去，原來靈琚指的是文溪和尚額前的傷口。此時，傷口已經結痂發黑，就連文溪腫起的半張臉也已經恢復了正常。

文溪和尚正在發呆，聽靈琚這麼說，於是緩過神來低頭輕笑：「正好，我這個傷處理起來比較簡單，但是步驟複雜，不如就由靈琚你來幫我處理吧，就當是練練手。」

我和嬴萱聽了文溪和尚的話，都用一種「你瘋了嗎」的眼神看向他。而他卻仍舊是滿面春風地微笑著，雙眼瞇成了一條縫隙，和之前手持圓刀滿心殺戮的他完全不是一個人。

靈琚沒有推託，興奮地拿起草藥和紗布爬到椅子上，讓文溪和尚躺下來處理傷口。小丫頭雖然沒有經驗，但畢竟給文溪打下手這麼久，基本的處理方法還是沒有問題的，除了幾次沒拿穩紗布而不小心碰到了傷口讓文溪痛得咧嘴之外，其他的都還做得像模像樣。看來，這小丫頭沒準兒真能當個大夫。

嬴萱將我染了血的袍子拿出去洗，靈琚則在一旁收拾著藥箱。

「接下來怎麼辦？」雁南歸看我倆都已處理好了傷勢，轉過身來波瀾不驚地問道。

我半躺在床上，思考片刻輕聲答道：「這下不知鬼臼帶著子溪逃到哪裡去了，眼下還沒有線索，不如咱們先去把那些懸棺給封死吧，這樣那些滅蒙鳥便不能再在裡面下蛋，裡面的毒蠱也不會再外流而導致無辜的人喪命。」

「我去吧。」雁南歸點頭。

「還有，」文溪和尚披著袈裟坐在床前插言，「我們之所以陷入鬼臼的圈套，一方面是因為他十分了解並善於利用人性弱點，更為重要的一點，就是那濃霧。那些霧氣中含有大量的麻醉藥物，我們走入吊腳樓中，吸入這些氣體，才導致了在他言語的蠱惑下性情大變。所以，咱們下次如果再同鬼臼交手的話，一定要想辦法避免吸入麻醉氣體……」

聽文溪這麼說，我不禁感慨，幸好我身上佩戴有定心凝神的天眼，如若不然，我們三人此次定是有去無回。

「咱們切斷了鬼臼獲取毒蛋的途徑，他定會去找另一個方式來培養。眼下我們對鬼臼的行蹤毫無頭緒，在這之前，咱們不妨先往西邊走。」文溪和尚手中盤起了佛珠，繼續說道。

「西邊？」我疑惑地問道。

文溪篤定地點頭：「沒錯，雲南。」

# 12

我疑惑不解地問道：「為何要往雲南去？」

「你忘記了，我們南下除了追蹤子溪，還有另一件更為重要的事情。」文溪和尚的笑容如同冬日穿透厚重雲層的暖陽，一時間，我竟陷入這般美好的笑容中不知該如何回答。

倒是靈琚趴在床邊伸手扯了扯我露在被子外面的指頭，柔聲細語地說道：「師父你忘了呀？不是要幫你把身體裡的毒蟲給趕出來嗎？是吧小雁？」她轉頭看向站在床尾的雁南歸，露出了一個甜蜜的微笑。

雁南歸表情僵硬地別過頭不與靈琚對視，爾後輕輕點了點頭。

「難道雲南有會解蠱的人嗎？」我用完好的另半邊身子撐著床坐起。

文溪和尚抬頭說道：「不是找解蠱的人，而是去尋那名苗族少年白及所說的地獄幽花……」

「哦，你說那個啊……」我點點頭，想起之前文溪剛要說這種花的由來，卻被我打斷了。

文溪和尚笑笑，似乎有些成竹在胸：「還記得上次你敲錯房門而同你大打出手的那名黃衫公子嗎？」

一提起黃衫公子，我的腦海裡便浮現出了那鋒利的雕花玉棒：「你說……段希夷？」

文溪和尚理了理袈裟坐下說道：「不錯，我曾在一本遺失了半卷的佛家典籍上看到過那黃衫公子所持武器的記載，根據段希夷的皇族姓氏猜測，如果我推斷不錯的話，那柄玉棒乃是大理古國鎮國之寶幽花玉棒，通身碧玉，金絲纏裹，寶玉通靈，無堅不摧。頂部連接一朵由千年玄鐵打製而成的花朵，鋒利無比，閱眾生相，度眾生孽，乃是佛家寶物。」

「然後呢？這和地獄幽花又有什麼關係？」我一頭霧水。

文溪和尚嘴角輕挑，溫潤如玉鏡的臉頰上露出了微笑：「這幽花玉棒上雕刻的花朵，就是傳說中的地獄幽花。」

我怔住。

「據載，因地獄幽花夜如金燈，折枝為炬，照見鬼物之形，相傳是通往幽冥之地的引路燈，因此大理段氏將此花雕刻成驅散鬼邪的武器，製成幽花玉棒並奉為國寶。」文溪和尚說完，便微笑看著我，似乎在等我下決心。

我若有所思地點點頭：「照你這麼說，幽花玉棒是大理古國的鎮國之寶，那這個段希夷，難不成是個舊朝皇族後裔？或許是個皇子也說不定呢！」

「重點不在那個段希夷身上，」文溪和尚無奈笑笑打斷我，「重點在於，既然大理古國將地獄幽花雕刻製作成國寶，那就說明，在雲南大理，一定會生長有地獄幽花，所以，要不要去雲南，你來決定吧。」

「要啊，為什麼不要，這毒蟲又不是我老婆，可不能跟我一輩子啊。」我沒有猶豫地回答道。

文溪和尚噗哧一聲笑了出來，擺擺手示意我躺下休息：「那就好好養著吧，等你的傷好得差不多了，咱們就即刻上路。」說罷，便領了靈琚轉身出去。而雁南歸也出門，說是要去封了那些懸棺。

我在床上躺了一天，到晚上便已經恢復了精神，畢竟只是傷了手臂，再加上天眼本身就有快速癒合傷口的功效，因此晚上我便披了件不知道誰的大袍子，下樓坐著喝茶了。

嬴萱不知道跑哪裡去了，今早帶著我的血衣說是去洗，洗了一天都不見人回來。我瑟縮在寬大的袍子裡哼著小曲兒，用獨臂端著茶碗喝得出了一身汗。

「師父！」突然，靈琚從樓上跑下來，一屁股坐在我身旁的長椅上，雙目帶水，星眸微嗔，用那雙小手一把奪過我手中的茶碗衝我責怪道，「喝了藥是不能吃茶的！師父不知道嗎！」

我笑笑，抬手拍拍她亂糟糟的腦袋，搖了搖頭：「不得了啊，連師父都敢管？」

靈琚吸了吸鼻子，明仁杏眼微微瞪圓：「靈琚不是替師父擔憂嘛，要是因為喝茶而影響了草藥的發揮，和尚師父會罵人噠！」

「喲？」我有些驚訝，「文溪那傢伙還會罵人？」

靈琚機警地抬頭望了望關死的房門，才回頭低聲對我說道：「罵得可凶啦！有一次，靈琚配藥的時候不小心少放了一味，和尚師父就好生氣呢，說這都是要命的事情，怎麼能粗心呢……不過確實是靈琚的錯，忍著沒哭，後來把那個方子抄了一百遍呢！」

沒想到宛如春風般溫和的文溪和尚竟然對醫術這件事情這般嚴肅，畢竟是關乎病人性命的大事，粗心和馬虎是要不得的。他對靈琚這般嚴格，自是打心底把靈琚當作是自己的徒弟了吧，所謂嚴師出高徒，靈琚這小丫頭片子，或許真能有所建樹呢。至少，總比跟著我這個不靠譜的師父要強。

「你經常把藥方搞錯麼？」我低頭調侃道。

「也沒有啦，就是給師父配藥的時候，弄錯過幾次……」靈琚若有所思。

我聽後差點一口氣憋過去，突然覺得自己吃下去的東西根本沒有任何的保障，因此對自己的傷勢感到擔憂。

靈琚看我一副吃了蒼蠅屎的表情，於是咯咯地笑了起來。

「先不說這個，」我轉移了話題，趁著此時就我們師徒兩人，終於提及了我一直想要討論的問題，「那個……你和野鳥走得滿近的？」

靈琚頭一歪，眼珠翻轉，兩隻小手在胸前手指一對，聲音明顯弱了下去：「小雁說啦，我是他的救命恩人呢。」

「只是這樣嗎？」我湊近了靈琚，仔細盯著她粉嫩的臉頰問道。

靈琚就像個搗蛋卻被人抓了現行的小娃子，雙手把玩著她翠綠的衣角答道：「小雁和靈琚，還是好朋友呢。」

我其實不是反對靈琚和雁南歸走得近，我只是怕，如果哪天雁南歸在靈琚身邊的時候被鬼豹族激起了戰魂而失去人性，會不會對靈琚造成什麼傷害。靈琚畢竟還是個小孩子，心思單純，她若是見了那種以血腥屠戮為樂趣的雁南歸，還願意認他當作從前的小雁麼？

「那你喜歡小雁嗎？」突然，嬴萱這死女人不知道從何處冒了出來，手裡抱著一件新袍子，壓低了身子趴在靈琚的耳邊問道。

「哎你怎麼這麼說話呢，靈琚還小呢……」我抬腳踢向嬴萱。

嬴萱靈巧躲過，繞了個圈來到我身邊另一側，不屑地將手裡的袍子丟在我懷裡。

靈琚倒是沒多想，抬頭就答：「喜歡呀！靈琚不僅喜歡小雁，還喜歡師父，喜歡師娘，喜歡和尚師父呢！」

這傻丫頭，幸虧沒往坑裡跳。

「這是啥？」我單手拎起懷裡的衣服端詳著。

嬴萱抬手捋了捋自己腦後的大辮子，輕描淡寫地說：「你那袍子破得不行，我又縫不好，上面的血漬也不好處理，我就拿去了裁縫鋪。我知道你對你師父的袍子有感情，所以就讓人用新布在上面加了一層，從外面看是嶄新的，但內裡還是你那件袍子。」

我有些驚訝，拿起袍子在身上比畫了一下。我沒想到嬴萱會這麼細心，在我看來，她不過是個大大咧咧的男人婆，可是女人畢竟是女人，能想到許多男人想不到的地方。想起之前她在夢境中看到玉鏡裡的幻象後嬌羞如水的模樣，我不禁有些心動。

「哇，師娘對師父真好！」靈琚看了袍子之後脫口而出，嬴萱彎腰一把抱起靈琚，壞笑地說道：「怎麼，羨慕你師父啊？雁南歸不還送了你藥簍嗎？」

「你別教壞小孩子啊！」我雖然想對嬴萱道謝，但是話到嘴邊，卻還是變成了警告。

「你既然喜歡南歸，那他知道嗎？還有啊，你問過南歸嗎，他喜歡你嗎？要不要師娘幫你去探探口風啊……」誰知嬴萱根本沒有搭理我，抱著靈琚轉身回了屋，嘴裡還唸叨著一些奇奇怪怪的問題，還好靈琚一臉迷茫，不知道嬴萱話裡的意思，再加上我行動不便來不及追上，於是只好拎起新袍子回了屋。

推開屋門，卻發現雁南歸已經坐在屋裡了。

我猛然一驚，看到打開的窗戶便知曉了他是從何而來，於是故作鎮定地問：「處理好了？」

雁南歸點頭：「全部用鋼釘封死加固，而且……還是在那名苗族少年的幫助下……」

看來，白及對那懸棺果然是很操心，這個孩子的父親雖是盜墓賊，但他心地善良，為了避免更多人的犧牲，無時無刻不在做著一些力所能及的小事。

人死不能復生，既然已是既成的事實，倒不如像白及那樣，用自己的親身經歷來警示那些心懷不軌的盜墓賊，從而讓他們保全性命。

入夜，我獨自坐在床上看著窗外的月色，嬴萱給我送來了湯藥便離開了，文溪和尚還在另一間屋裡配藥，靈琚和雁南歸不知跑到哪裡去了。我端著褐色的藥碗，起身來到了窗前。

傷基本都好了，這藥又苦得要死……眼下四下無人，我靈機一動抬手就將藥碗悄悄伸出了窗外，準備翻轉手腕倒掉。

「請務必謹遵醫囑。」突然，窗外傳來熟悉的甜膩聲音，我嚇得一哆嗦趕緊收回手，探出身子看了看並沒有人在。

呵，幻聽嗎？也是好笑，作為師父，竟然被一個小丫頭嚇成這樣。我不屑地笑笑，再次將手伸出去。

「師父不乖哦。」

我一個激靈，這下聽清了聲音的來源，於是詫異地抬頭望去，就見雁南歸與靈琚兩人正坐在屋頂，靈琚低頭看著我手中的藥碗，嘟起了小嘴。

「你倆了不起啊上房頂幹啥?!」我探出身子反身看向他們。

靈琚指了指頭頂的夜空：「小雁說，這裡可以看到星星哦。」

「沒事看什麼星星！給我下來……哎不對，你怎麼上去的？」我看著坡度極陡的瓦房屋頂，不禁疑惑地問道。

雁南歸始終沒有說話，只是站起身將靈琚抬起像往常一樣馱在肩上，隨即輕盈地一個翻身便安然無恙落地。

我翻了個白眼關上了窗子，端起苦澀的湯藥一飲而盡。

Chapter 04

# 青磚石姬

# 1

「你到底在尋找什麼？真相？往事？還是你所謂的天下正道？」

耳畔傳來了熟悉的聲音，我試圖睜開眼，卻被眼前刺眼的光線晃得頭昏。抬手遮擋，從指縫中隱約看到了那個熟悉的白色身影。

「你是誰？」我一邊適應著光線，一邊起身上前。

對方手搖一把折扇緩步轉身，一襲白色長袍點綴著血漬，披肩的黑色長髮垂在腦後，蒼白的臉頰卻是模糊不堪，讓我根本無法辨認對方的樣貌。

「我是誰……師兄你真是個無情的人啊。」對方苦笑搖頭，隨即猛然收起折扇抬手揮向我，我下意識彎腰躲避，不料那柄折扇戾氣十足，雖不曾觸碰到我，卻依然將我的臉頰劃傷，幾滴鮮血濺落在白色的扇面上，宛如一點絳唇。

折扇繞了個圈重新回到對方手中，我急忙回身去摸背後的玄木鞭，卻撲了個空。

我的玄木鞭呢？

我驚訝地低頭，卻看到自己身上早已沒有了灰布長袍，腰間裝著阿巴的葫蘆也不知所蹤。取而代之的是一身靛黑道袍，衣領上繁雜的道家花紋分外華美，深沉的黑色與對方的純白形成了強烈的對比。

我是誰？

我怔住，雙手顫抖地撫上自己的臉頰，卻感受到了陌生的觸感。

我是誰？

「我是誰？」我猛然驚醒，呼吸急促地擦了把臉上的冷汗，隨即跌撞著走向房間角落，手忙腳亂地打了一盆水，冰涼的水滴讓我瞬間清醒，看著水面倒影中那個和師父一模一樣的臉龐，我才終於緩過神來。

「姜楚弦，你怎麼了？」嬴萱推門而入，手裡端著一盤糕點，看我狼狽地坐在地上盯著水盆發呆，驚訝地上前攙扶我起來。

我擺擺手：「沒事沒事，做噩夢了。」

嬴萱像是見鬼了一樣看著我：「你？哈哈哈哈……我看你不是做噩夢，而是遭報應了吧？」

我沒心思和她拌嘴，翻了個白眼重新坐回到床角，徑自取了嬴萱手中的一塊綠豆糕丟入嘴中，邊嚼邊問：「這是在哪兒？」

嬴萱撇撇嘴有些不滿地說道：「在哪兒？咱們出了瀘溪一路往西，誰知道你體內毒蟲突然鬧情緒，你兩眼一翻就昏倒在地，老娘揹了你一路，才尋了這麼個地方將你安置下來。」

我的胸口仍舊有些隱隱作痛，看來那毒蟲一日不除，我姜楚弦就一日不會有好日子過。如同嬴萱所說，我們離開瀘溪朝西進發，為了找尋可解百毒的地獄幽花而前往大理。由於大理距離較遠，這將是一段漫長跋涉的路程。我們並沒有快馬加鞭地趕路，而是決定邊走邊尋，看一路上能否找到鬼臼和子溪的蹤跡。

同樣的，我們身上所剩錢財不多，因此我也尋思著，看看一路上能不能再招攬幾筆生意，賺個基本的路費。

沒錢雇馬車，因此我們只好徒步，沿著鄉道走走停停。因瀘溪本身就位於湘西邊沿，這般走了一天，我們很快便出了湘西地界抵達黔州，卻不料身體突發不適而昏睡，在夢中與那名熟悉的白衣男子糾纏。

「喂，你還好吧？」嬴萱看我陷入沉思，抬手在我面前揮動，「這裡叫餘慶已屬黔東，是離你昏迷時最近的一個鎮子。」

我搖搖頭站起身：「我沒事，睡了一覺而已。他們人呢？」

話音剛落，就見文溪和尚端著碗湯藥推門進來，身後跟著野鳥和靈琚。

「師父醒了呀。」靈琚咧嘴一笑，上前把上我的脈搏，煞有介事地點點頭：「脈象平穩，看來沒有大問題呀。」

我笑著抽回手乖乖遞給文溪和尚，文溪把脈片刻後讚許地點頭道：「靈琚說得不錯，的確暫無大礙，來，把這藥給喝了。」

雖然湯藥苦澀，但心絞痛起來著實難受，我沒推諉，接過來一飲而盡。

「好了，」文溪和尚擺擺手，「既然醒過來了，那就趕緊撤吧，不然待會兒天色晚了，就不好找住處了。」

我一愣：「這裡不是客棧嗎？」

嬴萱彎腰扯了扯我腰間乾癟的錢袋：「還客棧呢，沒用草席子給你捲起來扔胡同裡就不錯了，這是家醫館，文溪用了幾味珍藏的藥材才換來了兩個時辰的借宿。」

想來也是，我是該想辦法賺點錢了。裹了袍子告別醫館，我們一行人走在餘慶的街道上，尋覓一切能夠搞到錢的生意。

黔州多為山地，山脈眾多，重巒疊嶂，綿延縱橫，山高谷深，素有「八山一水一分田」之說。同時，這裡的氣候多變，更是有「一山分四季，十里不同天」的說法，在這樣的窮山惡水之中，雖不如江南肥沃的平原地帶富裕，但是這裡絢麗多姿的岩溶地貌卻又讓她看起來風韻多彩，各種石灰岩組成的峰叢窪地更是讓這片黔貴之地顯得絢爛。

這裡地處黔州高原向湘西丘陵過渡的斜坡地帶，經濟較為發達，商賈遍布，各處都是富麗堂皇的大宅子。像這種人煙稀少卻空有房間的豪宅，時常有鬼怪借宿進而有怪事發生。我暗自點點頭，看來，應是能賺上一筆。

我沿著街道尋了幾處可疑的大宅子，正想著逐一上前問詢一番，卻突然被街角的吵鬧聲吸引了注意力。我們一行不動聲色地融入圍觀的群眾中，想一探究竟。

人群中站著一名年輕力壯的漢子，身後拉一輛板車，車上放置著幾尊還未打磨的石料，看樣子應是工地做活的工人。他對面站著一名傴僂的白鬍子老頭，手裡舉著算盤啪啪地算計著什麼，還不依不饒地數落著對方。

「你說說，要麼給我重新修，要麼把工錢給退一半回來，不然這事情沒完！」

「我往上數幾輩人，都是在餘慶做石磚生意的，從來沒出過什麼差錯，你這樣空口無憑，憑什麼剋扣我工錢？」年輕漢子有些無奈地反駁著，一臉煩躁地用肩頭的汗巾擦了把額角的冷汗。

那賬房先生一樣的老頭倔得很，根本不聽對方的辯解：「你說說，路鋪好之前，宅子一點兒問題都沒有，怎麼偏偏這個時候出問題呢，你說說！」

年輕漢子兩手一攤：「我們鋪路用的石磚都是從山上鑿出來加工的，祖祖輩輩都沒出過問題，怎麼單單到了你們方家大宅就有了蹊蹺？」

老頭氣得吹鬍子瞪眼起來：「哎你說說，你怎麼說話的？你的意思就是我們方家故意刁難你不成？你說說你說說，哪有這樣亂潑髒水的！」

我一頭霧水地看向身旁的文溪和尚，卻見他正在和一旁圍觀的村民攀談，於是我也湊近了支棱起耳朵，看看這到底是怎麼回事。

「……所以說，這事情也是怪，這方家啊，是餘慶的大戶，家裡有錢有勢的，剛盤下一片地皮蓋了新房，光是院子就足有普通人家三倍之大，方家老爺正氣派得不行，領著一家老小上上下下幾十口人都搬進去了，可誰知道，結果壞在了這大院子裡的一條石板路上。」文溪和尚身邊的村民低聲說道，「這白天啊，石板路沒啥異樣，可偏偏到了晚上，巡夜的下人從石板路上經過，居然聽到腳下傳來女人的歌聲。不光如此，聽到歌聲的人第二天就臥床不起，高燒不止，跟中了邪一個樣！方家剛一周歲的小少爺也中了招，看了不少大夫都沒什麼起色。這不，方老爺氣得不行，叫方家的老管家來找當時修路的工匠討說法了。」

嬴萱莫名其妙地插言道：「找工匠的麻煩有什麼用，有這閒工夫，還不如多請幾個高人來給看看呢，降妖除魔什麼的，工匠可不成。」說著，她不屑地擺了擺手。

村民轉頭反駁：「我們這兒都是些生意人，哪有那麼多高人。餘慶的大夫都請了個遍也不見好轉，方家的氣沒處撒，只能找這年輕人的不是了。」

文溪聽罷微微一笑，抬手拍在了我的肩膀上：「看來，咱們今晚有住處了。」

我沒有回應，而是整了整衣冠，端著架子走上前，攔下了爭吵不休的二人。嬴萱彎腰抱起靈琚，隨後重重打了個哈欠：「走吧，今晚能好吃好喝伺候著了。」雁南歸無言，默然跟在身後。

## 2

我們五人端坐在富麗堂皇的方家大宅中，面對一桌子的好酒好菜，愣是不知道先從哪個下手。

招待我們的自然是那個白鬍子老頭，他是方家的老管家，聽了我的拆解半信半疑，不過我信誓旦旦地拍胸脯保證了，邪祟不除分文不收，他也是抱著破罐子破摔的心態，領了我們回來。

嬴萱率先動筷，我緊隨其後，幾人埋頭吃飯誰也不肯落後。老管家一臉嫌棄地看著我們，似乎有些後悔領我們回來。

飯罷，夕陽西下，我拍著渾圓的肚皮，起身示意老管家帶我們去看看那鬧鬼的石板路。老管家喊來了幾個年輕的下人，帶著我們朝那寬敞的院子深處走去。

院子修葺得不錯，假山小池，草坡名樹，魚塘裡幾尾錦鯉悠閒自得。拐過幾棵珍奇異樹，一條通往方家老爺房間的石板路便出現在我們眼前。領路的老管家小心翼翼地停下腳步，傴僂著身子揮揮手，那幾名年輕的下人便從懷裡摸出了一顆顆黑亮的珠子握在手上，似乎是某種準備工作，爾後才上前引路。

雖距離較遠看不大清，但通過那東西的顏色其實不難判斷，那應是黑曜石製成的珠子。黑曜石被稱作黑金剛武士，具有十分強大的避邪化煞的作用，不僅可以避免負面能量的干擾，還能去除難聞的霉味與晦氣。看來這方家應是請過高人來指點一二，但對方也只能給出了一些避免邪祟侵擾的方法，而無法根除。

「看來應是個厲鬼。」身旁的文溪和尚也看到了那些下人手中的黑曜石，有些擔憂地看著我。

我聳聳肩：「怕什麼，我和那些江湖騙子可不一樣。」隨即，我便讓嬴萱帶靈琚遠離石板路，自己率先跟了上去。

文溪和尚沉默不語，結印跟了上來。雁南歸自然更是不懼怕邪祟，低頭跟在我們身後。

那些下人似乎有些緊張，其中一名還不小心絆到了凸起的石塊，狼狽地坐在地上指了指前方：「這位師父，就……就是那裡。」旁邊的人急忙攙扶起他，退向一旁。

我定了定神，想來這大白天的邪祟無法搗鬼，便握著玄木鞭走上前。

也是奇怪，這石板路寬一丈有餘，前後都是三四塊不規則的方形石板拼接鋪就，唯獨出問題的那一塊是個非常完整的巨型石板，足有一人長。而且更讓人在意的是，這塊青石古磚的邊沿風化磨損較為嚴重，顏色比起旁邊的那些也稍有不同。石板坑坑窪窪，與旁邊那些新打磨並刻意做出的仿古效果的石板不同，這塊石板是經歷了數千年的風吹雨打而保留至今。

我蹲下身子，抬手觸碰青石古磚。

冰涼，光滑，並無什麼詭異。

倒是一旁的雁南歸有所發現，彎下身子嗅了嗅，抬手指向了青石板的縫隙。

我把食指塞入青石板縫隙處探索片刻，並沒有觸碰到什麼奇怪的東西，剛要抽回手，卻見自己指尖沾滿了黑乎乎的污漬和幾根柔韌的長髮。我猛然心驚，將手指放在鼻尖嗅了嗅，一股腥臭撲鼻而來。

血！

這青石板下面竟然有女人的長髮和血漬，難不成方家與什麼凶案扯上了聯繫？我不動聲色地擦了擦手，示意帶路的下人回去，看看染了病的方家小少爺。

老管家精明的雙眼上下打量著我們三人，確定了我們仨沒什麼大礙，才轉身帶我們去看小少爺。

老管家一邊帶路一邊碎碎唸：「你說說，這女鬼的歌聲總是夜半時分傳來，光是這麼說說就讓人毛骨悚然，你說說你說說，小少爺才剛滿一歲，受了驚嚇，這可如何是好啊……」

我伏在文溪耳邊說道：「看來咱們是騎虎難下了，先別聲張，等我探了夢再做決定。」

小少爺昏睡在房間裡，躺在一張檀木雕刻的小床上，身上裹著細膩的絲綢襁褓。他不過剛滿一歲，卻全然沒有普通嬰兒白嫩瓷實的身軀。小少爺面色蒼白，氣息紊亂，額頭不時冒出豆大的汗滴，嚶嚶啼哭卻聲音嘶啞，一旁的下人正不停用汗巾擦拭小少爺的額頭來降溫。文溪和尚率先上前查看小少爺的病情，而我則站在一旁默默探夢。默唸心法，再次睜開眼，只見小少爺的頭頂垂下了一根又黑又粗的長辮子，宛如一條巨蟒纏繞在他的身上。髮辮如同長蛇，沿著小少爺的床邊垂下去延伸到門口，我起身上前，卻見那髮辮一路延伸向遠方，盡頭正巧是那塊青石板下面。

事情已然明晰，我示意文溪和尚結束病情查看，隨後轉身問那名老管家：「夜晚聽到的哭聲是女人沒錯吧？」

老管家一愣，點頭道：「是。」

我點點頭：「作祟的的確是個長辮子女鬼，今天晚上我們一行就住在小少爺房間裡，你讓這些下人都撤走，省得衝撞讓厲鬼纏身，明天一早來接痊癒的小少爺便是。」

老管家半信半疑地看向我：「只一晚上即可？」

我笑了笑：「不錯。不過，我還需要準備一些東西，紅蠟燭、黃符紙、上等的朱砂，這些東西哪裡有賣的？」

老管家眼珠一轉答道：「前兩樣東西好說，可是這上好的朱砂……要不，今夜師父你先去鬼市走一圈？那裡的東西恐怕是一應俱全。」

「鬼市？」一旁牽著靈琚的嬴萱疑惑問道。

我一聽這裡竟然有鬼市便頓時來了興致：「沒問題，今夜我們先去鬼市，東西湊齊了，再回來給小少爺治病。」

老管家叫下人帶我們幾人去客房休息，剛關上門，嬴萱就劈頭蓋臉地問道：「什麼鬼市？」

我笑而不語看向文溪和尚，文溪點點頭輕聲答道：「所謂鬼市，是一種不固定的流動市場，凌晨開市，貨物魚目混珠，既有來路不正的東西，也有珍奇物品，更有假貨蒙人，是一些俗世高人的聚集地。一夜買賣結束，天剛剛一擦亮，鬼市就像晨風吹霧一樣自然就散了，來無蹤去無影，既無人組織亦無人管理，就像荒地裡的野草。」

嬴萱從小生在草原，自然是沒聽過「鬼市」的由來，聽文溪這麼一說便來了興致吵著要去。雁南歸沒什麼興趣，就主動留下來照看已經睡著的靈琚。

突然的敲門聲打斷了我們的交談，一名年輕的下人手裡提著燈候在門口，說是老管家吩咐他來領路。各地的鬼市向來都比較封閉，如不是熟門熟路的本地人領頭，一般人根本找不到鬼市的入口，更別說進去淘寶撿漏。我們三人告別了雁南歸，便跟上了下人的腳步。

# 3

在年輕下人的帶領下，我們往西南行了足足半個時辰，才拐到了一處老城牆下，抬頭看去，沿著城牆往北一路綿延的微弱燈火，便是那傳說中的鬼市了。

這裡像一個獨立的世界，隱匿各種黑暗的交易，交流各種奇異的本事，如同是亡魂開啟的大門，各種如邪祟般見不得日光的骯髒交易都在這裡偷偷進行。

天已盡黑，城牆腳下影影綽綽蹲著好些人，多數是鋪一張破席，貨物三三兩兩地擺在上面，還有不少人在腳前擺一盞馬燈，但燈捻都調得小小的，微光連攤主的樣貌都照不清，著實像是走夜路過墳圈子看見的鬼火。

鬼市賣什麼的都有，小到銅錢勳章犀牛角，大到駱駝軍馬甚至是剛落地的娃娃，但凡想得到想不到的，都能在鬼市上找到。而鬼市的攤主向來不吆喝，不招呼，不拉買賣，全憑客人自己看，自己挑。別看攤主各個不說話，但傳言他們都是大人物，說不定就是哪個星宿下凡的神仙。

贏萱第一次來這種地方，上上下下打量著那一張張草席大小的攤位，恨不得把所有稀奇古怪的東西都摸一遍。

我急忙上前拉住贏萱低聲耳語：「你這死女人別給我添麻煩，你給我聽好了，鬼市有講究，更有規矩。一是看貨不問貨，不能問寶貝是哪兒得來的；二是看好後一手錢一手貨，兩清以後轉身掉頭就可以不認賬，所以，打眼不打眼是你自己的本事，別以為撿漏是那麼容易的事情；三是看好以後再討價還價，和攤主問上價了就必須要，你若是砍價砍了一半轉身走，攤主跺跺腳，一條街上的人都能把你給堵死。」

嬴萱聽得一愣一愣，最終是閉上嘴不再說話，老老實實跟在了我身後。

這些規矩都是師父曾經教的，他那個人總喜歡揣著自己畫的符去鬼市裡換寶貝，據說那個關著阿巴的葫蘆，就是他老人家在鬼市上得來的寶貝。

文溪自然懂行，默然不語一路細細看去，看上了什麼也不作聲，就是來長長見識。

我們三人沿著城牆一路看過去，確實有不少讓人眼熱的寶貝，文溪最是興奮，平日裡那些在古籍上讀到的寶物，竟真的活生生出現在眼前，他恨不得上去拿手裡把玩一番。

不過，鬼市裡假貨還是居多，畢竟這裡的交易方式特殊，交了錢轉眼就不認賬，吃了虧既不能鬧事也不能擺到檯面上討說法，只能打碎了牙往肚裡吞。

據傳，有人在鬼市上買男娃，攤主解開娃娃褲襠，髒兮兮地像是剛拉了屎，但在微弱的馬燈下看的確是個男娃，等交了錢抱回家洗乾淨了卻發現是個丫頭，褲襠裡塞著的不過是一節木哨。

鬼市還有種驗貨方式比較特別，若是誰看上了貨，賣主便會把肩上滿是補丁的破褡褳放下，讓你伸進手去摸，怎麼擺弄都行，但就是不許你拿出來，講好價錢，一手交錢，人家一手連褡褳都交給你，轉身就消失在半明半暗的夜色裡，無影無蹤。打開褡褳是賺是賠，也就只有買家自己知道。

傳奇色彩越是濃厚，裝神弄鬼作假的人就越多。還好我從小就跟在師父屁股後面學畫符，對朱砂黃紙還是比較了解。走一圈下來，我倒是看上了城牆盡頭的一個老爺子，他的面前鋪一草席，上面放著幾卷黃紙和一些上好的丹砂與雄黃，還有幾張我也看不懂的符咒。

我示意文溪和嬴萱稍等，自己便一屁股坐在了那老爺子的面前。

老爺子腳下點著油燈，昏昏欲睡，看我突然坐下便知道來了生意，打了個哈欠便抬手一揮，然後給我伸出了三個指頭。

這是說，攤位上的所有東西隨便挑，都是三兩錢。

要價不高，卻正好都是我需要的東西，我挑了幾支紅蠟燭和黃紙，卻唯獨在朱砂上犯了難。上好的朱砂無臭無味，在燈光下有閃爍的光澤，水飛時，片狀或顆粒物易研碎，其混懸液呈朱紅色，乳缽底部無殘渣。我彎腰從老爺子腳下摸出一乳缽，隨手取了些朱砂粉放入其中，隨後從贏萱腰間的水囊中取了些水倒入乳缽，反覆研磨成糊狀，在燈光下卻見其混懸液呈黑褐色，傾盡混懸液後，可見一層銀灰色的砂狀物。

「老爺子，好貨還藏著呢？」我笑笑放下手中的乳缽，將之前方家老管家給我的預支經費掂量在手中。

對面的老爺子見來了懂行的人，無聲笑了笑從懷裡摸出了一個精緻的木匣，隨後伸出了五根手指。

無須驗貨，我徑直將木匣接過連同紅燭、黃紙一併收入囊中，隨後給了足量的錢財，起身準備回程。

可我剛要轉身，便突然想起了什麼，重新坐回到老爺子面前。

「解符嗎？」我試探道。

老爺子雙眉一挑似乎來了興致，沒說話，抬手比了三個手指。

我點頭，隨即從懷裡摸出了一張我臨摹的符咒。

那是我之前在衛輝古墓中的石棺上抄下來的，本想下次見了無息讓他幫我看看，卻沒想到在鬼市能遇見精通符咒的高人，想來也是順手的事，便抱著試試看的心態交給了對面的老頭子。

文溪和尚看出了我的意圖，便摸出了三兩錢遞給我，隨後不動聲色地等待老爺子的答覆。

老爺子端著我臨摹的符咒看了半晌，這期間還頻頻咂舌點頭，像是見了珍奇異寶般不捨得撒手。

「怎麼，老頭兒，你看好了嗎？」嬴萱等得有些不耐煩。

老爺子將符咒遞還給我，我剛要把三兩錢給他，他卻擺了擺手。

我一愣，抬頭看向老爺子。他的雙眸中閃過一絲不易覺察的遺憾，隨後用沙啞的嗓音緩緩說道：「老朽功力尚淺，暫且無法解讀其中奧妙。不過……」

我剛要失望起身，一聽「不過」二字便重新燃起了希望。畢竟，這符咒貼在我誕生的石棺上，必然是孕育我生命的根本起源，若是能搞清楚它到底是什麼，說不定能解開我和我師父身上的謎團。

「不過老朽能肯定的是，它是預言咒的一種。」老爺子篤定地說道。

「預言咒？」我從未聽過這種符咒的名字。

老爺子點頭道：「所謂預言咒，它的運行機制和力量來源，都需要有十分精準的預言。預言越是精準、久遠，預言咒的功力就越強大，強大到足以……」

「足以什麼？」我緊張地追問。

「足以……足以什麼，老朽也不好說。」

嬴萱大跌眼鏡，一巴掌拍在自己大腿上：「你這老頭兒，能不能不要吊人胃口！」

我沒心思說嬴萱，而是陷入了「預言咒」的沉思中。眾所周知，符咒的力量來源多種多樣，有從天地五行自然中獲取力量的五行符咒，有從人強大的意志力獲取力量的定心咒，有從通靈寶物中獲取力量的上通咒……可是，以預言作為力量來源的預言咒，我倒是頭一次聽說。

「時間不早了，咱們還要處理方家小少爺的事情，還是先行回去的好。」一旁的文溪和尚見我陷入沉思，上前提醒道。

我點點頭，謝過了這位神秘的攤主，便沿著城牆往來時的方向走去。

# 4

從鬼市走了一圈，所需的東西都已經準備完畢。老管家交代了嬴萱一些照看娃娃的注意事項，才帶著下人提心吊膽地離開。我從裡面上了鎖後，轉身開始了準備工作。

靈琚早已經呼呼大睡，雁南歸看我從鬼市回來後有些心神不寧，於是擔憂地問身旁的嬴萱：「萱姐，他沒事吧？」

嬴萱躺在太師椅裡正抖腿，根本沒有按照老管家的交代來哄小少爺睡覺，雁南歸冷不丁一問，她自己也愣了愣：「有嗎，他怎麼了？」

我頭也不回，繼續手中研磨朱砂的動作：「我沒怎麼。」

雁南歸回頭看看文溪和尚，文溪坐在小少爺身旁笑著乾咳：「姜楚弦，有什麼疑惑就說出來，咱們一起排解排解，總比你憋在心裡難受好？」

我聽罷歎了口氣，放下了手中的研磨工具：「倒不是不想說，關鍵咱們現在的主要目的不是要幫這方家小少爺治病嗎，我那些事情就等咱們賺到了錢再說也不遲。」線索太多反而沒有頭緒的我本身就比較煩躁，再加上最近頻繁做噩夢，夢中的白色身影更是讓我似曾相識，今天又來了個什麼預言咒，讓我百思不得其解，只能一股腦兒拋在腦後，先解決了缺錢的燃眉之急再說。

他們看我不想說，就不再追問。嬴萱起身幫我將作為引魂燈的紅蠟燭點燃，隨後看我將研磨好的朱砂倒入一枚貝殼之中，隨身攜帶。

「哎，你要這朱砂不是用來畫符的？」嬴萱奇怪地問我。

我拍了拍懷中的黃紙和狼毫小筆：「自然不是，是有更要緊的作用。」

「姜楚弦，你不覺得奇怪嗎，」文溪俯下身子用手輕觸小少爺的臉頰，「剛滿一歲的娃娃為何不用母乳，而是要下人一口口用小勺餵飯吃？」

我轉過身聳聳肩：「這還不好猜，從始至終方家老爺和少爺都沒有現身，而這小少爺的母親也不在，偏偏這作祟的還是個女鬼……你們說，到底為什麼還不清楚嗎？」

贏萱愣了愣：「你是說，這女鬼難不成是方家少奶奶？」

文溪點頭：「有這個可能，或許正是這方家害死了這位少奶奶，她才化作邪祟來尋仇的。」

「啊？姜楚弦，那你還要幫方家？」贏萱大跌眼鏡。

我揮揮手從懷中摸出青玉笛：「作孽的是大人，孩子是無辜的。我若是真要幫方家隱瞞他們作惡的事實，進入夢境撒開手打一架，照正常程序讓阿巴將那女鬼吞了就好，也不必費勁去找什麼黃紙朱砂了。」

贏萱雖然沒明白我的意思，但也收斂了脾性選擇相信我。

我吹響青玉短笛，小少爺緊皺的眉頭有所舒解，確定了三支引魂燈完好，我便拔掉了葫蘆蓋子，阿巴這才慵懶地鑽出來，重重打了個哈欠：「還以為你把我給忘了，要餓死我啊。」

我冷笑：「你平日不是怕麻煩嗎，我只能謹遵教誨，少給你找點麻煩咯。」

阿巴不滿地瞪了我一眼，貓瞳在夜色中反光：「吃怎麼會是麻煩！」隨後，阿巴轉身看到了床榻上的小少爺，俯下身子嗅了嗅，回頭再看向我：「戾氣滿重，怪不得你要準備引魂燈。」

我剛要反駁，阿巴便徑直說道：「不過我本來口味就重，來吧來吧別廢話了。」說著，阿巴猛然張開大嘴，將我和贏萱還有雁南歸盡數吞下。

「哎？怎麼不帶我？」遠處坐著的文溪愣住，話還沒說完，我們眼前一陣眩暈，已然來到了方家小少爺的夢中。

「總得有人照看睡著的靈琚和小少爺啊……」雖然現在回答文溪和尚的話他已然聽不見了，可我還是自言自語地說道，彷彿這樣會更加心安理得一些。

既然這女鬼戾氣十足，自然是要帶上野鳥和那死女人來對付才行。

站定後我提了提衣裳定神觀察四周，卻見這裡是一條夜色中的陌生小巷。巷子很窄，因此站在其中望不見首尾而壓抑萬分，巷子兩側都是矮土房，破落的窗子零星透出一些昏黃的燈光。夜風拂過，過街的耗子窸窣鑽入兩側的竹筐，發出詭異的輕微碰撞聲。

我正覺得奇怪準備發問，身旁的雁南歸便率先注意到了腳下：「你們看。」

低頭看去，我這才發現這條小巷從頭到尾都鋪著和方家那條出事的路上一模一樣的青石板磚，坑坑窪窪的痕跡中積著些雨露，光滑冰涼的觸感和風雨摧殘的傷痕都與我們所見的那塊石磚一模一樣。我正準備上前查看，身後卻突然傳來了一陣女人咿咿呀呀的輕聲哼唱，和著遠處的蟬鳴聲顯得淒涼萬分。

「哦咿勒，哦咿勒，睡啊快睡啊，阿尼且兒，阿媽要去揹水，揹那山泉水……」

巷子前後都無人身影，這歌聲卻幾乎就在耳邊。我一陣悚然，急忙示意雁南歸和嬴萱同我一併貼緊牆根躲避，避免被對方發現。

石板路小巷中迴盪著如此清冷的歌聲，時不時還夾雜著嬰兒的牙牙學語，我們面面相覷，雁南歸更是閉上了眼，試圖判斷歌聲的來源。

在思考對策的同時，我們誰也沒有注意到腳下如同小蛇般的髮辮正盤桓著靠近。髮絲宛如靈蛇，伴隨著女人的歌聲搖擺向前。

「快閃開！」雁南歸猛然睜眼揮動青鋼鬼爪，斬斷了已經纏繞在我腳踝上的長髮。

我迅速抽出玄木鞭，將攀附纏繞在手腕上的頭髮砍斷。這些長髮上面夾雜著腐臭的血漬，堅韌如絲，稍稍一用力就會割破自己裸露的皮膚，留下一道長長的血痕。

「我去你大爺的！」一旁的嬴萱最是不好受，長蛇般的髮辮像是有獨立的意識，利用自己柔軟堅韌的特性躲避嬴萱的撕扯，纏繞在她的脖頸，與嬴萱本身的長髮融為一體。

這下不好辦了，眼見嬴萱全身就要被長髮吞噬，我一狠心，上前抬手瞄準了嬴萱的後腦勺。

「姜楚弦你給我住手！不許你碰老娘的秀髮！」嬴萱一邊竭力與身上纏繞的髮辮糾纏，一邊抬手制止我的動作。

「死女人現在就不要管那些有的沒的了，我這是在救你！頭髮剪短了還能再長你怕什麼！」說著，我就一手扯住嬴萱的長髮，準備下手連同那些作祟的辮子一同斬斷。

「你滾！」嬴萱毫不領情，一彎腰從我手中抽回了自己的髮辮，我正一籌莫展，卻聽身後巨響，那些頭髮彷彿遭受了某種襲擊般迅速退潮，鬆開了嬴萱朝身後逃去。

轉身看去，只見雁南歸的青鋼鬼爪直擊一塊青石板，而那些頭髮正是從那塊青石板地下的縫隙中鑽出。石磚出現了裂痕，那些頭髮迅速填補進去，頓時失去了攻擊能力。

看來也不過是單純的怨氣十足，卻沒什麼太大的攻擊性。

我抹了把汗，嬴萱就趁我不備給了我一拳：「你大爺的姜楚弦！敢趁機剪我的頭髮，看我不擰斷你的脖子！」

我正要還手，卻見那塊特殊的青石板有所鬆動，被底下大量的頭髮頂起，而後，從石磚下面緩緩爬出了一個女人。

「何方妖孽?!」嬴萱嚇得一個激靈，反手就抽出弓箭。

我急忙攔下嬴萱並示意雁南歸收手，隨後試探性地問道：「你是方家的少奶奶嗎？」

# 5

靜謐的小巷散發著陣陣血腥味，從青石板磚下面爬出的長髮女人並沒有回答我的問題，而是緩緩抬起血肉模糊的臉，對我咧嘴一笑：「哦咿勒，哦咿勒，睡啊快睡啊，阿尼且兒，阿媽要去揹水，揹那山泉水……」淒涼的歌聲再次傳來，面對女鬼猙獰的面目，我下意識後退一步。

嬴萱早已嚇得捂住雙眼躲在我的身後。

雁南歸距離女鬼最近，舉起青鋼鬼爪時刻提防對方的一舉一動。

可奇怪的是，那女鬼既不說話也不再對我們進攻，只是跪在巷子中央，一遍一遍地哼唱著那首我從未聽過的搖籃曲。沙啞的嗓音夾雜著啜泣聲，讓曲調變得更為詭異。

我突然意識到對方可能並沒有惡意，於是急忙摸出了懷中的黃紙朱砂，一字擺在那女鬼的面前，並強忍著自己內心的恐懼，顫抖著手將蘸了朱砂的狼毫小筆遞給那個女人。

女鬼怔住，笨拙地接過毛筆，感激地看了我一眼。

我鬆了口氣，並將黃紙往她面前推了推。

女鬼停止了悲傷的歌聲，低頭在黃紙上奮筆疾書起來。她的手雖然已經血肉模糊傷痕累累，可寫出簪花小楷個個靈巧端正，一看便是出自大家閨秀之手。

嬴萱和雁南歸自然不明瞭我在做些什麼，只得一臉疑惑地等在遠處。女鬼一筆一畫寫完後放下筆，又端端正正地衝我磕了個頭，這才撩開自己的一頭長髮，淚眼盈盈地看著我。

我示意她用唯一完好的一根手指，在那黃紙的底部按上了自己的指印。我收起那寫滿密密麻麻蠅頭小楷的黃紙，隨後無奈地歎了口氣，喚出了阿巴。

「你放心，安心輪迴去吧。」我對女鬼點點頭，她便再度朝我跪拜，隨後阿巴大嘴一張，將女鬼吞入了口中。夢境隨著女鬼的消失而開始坍塌，女鬼生前的記憶，一幕幕出現在了我們眼前。

女子名叫小柔，並不是什麼名門望族，只是個普通鄉下丫頭。

她本在這條小巷盡頭的一間土房裡獨自過著平凡的生活，卻在一日被突然闖入的方家下人打昏帶回了方府。原來方家少爺從小體弱多病，娶了幾房少奶奶都不見她們肚子裡有任何動靜，方家老爺愁自家家業今後無人繼承，於是成日裡尋訪高人出謀劃策。後來，不知方家老爺從哪裡請來了一名高人，拿著少爺的生辰八字和羅盤算了半天，說是方家少爺陽性不足，得找一個八字純陽的女人當老婆才能順利有喜。方家老爺就讓人四下打聽，正巧小柔的生辰八字純陽，便遭了方家的毒手。

小柔出身貧賤，因此方家老爺逼迫小柔與少爺同房，卻不肯給小柔任何的名分與交代，更是將小柔當作下人一般使喚。小柔本就無親無故，孤身一人無法與家大業大的方家對抗，只能逆來順受，提心吊膽地苟且活在方家的陰影與控制下，受盡委屈與侮辱，毫無尊嚴可言。

後來，小柔果真順利懷上了方家少爺的孩子，方家上下頓時改變了對小柔的態度。可這也僅僅持續了懷胎十月的時間，小柔剛誕下小少爺就被方家老爺關入了馬廄，說是不能讓小少爺沾染一絲貧賤母親的脾性。起初，方家少爺還會勸一勸老爺子，後來，少爺又娶了年輕漂亮的少奶奶，就把小柔完全拋之腦後。

小柔忍受著與自己剛出生的孩子的離別之苦，在馬廄裡過著如同禽獸的生活。

後來，新來的少奶奶竟然也有喜了，這下方家更是普天同慶，方家老爺大手一揮買下一塊地皮，蓋了新的方府，小柔更是被忘卻在骯髒的角落。

本來方家喬遷，一切都那麼順利，可偏偏新來的少奶奶心眼小，擔心自己懷的萬一是個女娃，那麼小柔的孩子自然順理成章地成為方家小少爺，自己或許會淪為下一個小柔。於是，新來的少奶奶挺著大肚子在深夜摸索進小少爺的房間，那時候小少爺剛剛半歲，因為沒有母乳而體弱多病，時刻都有下人看守著。新的少奶奶借故支開下人，隨即抄起一旁的襁褓捂在了小少爺的臉上。

可是誰也沒有想到，一直躲避在馬廄裡的小柔，竟然會出現在房間裡。

小柔早就聽下人說起過這個新少奶奶的刻薄，自然也擔憂起自己孩子的安危。因此小柔總是在深夜逃出馬廄，躲在小少爺房間的窗子外面偷偷看一眼自己的孩子，有時候下人睡著孩子夜裡醒來哭鬧，小柔便會扶在窗口輕聲給小少爺唱那首搖籃曲。

新來的少奶奶下手的那晚，小柔正巧也在窗口躲著，見來人對自己孩子下了殺手，於是小柔便不管不顧，瘋狂地衝入房間和少奶奶扭打在一起。等下人和少爺聽到動靜趕來的時候，小柔已經雙手鮮血地失神跪坐在酣睡的小少爺身旁，還有一盞沾了血的銅燈掉落在一旁，而那少奶奶的腦袋已經開了花。

一屍兩命，少爺和老爺都勃然大怒，根本不聽小柔的辯解就叫下人亂棍打死了無助的小柔，並讓下人連夜將小柔的屍體搬回到她曾經住的那條巷子，撬開一塊青石板埋了進去。

事情到這裡便告一段落，可誰也沒想到，方家修葺院子時鋪路的青石磚不夠用，工人便來到那條荒蕪的小巷，從古街挖來了一塊青石板磚填補在方家的院子裡。

巧的是，那塊石磚，正是當時埋了小柔的那塊。

小柔死時的鮮血和頭髮都沾染在那塊石磚上，因此怨氣也融入了青石板，不料剛巧被偷工減料的工人陰差陽錯地重新運回了方家的宅子，才讓方家出現了深夜鬧鬼的現象。

而事實是，死去的小柔再次看到了自己的孩子，母性驅使，如同曾經那樣夜夜守護在孩子身邊，唱一支搖籃曲哄小少爺入睡而已。可畢竟人死燈滅，亡魂徘徊在小少爺身邊，才使得小少爺染了重病，一病不起。

我們三人從夢境中回到小少爺的房間，嬴萱實在忍不住便將頭別向一邊低聲啜泣，雁南歸眉頭緊鎖默不作聲，我無奈歎了口氣，吹滅了那三支紅蠟燭，從懷中摸出了小柔寫滿了字的手書。

夢境中的東西無法帶回到現實，可只要以黃紙為媒，輔以上等朱砂撰寫，最後畫上封印存留的符篆，便可將夢境中的邪祟寫下的東西帶回到這裡。這封小柔最後的手書，闡述的，就是剛才我們所見的記憶。

我本以為不過是一起方家人加害少奶奶的普通冤案，才想著帶這些東西讓那女鬼簽字畫押，隨後報官幫她申冤。可沒料到，竟牽扯出了這麼一齣慘不忍睹的悲劇。

古人云，君當作磐石，妾當作蒲葦，蒲葦紉如絲，磐石無轉移。人們總是一廂情願地認為女子本弱，卻根本沒有發現她們的為母則剛。小柔在成為母親之前或許的確是柔軟如髮絲的蒲葦，面對方家的苛責與刁難忍辱負重，逆來順受，苟且偷生。可一旦她有了自己珍視的骨肉，便能瞬間化身為堅硬的石磚，替孩子抵擋一切的危險與苦難。

「阿……阿媽……」身旁睡夢中的小少爺突然的囈語擊潰了我最後的心理防線，我坐在眉頭舒展一臉笑意的小少爺身邊，狠狠攥緊了拳頭。

# 6

第二日，我們幾人不動聲色地從老管家那裡領了賞錢，方家上下見小少爺已經痊癒，紛紛沉浸在一片歡喜之中，甚至連一直不見蹤跡的方家老爺和少爺也破天荒現了身，對著我連連作揖感謝。而我們則默然離開方府，隨後兵分兩路，雁南歸和文溪去小柔曾經住過的巷子裡挖出小柔的屍首好好超度安葬，我和嬴萱領了靈琚，將小柔的手書交給了地方的官府。

雖然我知道，這麼做或許改變不了什麼，企圖殺害小少爺的少奶奶已經死去，小柔也含恨而亡，方家上下對小柔的冤屈一無所知，將手書交給官府，倒不是企圖憑借一紙手書來讓方府受到什麼應得的懲罰，畢竟方家實力雄厚，買通官府壓下此事並不是什麼難事，我只是希望能借官府之口，將小柔的隱忍和當日少奶奶企圖殺害小少爺的真相赤裸裸展現在方家老爺和少爺的眼前。

只要還有良心，理應會備受煎熬。

我們會合後正欲離開餘慶，我卻突然不甘地回頭，重新敲開了方家的大門。

「這位師父，你怎麼又回來了？」老管家開門見是我，急忙引我進屋。

我擺擺手將之前從他手裡領來的一袋賞錢拎在手上搖了搖，隨後指向那條青石板路：「那塊石磚，我買了。」

老管家雖然奇怪，但畢竟是我的要求，只好讓下人撬開了青石板放在板車上。

「跟我走，幫我運到後山。」我將錢袋交給老管家，隨後頭也不回地踏出了方家大門。

老管家帶著幾名下人拉著板車，一路無言跟在我們身後，文溪和尚帶路上山，終於在一棵大樹下停下了腳步。山崖上荒草叢生，一個剛修整好的墳包正孤零零地佇立在那裡。方家下人在我的指揮下卸下青石板磚，豎起在墳包前。

「小少爺叫什麼名號？」我揮手灑落紙錢，轉身問一臉茫然的老管家。

「方……方旭，少爺八字只佔一陽，生母八字純陽，九陽稱之為旭，所以老爺就取了這麼個名字。」老管家回過神來答道。

我聽罷衝雁南歸點點頭，他便上前用青鋼鬼爪在青石板上刻下一行大字，隨後不等方家人回過神來問詢，我們五人便踩著清風下了山。

餘慶方府方旭之母。

搖曳的樹杈在晨風中徜徉，一路高歌，從此，這世上再無柔韌如蒲葦的小柔，只有青石磚般堅強的方家小少爺之母。

風捲起落葉，我停下腳步回頭，恍惚聽到了遠處傳來的歌聲。

「哦咿勒，哦咿勒，睡啊快睡啊，阿尼且兒，阿媽要去揹水，揹那山泉水……」

Chapter 05

# 赤水酒仙

# 1

出了餘慶往西走上三日，我們便抵達了黔州西側的赤水。

赤水鎮因河而建，一條綿延的赤水河不僅給鎮子帶來了富裕的物質生活，同樣也將自己獨特的柔美水質奉獻給這裡的子女，釀出了世上最美味的陳年老酒。

我們算計了一下身上的錢財，想要住店似乎還差了些。於是進入赤水之後我們便兵分兩路，文溪和尚帶著靈琚去街頭給人把脈看病換錢，而我帶著嬴萱去集市上溜達溜達，看看有沒有什麼合適的生意。雁南歸自然是跟了靈琚去，遠遠地立在文溪和尚他們擺攤附近的屋瓦上，如同狩獵的蒼鷹俯視著整個街道。

市集上人來人往，我同嬴萱混跡在人流中張望著。剛走出沒幾步，我就被一陣陣酒香給吸引。

「走，過去瞧瞧。」我看前方一家大院門口掛起了招徠顧客的旗子，瞬時大院門口便排起了長隊，人們紛紛拎著酒壺你推我搡，彷彿在爭搶什麼稀缺的寶貝。

嬴萱撇撇嘴：「姜楚弦你少來，身子裡的毒蟲還沒清除，不許喝酒。」

我嬉笑著拉她上前：「我就去看看，不喝，保證不喝。」

這家大院一看便是個大戶，朱漆正門上懸了一張金絲牌匾，上書蒼勁的「鄒府」兩字，而那頭頂掛起的彩旗幌子上則是用好看的魏碑體書寫「鄒酒仙」三個大字。而讓人感到奇怪的是，鄒府位於西街，而對面的東街也有一家看起來十分體面的大戶，也是效仿鄒府掛起了彩旗幌子，上書「許酒仙」三字，然而門前只有寥寥數人光顧，毫無這邊鄒酒仙的火爆盛況。

我早就聽說黔州產酒，據說黔州產的酒醬香突出，幽雅細膩，酒體醇厚，回味悠長，光是站在這裡聞一聞，整個人都幾乎要沉醉在這飄著酒香的街巷之中。

「看來這鄒許兩家，是競爭對手呢。」嬴萱雖然是一副事不關己的模樣張望著，卻也還是忍不住湊近了嗅一嗅。我自然知道草原兒女也好酒，嬴萱她定是在我面前憋著呢。

我點點頭說道：「這才不叫競爭對手。有得比才叫競爭，你看看這許家門可羅雀的淒涼景象，能跟這邊的鄒酒仙比麼？」

「哎你怎麼這麼說話呢！」

突然，一名穿戴考究的大小姐模樣的女孩兒出現在我的眼前，她一襲粉藍色的絲綢短襖套裙，鑲著金絲的立領白色繡花，精緻可人，映襯著姑娘白皙的臉頰，看起來竟是十分楚楚動人。只見她身後跟了幾名五大三粗的伙計，個個正抬著酒罈子從許府的大門中走出，不料剛巧聽到了我和嬴萱的談論，便氣急敗壞地上前用她那撲了香粉的手指著我的鼻尖。

「抱歉抱歉，是在下失言了。」我想這位定是許酒仙當家的大小姐，說出那樣的話被賣主聽到定是心裡不好受，於是急忙道歉。

「哼，風水輪流轉，赤水酒仙可不只鄒氏一家！想當年我們許府正風光的時候，鄒家還只是我們許家的一個下人罷了！」這名小姐雖然看似嬌柔，但是說起話來居然十分不客氣，尖酸中透露著一股不屑的口吻，瞥了瞥對街的鄒家便不再搭理我，轉身吩咐伙計將酒罈子擺好，準備開張。

我有些莫名其妙，但覺這鄒許兩家定是頗有淵源，不由得搖搖頭，退向了鄒府的隊伍之中。

「那是許家二小姐，名叫許芍，刁蠻任性狂妄自大，許家就是因為她接了手，才淪落到現在這般地步。」身後排隊的一名男子見我被那姑娘莫名凶了一頓，便好心低聲對我說道。

我轉身朝那男子笑笑。

那男子將空酒壺拎在手裡，上下打量了我一眼問道：「兄弟是外鄉人吧？」

我拱手點頭：「是，今日路過，剛巧看到這萬人空巷的買酒盛況，才好奇來看看的。」

男子有些自豪地拍了拍胸脯說道：「俺們這裡就數酒好，因有了赤水河，也就有了天然的釀酒優質水源，因此俺們赤水光是酒坊就有二十幾家，每年俺們也都會舉辦酒仙大會，來評判出最香、最柔的好酒，然後送上酒仙幡給獲勝的酒坊。」說著，男子抬頭指了指掛在許家和鄒家門上的旗子，「這就是酒仙幡，整個赤水城得過酒仙幡的，也就鄒許這兩家。」

我聽得出神，自古以來各地都會有不同的風俗競技比賽，久而久之也演化成一種盛世集會，再加上和有當地特色的節日相結合，也是為老百姓平淡的日常生活添上了絢爛多姿的一筆。

「那按你這麼說，這許家和鄒家，都是酒仙？」一旁的嬴萱好奇地湊上來，不自覺吞了吞口水。

男子點點頭：「是的。原本啊，許家一直是歷年酒仙大會的佼佼者，獨攬酒仙幡數十年。可是前幾年不知從哪裡突然冒出來了一個鄒家，聽說那人原來只不過是許家的一個伙計，還有人說是他偷了許家釀酒的秘方，因此才出來單幹的。那人迅速成立了鄒家酒坊，就在當年，一舉拿下了酒仙幡，頓時名震赤水。而從那時候起，不知許家出了什麼變故，釀出的酒也就變了味，喝起來總感覺少了點什麼。倒是新成立的鄒家酒，不僅在從前許家酒濃厚醇香的基礎上增加了獨到的韻味，更是以低廉的價格，獲得了鄉親們的認可。」

沒想到這其中竟有這麼多故事，我聽著聽著，想像清甜醇香的美酒順著咽喉鑽入肚子餵飽那裡面的饞蟲，口水就不自覺地往下咽。我正尋思著想辦法搞點鄒家酒來嚐嚐，就聽得前方一陣擊鑼聲響，登時隊伍開始躁動了起來。

「怎麼回事？」我順著人流疑惑地往前湧去。

那男子興奮地對我說道：「開始打酒了！鄒家酒好喝便宜，但是每日限量，不多不少只賣三缸，去晚了，可就啥都沒了。」說著，那男子便推開人群擠了進去。

我和嬴萱面面相覷，想來我倆毫無準備，今日定是喝不上鄒家酒了。

我倆的目光隨之飄到了對面的許家，那許家二小姐正怒目看著鄒家這邊火熱的情形，氣得一跺腳便拎了兩壺酒朝我們走來。

許芍一把將那兩壺許家酒塞進我的手中，然後盛氣凌人地對我說道：「給！拿回去嚐嚐！別聽風是雨地隨大流，只有我們許家酒，才能稱得上是赤水酒仙！哼！」說罷，許芍轉身離去，留給了我和嬴萱一個粉藍色的背影，消失在清冷的許家酒坊中。

我和嬴萱有些好笑，但是白送的酒不喝白不喝，我倆嬉笑著提著許家酒，回街口找文溪他們去了。

# 2

沒想到文溪他們收穫頗豐，到晚上便湊齊了住店的錢，不愧為少林神醫。我們尋了一家小館住下，晚飯期間，我拎了許芍給的許家酒，要了幾個簡單的菜，招呼大家一起來品品這曾經包攬了赤水酒仙幡數十年的美酒。

「果然好酒！」贏萱二話沒說乾了一杯，咂著嘴巴連連稱讚，「醬香綿柔，入喉細膩，不愧是許酒仙！」

聽贏萱這麼說，我的饞蟲便也犯了。可是我身旁的靈琚死活不讓我沾酒，說是我毒蟲未除又添了新傷，無奈，我只能拿筷子蘸著嚐嚐甜頭。文溪和尚與雁南歸並不怎麼喝酒，只是象徵性地品了品，就屬贏萱喝得多。

「客人喝的可是許家酒？」這時，一旁收拾桌子的小二被我們桌上的酒香吸引，湊過來問道。

我舉起酒杯點點頭笑道：「你們赤水最好的酒，就數許家和鄒家這兩種酒了吧？可惜這下只能品品許家酒，鄒家酒根本是搶不到，無福享受了。」

小二突然輕笑，轉身從櫃檯裡神秘地捧出了一小罈酒，往我們桌子正中央一放，隨即得意地拿指頭敲了敲酒罈，一臉狡黠地低聲說道：「怎麼，別看我們店家小，但是能在店裡喝到正宗的鄒家酒，整條街可沒幾家！」

「喲，怎麼，你們店裡還有私藏？」贏萱眼睛泛光，雙頰通紅，口中的酒氣撲在店家小二的臉上。

小二嘿嘿一笑：「做生意嘛，每日店主都會讓我去排隊打上兩壺鄒家酒，然後再提價賣給沒有買到的客人，也是為了讓客人們嚐個鮮嘛。」

真是無商不奸，我搖頭笑笑拒絕，我們身上並無多餘錢財，這酒館裡賣的鄒家酒又比市面上要貴，自然是沒有口福。

小二剛要轉身將酒罈抱走，臉頰漲紅的嬴萱就一把攔下：「開！」

「開什麼開？你有錢麼你就開。」我急忙掐了一把嬴萱的胳膊。

嬴萱正喝在興頭上，二話沒說就從腰間拽下來一條野物的皮毛，拿在手中朝小二晃了晃。小二湊近了一看便兩眼發光，急忙抬手將酒罈子口上的封泥給打開，迅速為嬴萱倒上了傳說中的鄒家酒。

「你給他的是什麼？」我疑惑地看著小二離去的背影，不解地問道。

嬴萱端起酒碗一飲而盡，豪放地拿衣袖抿了抿嘴笑道：「狼皮。」

「你！」這死女人，之前還口口聲聲說什麼狼是草原人的圖騰，是共同守衛草原的敬畏者，怎麼轉眼就拿狼皮換了酒錢？我雖是苦笑搖頭，卻也好奇地湊過去，想要嚐嚐這萬人空巷你爭我搶的鄒家酒。

我拿筷子蘸了一滴放進嘴中……綿柔，醇厚，香甜，悠長……酒是好酒，但是，怎麼和之前的許家酒幾乎沒有什麼分別？

嬴萱似乎也注意到了這裡面的蹊蹺，左右各倒了一碗許家酒和鄒家酒，先聞味，後品酒，細細品味之後卻驚異地連連搖頭：「不對啊，我看這許家和鄒家的酒，明明就沒什麼區別啊！」

文溪和尚聽聞也端起來依次嚐了嚐，點頭說道：「的確，細品之下確實沒有差別。莫不是被這小二給唬了？」

贏萱一聽立即暴躁了起來，抬腳就踢翻了對角的椅子，一腳踩在上面吆喝道：「小二！」

小二聽見動靜嚇得急忙從後廚飛奔而來，賠著笑臉扶起被贏萱踢翻的椅子問道：「這位客人，不知有何得罪？」

贏萱身子發燙，臉頰通紅，借著酒勁一把拉起小二的衣領，惡狠狠地壓低了聲音說道：「怎麼你這倒賣的鄒家酒，和那許家酒根本就沒有區別？難不成你看我們是外鄉人，拿許家酒來濫竽充數？」贏萱怒火中燒，手腕青筋暴起暗暗發力，那架勢，活脫脫一個暴怒的女土匪。

小二委屈地看著我們：「小店誠信經營，我發誓，這些鄒家酒絕對是我每日一早去排隊從鄒家買來的，絕無勾兌，也不存在什麼拿許家酒濫竽充數之說！」

這就奇怪了。我和文溪和尚面面相覷，這時，雁南歸端起鄒家酒喝下，仔細在口中品了品，才站起身對我們說道：「這兩種酒，的確不太一樣。」

贏萱聽感官敏銳的雁南歸這麼說，便急忙放開了小二疑惑地問道：「什麼？我們怎麼喝不出來？」

雁南歸輕描淡寫地低聲在贏萱耳邊說道：「我方才嚐了，這讓人趨之若鶩的鄒家酒，的確是比許家酒要多了一味原料。不過至於是多了什麼，我不善飲酒，就嚐不出來了。」

靈琚一直默默低頭往嘴裡扒飯，吃飽了，抬頭看我們爭執不下，便好奇地捧起了桌上的兩碗酒嚐了嚐，豈料剛一入口就被辣得吐出了舌頭，嗆得兩眼泛紅，轉頭就找茶水。我看她那樣窘迫，不由得笑出了聲。

小二看我們這般猜疑不定，便好言相勸：「這幾位客人，實不相瞞，其實啊，我們赤水人自個兒也喝不出這鄒家酒和許家酒到底有何區別。」

小二語出驚人，讓我們所有人都驚愕：「此話怎講？」

小二抽了張椅子坐下，將肩膀上的汗巾拿在手裡擦了擦方才灑在桌上的酒漬：「客人們應該聽說過，許家本是我們赤水最大的酒坊，也是連續十幾年在酒仙大會上拿下酒仙幡的贏家。這個鄒家，是後來突然崛起的，那時候，大家喝這兩家的酒，發現根本沒有任何的差別。但是當年出了一件怪事，才讓酒仙幡最終落在了新開張的鄒家，並且一直這樣保持了下來。」

我聽這其中似有蹊蹺，便示意小二繼續說下去。

「那一年發生了許多變故，一直掌管許家酒坊的大小姐許薔突然病故，許家酒坊就由二小姐許芍接管了。同年，許家的一名年輕釀酒師傅離開了許家，自立門戶，成立了鄒家酒坊，釀出的酒竟和許家一模一樣。那時候人們都說，這姓鄒的小伙子定是偷了許家的秘方，然後才會創立鄒家酒坊的。

「就在人們這般懷疑的時候，一位病重的老人路過赤水倒在鄒家門前，那姓鄒的小伙子見老人可憐，便給那老人喝了一碗鄒家酒，誰知道，那老人第二日便能起身行走了！精神頭也好了許多，拜謝了鄒小伙兒就離開了。這時就有人懷疑，難不成這鄒家的酒還有益壽延年、解除疑難雜症的功效？於是那些家裡有病號的人就去買了鄒家酒讓家人喝，結果還真神了！那些常年下不了床的病人們喝了鄒家的酒，竟然個個都紅光滿面，身體迅速恢復，這下啊，鄒家的酒打響了名號，當年便勇奪酒仙幡，成了新一任的赤水酒仙。

「只不過啊，這鄒家酒就是每日限量，因此搞得供不應求，愈發火熱，才造就了現在這般火熱的情況。就連我們這些沒什麼大病的人喝了，也都感覺身體輕鬆了不少，因此我們都說，這鄒家裡面定是住進了酒仙，所以這鄒家釀出的酒，才會有這般神奇的功效。」

小二說完這些，便拍拍我的肩膀轉身去了後廚，我疑惑地端起那碗鄒家酒，仰頭一飲而盡。

「哎你幹嘛？不是說了傷勢未癒不能沾酒麼！」嬴萱一把奪過我手中的酒碗。

我嬉笑道：「不是說了，這鄒家酒包治百病，我這不是以身試法麼。」

文溪和尚倒是好奇：「其實，我今日在街頭把脈瞧病的時候就發現了蹊蹺，這赤水城內，大部分人脈搏普遍偏弱，體虛多病，我本以為是氣候使然，現在想才覺得不對勁。」

我一聽，更是疑惑，壓低了聲音對文溪和尚說道：「你的意思是，並不是鄒家酒包治百病，而是這赤水城人的體質特殊，或許他們體內本身就有毒素，而這鄒家酒裡面是被人加了解藥？」

文溪和尚沒有否認：「我不過是從醫者的角度出發來分析，鄒家酒裡面摻了中藥或許更為可信，畢竟，總不至於，世界上真的有『酒仙』這麼一種神仙吧？」

我低頭思索，陷入了沉默。

# 3

大半夜睡得正香，就被隔壁屋子裡嬴萱的嚷嚷聲給吵醒。文溪和尚急忙披了件衣服開門，就見靈琚一臉焦急地站在我們房間門口，雙目含淚看著我們：「師父、和尚師父、小雁，你們快看看師娘吧！」

見勢不妙，我們迅速穿上衣服來到嬴萱的房間裡，只見那女人癱倒在床上不停哼唧著，雙手捂著肚子在床上疼得打滾：「哎呦，簡直是要了老娘的命啊！」

文溪和尚見狀急忙上前把脈，我湊近了看，發現嬴萱面色蒼白渾身冒汗，髮絲黏在濕潤的臉頰上，唇色偏紫，還有一圈忍痛留下的齒印，狼狽不堪，還伴隨著一陣陣厲聲的喊叫……這情況怎麼看起來那麼像……生孩子？我有些尷尬地笑了笑，隨即趕緊正色問道：「這怎麼回事？」

文溪和尚把了脈後拿手按在嬴萱的上腹，隨即嬴萱一聲尖叫猛然抽搐，如同撒了把鹽在傷口上一般。文溪和尚起身皺眉，思索片刻對我說道：「奇怪，這症狀像是吃壞了肚子，可是脈象平穩，而且，今夜吃的東西咱們都有下口，可是為何唯獨嬴萱腹痛劇烈？」

這時，站在門口的雁南歸走入屋子，默不作聲地上下打量了一番，隨即猛然像奓毛的野貓般警惕地拔出青鋼鬼爪，凜冽的目光掃視在嬴萱身後的牆壁上。

「屋子裡有東西。」

雁南歸低聲說道，同時將靈琚護在身後，緩步向嬴萱靠近。

我一驚。這房間本就不大，除了一張床兩把椅子和一張桌子再沒別的物件，木板床坐北朝南，東側一扇窗子，西側牆壁上掛了幅簡陋的字畫，北側牆壁上空無一物，這般空蕩蕩的房間裡，又怎會有其他東西呢？

至於雁南歸口中所說的「東西」到底指的是什麼，我不得而知。

贏萱疼得死去活來，哪有心思去管身邊有什麼東西，於是高聲嚷嚷著：「什麼鬼東西敢纏著老娘？有種出來咱倆幹一架！這樣暗算……算什麼本事！哎呦！」

「姜楚弦，你聞到了麼？」文溪和尚突然湊向我，在我身邊說道。

我剛想開口就被文溪和尚率先問出……因為我分明聞到，這不大的房間裡竟然飄出了一陣一陣的酒香。

我急忙在房間裡搜尋起來，床底、桌下、牆角、門後……別說酒罈酒壺，我連個酒杯都沒見到，根本沒有任何可能散發出酒香的東西。我正奇怪，就見桌上的油燈突然閃爍，房間裡忽暗忽明，陰陽閃爍，隨著窗外一陣陰風，我猛然起了一身雞皮疙瘩。

「啊——」站在一旁的靈琚突然尖叫起來，轉身閉上眼一把撲向我。可是我正要彎腰去抱她，雁南歸就搶先一步擋在了我的面前，靈琚不偏不倚地投入了雁南歸的懷抱，而我卻撲了個空。

我正想給這野鳥一拳，卻順著靈琚驚恐的目光看到了位於東側的窗子前，有個飄忽不定的白色人影一閃而過！

這……這可是四層樓！

我迅速抽出玄木鞭推開窗子向外看去，下面是深夜清冷的街道，黑暗的四周根本沒有任何白色的物體。難道是我眼花？不對，靈琚分明是看到了什麼才嚇成那樣的，我左右張望，企圖尋找到方才那晃過的人影。

「姜——楚——弦——」突然，文溪和尚壓低了聲音在我身後輕聲叫我的名字，氣音拖尾，就像是害怕喊出聲音來一樣。我正忙著四下搜尋，根本無心理會他，於是頭也不回地大聲回應道：「有話快說。」

「哎，姜楚弦！」身後的文溪和尚卻突然煩躁了起來，一跺腳繼續叫我的名字，這次的聲音明顯大了一些。

「幹嘛啊？」我無奈地轉身，卻被一簾黑布給遮住了眼睛。

嗯？什麼東西？我被這突然出現在我面前的黑簾給嚇了一跳，抬手就撩起，透過縫隙看向文溪和尚，卻見他表情豐富誇張，雙手揮舞，好像正在給我比畫著什麼。

「什麼？」我只顧看文溪和尚，卻沒注意到雁南歸已經悄然從側面靠近了我。

「別！動！」終於，我看明白了文溪和尚的唇語，卻一瞬間冷汗突襲，一種不祥的預感襲上心頭，渾身僵硬，不由自主地抬起了頭。

這下，我算是看明白是什麼玩意兒垂在了我的面前！

那是一名白衣女子，正如同蝙蝠一般倒吊在窗子上，長直的黑髮垂下蓋在我的眼前，我剛一抬頭，就正巧撞上了她的臉龐。

但讓我瞬間崩潰的是，這白衣長髮女子，根本就沒有臉！

本該有五官的位置，反而被一片褶皺的肌膚所代替，隆起的五官輪廓隱約可見，但皮膚卻像是被什麼東西腐蝕了一般，可即便這樣我也能感覺到，這名詭異的白衣無臉女子，正在微笑看著我！

「你大爺的！」我嚇得一屁股坐在地上，就在同時，雁南歸已經挪到了我的身邊，伴隨著我的叫喊聲一躍而起，抬起青鋼鬼爪就朝著那無臉女子的咽喉揮去。這無臉女雖然沒有五官，但是反應機敏，就像是能洞察一切一般迅猛地抽身前翻，越過窗框就上了屋外的房頂。雁南歸急忙跳出窗戶追了上去。

我驚魂未定地坐在那裡，文溪和尚急忙上前將我扶起，我抹了把冷汗，心有餘悸地看向那漆黑的窗外。

「什麼鬼啊……疼死老娘了！」嬴萱還疼得在床上捂著肚子折騰著，絲毫沒有因為那無臉女的逃離而有所減緩。

瞬間，我身上的寒毛同時豎起——這屋裡，肯定還有東西！

文溪和尚顯然也意識到了這一點，一把攬起靈琚退後到嬴萱身邊，我也隨同他聚攏到床邊。文溪和尚抬手用無患子珠結印，橙黃色的光芒籠罩在我們四人的身上，避免再有其他東西搞怪。

呼——

就在文溪和尚剛結好印的瞬間，一陣冷風將油燈吹滅，那風大得甚至將燈台掀翻在地，灑落了一地的燈油。房間裡頓時暗了下去，只有文溪和尚結出的佛光印散發著微弱的熒熒亮光。

濃郁的酒味還未散去，反而越聚越濃。

伴隨著強烈的風聲，油燈熄滅後，我們的眼前突然出現了不可思議的一幕——只見那空蕩蕩的四面牆壁上爬滿了細碎的黑影，如同荒誕怪異的皮影戲般來回穿梭運動。黑影不大，拳頭大小，卻是十分清晰的人形，頭小身長，四肢靈活，這些小黑人影在佛光的照耀下跳躍舞動，可是房間中央根本沒有任何東西，只有這些單薄的黑影在我們面前張牙舞爪。

只有實體沒有影子的鬼怪我見得多了，可是這世上會有什麼東西，是沒有身形、只有身影的？

我急忙捂住靈琚的眼睛，不敢踏出文溪和尚結界一步，床上的嬴萱也被眼前的景象驚嚇到，坐起了身子緊緊拽住我的衣角。

「佛光照鬼形，這些小人兒看來不是什麼好東西。」文溪和尚壓低了聲音對我說，「看來，之前雁南歸所說房間裡有東西，根本不是那個白衣女鬼，而是他們！」

我點頭：「只不過這些玩意兒看不見也摸不著，若不是你結印發出的佛光，我們也不會發現身邊竟圍著這麼多小鬼！」

「看不見摸不著，但最起碼能聞見。」文溪嗅了嗅答道，「現在怎麼辦?!」文溪和尚結印能保持的時間並不長，因此急忙同我商量對策。

怎麼辦……這些玩意兒根本就沒有具體的身形，任我使什麼符咒也都對他們毫無作用。

「有了！」文溪和尚突然想起來了什麼，轉身對著身後縮成一團的靈琚喊道，「把藥簍裡的白朮粉拿出來。」

靈琚應聲而動，快速在自己的小背簍裡扒拉著，隨即取出了一包草藥遞給文溪和尚。

「姜楚弦，拿出來撒在房間裡！」文溪和尚雙手結印無法動彈，於是命令我。

我迅速拆開草紙包，裡面是一大把白色的粉末，我來不及細想迅速抓起揮灑在房間裡。頓時，白色的粉末充斥瀰漫在四周，而更讓人驚訝的是，面前空曠的房間裡出現了好些淋上了粉末的小人兒，那些白粉黏在他們身上，便能看到他們模糊的身形。

原來不是沒有身形，而是……透明的?!

「這什麼玩意兒？」我驚訝地問道。

「不是什麼驅邪的東西，就是普通的白朮磨成的粉末，是讓病人加入湯水中喝下治療脾虛的東西。我就想著我們看不見他們，會不會是因為他們是透明的，所以就讓你試試。」文溪和尚迅速解釋道。

「我問的不是這個！我是說那些透明小人兒！」我急忙打斷。

文溪和尚一臉無奈地看著我，隨即搖了搖頭。

顯出了身形的透明小人兒在房間裡奔跑跳躍，巴掌大小的身子縹緲不定，還發出了嘰嘰喳喳的細碎叫喊聲，他們如同是一群無憂的少年，在房間內嬉笑玩鬧，根本沒有搭理我們的心思。

不管了，既然是有身形的怪物，那就莫怪我姜楚弦不客氣了！我一把抽出玄木鞭，瞄準了那拳頭大小的小人兒一舉揮去。

那跳躍狂歡的小人兒猝不及防，被玄木鞭打了個正著，嘰喳一聲尖叫，所有的小人兒便抱頭鼠竄，成群結隊地簇擁著那名受傷的小人兒一同爬向窗子，隨著一陣風跳下窗台，風將他們身上的白色粉末吹散，瞬間，小人兒消失在夜風中，就連同那濃郁的酒香，也一併消散了。

# 4

雁南歸回來，已經是第二天早上的事情。

那些透明的小人兒消失後，嬴萱的腹痛也隨之消散，想來引起腹痛的罪魁禍首定是那些奇怪的小鬼。

據雁南歸所說，他昨夜一路追蹤那無臉女鬼竟然到了鄒家的酒坊中，越過酒仙幡之後便再也找不到了對方的身影。雁南歸索性趁著夜色將鄒家酒坊搜索了一遍，可是仍舊沒有任何的收穫。

鄒家……我不禁聯想到之前赤水城村民們「鄒家酒包治百病，定是住進了酒仙」的說法。難道那無臉女鬼，真的是讓鄒家酒強身健體延年益壽的關鍵？

可那些散發著酒氣的透明小鬼，又是什麼東西？

本想今日就趕緊離了赤水城往雲南方向走，可誰知道嬴萱不樂意，一身的江湖野道氣息，根本吃不了一丁點兒虧，偏要嚷嚷著去鄒家找出那無臉女和透明小人來要個說法。

「老娘疼得死去活來的就這麼算了？不行，姜楚弦我不管，就算你不去，老娘一個人也得把鄒家給掀個底朝天，非要瞅瞅到底是啥玩意兒折騰了我大半個晚上！」嬴萱叉腰擋在我們的面前，雙目瞪得如杏核般圓亮，結實的身子和厚實的胸脯隨著她的叫罵上下起伏，和潑婦罵街沒什麼兩樣，甚至還抬腳踢碎了酒店掌櫃放在路邊的鄒家酒罈子。要不是看她是個女人，估計掌櫃的早就發火了。

「你別在這兒耍流氓，你愛去去，我是不去。」我最受不了嬴萱這樣鬧脾氣，吵吵嚷嚷的根本沒個女人樣子，我不耐煩地擺擺手，說著就要轉身離開。

突然，一個黑色的身影如攔路虎般擋住了我的去路，我停下腳步抬頭看去，正是雁南歸端著那張萬年不變的冰山臉湊了過來。靈琚仍舊是坐在他的肩頭，一手攬著雁南歸的脖子，一手拉著身後的藥簍疑惑地看著我。我更是奇怪地上下打量著眼前的雁南歸，摸不清這野鳥到底在打什麼主意。

「去看看……或許有所收穫。」雁南歸明顯話裡有話，但好像是在忌諱身邊的靈琚，根本沒說個明白。

「原因？」我兩手一攤問道。

雁南歸望了望街頭的鄒家和許家，隨即抬手捂住了靈琚的雙耳，波瀾不驚地對我說道：「昨夜我搜索鄒家酒坊的時候，發現了不尋常的地方，他們的酒窖裡，好像埋了死人。」

雁南歸這話一出，我便一個哆嗦驚出一身冷汗：「死人？」

靈琚不知道我們在說啥，只坐在那裡傻笑，還以為我們在同她玩什麼奇怪的遊戲。

文溪和尚聽到鄒家酒坊裡埋了死人更是感興趣，急忙湊過來聽雁南歸繼續說。

「鄒家酒窖裡，死人味特別濃。我想，這或許和那無臉女鬼還有鄒家酒延年益壽的功效脫不了干係。」雁南歸說完，便不再說話，放開了肩頭的靈琚注視著我的反應。

「什麼呀什麼呀，靈琚也想聽。」靈琚俯下身子湊近了雁南歸，笑嘻嘻地問道。

文溪和尚打斷了靈琚，自顧自地對我說道：「咱們現在身無分文，出發往雲南走也是餓死在半路，還不如去鄒家和許家看看，或許有生意可做？」

「你可別，」我急忙擺手拒絕，「你給人家把把脈不也能賺錢嗎，幹嘛非要我去拚命啊！」

靈琚終於發現了我們談論壓根兒就沒想搭理她，也不鬧脾氣，只是自己吸了吸鼻子，別過頭去摳藥簍上的花邊兒了。

文溪和尚故作神秘地笑笑：「我掙的都是小錢，一天的吃穿用度都不夠。養活大家的主力軍，不還得是你才行嗎？」

我被文溪這麼一誇便有些不好意思，只得理了理衣領，不耐煩地往鄒家酒坊走去。可是，我既沒探夢，也沒什麼足夠的證據證明昨夜的無臉女鬼確實躲入了鄒家，這般貿然敲門，總得找個合適的理由吧？

我們五人相視一圈默不作聲，誰也不肯上前敲門。唯獨靈琚傻乎乎地舉起手，自告奮勇地說去試試。

我沒阻攔，就見靈琚翹著小辮子一晃一晃跑到鄒家酒坊門口，踮起腳敲了敲門。不一會兒，裡面出來個大娘，靈琚趕緊咧嘴一笑，甜甜地說道：「姨姨，我想討口水喝好不好呀？」

大娘一看是個粉嫩的小丫頭，便也沒多想，轉身就捧了碗水遞給靈琚，可是絲毫沒有讓靈琚進屋的意圖。靈琚咕咚咚喝了個水飽，抿了抿嘴不甘心地把空碗遞回去：「姨姨……嗝……我，我還想喝，能不能讓我進屋……」

誰知大娘一聽她要進屋，於是有所警惕地掃視四周，回身拿了個水囊就把靈琚給打發走了。

靈琚敗北歸來，嬴萱搖搖頭大手一揮：「還是我來吧。」

只見嬴萱快步上前抬手拍門，屋裡的大娘再次探出頭來。嬴萱反手將口袋裡的狼皮摸出來展開在大娘面前，一手重重拍在大娘肩頭：「上好的狼皮要不要？掛在牆上很威風的！看你投緣，算你個好價錢，怎麼樣，有興趣咱們屋裡聊？」

我都沒眼看了，尷尬地背過身，就聽鄒家酒坊大門重重關上，嬴萱啐了口唾沫罵罵咧咧地回來了。

「南歸，你去！」嬴萱回來後推了一把雁南歸。

雁南歸有些作難：「萱姐，我去……恐怕更不合適吧。」聽野鳥這麼說，我也急忙制止：「算了算了，還是文溪去吧，野鳥萬一過去二話不說把人家大門給拆了，那就徹底沒戲了。」

文溪聽聞停下了一直在包藥的雙手，拎著兩包草紙包好的藥材站起身，成竹在胸地笑了笑走上前去。

三聲敲門之後，還未等對方開門，文溪和尚便率先開了口：「阿彌陀佛，施主家宅中似有不祥之兆，如若腹痛不止可試試小僧親手調製的草藥……」

我們幾人面面相覷，還沒等我反應過來，屋內的大娘已經畢恭畢敬地將文溪給請了進去。

「果然是學好醫，走遍天下都不怕……」嬴萱搖搖頭，一邊咂舌一邊跟了上去。

無奈，既然已經被文溪拉上了賊船，那不妨就轉一圈探夢看看吧，興許有所收穫。這般想著，我便招呼雁南歸和靈琚跟了進去。

鄒家酒坊面積很大，背靠赤水河，地理位置得天獨厚，幾十名伙計都是穿著單薄的開衫，黝黑的皮膚與健碩的肌肉在陽光下反射著柔亮的汗漬，他們分工明確忙裡忙外，打水的，過濾的，篩檢原料的，抬著酒罈子碼堆的，雖然人多手雜，卻也在精密的管理下顯得井井有條。院落裡散發出濃郁的酒香，讓人不自覺地跟著那酒氣神魂顛倒起來。

「在下是管事的程管家，幾位高人，您這邊請。」一名年過半百的大伯從那開門的婦人手中接過了文溪和尚的草藥，引我們往酒坊深處走去。程管家身著灰藍色盤扣對襟長衫，看樣子不像那些做力氣活兒的伙計，正用一雙精明剔透的眼睛暗自打量著我們幾人，鼻梁上還架著一副金絲框眼鏡，手裡揣著一個賬本背在身後，雖表面上對我們客客氣氣，可看他狐疑的樣子，定是還在懷疑我們的身分。

在程管家的帶領下，我們來到了鄒家酒坊的會客廳。剛一落座，溫熱的茶水還未來得及送入口中，就有一名穿著玉紋棗紅色錦衣的男子匆忙從裡屋走出，身上佩戴的懷錶價值不菲，頭髮一絲不苟地三七而分，身材高挺壯碩，和那些釀酒工人們有得一拚。可是，如此英俊強健的外表下卻明顯端著一顆惴惴不安的心。

「這位是我們鄒家酒坊的當家的，鄒坊主。」程管家連忙轉身進行介紹。

這位鄒坊主顯然不喜歡這些虛頭巴腦的禮數，衝程管家擺擺手示意他退下，隨即上前一步對我們拱手一拜說道：「什麼坊主不坊主的，在下鄒鎖陽，見過各位師父。」

沒想到經營這火爆酒坊的人竟是個如此俊朗的年輕人，雖然相比許家酒坊的二小姐許芍，這位坊主看起來更加穩重一些，不過更讓人驚訝的是，這位年輕的鄒坊主舉手投足間都有種看破一切的淡然，說起話來不緊不慢，定是從小打拚，經歷了不少風雨歷練才成就的今天。

我用胳膊捅了捅文溪和尚，示意他說話。

文溪反應過來，立刻笑著雙手合十，朝那鄒坊主回了個禮：「鄒坊主，實不相瞞，我們一行人路過此地，卻見鄒家酒坊中——」

「我們這裡怪事太多，也的確時常有工人莫名患上腹痛。這藥材我便收下了，但還有一事相求，幾位若能解決，鎖陽定重金答謝。」看來，這酒坊中的確有不尋常的事情，能讓如此穩重的鄒坊主這般急切地打斷文溪和尚的話，自亂陣腳地慌了神，甚至有種病急亂投醫的感覺。

「哦？什麼請求，不妨說來聽聽？」文溪問道。

「我之前請了不少和尚道士，卻根本沒看出個所以然來，幾位僅是路過便能覺察我府上的異事，想來幾位定是道法高深，佛法無邊，鎖陽請求幾位高人，幫忙看看我們這怪事不斷的酒坊……」

我趁此機會對鄒鎖陽進行探夢，默唸心法後，睜開眼上下打量著眼前這名坊主，沒有任何的異象，反倒是紅光滿面的有福之相，根本沒有絲毫被噩夢纏身的跡象。

我正疑惑，卻不小心瞥見了坊主身後的程管家，就見那管家面色赤潮，昏昏沉沉，身子搖搖欲墜，如同喝醉了酒一般。

我怔住，隨即轉身望向一邊正在勞作的伙計，讓我驚訝的是，他們所有人都如同喝多了酒一樣，目色朦朧，體虛無力，雙頰通紅。

這酒坊裡的工人，怎麼都做了醉酒的噩夢？

# 5

「看到什麼了？昨晚惹老娘腹痛的小鬼呢？」嬴萱看我的樣子像是在探夢，便迫不及待地輕聲在我耳邊問道。

我急忙回過神來搖搖頭，隨即湊到文溪耳邊嘀咕了兩句。文溪點頭，然後換了副笑臉對鄒坊主說道：「坊主，還請你帶路，讓我們好好參觀一下這酒坊，順便講講您這酒坊中的怪事，也好盡早找出這作祟的罪魁禍首。」

鄒坊主一聽，立刻招手示意程管家前面帶路，自己則跟在文溪的身旁，似乎對文溪和尚十分信任。

我們一行人跟隨程管家的腳步朝著酒坊深處走去。這件事情要是能拿下，看這鄒坊主的實力，出手定是大數，這樣一來，我們這一路就能高枕無憂了。

「咱們鄒家酒坊背靠赤水河，這裡的水質好、硬度低、微量元素含量豐富，且無污染，因此鄒家酒的水源十分重要。」鄒坊主邊走邊對我們講解，不厭其煩地介紹著酒坊的結構和酒水釀造的步驟，語氣中甚至夾雜著一絲掩飾不住的驕傲。

鄒坊主引我們到了赤水河岸邊，搭建起的人工抽水機正在數十名工人的操作下轟隆運作，綿延的河面上泛著微微粼光，清澈綿柔的水質如同少女的眼淚逆流成河。

鄒坊主指著面前的赤水河對我們說道：「這裡是釀酒的絕佳地帶，地處峽谷，微酸性的紫紅色土壤，再加上冬暖夏熱、少雨少風、高溫高濕的特殊氣候，還有這傳承了上千年的釀造環境，使空氣中充滿了豐富而獨特的氣息，因此才能釀出醬香十足的好酒。」

三百六十行，行行出狀元。沒想到只是個釀酒坊而已，就有這麼多門道在裡面，這讓我這個好酒者不禁好奇地問道：「那這麼說，咱們黔州的酒好，就是好在了這地理區位優勢上？」

鄒坊主笑著搖搖頭，撩起玉紋長袍的下襬離開了江岸走上主路，在程管家的帶領下，走向了酒坊深處的酒窖。

鄒坊主走在前面，抬手指著我們面前的酒窖說道：「其實釀酒，最重要的除了水質和氣候外，酒窖的建設也頗有講究。從窖址選地、窖區走向、空間高度到窖內溫濕度控制、透氣性能，以及酒甕的形式、容量、甕口泥封的技術等，都極為嚴格。這些都是關係到成品酒的再熟化、香氣純度再提高的關鍵。」

眼前的酒窖是由木質結構搭建的土樓，頂層有稀疏的通風口，外側沒有任何裝飾，裸露的土牆和磚泥放肆地揮發著自己原始的天性，十幾名工人正在酒窖內搬運原料，形成了一道散發著男性陽剛氣息的壯闊雄偉的人牆。鐵骨錚錚的漢子和綿柔熱辣的酒香，如同天造地設般在這昏暗的酒窖中完成了造化神作。

雁南歸站定後，眉頭微蹙，隨即用眼神示意我。

看來，雁南歸所說地下埋有死人的酒窖，應該就是這裡了。

在鄒坊主和程管家的帶領下，我們一併走入了酒窖。昏暗的光線讓這酒窖更顯得神秘莫測，鄒坊主站定，面色凝重起來，看樣子，鄒坊主所說酒坊發生的怪事，應該也是在這裡。

鄒坊主微微歎了口氣對我們說道：「這裡是鄒家酒釀酒的核心，是保質保量出酒的關鍵，因此酒窖裡每天都會有人檢查，開關透氣孔，控制溫濕度。而且，按照我們這邊的習俗，那些連夜看守酒窖的人也必須衣著潔淨，人品端正，不得在窖內污言穢語，起鬨打鬧，否則將影響酒的質量。」

我點頭上前：「那這麼說，那些守夜的伙計，應該都是鄒坊主的親信吧？」

坊主點頭答道：「不錯。可是這怪事，終究還是發生在這裡。」

據鄒坊主所說，從一開始建造酒窖的時候，就有伙計來打報告，說是在守夜的時候看到牆壁上經常會有黑色的小人人影在舞動，但只見身影不見身形。除此之外，還有些起夜❺的工人經常能見到白衣女子在酒窖中徘徊，卻也經常是一閃而過，從沒人看見過那女子的正臉。

我們幾人心中都暗自一驚：這和我們昨夜在旅店內見到的情況一模一樣！

文溪和尚急忙上前問道：「出現黑色影子的時候，伙計們是否伴有劇烈的腹痛？」

鄒坊主臉色大變：「不錯……起初我曾以為是伙食的問題，換了好幾名廚子都沒有任何改善。不過說來奇怪，這腹痛來得快去得也快，沒任何徵兆。後來才發現，腹痛是因那些黑色小人影造成的，因此酒坊就漸漸傳開了流言，說是酒窖中鬧鬼，所以後來願意去守夜的工人便越來越少了。」

雁南歸站在一口大缸前默不作聲，肩頭坐著的靈琚已經下了地，繞著偌大的酒窖來回巡視，甚至踮起腳尖把手伸進未封口的酒罈子裡，用手指蘸了新酒舔進嘴中，隨即又是一副辣哭了的表情。我看雁南歸似乎有另外的關注點，於是走過去湊近了他。

「你又有什麼新發現？」我輕聲問道。

❺意指夜晚起來小解。

雁南歸低頭，雙眸輕微翻轉，單薄的雙唇輕啟：「氣味。」

氣味？我下意識地嗅了嗅，卻發現除了酒香，根本沒有其他的特殊味道，更沒有雁南歸之前所謂的什麼死人味。

雁南歸蹲下身子伏在酒缸前嗅了嗅說道：「這裡的酒香，明顯不如昨夜那些透明小人兒散發出來的酒香味道濃郁。按理說，這裡是酒窖，是酒麴發酵的地方，酒氣理應更加濃郁才對。」

雁南歸這麼一說我倒是反應了過來。鄒家酒和許家酒的最大特點便是醬香十足，香氣四溢，再深的巷子也抵不過這能飄散十里長街的酒香。可是我們現在身處鄒家釀酒的核心地帶，怎麼這酒香反而沒那麼厚重了？

我轉身走向鄒坊主，微微一笑問道：「坊主，有一事我未曾想明白，不知能否請教一二？」

鄒坊主連忙擺手：「叫我鎖陽即可，不知師父所問何事？」

我背手走向酒缸，不緊不慢地繞了一圈，才緩緩開口：「恕在下直言，鄒家酒和許家酒都講究一個『香』字，也正是因了酒香才連年斬獲了赤水酒仙幡。可不知為何，咱們這酒窖中的酒香，可比不過外面已經裝罈封罐了即將出售的香啊？」

鄒坊主倒是沒有任何隱瞞地點頭承認：「是，實不相瞞，其實這也是我們酒坊的怪事之一。我們在釀造的過程中，是不添加半點兒香料，香氣成分完全是在反覆發酵的過程中自然形成，但是，我們這裡產出的新酒其實並無如此濃郁的酒香，可是只要在酒窖中存放一晚，第二日再裝罈，便可達到『風味隔壁三家醉，雨後開瓶十里芳』的境界，香而不釃，即便是飲後的空杯，也能長時間餘香不散。」

看來，這鄒家酒其實本無任何與許家酒競爭的實力，那撲鼻的酒香和益壽延年的功效，定是和那些散發著香氣的透明小人兒脫不了干係。

參觀過酒窖之後，我們便回到了前廳再次落座。程管家命人給我們端上了熱茶，鄒坊主更是從內堂裡取來了一只沉甸甸的木匣，誠懇地請求我們一定要幫他徹查此事。我用手掂了掂木匣，不用猜也知道裡面是滿滿的酬金。

我有些疑惑：「據我所知，鄒家酒坊自成立以來，在赤水城不是一直獨佔鰲頭麼？即便是有所謂的酒仙光臨鄒家，可不過是些腹痛的小事，坊主為何要如此決絕地查清此事？難道不怕萬一我們真的趕走了酒仙，鄒家酒撲鼻的酒香和神奇的功效都一併消失麼？」

坊主苦笑搖頭，剛想說些什麼，卻又突然打住，擺手讓程管家下去。廳堂內此時只剩下鄒坊主和我們幾人，他才放下了手中的茶杯，挽起了棗紅大褂的衣袖露出健碩的手臂：「其實，我一直懷疑，是許家酒的酒仙在幫襯我……」

許家？

鄒坊主繼續說道：「我想各位應該有所耳聞，我曾經，不過是許家酒坊的一個伙計。」

我微笑點頭。

「可是你們應該不知道，我其實並不是許家的伙計，而是……許家的上門女婿❻。」

鄒鎖陽此話一出，我們紛紛怔住。看來，這件事情絕非我們想像的那般簡單。

「你……你是那許家二小姐許芍的夫君？」嬴萱驚詫地問道。

鄒坊主搖搖頭躺在椅子裡仰面歎氣，陷入了回憶的泥潭：

❻意指入贅。

「許家為釀酒世家，純熟的釀酒技術是從百年前祖上傳下來的。當時許家育有兩女，許坊主擔心祖業無人傳承，因此發帖廣招青壯年，希望給許家招來一名合適的上門女婿來傳承家業。

「而我，其實本是許家一名釀酒老師傅的兒子，那時父親年歲已高，將自己的釀酒技術都教給了我，之後兩年便去世了。我本想離開許家自立門戶，可誰知道，那名紅裙的少女，卻改寫了我原本的人生軌跡。

「她是許薔，許家的大小姐，相較於任性刁蠻的二小姐許芍，她反而是溫柔賢淑，穩重而識大體。本來我們二人並無交集，我混跡在伙計之中，平日裡兩位小姐是從來不會正眼瞧我們的。可是後來有一次，大小姐不知為何染了風寒，久病不癒，看了好些大夫都不見好轉，我想起父親曾經教我的辦法，就在新酒中加了一些桂花蜜端給大小姐喝，沒想到，大小姐喝了我的酒，還真就好了起來。

「許薔病好後，就時常來酒窖中找我。剛開始，她只是向我請教一些釀酒方面的技術問題，後來，我倆見面聊天的內容便不再局限於酒坊了，一些私人的交情便不合時宜地滋生，以至於後來，我倆便墜入愛河，一發不可收拾……更要命的是，許薔身體不好，經常犯病，可是只要喝了我加了桂花蜜的許家酒就能緩解甚至痊癒。」

我笑道：「這不是挺好的，你們這可是天造地設，老天爺給牽的線啊。」

「若早知結局如此，我寧願不要這天降的紅線。」鄒坊主突然收起了回憶時溫柔的笑臉。

文溪和尚敏感地捕捉到了鄒坊主情感的變化：「從現在的局面看來，坊主應是沒有和許薔大小姐成婚吧？」

鄒鎖陽苦笑，低頭端詳著手中的茶杯，顫抖的手激起了茶水中微弱的漣漪：「許薔她……就在我們成親的那一天，死在了花轎之中。」

# 6

聯想到酒坊發生的怪事，我即刻怔住：「許家大小姐可是橫死？」

鄒鎖陽陷入了痛苦的回憶之中無法自拔，重重地點頭回答：「是的。那時候，許薔的病其實已無大礙，大婚當日，花轎抵達府上，我便上前掀開了轎子的門簾，卻見她……她……」

根據鄒坊主所說我已理出了頭緒，可是看他如此痛苦，我想，許家大小姐的死定是解開這些謎題的關鍵，於是我只好追問下去：「如何？」

「只見許薔她的身子早已僵硬，戴著鳳帔霞冠挺直了坐在轎子裡，紅蓋頭飄落在地，面目……面目全非……」鄒坊主終究失聲痛哭，人高馬大的漢子終是抵不過回憶的折磨，被無情地擊潰。

聽到此，我更是堅定了自己的判斷，為了證實自己的想法，我不得不去逼迫鄒坊主繼續進行這痛苦的回憶：「面目全非指的是？」

鄒坊主久久無法說出話來，緩了許久，他才深吸一口氣答道：「應是被奸人潑了腐蝕性液體，整張臉都已經潰爛，皮膚粘連，五官扭曲，已經沒了人樣……」

鄒坊主說完，我們幾人都倒抽一口涼氣。這該是何等窮凶極惡的奸人，竟然能對一位體弱多病的少女做出如此殘忍的事情來，我不忍細想。

「後來，許家坊主見自己女兒枉死，大怒之下便將我趕了出來。我流落街頭，卻在程管家的幫助下，一起盤下了對面的鋪子開設了鄒家酒坊作為營生。

「而許蕾的死案卻遲遲沒有查出什麼頭緒，凶手逍遙法外，許坊主受到了嚴重的精神創傷，因此一病不起，不久便撒手人寰，將許家酒坊傳給了現在的許家二小姐許芍。可許芍年紀小，性子又倔強，經營不善，因此才使許家酒坊淪落到此般地步。」鄒鎖陽繼續說道，「後來我曾向許芍提議過繼續回許家酒坊去釀酒，可是許芍偏偏認為我是掃把星，害死了她的姐姐和父親，才讓他們許家淪落至此……不管我用什麼方法去幫助她，她都不領情，甚至將我當成了死對頭。」

想起那日許芍怒氣沖沖地送我們許家酒的情形，我才明白過來，為何這位二小姐對鄒家酒坊恨得咬牙切齒，在殺害許蕾的凶手沒有落網之前，那麼鄒鎖陽必定會被許芍當作仇人來看待。

鄒坊主站起身對我們鞠躬行禮道：「我知道，酒坊發生的這些怪事一定和許蕾的死有關，所以，懇請幾位高人留下，幫助在下驅散這酒坊中的邪祟，並且查清許蕾的死因，不僅是為了洗清我在許家的冤屈，更是要為許蕾報仇，我鄒鎖陽定將重謝！」

我們陷入沉思，一路無言，在程管家的帶領下回了客房，聽著門外程管家的腳步聲漸遠，我這時才轉過身來壓低了聲音對文溪和尚他們說道：「你們怎麼看？」

嬴萱顯然是早就有話想說，於是十分積極地搶話說道：「難道是橫死的許家大小姐冤魂不散，徘徊在鄒家酒坊中作怪？那白衣無臉女鬼，會不會就是許家大小姐的冤魂呢？」

「不錯，按照鄒鎖陽的描述，那無臉女鬼的確和死時被毀容的許蕾一模一樣，可是許蕾到底是誰害死的？鄒坊主既然要我們查明真凶，那就說明並不是他害死了許蕾，所以許蕾根本沒理由怨恨鄒坊主而在酒坊中作怪，你別忘了，他們可是彼此相愛的戀人。」文溪和尚反駁道。

嬴萱搖頭：「不對，正是因為那無臉女和透明小人兒的存在，才使得鄒家酒變得益壽延年和酒香肆意，說明那無臉女定是許蕾，化作冤魂後遲遲不去投胎，而是留在這裡幫襯著自己的夫君。」

文溪和尚笑了笑說道：「可是你忘記了，之前姜楚弦可是探夢看過了，這裡的人可都是個個被噩夢纏身，大醉不醒，渾身無力，喝了鄒家酒才有所緩解，根本不是所謂的益壽延年，它不過是能夠緩解噩夢帶來的負面效果罷了。所以歸根結底，赤水城村民們被醉夢纏身，還是有人在搗鬼。」

我阻斷了文溪和尚與嬴萱的爭論，說道：「先不管搞鬼的無臉女和那些透明小人，現在問題的關鍵，並不在於酒坊中的那些怪事，而是在於，當年到底是誰那般殘忍地害死了許薔。找出冤案的真相，或許我們現在面對的一切就能迎刃而解。」

「可是，咱們現在毫無頭緒，怎麼去查這幾年前都破不了的冤案呢？」嬴萱無奈地搖頭。

一時間，我們陷入了沉默。畢竟，查案這種事情我們並不在行，可是這當年的懸案又和如今酒坊中的怪事脫不了干係，要想搞明白那酒坊中作怪的無臉女鬼，就一定要弄明白當年究竟在許薔身上發生了什麼。

「我倒是有個切入點，不知是否有用。」這時，總在沉默的雁南歸突然開腔，雙臂抱肩靠在門前，抬眼掃視著我們，並成功吸引了眾人的目光。

「快說來聽聽。」嬴萱翻身坐上床催促道。

「臉。」雁南歸波瀾不驚地低聲回答。

正如我想的一樣，我點頭站起身說道：「的確，我之前也十分在意這一點。殺害許薔的凶手為何要這般殘忍地將她的屍體毀容，他是想掩蓋什麼？是單純地為了報復？還是因為心理的扭曲？這個問題或許是我們找到真凶的關鍵。」

「而且，不知你們注意到那個細節了沒有。鄒坊主說，他掀開花轎的時候，許蕾的屍體已經僵硬了。可是大婚那天，許蕾坐進花轎前後不過半個時辰的時間，屍體為何會如此迅速地變僵硬？」文溪和尚聽我們這麼一說，也提出了自己的疑惑。

嬴萱這時候才恍然大悟：「你們的意思是，那個死在花轎裡面目全非的女人，並不是許蕾，而是另有其人？」

我雖不敢確定，但還是點了點頭：「不錯，從這些細節來看，這或許是凶手偷梁換柱的戲碼。事先將死去的屍體毀容並穿上鳳帔霞冠，在娶親的路上買通轎夫，將真正的許蕾綁走，而後將準備好的屍體放入花轎中。因為面部被腐蝕，因此大家下意識地認為身著婚服坐在花轎中的女人就是許蕾，所以沒有過多懷疑，可是沒人知道，真正的許蕾此時已經被綁走，不知去向。」

嬴萱立即驚訝地站起身來：「你的意思是，許蕾或許還活著?!」

我點頭：「雖然不知道凶手綁架許蕾的意圖，但是這種偷梁換柱的手法卻是極有可能。」

「什麼人！」突然，雁南歸急速抽出青鋼鬼爪飛身一躍，朝著客房的窗子猛然撲過去，只見一個黑影閃過。我一驚，沒想到，這大白天的居然還有人來聽牆根。

我們幾人迅速走出客房朝著那黑影的方向追去，拐了個彎，卻剛巧撞上了迎面而來的程管家，他正捧著糕點和茶水往我們這邊走，猝不及防一下子被我們撞翻，糕點滾落了一地。

雁南歸閃過一地狼藉，迅速拐向前方，可那黑影早已消失得無影無蹤。

「幾位客人，你們這是、這是怎麼了？」程管家急忙彎腰拾起掉落的糕點，靈琚也一臉可惜地蹲下來，用小手捏起沾了灰的桂花糕吹了吹，重新擺放到了掉落在一旁的托盤上。

我急忙笑道：「沒事沒事，就是剛才好像有人……」文溪和尚突然用力掐了掐我的胳膊，我疼得倒抽一口涼氣，話沒說完就立即閉上了嘴。

「沒事，誤會罷了。我們這就回房了。」文溪和尚朝程管家笑笑，便轉身招呼我們依次回屋。

程管家一臉迷茫：「好吧。哎，這點心都髒了，我去給客人們換一盤來吧。」說著，程管家轉身就走。

「哎，不用！」文溪和尚一個箭步上前接過了程管家手中的托盤，「沒關係，我們都是粗人，這麼好的點心別浪費了，撣撣灰照樣能吃，就不再勞煩管家了，多謝！」說著，就朝我使了個眼色示意我回屋。

我二話沒說，拎起靈琚回了屋，嬴萱和雁南歸也都一言不發地跟在我後面，文溪和尚對著程管家燦爛地一笑，轉身關上了房門。

文溪和雁南歸都壓低了身子透過門縫注視著外面的走廊，直到程管家遠離了我們的視線，文溪才轉身坐下：「這個管家有問題。」

「不錯。」雁南歸也接腔。

我試探道：「怎麼，難道剛才聽牆根的人就是他？」

文溪和尚笑而不語，低頭捏起了桌子上擺放著的桂花糕，雖然掉落在地有些粉碎，但是濃郁的桂花香氣仍舊撲面而來，他隨意地吹了吹，就將桂花糕塞入了自己的口中。

我瞬間明白了過來……之前我們在討論許薔並沒有死的時候，的確是隱隱約約聞到了飄散的桂花香！難道說那個時候，程管家就已經在我們的窗前聽著了？

看來，這心中有鬼的人，定是會主動找上門來。

簡單商議過後，我們決定今夜潛入程管家的房間對他進行化夢，看看會不會在他的記憶中發現什麼隱藏的真相。

# 7

晚飯過後，我隨同嬴萱一併在酒坊中散步，說是散步，其實不過是消磨時間順便再打探些有用的信息。文溪和尚端了茶杯去和鄒坊主聊天，雁南歸則時刻守著靈琚，兩人不知道幹什麼去了。

入夜的酒坊相比白天要安靜了許多，忙碌的釀酒師傅都已經早早睡下，養精蓄銳，等待他們的，將會是第二天辛勞的活計。那出事的酒窖中也再無匆忙的腳步聲傳來。我想，現在再去查探一番或許會有新的收穫。

酒窖門口留了兩名看門的工人，都是白白淨淨的小伙子，見了我和嬴萱，十分禮貌地起身幫我們開門。

我手提昏暗的油燈踏入酒窖，並示意那兩名看門的工人不必跟來。我和嬴萱裡裡外外繞著酒窖轉了一大圈，這裡與白天時候的情景一模一樣，並無什麼特殊的發現。唯一讓我感到奇怪的，便是在這酒窖之中居然栽種了許多桂花樹，因酒窖中溫度較高，濕氣較重，因此桂花樹不分四季地常年開花，導致酒窖中隱隱地散發出一股幽香的桂花味兒。

「還記得嗎，之前雁南歸說，鄒家酒的確比許家酒多了一味原料。」我走到一棵桂花樹前，發現那些還未封存發酵的酒缸正擺在桂花樹下，缸內清冽的原漿看得人饞蟲直犯。

嬴萱上前點點頭：「是啊，不過南歸不是說了，他嚐不出到底多了什麼。」

我笑而不語，伸出手指輕蘸酒缸邊沿的酒水，隨即放入口中細品：「我想，我應該知道是多了什麼。」

嬴萱好奇地也學著我的樣子品了品這些還未發酵完全的原漿酒，卻仍舊是一臉迷茫地問道：「我怎麼嚐不出來？」

「我也嚐不出來啊，連雁南歸那種感官敏感的半妖都嚐不出，更何況我們。」我不屑地搖搖頭。

「那你是怎麼知道的？」嬴萱更是不解，皺眉端詳著我，腦後的黑辮像是條暗紋的毒蛇，正虎視眈眈地盤在脖頸之上。

我笑道：「用眼看。」

嬴萱聽罷，急忙轉過身朝著那些酒缸望去，清冽的酒水中零星漂了幾瓣細小的桂花，不仔細看還真不容易注意到。

「酒缸上面種植著數量極多的桂花，桂花凋零後落入酒缸之中，這裡光線本就昏暗，工人們並沒有注意到這來自上天的饋贈，桂花經過長時間的發酵，自然將一股清甜的味道帶入鄒家的酒水之中，我想，這便是鄒家酒所謂的秘方吧。」我離開酒缸，轉而走向了桂花樹前。

嬴萱恍然大悟：「那這麼說，是不是連鄒坊主自己都不知道，正是這些桂花造就了和許家酒不一樣的鄒家酒？」

「你忘記了？許薔生病後，鄒鎖陽就是給許薔喝了加了桂花蜜的酒才治好了她的病，我想，這桂花定是鄒鎖陽和許薔相愛的見證，鄒鎖陽如此喜愛桂花，才會在酒窖中種植了這麼多的桂樹，因此，才能陰差陽錯地得到如此獨一無二的鄒家酒。」我補充道。

嬴萱面色突然凝重了起來：「那這麼說，是這些桂花樹搞的鬼？」

我沒有回應，而是蹲在樹下觀察起它生長的泥土，稀疏鬆軟的土質，本並不適宜種植桂花樹，可是這裡的桂樹卻長得十分茂盛，定是這樹下埋了不尋常的東西作為桂花樹的養分供給，才使得這些凋零的桂花有了驅除噩夢的效果，混入酒中，也才使鄒家酒有了所謂「益壽延年」的功效。

聯想到之前雁南歸所說的「死人味」，我不禁打了個寒顫。

呼——

突然一陣陰風吹來，我手中的油燈閃爍不定，酒窖中頓時變得昏暗起來。我警惕地站起身拉嬴萱躲在了酒缸的後面，隨即迅速熄滅油燈，屏氣靜聽。

不易覺察的腳步聲從酒窖深處傳來，這麼晚了，守門的小伙子都還在外面，這酒窖深處怎麼會有人的聲音？想到那鬼鬼祟祟的程管家，我二話沒說示意嬴萱隨我一同前來。

酒窖深處的一個拐角內，散發出微弱的光源。這酒窖中恐怕另有乾坤，我側耳傾聽片刻，確定無人之後便同嬴萱一起走入拐角，卻發現在狹窄的走廊盡頭有一個極其隱蔽的地道。

我同嬴萱對視一眼，便不約而同地朝著地道走去。

誰知我們剛一走入地道，前方便傳來了一陣陣淒厲的鬼哭狼嚎，伴隨著陰風陣陣，我倆都立即停下了腳步。

「是人是鬼？」嬴萱扶住我的肩膀問道。

「哪有什麼鬼，我看，根本就是什麼人在故弄玄虛。」我抽出玄木鞭挺身而上。

嬴萱聽後也一把抽出弓箭握在手中：「既然是人，那就別怪我不客氣了。」

我倆正要往前走，突然一陣劇烈的疼痛從下腹傳來，我痛得雙膝一軟跪坐在地，一旁的嬴萱也不好受，臉色蒼白，疼得額角冒汗。

「什麼情況啊姜楚弦！」嬴萱手中的弓箭掉落在地，疼得直不起腰來。

「定是那些透明小人兒又出現了，他們在暗我們在明，還是先撤再說！」說著，我強忍住腹痛一手攙扶起嬴萱，迅速退出了地道。

回到酒窖之中，我們的腹痛感才有所緩解。我倆心有餘悸，不敢再貿然下地道，決定先行回去，入夜後再前往程管家的夢境中一探虛實。

我和嬴萱狼狽地回到客房，文溪和尚給我們倒了杯草藥泡的熱茶，緩了許久，那痛到窒息的感覺才逐漸消失。

「怎麼，收穫如何？」文溪和尚皮笑肉不笑地看著我倆，眼神中透露著一股嘲諷。

我翻了個白眼，沒有理會他的詢問。我從他的表情中讀得出來，他定是有了新的發現。

果然，文溪將手放在桌案上，另一隻手盤著手中的佛珠微笑道：「我想我大概知道了，那些透明的小人兒是什麼了。」

「快說！」嬴萱聽文溪這麼說，便端起茶碗一飲而盡。

「我與鄒坊主交談得知，在當地，有這麼一種傳說。說是早年間，黔州並不產酒，後來有位惡霸途經此地，便佔了地成為這裡的霸主，並且專門找年輕的女孩來割下她身上的肉作為食物。村民都十分痛恨惡霸，可又沒有什麼能與惡霸對抗的方法，直到有位聰明勇敢的少女挺身而出，教大家釀酒，並且帶著這些酒主動走入惡霸的房中，雖然這名少女身上的肉也被割下，但是她用這些酒灌醉了惡霸，村民趁機點燃了惡霸的住所，才使得這臭名昭著的惡霸在這裡徹底消失。後來，人們為了紀念那些被割掉肉的女孩子們，便紛紛開始釀酒，這釀酒的傳統才逐漸流傳下來。」

「這和那些透明小人兒有什麼關係？」我不解地問道。

文溪和尚笑著繼續說道：「那時候，被割下肉的少女為了保證村民們釀出的酒足夠把惡霸灌醉，因此自願捨棄生命化作了酒菌，融入了那些酒水中，才使得那酒飄香濃郁。」

「你的意思是……」

「那些透明的小人，其實就是酒菌。」文溪和尚篤定地回答。

「酒菌？」嬴萱和我顯然都沒有聽說過這個東西，於是向文溪投去了疑惑的目光。

文溪和尚點頭答道：「不錯，不知道你們注意到了沒有，這裡土製的陶酒罈上都有非常非常微小的孔，這些小孔使得白酒能夠像人一樣『呼吸』。正是這樣的呼吸，讓白酒產生一種奇妙的反應，隨著時間的推移，會慢慢生出酒菌，它們因為酒而存在，靠酒生長。而酒菌的生長對酒也起到生香、醇化、老熟的作用。白酒與酒菌，它們誰也離不開誰。」

「可是這酒菌——」我剛要提出自己的疑惑，就被文溪和尚打斷。

「這裡的酒菌，顯然是吸收了某種精華而化作了人形，雖然仍舊是細菌的透明身軀，但是明顯有了自己獨立的意識。」

我聽後，心有餘悸地撫摸著自己方才痛得要命的肚子說道：「不是某種精華，酒菌吸收的，而是人的精氣。」據我所知，這種沒有生命的東西想要化作人形，必然是汲取了人的精氣，而我們所遭遇的腹痛，必定是那些酒菌在吸收我們精氣的反應。想到此，我們面前的線索便逐漸明晰了起來。

首先，是落入酒缸中發酵的桂花，導致了鄒家酒獨特的功效和區別於許家酒的味道，而尋找這桂花樹吸取養分的地方，便是揭開鄒家酒「包治百病」真相的途徑。

其次，這些通過汲取人精氣的酒菌，是讓鄒家酒變得香氣撲鼻的關鍵，又是誰在背後操控著這些酒菌，讓它們如此服務於鄒家？

再次，那無臉的女鬼，懸而未解的冤案，鬼鬼祟祟的程管家，和那酒窖中神秘的地道，在這件事情中又扮演什麼樣的角色？

我陷入沉思之中，窗外月已升高，看來，是時候去程管家的夢境中看一看了。

# 8

深夜，我偕同嬴萱與雁南歸一併潛入了程管家的房間中。文溪留在客房照看靈琚，萬一有什麼突發情況，也能結印保護小丫頭。

我從懷中摸出青玉短笛輕放唇邊，吞吐氣息吹奏一曲安魂，在聽不見的悠長笛聲中，程管家緋紅的醉酒面色才終於緩和。

「我看除了這鄒家酒坊的伙計們出現了這種醉酒的噩夢，赤水城的不少村民也都被如此的噩夢纏身，恐怕應是那些酒菌吸食了人們的精氣才導致如此情況。而鄒家的桂花酒又能緩解這樣的症狀，所以我推斷，這桂花樹與酒菌定是死對頭。現在我們還不清楚那無臉女是站在哪一方，因此進入夢境後不要輕舉妄動。」我收起青玉笛，剛要拔掉封印葫蘆的蓋子，提醒著大家。

雁南歸點頭不語，嬴萱卻擺擺手說道：「可是姜楚弦你沒發現麼，酒坊上下都出現過被酒菌汲取精氣而腹痛的情況，只有鄒坊主安然無恙，這最起碼能說明，這酒菌應該是和鄒坊主站在一邊的。」

我點頭道：「話是這麼說不錯，可是我看鄒坊主並不像奸邪之人，想來不會去利用害人的酒菌來提高鄒家酒的醇香，不然他也不會讓咱們來查這件事。恐怕，他也是被蒙在鼓裡。」

現在想太多也並無用處，還不如親自去程管家夢境中一探虛實。我拔掉了葫蘆上的封印蓋子，阿巴便慵懶地晃動著月黃色的身軀鑽出，重重地打了個哈欠。

「什麼味道……好香。」阿巴轉身趴在程管家身前不停地嗅著，還未等我回答，牠便恍然大悟：「哇，好酒……看來今日好口福了！」

看來這傢伙也是個饞蟲，跟我那酒鬼師父沒什麼兩樣。

阿巴迅速將我們吞下，我們隨著輕微的眩暈來到程管家的夢境之中。可是讓我們感到奇怪的是，程管家的夢境居然並不在鄒家酒坊，而是在許家酒坊。

「這程管家怎麼和許家還有聯繫？」嬴萱疑惑地看向我。

我這時才意識到，事情根本不是我所想像的那般簡單。我沒有言語，擺手示意他們二人跟來，朝著許家酒坊的前堂走去。

前堂內此時聚滿了人，大堂中央，背對著我們跪著一個穿著粗布馬褂的中年男子和一位穿著雍容華貴的女子。廳堂上座端坐著一位蓄了鬍子的男子，穿著考究，絲綢的中式對襟短衫上繡著精緻的雲紋，看樣子是個迂腐故步自封的舊派老爺，正憤怒地盯著眼前這兩人，氣得說不出話來。廳堂四周站滿了釀酒工人，角落裡的奶媽懷中，還抱著兩名三四歲的小女娃。

我們繞到廳堂後面，這時才看清了那跪著的男子，正是年輕時候的程管家。

看這架勢，我大概能推斷出這程管家與許家的恩怨了。

「許老爺，你就放過夫人吧，都是我的錯，是我一廂情願，在醉酒後失了理智，從而敗壞了夫人的名聲……」年輕的程管家臉上還有些許瘀青，看樣子是沒少挨打，正連連跪地磕頭。

一旁被稱為夫人的女子也淚流滿面地否認道：「不是的，老爺，這件事與程師傅無關，是我不守婦道，是我對不起老爺……」

「當著孩子的面，你都不害臊嗎！」許老爺突然將手中的茶杯摔向地板，茶杯應聲而碎，奶媽懷中的兩名小女娃頓時嚇得哭泣不止，看樣子，她們應該是兒時的許蕾和許芍了。

「把孩子帶下去！」奶媽得令，立即抱著兩名女娃轉身回到了內屋。

「今日我決計饒不了你們這對狗男女！」許老爺猛然站起，抬腳踢向了跪在面前的程管家肩膀上，許夫人急忙上前抱住了許老爺的雙腿，阻攔他進一步對程管家施暴。

「看來這許老爺頭頂的綠帽子倒是綠得純粹啊。」嬴萱像是在看戲一樣，還時不時在我耳邊吐槽，讓我不耐煩地瞪了她一眼。

許老爺怒火中燒：「我看你手藝好，人也老實，可憐你，留你在許家釀酒，還讓你當上了大師傅，沒想到你這個白眼狼竟動起了歪心思！老夫今日便要了你的狗命！」說罷，許老爺抬起了放置在一旁的酒罈，二話沒說朝著程管家的腦袋上砸去。

「不要啊老爺！」許夫人急忙上前護住年輕的程管家。

匡噹一聲悶響，酒罈應聲而碎，卻不是碎在程管家的頭上。

許夫人身子一軟，倒在了程管家的懷中，鮮血染紅了程管家的前襟，懷中的許夫人卻再也睜不開眼，身子癱軟如同一潭死水，精緻的妝容看起來面帶死氣，在陣陣酒香中散了魂魄。

眼前的景象讓程管家頓時瘋魔了，張牙舞爪地撲向許老爺：「我跟你拚了！」

還未等許老爺反應，四周的伙計便迅速按倒程管家一頓拳打腳踢，直到年輕的程管家再也直不起腰來。

「既然這個不要臉的女人這麼急著死，那我倒是想看看，若是留你一條狗命，讓你倆生死相隔，你們會是什麼樣的表情！哈哈哈哈！」許老爺已被復仇的快感麻痺，凶狠的眼神中透露著憤恨的凶光，「來人啊！」許老爺一聲令下，幾名伙計便圍了上來。

「把他的手腳打斷扔到荒山裡，找個伙計每天去給他餵飯，讓他求生不得求死不能！」許老爺丟下最後一句話，便踢開擋在路中央的許夫人的屍體，轉身回了屋。

我有些震驚，沒想過事情的源頭竟是這般複雜。

「不難想像，程管家會因此對許家產生多大的恨意。愛人為自己而死，自己又無力復仇，那麼程管家便是有最大的嫌疑去殺害許家大小姐了。」嬴萱轉身歎氣道。

我點點頭，起身準備離開許家酒坊：「推斷不錯。可我更在意的是，如果按照我們所想，那花轎中坐著的屍體並不是許家大小姐的，那又會是誰的呢？」

「幾位是那日在旅店的客人麼？」突然，一聲清冷的女聲從我們的身後傳來，我一個激靈急忙轉身，卻見不知什麼時候，一位身著白衣的長髮女子站在了我們的身後，雖然長髮遮面，可是看這打扮，與那日所見的無臉女鬼一模一樣！雁南歸反應迅速，急忙抽出青鋼鬼爪擋在了我和嬴萱的面前。

「我沒有惡意！只是請幾位隨同我去一個地方，聽我一言。」誰知，那無臉女竟然跪地求饒，聲音聽起來朦朧模糊，應該是和五官被腐蝕有關。我與雁南歸相視思索片刻，見她沒有攻擊性便決定跟去看看。

那無臉女子走在前面，一揮手，夢境便迅速轉換。看來，控制這些噩夢的罪魁禍首，便是這名無臉女子了。我其實可以現在就喚出阿巴將這名早該去輪迴投胎的無臉女子解決掉，然後拿了鄒鎖陽的錢離開便是，可是我知道，事情不會如我想像的那麼簡單，所謂送佛送到西，若是能救出可能還活著的許蕾，或是解開程管家復仇的心結，那何樂而不為呢？

夢境來到了現今的鄒家酒窖，我們跟隨無臉女子的腳步來到了之前我們見到過的拐角盡頭的地道，這次我們走入地道沒有酒菌來搗亂。隨著無臉女子的指引，我們進入了地道下方的密室之中。

映入我們眼簾的情景，讓我們三人大吃一驚。

這是個中空的地下密室，頂部卻有無數植物的根鬚從上面垂落下來，根據這地下密室的位置判斷，這些根鬚應該是頂部酒窖中的那些桂花樹的根系。更讓我們驚訝的是，這些根鬚並沒有再次鑽入密室下端的土層，而是盤旋交織著簇擁在密室中央，形成了一個類似蠶繭的橢圓形。

「這是？」我不解地上前觀望，這些桂花樹的根鬚像是有生命般你推我搡地爭搶著那繭中的養分，看著桂花的根鬚形成繭的形狀和大小，再聯想到桂花落入鄒家酒後驅散噩夢的功效，我不禁一陣冷汗：「這裡面……難道是許蕾？」

嬴萱大吃一驚：「什麼?!」

無臉女沒有回答，而是輕輕地點了點頭，隨即對著我們鞠了個躬說道：「那日在旅店內衝撞了各位，實在是抱歉。因我聽說，手持青玉笛的人能夠進入他人的夢境化解怨恨，所以才想來拜託幾位，可沒想到讓那些酒菌得了空子，引得這位姐姐腹痛。」說著，那無臉女轉向了嬴萱，雖然我們看不到她髮絲下隱藏的表情（不過就算沒有髮絲遮擋，沒有五官的話也是看不出表情的），但是從她的語氣中能聽得出十萬分的歉意。

「你認得青玉笛?!」我頓時覺得她可能知道關於我師父的事情，於是立即上前問道。

無臉女沒有情緒波動地轉身向我說道：「是的，我兒時曾在夢中見到過一名與你十分相像的男子，幫我除去了夢中的妖怪，因此認得你手中的青玉笛。」

沒錯……那一定是我那老不死的師父！

「後來呢？他去哪裡了你知道嗎？」眼看又有了我師父的線索，於是我便迫切地追問道。

無臉女搖搖頭：「那是我小時候的事情了，當時他說他只是路過此地，因此也沒有留下任何姓名，也不知他要去往何方，只留下『食夢先生』四個字便離開了。」

說來也是，按照無臉女的年紀，推算起來也就是二十多年前的事情。根據判斷，我師父前往西周古墓將我從石棺中抱出之前，應該是來過黔州，這線索雖然看起來並無什麼實際用處，但我還是記了下來。

「先、先不說這個，你那夜來旅店中找我，是有何事相求？」我理了理額角的碎髮，轉身問道。

無臉女身子微微一躬說道：「我想請求幾位幫助我父親，不要讓他再陷入仇恨之中，做這些傷天害理的事情了。」

我們三人面面相覷：「你父親？」

無臉女站直了身子，轉身望向那根鬚盤亙成的蠶繭，娓娓道來。

# 9

據無臉女所說，她名叫小丫，本是個被拋棄的孩童，流浪在赤水城郊野之中，偶然間路過了一座小木屋，在屋中發現了手腳均被人打斷的程管家，他一副瀕死的模樣，幾日未進滴水，看樣子是許家老爺吩咐的下人並沒有按照要求每日來送飯。於是小丫便尋水餵給程管家，並沿街乞討，將要來的飯菜親手餵給他。

隨著時間的推移，程管家漸漸恢復了筋骨，雖無法進行劇烈運動，但已能恢復正常行走。程管家謝過小丫的救命之恩並認下她為女兒，父女倆在小木屋中相依為命，可雖然如此，程管家的心中仍舊在謀劃復仇許家的計策，小丫看在眼中，卻無力說服程管家放下仇恨。

直到後來一次偶然的事故，小丫在乞討路過許家酒坊的時候，被許老爺過路的馬車輾死，悲憤絕望的程管家終於下定決心進行復仇。

剛巧，小丫被馬車輾死的第三日便是許薔與鄒鎖陽的大婚之日，正如我們所想那般，程管家買通了轎夫，並用高濃度腐蝕性溶液將小丫的屍體毀容，換上事先準備好的鳳帔霞冠，在大婚當日讓轎夫拐上密林，打昏了許薔，並將小丫的屍體放入花轎之中，從而造成了許薔橫死的假象。畢竟，許薔為自己所愛之人許夫人之女，程管家無法對許薔狠下殺手，所以才不得不用了偷梁換柱假死替屍的把戲。

程管家將許薔囚禁在小木屋中，開始了他復仇的第二步。大婚之日許薔橫死，許家大亂，無辜的鄒鎖陽被許老爺趕出許家酒坊，程管家聽聞鄒鎖陽所釀的桂花酒能治療許薔的頑疾，因此故意去接近鄒鎖陽，好心幫他創辦鄒家酒坊，企圖將鄒鎖陽獨特的釀酒技術佔為己有。在此期間，鄒鎖陽並不知道自己未過門的妻子就被藏在自家酒窖的地下，而不幸的是，許薔本就身體嬌弱，加之長期被關押在地下，因此含恨死去。程管家悲憤之餘，企圖通過鄒鎖陽之手徹底擊敗許家酒坊，從而報復許老爺，因此想出了「以屍煉酒」的方法。

程管家將許薔的屍體放入地下密室，並引那些桂花樹的根鬚到許薔的身上，桂花樹吸收了許薔的屍氣，因而長得愈發旺盛。久而久之，桂花落入酒罈中便滋生出了人形的酒菌，這些酒菌在許薔屍首陰氣的催化下，開始去吸食釀酒伙計的精氣並引發劇烈腹痛。然而酒菌的存在卻讓鄒家酒變得香氣四溢，甚至那些被吸食過精氣的人只要喝下鄒家酒，就能緩解酒菌汲取精氣而帶來的身體不適。

至此，程管家在這些酒菌的幫助下，讓鄒家酒一炮而紅，徹底擊敗了許家。而許家老爺也因許薔之死遲遲找不到凶手鬱鬱而終，許家酒坊接手到了許芍的手上，更是一蹶不振，徹底拜倒在鄒家酒面前。

程管家的復仇得以成功，卻見鄒家酒愈發吃香，因此被眼前的利益驅使，繼續以屍煉酒，培養更多的酒菌，這些酒菌開始大規模地吸食赤水城村民的精氣，同樣的，赤水城村民便更需要能驅散被酒菌吸食精氣而帶來不適的鄒家酒，這種惡性循環一直持續到今天，更是讓程管家賺得盆滿缽滿。

無臉女說到此便向我們跪了下來：「可是，這都是不義之財，那些酒菌的數量越來越多，之前，我還能依靠自己的綿薄之力來阻止酒菌去吸食他人的精氣，可是現在，我早已不是它們的對手。我想，這樣下去，我父親早晚有一天會自食惡果，我已死去，亡魂飄散，無能為力，所以小丫希望幾位高人能發發慈悲，早日阻止我父親的惡行！」

聽完小丫這一番話，我著實感到震驚。讓我沒想到的是，我們所見的一切都是程管家為了復仇而一手策劃的，無辜的鄒鎖陽更是被蒙在鼓裡，成為被利用的棋子。而那代表著許蕾與鄒鎖陽相愛的桂花樹，卻又是一個邪惡的媒介，讓那些吸食人精氣的酒菌得以滋長。若是鄒鎖陽得知這一切，那對他而言將是多麼殘酷的事實。

「我明白了。可是，我若是出手，不僅僅是你父親一手創辦的鄒家酒坊要失了這好不容易得來的酒仙幡，你父親也可能要被扭送至官府，還有你，也可能會魂飛魄散，入不入得了輪迴，我不敢肯定。」我低頭思索片刻，謹慎地對小丫說道。

小丫長跪不起連連搖頭：「只要能阻止我父親繼續為禍百姓，盡早放下仇恨，你說的那些，我都不在乎。」

我急忙扶起小丫，低頭思索著。隨即，我抬起頭轉身看向身旁的嬴萱，眼珠翻轉，終究還是開了口：「幫我個忙，可以嗎？」

嬴萱雖然不知我要幹嘛，但看我這般認真的表情，還是答應了：「先說好啊姜楚弦，你可別坑了我。」

我搖搖頭：「我是想引小丫這殘存的魂魄到你的身上，讓她臨走前去見程管家一面。」

「什麼?!」嬴萱和小丫都驚訝地看著我。

我轉身對小丫說道：「為何你不去親自說服你的父親，如果他還有良知，必然會聽你勸的。你沒有法力，無法附身，即便是托夢也持續不長，我將你引入我同伴的體內，你去見他一面，讓程管家知道你還在為他而擔憂，給你一個親自說服程管家的機會，你看如何？」

小丫激動得連連對我們磕頭：「多謝，多謝各位！」

嬴萱壓低了聲音拉住我的衣領，伏在我耳邊惡狠狠地說道：「好你個姜楚弦，真是把我往火坑裡推！」

我也低聲回應：「無礙的，我師父曾經教過我度魂的方法，這和我們化夢是一樣的道理，都是將實體幻化為意識虛體，你就如同是睡了一覺而已，不會對你造成什麼傷害。」

「那她若是佔了我的身子不還給我可怎麼辦？」嬴萱性子直，口無遮攔地說道。

我拍拍她的肩膀：「放心，這點我還是能做主的。」

我唸動心法秘咒，將小丫殘存的魂魄引入關著阿巴的葫蘆之中，隨即喚出阿巴將夢境吞噬，我們重新回到了程管家的房間之中。

我叫嬴萱閉上眼，同時拔下葫蘆的封印蓋子，小丫的一縷遊魂便隨同我的咒語鑽入了嬴萱的鼻孔之中，下一秒，嬴萱再睜開眼睛，便不可思議地端詳著自己的雙手，隨即作勢就要衝我磕頭。

我急忙攔住已經附身在嬴萱身上的小丫：「時間不多，你快去吧。我們在門口等你。」說罷，我便和雁南歸一併離開了程管家的房門。

天邊已泛白，我和雁南歸並肩站立在程管家房間門口，望著東方漸漸明晰的地平線，我倚在門框上，深吸一口清晨涼薄的氣息。

「為何要這麼做？」雁南歸雙臂抱肩低頭站在一側，晨風吹動他額前的白色劉海，如同冰碴的話語碎裂在我的耳邊。

我笑著搖搖頭：「說實話，我也不知道為什麼。我們都知道，有許多方法都要比這樣省時省力得多，可是我總覺得，這才是最好的那種方法。畢竟，在這個世界上，有人即便是死去了卻還在無時無刻牽掛著你，這樣的事情並不多得，我就是想讓程管家知道，有人在為他擔心，為他徘徊而遲遲不入輪迴，他根本不知道自己有多幸運。」

雁南歸露出了一絲不易覺察的微笑：「果然是姜楚弦的作風。」

「嗯？」我有些失神沒有聽清野鳥說了什麼，再次回過頭來，卻見淚流滿面的程管家身著睡衣站在門前，對著我們行了個禮。而屋內的嬴萱一臉莫名其妙，撓著頭跟在後面走了出來。

沒有人知道附在嬴萱身上的小丫對程管家說了些什麼，但事情的發展如我所想，天一亮，程管家便去主動投了官。我們幾人前往地下密室中將那桂花樹根鬚團裹成的蠶繭盡數砍掉，將裡面包裹的許薔屍體取出，安葬在許家墓地中。

同時，將原本許薔棺槨內的小丫的屍體取出，單獨安葬在郊野的那座小木屋附近。失去了屍體養分的桂花樹迅速凋零，酒菌也因沒有了發酵的桂花而逐漸消失。

鄒坊主和許芍得知真相後都沉浸在巨大的震驚和憤怒之中，事情轉變得太快，他們需要時間來撫平傷口。

時日不早，鄒坊主如數奉上了巨額的謝禮，親自送我們離開赤水。

「姐夫！」對街的許芍從身後追了上來，對著鄒鎖陽欣然一笑，隨即將兩壺酒遞給了我，「多謝了，一點兒小心意，你們路上喝吧。」

我笑著接過許芍的酒：「怎麼，為何這酒罈上的許家標簽不見了？」

許芍笑著看向鄒鎖陽，隨即說道：「什麼鄒家酒、許家酒，其實根本都一樣。以後，赤水便沒有了許家酒，也沒有了鄒家酒，剩下的，就是我們『薔薇酒坊』的酒了。」說罷，許芍從背後摸出了新的標簽，貼在了酒罈之上。

「你們兩家酒坊……這是要合併了？」嬴萱奇怪地看著笑而不語的鄒鎖陽問道。

許芍嘿嘿一笑：「以後，赤水的酒仙幡就是我們薔薇酒坊的了。」

我搖頭輕笑，告別了許芍和鄒鎖陽。

我們五人走在酒香肆意的街道上，朝著西邊走去。嬴萱突然像是想起來了什麼一樣，歪頭思索著：「薔薇酒坊……姐夫……這麼說，他們是變成一家人了？」

我笑而不語。

「哎，許薔雖然已故去，但也算是值得了，有這麼個掛念自己的夫君和妹妹……」嬴萱語氣中透露著掩飾不住的羨慕。

我突然停下腳步，轉身望向嬴萱：「你忘記了，為何大規模的酒菌侵襲赤水城，可唯獨鄒鎖陽安然無恙，從未被吸食過精氣而腹痛？」

「你是說，死去的許薔她……」嬴萱驚愕地看著我。

或許，愛是人的本能，即便是早已死去，屍首被人拿來當作作惡的工具，也仍舊保留著自己最純質的感情，不忍傷害自己曾經最愛的人吧。

你曾餵我一盅桂花蜜酒，我便許你一世安然無憂。

Chapter 06

# 地獄幽花

# 1

「姜楚弦，別來無恙。」一個十分熟悉卻又恍惚的白衣身影出現在黑暗的盡頭，我的頭昏昏沉沉，無法看清楚對方是什麼模樣，我試圖追上去，可那漆黑的空間似乎是移動的流沙，那人影更像是摸不著的海市蜃樓。可是我的潛意識卻十分明晰地告訴我，這個人，定是與我相識。

「你是誰？」我加快了腳步追上去，嗓子乾啞著發出苦澀的聲音。

「姜楚弦，我在等你。」那白衣男子就站在我的眼前，可我卻怎麼也追不上他的腳步。

不對！事有蹊蹺，這是什麼地方！我警覺地停下了腳步端詳四周，卻見漆黑一片，根本不分東西不辨南北。我登時心頭一緊，迅速伸手摸向自己的懷中。

我將懷中的天眼吊墜拿在手上，卻見天眼已開，透亮圓潤的白色灼燒著我的眼睛。

這裡——竟然是夢境！

我猛然翻身醒來，卻撞到了一旁的嬴萱。

「幹嘛啊你！」嬴萱不耐煩地推了我一把，我卻驚出了一身冷汗，還沉浸在方才的夢境中。

眼前是正在趕路的馬車，一陣噠噠的馬蹄聲輾碎了我的思緒，我抬手擦了擦自己頭頂的汗漬，久久無法平復。又是那個白色的身影，又是那個熟悉的聲音……這難不成是做食夢先生常年進入他人夢境而產生的負面影響？我心有餘悸地抹了把頭上的冷汗，若不是身懷天眼，恐怕要陷入這夢境中不能自拔。

我有些後怕地看了一眼身旁的人，靈琚正趴在我的腿上睡著，嬴萱縮在角落裡打著呼嚕，文溪端坐在一旁閉目養神，手裡還盤著那串無患子珠，雁南歸依舊警覺地坐在車夫身邊注視著遠方的路。

這場景……竟有些似曾相識。

我苦笑，一切都平常如初，是我想多了。

「到哪裡了？」我站起身掀開馬車的布簾，挪動身子坐在了雁南歸的身邊，抬眼看著前方一望無際的小路。

雁南歸還未回答，就聽一聲清冽的馬嘶，我整個人瞬間失去了重心，狠狠飛出跌落在地。只見那矯健的馬兒四蹄居然陷入了一個憑空出現的陷阱，我們瞬時人仰馬翻。地上的空洞用樹葉和一層薄薄的灰土做了掩飾，一看便是誰精心設計的攔路陷阱。這荒山野嶺的，應該是什麼土匪強盜吧。我這麼想著，急忙拍著身上的灰土站起身來。

剛才那一急剎車，雁南歸沒有像我一樣摔了個狗吃屎，而是穩健地一個翻身躍起落在地面上。馬車裡的人算是遭了殃，不過好在文溪在翻車的瞬間護住了靈琚，因此二人沒有什麼大礙，率先鑽出了翻倒的馬車。就是嬴萱睡得死，估計沒什麼防備，捂著磕破的腦袋狼狽地鑽出馬車，轉臉就破口大罵：「怎麼駕的車啊！要搞死老娘啊！」

額頭的鮮血從嬴萱指縫中溢出，我急忙上前扶她坐下。雁南歸更是一個箭步跨過嬴萱來到睡眼朦朧的靈琚身邊，蹲下身子雙手扶住靈琚的肩膀，關切地問：「沒事吧？」

靈琚笑著搖搖頭。

「雁南歸你個白眼狼！沒看老娘都流血了嗎！當我是不出氣的嗎！」嬴萱罵罵咧咧地叫囂著，文溪急忙上前從隨身的藥箱裡找出止血的紗布，轉頭對靈琚說道：「配點兒消毒止血的藥來。」

靈琚應聲，轉身取下了背後的藥簍，從裡面扒拉挑揀著什麼。

「怎麼回事？」我起身走向那塌陷的坑洞向下看去，摔倒的車夫也奇怪地走過來試圖將馬從坑洞中拉出來，可是嘗試了許久都是徒勞。

突然，只聽那洞底傳來了呼嘯的風聲，一陣烈風從洞口內迅猛衝出，順勢將我掀翻在地。我還未來得及站起身抽出玄木鞭應對來人，就見無數鬼豹族人從那黑洞中鑽出，迅速包圍了我們。

雁南歸見勢不妙急忙上前，抬起青鋼鬼爪準備迎戰，文溪和尚替嬴萱包紮好頭頂的傷口後便迅速結印，將靈琚護在其中。嬴萱二話沒說站起身就拉弓射向了朝我撲來的一名如同獸人般強健的鬼豹族人。

「這裡不對勁！你小心點！」我好心提醒雁南歸，可是他卻如嗜血的蚊蟲看到了新鮮的血液，絲毫沒有顧忌地朝鬼豹族人撲去。

獸性大發，殺戮成癮，這是我最怕在雁南歸身上看到的。

我來不及細想便迅速投入到戰鬥之中，雖然這裡的一切都不太真實，並且我根本無法想像和判斷事情是如何發展到現在這個地步，我吃力地抵擋著鬼豹族人瘋狂的進攻，身上也已經留下了不少傷痕。

「姜楚弦！」

突然，身後傳來了一聲熟悉的呼喚，我下意識地回頭望去，卻根本不見來人。也就是在這一瞬間，我的肩部被上前的鬼豹族人重擊，我身子一歪，痛得幾乎要昏死過去。

「姜楚弦！」

又是同樣的呼喚聲，我忍住痛回頭望去，仍舊不見聲源，這聲音就像是憑空飄散在空氣中一樣，感受不到它具體的來源，宛如裹挾在空氣的微小分子之內，存在於四周的每一個角落。

怎麼回事？這裡太過蹊蹺，陷阱是怎麼回事？之前我在夢境中見到的那白衣書生的背影又到底是誰？突然，劇烈的疼痛喚醒了我的心智，我意識到事情的異常。

我們從赤水出發，並沒有乘馬車，而是徒步行走！

我一怔，難不成……我迅速摸出懷中的天眼，只見那瑩亮白潤的天眼仍舊處在睜開的狀態，那麼只能說明，我現在仍舊是處於夢境之中。

「姜楚弦！」

一聲清晰的喊叫從我耳後傳來，緊接著，一名鬼豹族人揮舞板斧朝我砍來，我無力還擊，瞬間被劈成兩半，伴隨著我驚恐的喊叫和劇烈的疼痛，我猛然睜開了眼睛。

「姜楚弦你沒事吧？是不是做噩夢了？」睜開眼，只見嬴萱蹲在我的面前，額頭上並沒有受傷，而是一臉關切地輕拍我的臉頰，剛才在夢境中聽到有人呼喚我，正是此刻眼前的嬴萱。我渾身早已濕透，心跳劇烈，只能依靠不停地深呼吸才能緩解自己緊張的狀態。我沒有回應嬴萱，而是先低頭摸向自己懷中的天眼吊墜，看到天眼呈現出旋渦狀的深棕色閉合狀態，我才放心地長舒一口氣。

終於，回到現實之中了。

「你怎麼了？」文溪和尚手裡捧著新鮮的草藥，身後跟著同樣一臉迷茫的靈琚，我環顧四周，發現自己原來是靠在樹下睡著了，還做了一個夢中夢。

雁南歸從遠處走來，手中的水袋灌滿了清水，看大家都圍在我身邊，於是也湊了過來。

「沒事沒事，」我故作輕鬆地站起身揮揮手，同時急忙擦了擦臉頰上掛著的汗珠，「做了個噩夢罷了。」

說著，我獨自一人走向一旁的小河，蹲下來撩起冰冷的河水洗了把臉，這下整個人才清醒了過來。怪不得之前在夢境中覺得馬車似曾相識，而且那些鬼豹族人莫名其妙地出現根本不符合邏輯，原來我根本就沒有從夢境中醒來。可是，為何我會做這樣的噩夢？

我是很少做夢的，可不知從什麼時候起，我的夢境中總是出現同樣的白色身影，他於我而言是那樣熟悉卻又遙不可及。剛才的那個夢中夢明顯是有什麼人在故意操控才讓我陷入其中，真實的臨場感讓我無法辨別夢境與現實，若不是我身上帶著天眼，我剛才就不會那麼快意識到不對勁而在贏萱的呼喚中醒來。

很顯然，這是有人想讓我徹底迷失在夢境深處，永遠不要醒來。

那麼這個能夠入侵我夢境的人，又會是誰？

我長舒一口氣，準備掬一捧河水潤潤乾澀的嗓子，剛一低頭，就見河水中的倒影並不是我自己，而是那名夢中夢的白衣身影。

我一個哆嗦坐到地上，不敢相信地揉了揉自己的眼睛，定了定神又向河水中看去。

河水中仍舊是我自己狼狽驚恐的倒影，那張熟悉卻陌生的、和我師父一模一樣的容顏。

是我太緊張而眼花了不成？不對，我剛才分明是看到了一名白衣書生，畫面真實詳細：那人眉眼清秀，右眼的眼角甚至有一枚精巧的淚痣，黑色長髮挽成髮髻，雖然面帶笑容，可是那笑卻沒有任何的感情色彩，彷彿是戴著一層精雕細琢的人皮面具，雖然看起來溫恭謙良，沒有任何的攻擊力，搖一把折扇微笑看著我，但是讓我望而生畏，如同我姜楚弦永恆的宿敵。

我可以肯定的是，這個人我定是從前見過。

可我一下子又想不起自己與他有過什麼瓜葛，更想不起他姓甚名誰。無奈，我站起身，搖搖晃晃地回到了他們的身邊。

「你還好吧？出什麼事了？」嬴萱看我走不穩，便急忙上前攙扶住我，靈琚更是關切地上前握住我的手，有模有樣地替我把起了脈。我走回到樹下坐好，用力搖了搖頭。

「可能是最近進入夢境的頻率和次數都太多了，導致我現在出現了一些副作用。」我強顏歡笑，輕描淡寫地對文溪和嬴萱說道。

文溪拿開靈琚的手，自己把上了我的脈搏，片刻之後文溪搖頭面色凝重地說道：「也可能是你體內的毒蟲未除，影響到了你身體的正常代謝。不過，你所謂的進入夢境的副作用，指的是什麼？」

我微笑著抽回了自己的手臂，瑟縮在灰布長袍中回道：「沒什麼，做食夢先生的，經常游離穿梭在別人的夢境裡，時間久了，自然會有時分不清夢境與現實，迷失在夢境深處永遠無法醒來。不過還好，我聰明，能看出夢境中的破綻，所以放心吧。」

嬴萱撇撇嘴：「切，還不是因為有天眼。」

我瞪了她一眼：「不說話會死嗎？」

文溪和尚看我還有心思和嬴萱拌嘴便放心地笑了笑，隨即起身朝遠處望去：「咱們走了這麼多天，終於算是接近雲南的地界了，今日楚弦身體不適，咱們就盡早找地方住下吧。」

「去撮一頓怎麼樣？」嬴萱用胳膊肘撞了撞我的後背。

我無心作答，低頭揮揮手示意大家出發。靈琚關切地跟在我身旁，生怕我一個不小心昏倒過去。雁南歸在前面領路，我們走出土路，朝著炊煙裊裊的村子走去。

# 2

這裡位於黔州與雲南的交界，距離昆明不算太遠。我一路上仍舊有些恍惚，他們看我精神不佳，便就近選擇了一個小村落。這裡比較偏僻荒涼，村子很小，定是沒有客棧旅店，只能找個大戶人家投宿了。

文溪和尚負責上前交涉，可是一連敲開好幾戶人家居然都被冷漠拒絕了，我們甚至拿出了錢財，但他們連門都不願意大開，隔著門縫就擺手拒絕了我們。

奇怪！這個小村子有點蹊蹺。

文溪和尚碰了一鼻子灰，無奈，我們只好在村子裡轉轉，看看有沒有能遮風擋雨的地方，先暫時安頓下來再說。

雁南歸翻身躍上一戶人家的房頂，張望片刻抬手指向了西北方向：「那裡有座破廟。」

我們順著雁南歸所指的方向走去，在幾棵古樹的映襯下，那破廟映入了我們的眼簾。這破廟雖然看起來破敗不堪，佔地不大，但裡面的東西倒是很全。

斑駁脫落朱漆的紅牆此時看起來寫滿了滄桑，脫了色的琉璃瓦邋遢地掛在頂部，正門頂上的匾額早就不知去向，只有幾根生了鏽的鐵釘在那裡固守崗位。

天色漸晚，寒風漸起。我從小跟師父流浪，住窩棚睡橋洞是早已習慣的事；雁南歸和嬴萱也都是粗人，想來對這些也沒有顧忌和要求；文溪和尚人又隨和，在少林苦行多年也沒什麼大礙。就是靈琚……小丫頭跟著我們風餐露宿的本就辛苦，夜晚還要跟著擠那陰森的破廟，想到此我就有些愧疚。

可是靈琚十分好奇地鑽入長滿蛛網的破廟中，抬頭看見了一尊石雕的佛像，身上的披掛早就蒙上了厚厚的灰塵，早已看不出原本的色彩。靈琚見狀，急忙虔誠地跪地磕頭，和之前把我當成神仙時的表現一模一樣，想來這小丫頭算是個懷著敬畏之心的信徒。

破廟雖然沒有大門，但是兩側的偏房保存完好，我們來到左側的房間，從外面田地裡找了些草垛鋪開，嬴萱蹲下用稻草編了張簡單的草席掛在窗子上，算是阻隔了一些外面的冷風。我在屋子中央生起一堆篝火，破廟的頂端正巧有幾個大大小小的塌陷結構，煙霧順著氣流剛巧飄散出去。

屋子裡頓時暖和了起來，我蜷縮在草堆裡，裹緊了身上的灰布長袍。嬴萱提了弓箭說出去走走，看能不能打來一兩隻野物。本來想著能大吃一頓，誰知道這村子如此窮苦，只能自食其力了。

文溪和尚隨同雁南歸與靈琚一併離開破廟，說是去想辦法找些吃的。身上帶的乾糧早就見底，這村子的人又如此有戒備心，想要討點兒吃的恐怕很難。

我揮揮手，瞇起了眼，身上還是一陣陣地發冷汗，不知道是毒蟲的原因還是心理恐懼的作用。

他們四人走後，破廟變得空蕩而安靜了起來。外面光線暗淡，只有我身側的火堆散發著微弱的暖光，搖晃的火苗將不規則的陰影放大在四周的牆壁上，斷裂的佛像和香爐滾落在四周，還有已經被腐蝕得不像樣的經文，凌亂地散落在角落之中。

不知道是錯覺還是怎樣，恍惚間我竟聞到了一股香火味道。我起身看了看角落裡堆積的香灰，便再次放心地躺下。

突然，一陣空靈的木魚聲從遠處傳來，我一個激靈便睜開了雙眼，渾身發緊，屏氣凝神細細聽去。

可聽了許久，除了頭頂偶爾鑽入的風聲，並沒有其他的聲音。

我真是神經衰弱了……我笑著搖搖頭，再度閉上了眼睛。

可是就在我閉上眼的同時，耳邊再次響起了空靈清晰的木魚聲！

那清脆有節奏的聲響像是踩著詭異的鼓點，正不懷好意地侵襲我的防線。我一個鯉魚打挺坐起身，抽出玄木鞭拿在手中，躡手躡腳向大殿方向移去。

我突然意識到，我們進入這破廟之後並沒有裡外全部搜查一番，而是直接進入了左側的偏房。或許，在這破廟裡還有其他人的存在。想到此，我便有些發怵，若是有什麼窮凶極惡的匪徒，我一個人根本不是他們的對手。

我探出腦袋，朝對面右側的偏房看了看。

大殿中央的石佛此時在光影的映襯下顯得面目可憎，早已失去了佛家慈悲為懷的憐憫，正端著詭異的微笑看著我，讓我一時間進也不是，退也不成。

算了，人不犯我我不犯人，都是淪落至此借住一晚罷了，只要互不打擾應該沒什麼大問題。我鬆了口氣，轉身就要回屋。

突然，一道凜冽的劍氣從我耳邊呼嘯而來，我下意識地抬手用玄木鞭迎上對手，同時迅速轉身撤步，不管來者何人，打是肯定打不過，倒不如先冷靜下來談判，這樣我或許還有點優勢。

「這位好漢，我並無惡意，只是借住一晚罷了！」我站定後不管三七二十一先行示好，可是眼前的景象卻讓我愣住。

我面前什麼人都沒有。

我方才明明是用玄木鞭接住了一擊不小的力道，可是，這人呢？

頭頂一陣陰風拂來，我背後屋內的火光閃動，光線的變形讓廟宇中充盈著鬼魅陸離的陰影，空蕩蕩的寺廟之中，我竟和無形的敵人莫名交手。

我一陣冷汗，雖說自己常年與夢境中的各種鬼怪打交道，可這裡畢竟是現實，身邊又沒有其他人，我終究是陷入了恐懼之中。我絲毫不敢怠慢，盡力捕捉身邊任何可能錯過的聲響。

只聽右側再次傳來呼嘯之聲，我彎腰一躲，同時抬手揮鞭。這次我有了心理準備，轉身之後迅速回頭向那力量來源看去，就見一道黃綠色的光線迅速鑽入了右側的偏房。

原來是速度極快，並不是無影無形。我吃了顆定心丸，深吸一口氣，主動往偏房走去。

剛邁入偏房，我就被躲在側角內的人冷不防地襲擊，我猛然退後一躲，閃過了對手的攻擊。可也正是這麼一擊，讓我產生了異樣的熟悉感，這種隔著門從側邊的攻擊為何如此熟悉？聯想到剛才看到的碧玉色光影，我頓時猜到了對手是何人！

# 3

「段希夷？」我站定後疑惑地問道。

偏房門後的人顯然沒想到我認出了他，停頓片刻後，那人便不再出手傷人，銷聲匿跡。

「嗯？」我看門後的人沒有反應，便主動上前試探。

「別進來！」門後傳來了那熟悉的聲音，仍舊是細聲細語，根本不像個男人。

我有些好笑：「還記得我嗎？在下姜楚弦，咱們在湘西有過一面之緣。」

門後傳來了甕聲甕氣的悶響：「知道。」

原來是認識的人，我頓時沒了戒心，雖然他手中的幽花玉棒很是凌厲，但最起碼是個明事理的主，說清楚之後不會再無緣無故傷人：「那個……我們沒有惡意，就是路過這裡借宿而已。」

門後的人不說話，顯然是並不想同我聊天。

「你要是不說話，那就算默認了啊，咱們井水不犯河水，你就別再拿你那幽花玉棒襲擊我，讓我睡個好覺，成嗎？」我撓撓頭，撇下一句話便轉身回屋。

「等一下！」屋內的人突然大聲呵斥，「你怎麼知道幽花玉棒的?!」

我莫名其妙地回身，想來這並不是什麼要緊的事，於是如實說來：「哦，那個啊，我們同行之人有位博覽群書的和尚，他上次見到你用幽花玉棒襲擊我，便認出了那是大理古國的國寶……」

我話音剛落，屋內的人猛然側身走出向我撲來，我來不及閃躲，被他手中的幽花玉棒正中小腹。

我痛得跪地不起，轉臉啐了口鮮血，用玄木鞭撐地艱難地看向他：「你幹什麼?!不是說好了井水不犯河水的，偷襲算個什麼！」

可是我剛說完，就震驚得說不出話來。

眼前站著的並不是我想像中的一位瘦小的公子，而是一名輕紗黃衫的少女，之前隱匿在斗笠中的長髮此時溫潤地散在肩頭，並不複雜的髮髻挽在腦後，上面還綴著橙色的流蘇，上次的那不合身的長褂此時早無蹤影，取而代之的是一套看起來雖然普通，但更顯得她嬌俏的琵琶襟黃色襖裙，橙色的鑲緄花邊如同綻放在衣角的茉莉花，讓我驚訝得說不出話來。

上次見面她還是個行事神秘的小少爺，這次換作是嬌俏可人、玲瓏有致的少女，這樣的轉變讓我有些猝不及防，上次被寬大褂掩蓋的曼妙身軀此時正放肆地在我眼前搖晃，柔軟無骨的身軀包裹著她此刻胸腔中的怒火，卻讓我不禁盯死了她的臉龐，許久無法移開。

那張明媚的臉頰沒有了斗笠的遮擋，如同那西域上等的美玉被巧手的工匠精雕細琢，卻絲毫沒有任何主觀的人工刻板，而是泛著自然柔亮的光芒。一雙宛如黑曜的雙眼正死死盯著我，明眸善睞，眼波微瀾，雖有怒火，但並不影響那美好的五官。細長的絨眉飛起恰到好處的角度，精緻小巧的鼻梁弧度讓頭頂的春光順勢滑下，水潤微彈的雙唇猶如含苞的花蕾，這種少女散發出的美好光芒，讓我早已忘記了身上的疼痛。

這是一個會發光的女孩。

「你看什麼！」段希夷看我雙目發癡便憤怒地向我呵斥，但在我聽來，更多的是一種嬌嗔，聽得讓我渾身一軟。

段希夷看我不說話，抬起手中通體碧玉的幽花玉棒就朝我揮來。

「壯士手下留情！」我抬手擋住段希夷的攻勢，嬉皮笑臉對她說道，「有話好好說，我這個人吧，對女人下不了手，這樣我很吃虧啊。」

可她根本不理會我，直擊我的頭部。我狼狽地一個翻身，那幽花玉棒雖然看起來並不像個正經的武器，倒像是小姑娘把玩的首飾，可是那用玄鐵打造的地獄幽花卻是鋒利無比，在我剛才坐的地方留下了一道新鮮的劃痕。

這姑娘真是要下死手啊！

我不知道自己哪裡得罪了她，明明這麼一個如花似玉的小美人，卻跟吃了炮仗一樣說點就燃，讓我有點吃不消。

我吃力地躲閃著她迅猛的襲擊，稍有不慎，那鐵花必定能讓我皮開肉綻。雖說牡丹花下死，做鬼也風流，可我姜楚弦又不是盲流之輩，這麼不清不楚窩窩囊囊地死，還不如讓我死在鬼豹族手中。

「有話好好說，能不能別這麼不講道理？」我抽身躲在廟中的柱子後面，避開了她的攻擊。我靈機一動，抬手迅速抓住了她揮出的手腕，然後紮穩下盤抬腳一掃，段希夷沒料到我會進行如此反擊，突然失去重心，向後栽倒。

我看她將要摔倒在地，急忙上前伸手攬住了她的腰。我本是懷著憐香惜玉之意，可沒想到段希夷卻怒火中燒，抬手就給了我一個耳光！

我姜楚弦從小到大還沒被人搧過耳刮子！我一氣急，腳下一軟，帶著懷抱裡的段希夷一起摔倒在地，正巧把她壓倒在身下。

完了完了。

空氣瞬間凝固，我倆都蒙了，身子僵硬不知該如何是好。我能感受到少女柔軟的身段和隆起的胸脯，隔著灰布長袍，清晰的身體契合感撲面而來。

我身下的段希夷更是漲紅了臉，一臉視死如歸地猛然用力抬頭撞向我的腦袋，我痛得眼冒金星，白眼一翻躺倒在地……這丫頭真是下狠手！

段希夷迅速抽身，抬手就將玉棒朝我喉間揮來。

我反應過來立即翻身，抬手攀附到了廟宇的廊柱上，隨即像是爬樹一般沿著它飛快上了橫梁，雙腿鉤住橫梁坐在上面，暫時躲過了段希夷不由分說的攻擊。

「哎你這個人怎麼這樣？有話不能好好說？」我坐在高處，警惕之心也隨之放鬆，看著眼下的段希夷直喘氣。

「你既是知道了我的身分，就下來咱們好好打一場，我若是輸了，我這項上人頭和幽花玉棒，統統給你便是！」段希夷那雪白的肌膚上泛著微紅，站在我身下抬頭望著我，由於破廟建築面積不大，因此橫梁並不算高，我還是得時刻提防著她。

我有些疑惑：「我為什麼要殺你？」

段希夷突然有些迷茫，收起了進攻的架勢問我：「你不知道我是誰？」

我搖搖頭：「切，我不僅不知道你是誰，還不知道你到底是男是女呢。」

段希夷警覺地兩眼一翻，那一身的鬼靈勁兒搭配著少女姣好的面容，讓我看得發癡。也就是趁此間隙，她突然抬手擲出了幽花玉棒，棒子朝我飛來。

完了，躲不開了……

只聽得「鏘」的一聲，段希夷的猛力被一道青光阻攔，那正是雁南歸的青鋼鬼爪，兩個短兵器相擊發出了刺耳的蜂鳴共振，我也因此躲過了段希夷致命的攻擊。

這野鳥回來得太是時候了。

段希夷明顯不是雁南歸的對手，不出三招便被雁南歸制伏。當他們看清了那黃衫女子正是那日旅店內的小少爺時，全部目瞪口呆說不出話來。

# 4

「那個……誤會，一場誤會……」我急忙上前打圓場。

「什麼誤會，要殺要剮隨便你，即便是死，我也不會被你敗壞了名聲！」段希夷不知好歹，抬眼瞪向我。

這話一出，嬴萱更是大吃一驚：「姜楚弦?!」

「什麼亂七八糟的！」我急忙辯解，「我沒對她做什麼啊，是她要了命似的非要殺了我！」可一想到剛才我將她壓在身下的情景，我便失了底氣。

文溪和尚似笑非笑地上前在我耳邊輕語：「你若不是對人家姑娘做了什麼壞壞的事情，人家姑娘至於跟你拚命嗎？」

我一把推開文溪：「想什麼呢！都說了不是那樣的！」

嬴萱冷眼看我，一跺腳，氣得轉過身去。

段希夷視死如歸，眼眶通紅地看著我們：「我堂堂大理古國皇族遺女，白族段氏公主，沒想到今日的清白竟然毀在你這種雜碎的手中！倒不如殺了我，給我一個痛快！」

我……這丫頭分明是在故意挑撥！這下算是跳進黃河也洗不清了。

「大理古國公主？」文溪和尚倒沒有在意段希夷的後半句話，反而被段希夷的身分所吸引。

段希夷猛然抬頭：「你們……你們不是哈努的手下？」

我一聽，立即大喜：「看吧看吧，我說了都是誤會了。快快快，給人家鬆開。」我轉臉對著雁南歸催促道。

「姜楚弦你要不要臉？還沒吃上呢就開始護食了？你過來，看我不擰斷你的脖子！」嬴萱酸溜溜地對我說。

「死女人你閉嘴！都說了不是你想的那樣！我是什麼人你還不清楚嗎？」我朝嬴萱翻了個白眼。

嬴萱撇撇嘴掐著腰離開：「你不就是動不動就悔婚的負心漢嗎，嘁。」

雁南歸夾在中間不知所措，看嬴萱走了，終究是猶豫著鬆開了段希夷。靈琚上前伸手將地上的段希夷拉起，還細心地幫她拍了拍沾了灰的衣裳。段希夷轉臉朝靈琚笑了笑，隨即仍舊是十分警覺地打量著我們。

我們幾人回側房內圍坐火堆旁，經過一番解釋，我們這才弄明白了事情的來龍去脈。

事情要從百年前，白族段思平一手建立起來的大理國說起。

大理國是宋朝時期以白族為主體的少數民族國家，正如之前文溪和尚所說，大理古國是個信奉佛教的國家，並且皇族段氏更是史稱中原武林世家，看方才段希夷的不凡身手就能窺探一二。

大理國自建國以來，經濟文化發展都達到了一個高峰，特別是宗教文化與本地民族宗教信仰高度融合，使得它在這麼長的時間內，一直能夠與中原和平相處，偏安一隅。

但是這種繁盛的局面並沒有持續多久，大理國就陷入了嚴重的統治危機之中。段思平所分封的諸侯雖然在一定程度上鞏固了國家的統治，但是也給後世的帝王們帶來了統治危機，諸侯據地自雄、王室力量極大削弱。各封建主和其他民族的一些貴族領主，經濟和政治地位也相應地得到鞏固，以致發展到同段氏王族分庭抗禮、爭奪權力的地步。

蒙古滅金之後，為了對南宋形成兩面包抄的夾擊戰術，決定先征服大理。一二五三年，忽必烈率領十萬大軍，兵分三路南下，長驅直入大理國，大理國內各部落紛紛投降。同年十二月，蒙古攻陷大理城，大理末代國君段興智棄城而逃，存續三百餘年的大理國滅亡了。

然而大理滅國之後，段氏皇族有一遺子僥倖逃出了蒙古人的魔爪，偕同夫人一併逃亡，抵達湘西東部，並在那裡定居下來，繁衍生息，相安無事地生活了幾百年的時間。可是最近幾年，不知為何突然出現了黑衣蠻荒之族前往湘西，在哈努的帶領下，大肆追捕當時大理古國遺存下來的皇族，企圖奪取大理國寶幽花玉棒。殘存的段氏一族無力抵抗殺戮，於是段希夷女扮男裝，在父母的幫助下帶著幽花玉棒逃離了湘西，也就是在那個時候，與我們有過一面之緣。

再後來，段希夷一路逃亡抵達這裡，在廟內休憩之時聽到我們的動靜，以為是那些蠻族，因此才大打出手。

「可是後來我不是表明了自己的身分麼，你還下死手幹嘛？」我不滿地瞥了段希夷一眼。

段希夷有些臉紅：「我……我看你們的路線和我相同，還以為你們是一路追著我到這裡的。萬一你們是那些蠻族的同伙，我一人根本不足以對抗你們，倒不如趁你落單，先下手為強。」

我聽後連連搖頭：「我們對你那破棒子可沒興趣。」

文溪和尚擺手打住我的話語，轉而向段希夷問道：「你所說的哈努率領的蠻族，可是最近幾年異軍突起的種族？」

段希夷點點頭：「我們只知道為首的人叫哈努，看他們的打扮，倒像是北方的少數民族，可是他們的語言我根本沒聽過，所以至於他們到底是蒙古人還是其他族人，我其實也不清楚……」

「力大無比，形如獸人，如同原始人般外形骯髒粗礪，絡腮鬍鬚，多是手持雙錘？」文溪和尚追問道。

段希夷連連點頭：「不錯不錯！」

我們面面相覷。

鬼豹族……他們要這幽花玉棒有何用？

文溪他們帶回了一些紅薯和野果子，贏萱打了隻兔子，簡單處理之後就串上木枝連同紅薯一併烤了起來，不多時，野物的香味撲鼻而來。我們六人圍坐在篝火前，邊處理著食物，邊攀談了起來。

「鬼豹族？」段希夷必然是第一次聽到這對手的名號，疑惑地看向我們。

於是，我將鬼豹族近年來利用蠱術和噩夢增強妖力而異軍突起，進而攻打東西南北四極門的情況簡單給她講解了一番，又將我們幾人與鬼豹族的恩怨對她和盤托出，迅速與她統一了戰線。

「這麼說，你們也是在躲避鬼豹族的追擊？」段希夷蜷縮在角落裡，嬌小的身軀瑟縮在青蘿黃衫之下，猶如一隻冬日取暖的小貓。

文溪和尚搖搖頭：「我們與你不同，我們是在想辦法尋找鬼豹族的蹤跡，一是為了找尋姜楚弦的師父，二來是為了替雁南歸報滅族之仇，三來……是要尋找我失蹤的妹妹。」

「根據你的描述，追捕你的哈努，應該是鬼豹族四長老之一的血竭。他形如獸人，原始粗礪，力大無窮，手下的鬼豹軍隊也都是如此。」我補充道。

段希夷突然轉頭看向我，沒有被所謂的四大長老吸引，而是用她那一雙明媚的大眼上下打量著我：「你叫姜楚弦？」

我被她突然點名，於是有些慌亂，再想到剛才打鬧中出現的曖昧巧合，更是讓我猛然間臉頰漲紅：「怎、怎麼了？」

「姜楚弦，你們要保護我。」段希夷大言不慚，一副理所應當的表情。

# 5

嬴萱早就坐不住了，我看她從剛開始就對段希夷看不上眼，聽段希夷這麼說，更是像一枚點著了引線的炸藥，將手中剝了一半的烤紅薯用力往地上一丟，大聲呵斥起來：「喂！你父母怎麼教你的？請別人幫忙是這樣說話的嗎？我看你是當公主當習慣了吧？我告訴你，現在這樣的情況，你若是想活命，就低聲下氣地求求我們，說不定老娘心情好就應了你呢？」

段希夷卻根本沒有理會嬴萱，站起身走到我的面前，死死盯著我的眼睛說道：「就這樣說定了。」

「哎，你這人……老娘還沒見過比我更沒教養的呢！」嬴萱氣得一腳踢開了身邊的石塊，那石子飛起就朝著段希夷劃去。

我急忙伸手拉住段希夷，她隨著我的力道一彎腰，剛巧躲過了石子。

「嬴萱你幹嘛呢！」我起身擋在段希夷身前。

嬴萱一臉嫌棄地撇撇嘴：「呸，姜楚弦，我還真沒看出來你是個憐香惜玉的人哪？」說著，她便翻了個白眼一甩辮子轉身走出了破廟。

「萱姐……」雁南歸似乎有些放心不下嬴萱，外面畢竟已經夜色濃重，這荒涼的村落本就奇怪，萬一遇到什麼危險也說不準，說著，雁南歸就起身追上了嬴萱的腳步。

「她就這樣，脾氣不好，你多擔待哈。」我看雁南歸追出去了，就放心地轉身笑著對段希夷說道。

可段希夷並不領情，一把甩開了我的手：「你不用給我說好話，如果我告訴你們這幽花玉棒的用途，你們自會求著來保護我的。」

我和文溪和尚怔住，就連一直低頭啃紅薯的靈琚也好奇地停住嘴，抬頭看向段希夷。

「這幽花玉棒，其實是一把鑰匙。」段希夷放低了聲音說道。

「難道說……」我已經猜到了段希夷的意思。

「不錯，」段希夷點頭道，「這是控制天晷的鑰匙，即便你們所說的那些鬼豹族攻破了神獸守衛的四極門，沒有這幽花玉棒，也休想讓高速正序運轉的天晷停下，有了它，才能控制正序運轉的天晷。」

我同文溪和尚面面相覷，這也就意味著，只要我們保護好這位大理古國公主手中的幽花玉棒，鬼豹族的詭計就無法得逞，這也讓我們掌握了足夠多的主動權。

文溪和尚突然笑了笑，起身抖了抖袈裟走到段希夷身邊。段希夷不知文溪要做什麼，警惕地後退。可文溪卻仍舊是一臉微笑地看著她，步步緊逼，直把她逼到了角落之中：「可是，你就沒有想過，你把這些事情都告訴我們，不怕我們把你殺掉，搶走了你的幽花玉棒，去和鬼豹族來一筆交易嗎？畢竟，我只是想找回我的妹妹而已。」

段希夷被文溪推至牆根，卻毫不畏懼地挑嘴一笑：「不可能。」

「你憑什麼這麼相信我們？」文溪和尚不溫不火地湊近段希夷問道。

「沒有我，你們誰也無法操控幽花玉棒。這玉棒的口訣，只有我們大理段氏才知曉，而現在，段氏僅剩下我一人。所以說，你們是要保護我，還是看著我被鬼豹族抓走？」段希夷的臉上浮現出了成竹在胸的微笑，鬼靈精怪的眼神中透露著一絲得意與驕傲，但這些東西轉瞬即逝，在提到段氏僅存她一人時，反而被強烈的悲傷所代替。

文溪和尚沒想到事情會是這樣的走向，轉頭看向我，我倆短暫交流了意見後決定，將段希夷好生帶在身邊。

靈琚和雁南歸肯定沒什麼意見，倒是嬴萱早就看段希夷不順眼，也不知這莫名的抵觸從何而來。我把自己的疑惑提出，文溪和尚卻一副看傻子的表情盯著我，隨即噗哧一聲大笑道：「哈哈哈，姜楚弦，你是真傻還是假傻？你到現在都不了解嬴萱對你的感情麼？」

我愣住，下意識地看了坐在火堆旁吃著紅薯的段希夷和靈琚，然後迅速拉起文溪和尚走出偏房，來到四下無人的角落裡低聲對文溪說道：「你說什麼呢，我倆什麼都沒有！」

「可是嬴萱不是說過，你倆可是有婚約的？」

我頭擺得如撥浪鼓一般：「胡說！那都是小時候不懂事的事情，現在誰還記得。」

文溪突然換了副嚴肅的表情，溫恭的微笑驟然消失：「姜楚弦，你這可不對了。既然有言在先，即便是個玩笑，可你不當真，沒準人家當真啊？再說了，就算你並不打算履行你這個婚約，可你也應該盡早給人家說清楚，不然這般拖下去，可是大忌。」

文溪和尚說得不錯。

我從未正視過自己對嬴萱的感情，我整天心裡都在思索著該如何找到師父，如何揭開謎題，根本就沒有考慮過什麼感情上的事情。雖然成天聽著靈琚一口一聲地叫著嬴萱「師娘」，可在我看來也不過是個普通的稱呼而已，並不代表什麼。經文溪這麼一說，我意識到自己的確從來沒挑明了跟嬴萱說起關於那十年前兒戲的婚約，這麼看來，我的確做得不厚道。

文溪和尚看我沉思，於是繼續說道：「再者，我看你對那段希夷似乎有點心思，即便她說的那些看似很有道理，可她畢竟是個來路不明的丫頭，做事風格又心狠手辣，我勸你最好不要中了她的美人計。」

「我、我哪有！」文溪一提段希夷，我立即避開這個話題。

文溪搖搖頭：「你別裝了姜楚弦，你一見段希夷就兩眼泛光，我們又不瞎。」

我臉一紅別過頭去：「一面之緣而已，哪有那麼多文章，你想多了。」

文溪語重心長地說道：「和你相處了這麼久，自然知道你是什麼樣的人。雖然你嘴上總是跟嬴萱吵吵鬧鬧的，一副嫌棄她的樣子，可我知道你是刀子嘴豆腐心，可是感情這種事情，你不能總是逃避，如果沒有這念想就盡早做個了斷，這樣不管對誰都好。人家嬴萱本身跟鬼豹族沒任何牽連，本可以回草原去過她安然無憂的生活，可現在，人家心甘情願跟在你屁股後面幫你照顧靈琚，還捨了命隨你去夢境中冒險，你都從來沒有想過，她這麼做，是為什麼嗎？」

「她……她還不是為了好玩……」我一時間不知如何作答。

文溪抬手敲在我的頭上，疼得我一個激靈：「姜楚弦，你這感情經驗也太缺乏了吧？要不是打心底喜歡你，哪個女人願意把腦袋拴在褲腰帶上跟著你冒險？你別給我說，你從來沒和女人——」

「什麼亂七八糟的！」我急忙打斷文溪和尚的話，「是，我感情經歷沒你豐富，可我也沒想過這些啊，我一心就想找到我師父，弄清楚我的身分來歷。在這之前，我是不會和女人有任何感情交集的！」

文溪和尚猛然從我的話中捕捉到了線索，驚訝地望著我，隨即一臉壞笑地圍著我轉了一圈，上下打量著我說道：「姜楚弦，你不會是心裡早就有人了吧？」

我心頭一驚。這花和尚難不成會看相？不行，這麼聊下去，我連一點兒隱私都沒有了，再被他發現我還是個雛兒，那他不更變本加厲地嘲笑我？我一把推開他，不再說話，回身走進寺廟。

「在自己沒資本給對方許諾的時候，千萬莫沾情！這是忠告！」文溪和尚朝著我的背影說道。

我回屋繞過靈琚和段希夷，躺在角落裡，將自己埋在草垛之中，我反覆斟酌著文溪和尚的話，輾轉反側，煩躁不安。

我這是怎麼了？

「千萬莫沾情」，這句話我不是第一次聽，從前跟在師父身邊，每當他喝醉之時都會這樣忠告我，他說，我們的命運就是如此，注定永生永世孤身一人。姜潤生那眼神中透露出來的不僅僅是撕心裂肺的哀傷，想到之前他與血莧的糾葛和寶璐姑娘的離去，恐怕也是因此而傷。

我本從未考慮過感情這種事，甚至曾經不屑一顧地認為，小情小愛這種事情是絕對不可能發生在我身上，可現在經文溪和尚這麼一說，反思上下，自己在這方面的確做得不妥，就單單拿我對嬴萱一直以來的態度來講，就是我的不對。其實，我並不是對嬴萱毫無感覺，從始至終的逃避也不是不相信愛情，而是我不相信自己足夠幸運能擁有它。

不知為何，我突然想起了當初收服血莧時，她那帶著怨氣的詛咒：「姜潤生，我詛咒你……不管你換幾副身軀，你也永遠逃不出這可悲的輪迴！」

我搖搖頭坐起身，想起從始至終都是孤身一人不得善終的師父，心情莫名沉重了起來。

「真是個麻煩的女人……」我披上長袍走出破廟，跺跺腳沿著小路去尋找嬴萱的身影。

# 6

雁南歸之前已經追出去了，卻遲遲不見回來，總不至於是發生什麼變故吧？我有些擔心，加快了腳步。

沿著小路來到村子裡，此時夜已經深了，只有零星的幾處燈火。突然一陣酒香飄入我的鼻腔，我了然於胸地歎了口氣，便朝著不遠處一個簡陋的酒館走去。

酒館只有三張木桌，一張圍坐著幾名高壯的少數民族漢子，一張坐著昏昏欲睡的小二，還有一張，正是那個死女人。我不動聲色地走近她，只見她要了整整一罈老酒，就著花生、毛豆正在猛灌自己。我無奈搖頭坐在她的對面，一聲不吭地看著她因醉酒而漲紅的臉頰。

「看什麼看……沒、沒見過美人啊?!」嬴萱不知好歹，冷笑道。

我不知該說什麼好，我甚至不敢確定她現在這副模樣到底是因為我的薄情寡義，還是我無意識地袒護段希夷，戳到了她的痛處。

「別喝了。」我抬手攔下她舉杯的手說道。

嬴萱沒理會我，手腕一發力就掙脫了我的束縛，仰頭一飲而盡。

「我知道你們草原人愛豪飲，可是你這種喝法對身子——」

我話還沒說完就被嬴萱打斷：「我身子怎麼樣，關你屁事？」

我的話被嬴萱生生給堵了回去，我自知不佔理，只好作罷，抬手拿了個空碗倒了杯酒，陪同嬴萱一飲而盡。

「你幹嘛？」嬴萱一臉疑惑。

我二話沒說繼續給自己倒酒：「不就是喝酒嗎？喝完了就老實跟我回去，大半夜的你一個女人在外面喝酒成何體統？」說著，我強撐著再次一口悶。說實話我是不擅長喝酒的，不說和我師父那個老酒鬼比，就連嬴萱我也根本喝不過。可是眼下我明白自己怎麼勸都是沒用的，只能用行動來證明。

嬴萱不甘示弱，邊喝邊罵：「姜楚弦你有病啊？你再搶老娘的酒，我就……」

「就擰斷我的脖子嗎？來啊，有本事就擰擰看？」不知道是因為趁著酒勁還是怎樣，我居然不再忍氣吞聲，而是硬生生地反駁了回去。

嬴萱見我態度強硬，像蔫了的花一般，不再吭聲，悶頭喝酒。

我倆互不相讓，不一會兒，酒罈就見了底。

「死女人，真是夠麻煩，這下，這下行了吧？肯跟我回去了吧？」我頭昏腦脹，暈暈乎乎地起身去屋裡結賬，嬴萱早已不省人事，趴在桌子上一會兒哭一會兒笑的，不知道在犯什麼病。

我將錢遞給小二，用手撐在桌子上緩了好半天才抑制住自己天旋地轉的世界，這才挪著步子往屋外走去。

剛一出門就見那一桌漢子圍坐在了嬴萱的身邊，嘴裡講著不乾不淨的話，給嬴萱面前的酒碗中再次倒滿。

「從沒見過這麼能喝的女人，來，陪我們哥幾個喝一個。」其中領頭的漢子笑著端起酒碗放在嬴萱面前，那死女人也不知道是真的喝醉了還是怎樣，居然不反抗，張嘴就灌了進去。

「厲害啊！」旁邊的漢子也都附和起來，其中一名更是抬手往嬴萱的肩膀上放。

啪——

我上前一巴掌拍開了那人的手，冷眼掃視著對方：「拿開你的髒手。」

那幾個人見我是個弱不禁風的白面小生，頓時哈哈一笑，根本沒把我放在眼裡：「這位小兄弟，你斷奶了嗎？怎麼能偷喝酒呢？」

我不說話，就是死死盯著他們。嬴萱趴在桌子上跟著他們大笑，還舉起手中的酒碗吆喝著「滿上、滿上」。

領頭的那名漢子站起身走到我身邊，抬手用力拍在我的肩頭，震得我半個身子都發麻：「我勸你少多管閒事。我們搞我們的人，你最好還是別摻和。」

我不屑地笑了笑，迅速轉身一把掀翻了桌案，抄起椅子毫不猶豫地揮向那人的腦袋：「你才是少管閒事！沒看見剛剛我們在喝酒嗎？我搞過的人……你搞什麼搞?!」

木頭椅子在那人頭頂應聲而碎，一旁的嬴萱頓時清醒起來：「姜楚弦？」

我也是有些上頭，因太過用力而站不穩，一個趔趄坐在了地上。

旁邊的人見自己的頭頭遭了暗算，登時挽起袖子氣勢洶洶地朝我走來。我坐在地上眼花繚亂，連對方是幾個人都數不過來。

一聲悶響，我被來人一拳打在了臉上，我無力反抗，抑制不住地反胃。

「喂，」突然，嬴萱起身擋在了我的面前，面對五大三粗的漢子根本毫無畏懼，她歪了歪頭活動了一下手腕，上前一把掀翻了對方最為壯碩的一名，用力鉗制住對方的手腕一甩長辮子說道，「經過我同意了嗎？」

「什……什麼……」那人的手臂被翻轉抵在背後，痛得齜牙咧嘴。

嬴萱抬腳踢在他的屁股上：「欺負我的人，經過我同意了嗎！」嬴萱猛然發力，根本不像是醉酒的狀態，三下五除二便將對方揍得屁滾尿流，小二嚇得躲進了屋裡鎖上門，一片狼藉過後，對方狼狽逃竄，嬴萱長舒一口氣回身看了看我，不屑地搖了搖頭。

「真沒用。」嬴萱伸手拔了根狗尾巴草叼在嘴裡，邪笑著將我拉起來。

我氣不打一處來，也不知道哪裡來的勇氣一個箭步擋在她面前，一把將她口中的狗尾巴草拔出來，隨即迅速用自己的嘴堵上了她那不屑一顧的話語。

時間彷彿是定格在了這個詭異的瞬間，殘破的小酒館，滿頭大汗的嬴萱，醉酒恍惚的我，還有這潑墨般的深夜……什麼「千萬莫沾情」的忠告，什麼逃不出的可悲輪迴，什麼注定孤身一人的結局，都統統見鬼去吧！

直到嬴萱一把將我推開，這個粗魯懵懂卻真摯的吻才徹底結束。嬴萱一副見了鬼的模樣轉身拔腿就跑，一溜煙便消失在密林深處。我怔怔地留在原地，猩紅的鼻血順著嘴角滴落。

我一定是，被打壞了腦子。

# 7

昨夜出去找嬴萱，結果一個人大醉而歸，倒頭就睡，昏昏沉沉也不知道睡了多久，直到感覺自己被人搖醒，坐起身才發現早已天明。我揉了揉惺忪的睡眼，只見靈琚跪在我的面前，拿小手晃著我的肩膀，一臉焦急地看著我。

「師父師父，快起來！」靈琚粉雕玉琢的臉頰上飄著緋紅，水汪汪的大眼如同荷葉上的露珠。

「怎麼了？」我溫柔地回應，同時抬眼看了看四周，卻見只有段希夷一人坐在角落裡生火，見我醒來，就起身向我走近，頭一歪朝我問道：「睡夠了？」

我記不清自己昨夜到底是怎麼回來的，記憶最後定格在那個生硬的吻上，想到此我便不由得臉紅。我急忙轉移注意力，站起身拍了拍長袍上的雜草，疑惑地問道：「怎麼回事？其他人呢？」

靈琚急切地拉著我的衣袖說道：「昨晚師娘和小雁都沒回來，今早和尚師父就出去找他們了，可是到現在也沒個消息。」

「什麼？嬴萱和野鳥他倆昨夜沒回來？」我大吃一驚，這村子本就古怪，按照雁南歸的性格，即便是發生了什麼事情耽擱了也肯定會打個招呼的，而且嬴萱昨夜一人鑽入了密林之中，該不會是迷路……難道他們真的遇到了什麼不測？

我急忙拿起玄木鞭走出破廟四下張望，同時焦急地轉頭對事不關己的段希夷吼道：「怎麼不早點叫醒我？」

段希夷跟在我身後一愣，沒想到我會突然遷怒於她，於是哼了一聲沒有理會我。

這下可如何是好？我若是此時帶著段希夷和靈琚出去找他們，萬一遇到什麼危險，雖然段希夷的身手也不錯，可如果對手是鬼豹族，那我們不一定佔上風。況且文溪早已出去尋找，若是剛巧錯過，免不了又是擔心。於是，即便是再著急，我也決定留守原地。

「師父，小雁他……」靈琚擔憂地站在破廟門前，將自己半個身子吊在外面，憂心忡忡地說。

我找來了破陶器燒了點熱水，回頭安慰靈琚道：「放心吧，野鳥一向很可靠，他們沒準就是迷路了。」說到此也提醒了我自己，我起身找了些乾枯的樹葉在院子裡引燃，裊裊的煙霧升騰鑽入天際，給未歸的人指引方向。

說到底，我還是在擔心嬴萱。經過昨晚上那麼一折騰我更加後悔了，一時衝動的一吻，更是將我倆說不清道不明的關係給複雜化了，現在根本不是談情說愛的好時機，我也沒辦法給那女人任何的承諾，甚至是將來的冒險我都無法保證自己的安危，又拿什麼東西去許諾呢？

段希夷走到靈琚身邊，輕輕拍了拍她嬌小的肩膀：「進屋吧，外面風怪寒的。」

靈琚聽話地牽著段希夷的手回到屋內，坐在火堆旁，可眼神仍舊飄向窗外。

段希夷看著靈琚，隨即噗哧偷笑，湊近我撞了撞我低聲問道：「你徒弟這麼小就談戀愛？」

「去去去，瞎說什麼呢。」我被段希夷打斷思緒而不耐煩地揮揮手。說實話，文溪和尚說得不錯，第一次見段希夷女裝的確是有驚豔到我，那種如同嬌俏小茉莉般的靈動和嬴萱五大三粗的豪放截然相反，或許正是因為這個我才會多看段希夷兩眼吧……我不停地說服自己，卻更加陷入了矛盾和苦惱之中。段希夷似乎看出了我心神不寧，於是也不再自討沒趣，聳聳肩不說話了。

我們各自沉默了許久，直到段希夷站起身走到窗前，遙望著遠方輕聲說道：「其實這個村子有不少怪事，我頭一天來的時候就覺得有些古怪了。」

「說來聽聽。」我低頭用樹枝擺弄著越燒越旺的篝火，漫不經心地說道。段希夷轉過身來，掏出幽花玉棒對我說道：「你看，這朵地獄幽花是我們大理國的國花，所以在雲南的不少地方都有種植。這種花很神奇，夜晚能發出熒熒光亮，並且相傳，它是通往地獄幽冥的引路花……」

「能解百毒。」我頭也沒抬地說道。

「你怎麼知道？」段希夷嘴巴一嘟，不滿地看著我。

我擺擺手沒有回答她的問題：「你接著說。」

段希夷沒好氣地哼了一聲，繼續說道：「可是這種花還有一種更加神奇的功效，它的光能夠照出鬼形。而且，我來到這村子裡的第一夜就在一戶人家的院子裡發現了地獄幽花。」

「你說這裡就有地獄幽花?!」我一怔，急忙問道。

段希夷狐疑地看著我：「你找地獄幽花幹什麼？」

我將自己身中鬼豹族毒蠱的事情告訴了她，她不可思議地上前捏了捏我的胳膊，臉上滿是掩蓋不住的驚愕：「你……你是說，你這身子，是死而復生的?!」

我打掉她的手沒接腔，不敢想像，我若是告訴她，我是從西周古墓的石棺中誕生，並且能活不多不少剛好一百年，如此好奇的她該會多錯愕，會不會把我扒光了好好研究一番。

「先不說這個，你先說，那戶種植地獄幽花的人家發生什麼了？」

段希夷回過神來：「哦，對……我半夜起來，看到那家院子裡散發著熒熒綠光，我知道是地獄幽花就沒多想。可誰知道，他們家的屋頂上突然鑽出了一個白色圓潤的球體，移動速度很快，身體軟糯且有彈性，晃動著就消失了。我追上去看，卻根本沒有任何蹤跡。接著第二天早上我打水路過那戶人家，就發現他們家紮了花圈，正出殯呢。」

「你是說，那白色的球體殺了人？」我思索著。

段希夷點點頭：「雖然我不知道那是什麼，但是地獄幽花照見的東西，定是妖魔邪物。於是我就遠離了村子，來到這破廟裡休息了。」

段希夷這麼一說，我和靈琚都更加擔心了。能殺人於無形的白色軟體球形生物正藏匿在這個村子之中，但願他們都能平安歸來。

我開始有些懊惱，若不是昨日我和嬴萱拌嘴，她不至於一個人跑出去喝酒……事情因我而起，可我現在除了坐在這裡傻等什麼都做不了，這種感覺讓我近乎瘋狂。

「快，先進來再說！」

突然，文溪和尚的聲音從外面傳來，我們三人驚喜地起身開門。只見文溪和尚一身狼狽地揹著昏迷的嬴萱推門而入，與我們撞了個滿懷。

看到人沒事，我頓時鬆了口氣。

靈琚跑上前，盯著文溪急切地問道：「和尚師父，小雁呢？」

文溪神色慌張，面色凝重，一時語塞，就那樣表情複雜地站在門前。

靈琚瞬時紅了眼眶。

# 8

「靈琚……」

在文溪和尚身後，一個模糊的黑影伴隨著虛弱的聲音閃入門中，踉蹌著跌倒在我們面前，剛巧倒在了靈琚的懷中。

定睛看去，那正是重傷的雁南歸，胸口被什麼利器給殘忍撕裂，血已經簡單止住，但仍舊看起來觸目驚心。

「對不起靈琚……害你擔心了。」雁南歸抬頭望向驚呆了的靈琚，艱難地吐出這麼幾個字，便頭一歪昏倒過去。

「師父！」靈琚瞬間飆淚轉身求助於我，我急忙和段希夷上前將雁南歸攙扶起來，安置在偏房的草垛上。

文溪和尚將背上的贏萱也放下，隨後抓起藥箱就撲向雁南歸：「靈琚，止血！」靈琚抬手抹乾眼淚就去拿藥簍，強忍住哭迅速將幾株草藥搗碎，黏在紗布上遞給了文溪和尚。

這邊，文溪轉眼看到了我燒的熱水，起身就端起放在腳邊，從藥箱中抽出了幾枚金針和精巧的小刀，統統丟入煮沸的開水之中進行消毒。

我也沒閒著，繞到另一邊卸下了雁南歸黑色的鎧甲，撕開那打底的緊身衣，一條如同萬丈溝壑般的刀傷從左肩一直延伸到右側下腹，幾乎要將人砍成兩截。

我從行囊裡找出乾淨的衣服撕開，撒上消毒的草藥便擦拭起那已經結了痂的傷口邊緣。

我清理傷口下手雖然很輕，但畢竟是皮肉外翻的重傷，想到之前雁南歸告訴過我，半妖所承受的痛苦是人類的一倍，我不敢下手，生怕弄疼了他。

「他現在已經失去意識，感受不到疼痛，你只管下手！先將傷口清理乾淨，我這邊就準備縫合。」文溪和尚有條不紊地準備著縫合傷口的工具，靈琚在一旁打著下手，眼神卻根本不敢看雁南歸一眼，噙著的淚花似乎隨時都有可能掉下來。

段希夷看這邊手忙腳亂也幫不上忙，於是轉而去旁邊照顧嬴萱。好在嬴萱沒有外傷只是昏迷，段希夷拿熱水燙了毛巾，細心地給嬴萱擦臉。

「姜楚弦，」文溪和尚突然停下了手中的動作抬頭看向我，眼神表達的情緒十分複雜，猶豫片刻，才下定了決心說道，「你帶靈琚出去。」

靈琚一聽這話，頓時知道了此刻情況的危急，眼淚嘩啦便跌落在地：「不要啊和尚師父！你讓我在這裡幫忙照顧小雁吧！」

文溪突然提高了音調，轉頭對靈琚怒斥：「出去候著！沒有我的允許，你們誰也不能進來！」

我看平日連說話都溫聲細語的文溪和尚竟然動了怒，便知曉雁南歸這下恐怕是凶多吉少，即便傷口縫合，可他失血過多再加上身負內傷，哪怕是華佗再世也沒有十成的把握。我明白了文溪和尚的意思，與其讓靈琚親眼看著雁南歸死去，倒不如先支開她。

我二話沒說站起身，抱起哭鬧的靈琚，示意段希夷跟我出來。段希夷關上寺廟大門之後，靈琚仍舊在我懷中掙扎著哭喊：「小雁！師父……求求你就讓我守著小雁吧！」

我咬緊了牙關沒有鬆開手，一狠心，抱著靈琚朝遠處走去。

只有十二萬分的安靜，才能保證文溪和尚的治療，我抱著靈琚拉上段希夷，尋了個隱蔽的林子坐下。

靈琚哭了一路早已筋疲力盡，臉上掛著淚痕伏在我的肩頭沉沉睡去。我鬆了口氣，將她放在樹下，脫下了灰布長袍蓋在她的身上。

都怪我……若不是我昨日與嬴萱鬧彆扭，事情也不會發展到這種地步……我一拳捶在旁邊的樹幹上，驚飛了一群南歸的飛雁。

段希夷有些愧疚地遠遠站著，盯著遠處破廟的方向，竟不由得落起淚來。

「你怎麼了？」我轉身看向她，只見她哭得梨花帶雨，看得讓人動容，還不停地用纖細的十指擦拭著自己的眼淚。

「我……都是我不好……」段希夷沒了之前大理公主的嬌蠻架子，反倒是像個犯了錯的小孩，不知所措地站在那裡，想要補救，卻不知該如何是好。

「我知道萱姐不喜歡我……我昨日不該那樣蠻橫無理……是我不好……」段希夷這麼一哭，反倒讓我更加愧疚。這事情說白了誰都不怨，嬴萱和段希夷都沒有錯，錯的是夾在中間的我，我不該因袒護段希夷而對嬴萱發脾氣，兩個都是女人，我更不應該仗著自己和嬴萱的熟識而做出有失偏頗的事情。

一直等到中午，我和段希夷摘了些果子，並且在林子裡的小河中抓了幾條魚，不管雁南歸能否挺過這一關，生活總歸是要繼續。靈琚已經醒了過來，不哭也不鬧，平靜得讓我都有些害怕。

我們帶著東西一併往破廟走去，還未走近院落，就看見疲憊的文溪靠在窗前冥思。見我們回來，他急忙起身開門。

雁南歸的傷口已經縫合，但仍舊昏迷不醒；嬴萱也不知為何陷入了深度的睡眠，身上並無傷痛，只是遲遲無法醒來。

靈琚趴在雁南歸的身邊，用小手輕輕撫摸著雁南歸冰涼的手臂，柔聲細語地叫了聲「小雁」。

「怎麼樣？」我拉文溪和尚到角落裡輕聲說話。

文溪搖搖頭：「我也不確定，傷口太長太深，幾乎傷及內臟，我能做的都做了，剩下的，只能看造化了。」

「那嬴萱呢？」我追問道。昨夜和嬴萱分別的時候她的確是喝了不少酒，但根據她的行為和語言判斷，那樣的酒量根本就沒有喝醉，又是為何一夢不醒，陷入如此深度的睡眠？

文溪和尚這時才回過神來，眉頭緊皺問道：「姜楚弦，你知道除了你之外，還有誰擁有食夢貘麼？」

我怔住：「你……這是什麼意思？」

食夢貘，一直以來都是一種傳說中的神獸，以人類的噩夢為食，通體圓潤光滑，長著一雙貓瞳和可以無限擴大的嘴巴。我對食夢貘的認知，僅僅是通過我師父的講解和飼養在我身邊的阿巴，除了阿巴，我並沒有在其他地方見到過食夢貘的身影。

文溪和尚擔憂地說道：「我今日在山林裡看到了倒在那裡的他們，嬴萱沉睡不醒，雁南歸靠著強大的意志力撐到我前來，在雁南歸失去意識之前，他只對我說了一句話。」

「是什麼？」我緊張地追問。

文溪和尚一字一句地說道：「嬴萱她……中了食夢貘的招。」

我怔住，阿巴一直都在葫蘆中從未現身，聯想到之前段希夷所說，那戶死了人的人家房頂上圓潤的球體生物，我不禁一身冷汗。難道說除了我之外，還有其他的飼養食夢貘的食夢先生存在?!

Chapter 07

# 風花雪月

# 1

「段希夷，你所說昨日死人的那戶人家在哪裡？」我急切地轉頭問道。

段希夷愣了片刻，茫然地回答：「就、就是東北角那裡的一家……」

雁南歸身上的刀傷，根本不可能是阿巴那樣溫順的食夢貘造成的，再加上嬴萱的深度昏迷，我幾乎可以斷定，在這個偏僻的村子裡，還有一位攜帶著食夢貘的食夢先生，出手狠辣，不知出於怎樣的原因，要取雁南歸和嬴萱的性命。

「帶我去看看！」我迅速提起玄木鞭走出廟門，留一臉茫然的文溪和尚待在原地。

段希夷努力跟上我飛快的腳步，雖然她不知道到底發生何事，但看我嚴肅的表情就知道此事非同尋常，一邊回憶著路線，一邊在前面給我帶路。

拐過兩排土房，就聽見哀樂陣陣傳來，那白花夾雜著紙錢漫天飄撒，哭喪的人擁在門口堵住視線。我停下來整了整衣襟，從懷裡摸出了幾道之前畫的符咒拿在手裡，這才信步朝那戶人家走去。

段希夷跟在我身後，一臉莫名其妙。

職業習慣，我走入院中先行對屋子裡的人進行探夢，發現並無異常之後才上前與主人攀談。我謊稱自己是作法的道士，途經此地看到有人發喪，遂來祈福超度。主人聽後並沒有起疑心，將我領了進去。

我來到屋內上下巡視一番，隨後佯裝唸咒，同時緩慢靠近死者。死去的是一位老人，面色平靜，不像是橫死，反像是壽終正寢。我裝模作樣地撒了幾張黃符，隨後就走出了屋子，回到主人身邊。

我故弄玄虛地拉住那位年輕的青壯年問道：「敢問這位……老者死前，可有什麼奇怪的徵兆？」

那青壯年愣了愣，隨後四下張望，將我拉到一處無人的角落裡低聲說道：「實不相瞞，這位高人，死的是我父親，之前，家父一直重病在身，本該壽終正寢，可是拖了大半個月，父親一直吊著一口氣不肯咽，直到前夜發生了一件怪事，這才甘心閉上眼斷了氣。」

果然有蹊蹺，我示意他繼續說。

「那天晚上我起夜上茅房，路過我父親的房間聽到裡面有動靜。我父親早在半年前就臥床不起，更是說不了話，幾乎是個廢人。可是……」那青壯年兩眼一轉，湊近了貼在我耳朵上說道，「可是我偷偷趴在門縫上看了看，竟然看見老爺子站起身在房間裡來回踱步，步履矯健，然後拿起毛筆在地板上寫下了四個大字，像是魔怔了一樣！第二天早起，就發現老爺子半夜裡已經斷氣了。」

我聽得有些奇怪，早就聽說將死之人有回光返照之說，可是……半夜裡起來寫字……這個倒是有些奇怪。我好奇地問道：「老爺子寫了些什麼？」

青壯年一臉恐懼，擺擺手示意我跟來。

他帶我到老人的房間，推開了一扇破舊的木門。我在門口停下腳步，先是抬頭看了看這間房子的屋頂，隨後又轉身看向段希夷。

「就是這個屋頂。」段希夷點頭道。

「這位仙姑，這屋頂，到底怎麼了？」青壯年擔憂地抬頭看了看。

為了避免引起不必要的慌亂，我搖頭示意段希夷不要將看到食夢貘的事情告訴別人。我從懷中取出隨身帶著的鹽巴，抓起來均勻地撒在門口，才放心地走了進去。

屋內陰冷潮濕，並且不向陽，這種老舊陰暗的屋子最容易滋生禍事。還未等那青壯年指路，我便看到了屋子正中央的地板上，用蒼勁的字體寫下了四個大字：

風花雪月。

我原本以為能從老爺子死前留下的線索中尋到那食夢貘的蹤跡，可是，如果老爺子是被食夢貘害死，那為何會留下這麼一句詩詞歌賦般的成語？莫不是老爺子難過情關？

倒是段希夷看到這四個大字後猛然一怔，我看了看她沒作聲，就示意那青年離去。

可當我們走出房門的時候，剛才我撒在門口的鹽巴，竟已經都變成了黑色。

青年嚇得夠嗆，一把抓住我的衣袖請求道：「這位高人，我家是不是有了邪祟？還請師父幫幫忙！」

我眉頭緊皺，看樣子，這個食夢貘比我想像中要凶神惡煞得多，並不如阿巴那般慵懶溫順，而是個棘手的對象。

我放鬆了表情擺擺手笑道：「無礙，這些鹽巴本就是驅邪的，變了色，說明屋子裡的邪祟已經從裡面出來經過了這些鹽巴，你就安心吧。」

「多謝高人！多謝仙姑！」青年低頭就拜，把段希夷嚇了個夠嗆。

我扶起那青年繼續問道：「還有一事，我經過這個村子，發現這裡的人警覺性都很高，甚至連借宿都不肯，你可知，這是為何？」

青年拍了拍自己沾了灰的膝蓋，苦笑搖頭：「還不是因為之前的謠言……我們這裡有位占卜師，前些日子算出一卦，說是將有不祥之人來到村子裡，會帶來血光之災。俺們警惕性也就高了，不隨隨便便給陌生人開門。」

閉塞和愚昧的小地方總是會受到流言的影響，不過我對那位占卜師更是好奇，於是詢問了占卜師的住址，準備回頭去拜訪一下。

我送了幾道護身的黃符給這位青年就轉身告別了，路過院子的時候，我注意到那裡長著一些青綠色的小花，和段希夷幽花玉棒上面雕刻的地獄幽花一模一樣。我抬手摘下幾株塞入衣襟，就帶著段希夷往寺廟走去。

一路無言，段希夷跟在我身後，明顯是有什麼心事。

「說說吧，你知道什麼？」我頭也不回地開口問道，驚得段希夷打了個寒顫。

「什麼啊。」段希夷明知故問，分明是在隱瞞什麼。

「風花雪月。」

段希夷不再說話，而是低下了頭。

「你若是不配合我找出背後搞鬼的人，咱們隨時都可能有危險，你別以為跟著我們就安全了，看到雁南歸了麼？他可是身經百戰的朱雀戰士，現在不也是命懸一線？」我耐心開導，雖然我並不喜歡逼迫別人說他不想說的話，可是現在情況危急，雁南歸不知是否能挺過來，嬴萱不知何時才能醒來，眼下我們被困死在這個小村落中，如果不做好防守的準備，隨時可能全軍覆沒。

段希夷猶豫片刻，才終於抬起她小巧精緻的下巴：「我也是小時候聽家裡人說的……在雲南大理地區，曾經流傳著這麼一個傳說。」

「說來聽聽。」我停下了腳步。

## 2

段希夷繞過我，回頭對我說道：「所謂風花雪月，它對於我們大理國來講並不單單是個成語，而是各有所指，分別是上關花、下關風、蒼山雪、洱海月，這四個地方是雲南西部比較著名的景觀代表。」

我點頭：「詳細說說看，說不定有什麼線索。」

段希夷走在前面，隨手拔了一根狗尾巴草拿在手中把玩，滔滔不絕地開始講述這有關「風花雪月」的傳說。

「所謂上關花呢，說的是上關這個地方是一片開闊的草原，鮮花鋪地，奼紫嫣紅。大理氣候溫和濕潤，冬止於涼，暑止於溫，最宜於花木生長，於是，種植各種鮮花也就成了白族人民的一種生活習俗，其中最大的鮮花種植地就屬上關了。至於『上關花』的名號得來，是由於古時上關有一棵叫『朝株花』的奇花，它花大如蓮，閏年十二瓣，香聞十里，果實可作朝株。從前，有個善良的婦女難產時，一位仙翁賞賜了一顆朝珠含在口中，便順利誕下胎兒，可是由於她的喜悅，不慎將口中的朝珠落地，它便就地長出了這棵奇異的朝株花。花樹長成後經常招來貪官污吏的騷擾，百姓苦不堪言，便忍痛將花樹砍了。從此，這棵神秘的上關花便越來越令人神往，成了大理地區珍奇花卉的代稱。」

我點頭示意她繼續。

「下關風，是指在大理的下關有一個山口，這是蒼洱之間主要的風源，風期之長、風力之強為世所罕見。下關風終年不停歇，由於入口處兩山狹窄，中間呈槽形，吹進去的風會產生上竄下跌的狀況，有時還會迴旋，就產生了一些奇特的自然現象。比如行人迎風前行，風揭人帽理應落在身後，但在下關卻會掉到前，不了解下關風入口處的特殊地理情況，往往令人百思不得其解。相傳，在蒼山斜陽峰上住著一隻白狐狸，她愛上了下關一位白族書生，於是化作人形和書生交往，他們相愛的事被洱海羅荃寺的法師羅荃發現了，他不容他們在一起，便施法將書生打入洱海。狐女為救書生，去南海求救於觀音，觀音給她六瓶風，讓她用瓶中的風將洱海水吹乾以救出書生。當狐女帶著六瓶風回到下關天生橋時，遭到了羅荃法師的暗算，跌倒在地，打碎了五瓶風，於是大風全聚集在天生橋上，故下關風特別大。」

我輕笑：「有趣。」少數民族的民間傳說總是稀奇古怪，所有的自然現象和自然景觀，都會有自己獨特的說法，這讓我聽得十分入神。

段希夷繼續說道：「至於蒼山雪，應該是大理最為著名的景觀。雄偉壯麗的蒼山橫亙大理境內，山頂終年白雪皚皚，銀裝素裹。蒼山十九峰，每峰海拔都在三千米以上，最高的馬龍峰甚至達到了四千米。由於海拔較高，峰頂異常嚴寒，終年白雪皚皚，在陽光下晶瑩潔白蔚為壯觀。經夏不消的蒼山雪，也有它獨特的傳說。相傳有一年蒼山腳下瘟疫流行，有兩兄妹用學到的法術把瘟神趕到山頂上，並埋在雪裡凍死了。為了使瘟神不得復生，妹妹變成了雪人峰的雪神，永鎮蒼山。」

我聽得出神，不忍心打斷滔滔不絕的段希夷，她眉飛色舞，顧盼流轉，更是散發著迷人的光芒。

「最後，就是洱海月啦。洱海月被我們白族人稱為『金月亮』，在晴朗的夜晚，平靜如同銅鏡的洱海上空，升起一輪圓月，明亮可人，水色如天，月光似水。傳說，月宮裡的公主思慕人間，於是偷偷下凡來到洱海邊，與一位憨厚的漁民成婚。為了幫助漁民多打魚，月宮公主把自己的寶鏡放在洱海中，瞬時便照得魚群清清楚楚。漁民打魚多了，過上了豐衣足食的日子。公主的寶鏡在海中變成了金月亮，世世代代放射著光芒。至此，風、花、雪、月便逐漸流傳下來，並形成了一首歌謠。」

我還未開口，段希夷清甜的歌聲便傳來：「上關花，下關風，下關風吹上關花；蒼山雪，洱海月，洱海月照蒼山雪……」

我聽得入神，段希夷卻突然打住，一臉正色道：「不過，我剛才驚訝並不是因為這些美好的傳言，而是……」

我緩過神，搖搖頭讓自己清醒：「是什麼？」

「我曾經聽父輩們講，在上關、下關、洱海、蒼山這四個地方，分別孕育著一種群居的妖獸。雖然我從來沒見過，但聽說它們分別是來無影去無蹤的風獸，能催眠麻痺對手的花獸，冰封一切的雪獸，和只在夜晚出沒的月獸……」

我激動地一把抓住段希夷的肩膀：「等一下！你說……月獸？」

段希夷一臉茫然地看著我，點了點頭。

如果我沒猜錯的話，雲南古老傳說中的這個「月獸」，指的便是那形如滿月的鵝黃色球形神獸——食夢貘！

聯想到嬴萱陷入昏迷，我不禁又懷疑起了那能催眠麻痺他人的花獸……怎麼回事，難道說，這風花雪月四大妖獸都出沒在這個小村子裡?!

「不好……這村子恐怕真的有血光之災！」我猛然意識到事情的真相，拉起段希夷就往破廟方向跑去。

回去之後，我氣喘吁吁地告訴文溪我的收穫與推斷，那名蠱惑人心口出誑語的占卜師，恐怕就是黑衣法師鬼臼，他的魔爪已經伸向了這個小村子，正圖謀對這個村子下手！

文溪和尚點頭認同我的看法：「說得不錯，事情不至於那麼巧。那風花雪月四大妖獸和鬼臼同時出現在這裡，雖現在不知那妖獸是敵是友，但不管怎樣，這個村子定會有大事發生。」

「那怎麼辦？我們現在該如何是好？」段希夷擔憂地看著我們。

文溪和尚思索片刻說道：「雁南歸和嬴萱都無法移動，咱們暫且就把這破廟當作藏身之地吧，在養傷期間，我在四下布上結界，咱們能躲多久就先躲多久。」

「可是嬴萱不能就這麼一直睡著，我得想辦法去找那個麻醉對手的花獸找來解藥才行。」我站起身，剛要離去就不知被誰給拉住了衣角。

我低頭看去，竟是眼眶紅紅的靈琚：「師父……別丟下靈琚……」

面對小雁的重傷，靈琚似乎已經有些敏感了，她每次都眼看著我們活生生的人出去，卻總是滿身傷痕地回來，再這麼下去，恐怕會對她的童年產生陰影。

我歎了口氣，轉身坐下：「好，師父不去了。」同時，我轉身對文溪和尚說：「今晚我進入嬴萱的夢境去看看，到底是怎麼一回事。」

文溪和尚擔憂地看著我：「可是姜楚弦，夢境對你身體產生的負面影響……」

「現在情況緊急，不是計較這些的時候！」我握緊了懷中的天眼，狠了狠心說道。

# 3

面對雁南歸的重傷和嬴萱的昏迷，我們陷入了一種灰心喪氣的沉默。文溪和尚在另一間偏房裡幫我熬製地獄幽花的藥引，段希夷在幫著燒火。這一邊，靈琚守在昏睡的雁南歸身邊，只有我，煩躁地在屋內來回踱步。

「師父，小雁流了好多血。」靈琚趴在雁南歸的身邊擔憂地輕聲說道。

我回頭，本想說點安慰她的話，可是看靈琚眼睛裡隨時似乎都能擠出水花，於是我便不好輕舉妄動，我自知嘴賤沒輕沒重，萬一哪句話沒說好，惹了靈琚哭泣那我可真是罪大惡極了。我只好站起身拍了拍靈琚的腦袋說道：「那你多陪陪他吧。」隨即，便轉身出了房間。

我側立在破廟門外，遙望早春的景色，混雜著文溪手中濃重的中藥味，發出輕輕一聲歎息。屋內的靈琚果然還是放心不下，搬了個小石頭坐在雁南歸旁邊，嘴裡絮絮叨叨地講個不停：

「小雁吶，你趕快醒過來吧，靈琚的頭髮還沒紮呢。」

「小雁，你去過青水古鎮麼？那是我的老家，有好吃的板鴨，等以後有機會了，我們去買來吃呀。」

「小雁，我聽師父說你是將士，那你以後是不是還要打仗呢？你要是上了戰場，可不能忘了靈琚呀。」

「小雁……」

小丫頭趴在那裡說了好多話，漸漸地才沒了聲。我聽屋裡安靜得有些奇怪，於是抬手推開一條門縫看去，正見靈琚躡手躡腳地爬上了那枯草搭成的床，雙手扒在那野鳥的肩膀上，湊近了雁南歸平靜的睡顏，似乎是想要叫醒他。

「小雁？」靈琚湊在雁南歸面前輕聲呼喚。

野鳥仍舊沒有反應，可是我沒想到，靈琚居然朝著雁南歸越湊越近，小巧的鼻尖兒已經幾乎挨到了野鳥的臉頰。

本來我沒覺得有什麼，可是我突然瞥見那野鳥蒼白的肌膚唯獨雙耳突然變得通紅，這才猛然發覺不對勁，於是立即推門而入：「靈琚，你過來一下。」

靈琚猛然停下了動作，笨手笨腳地爬下床：「幹嘛呀師父？」

我心中輕蔑地嘲笑野鳥，這傢伙不知道是什麼時候醒來的，居然想裝睡勾引我小徒弟？這野鳥在我面前還太嫩，我不動聲色地領了靈琚出去，隨即重重地關上了房門。

我能想像得到，此時的雁南歸是有多想舉起青鋼鬼爪把我給撕了。

不過，一直懸著的心總算是放下了，我走到對面偏房的文溪身邊拍了拍他的肩膀說道：「那傢伙醒了。」

「噯？」靈琚一愣，轉眼就甩開我的手衝回到屋子裡。果然，雁南歸此時已經半臥而起，雖然還比較虛弱，但氣色明顯恢復了不少。

「小雁！」靈琚開心地撲向雁南歸，雁南歸十分配合地張開雙臂迎接。可是臨到跟前，靈琚卻突然停下了動作，抑制住了興奮的擁抱，怕弄疼雁南歸的傷口而停下，換了一張開心的笑顏。

雁南歸失落地收起雙手，抬眼看向我們。

「醒得太及時了，」文溪和尚上前把脈，「你若是不醒，姜楚弦晚上就要去贏萱夢境裡看看你們到底發生了什麼事情，他那身體狀況你又不是不知道，好在現在沒事了。」

雁南歸表情有些尷尬：「這個……恐怕還是得進入萱姐夢境裡看看。」

我愣住：「怎麼？」

雁南歸抽回手扶在自己被層層包裹的傷口上說道：「我那晚追出去就已經不見了萱姐的身影，剛開始在鎮子裡尋找無果，後來循著氣味找到林子裡，看到渾身散發著酒氣的萱姐昏迷不醒，旁邊站著一個和阿巴一模一樣的食夢貘，只不過相對清瘦一些。我上前與牠交手，卻不料牠移動極為迅速，我追著牠到河邊，卻被埋伏在那裡的鬼豹族偷襲，其中領頭的是個壯碩的獸人，如果我沒猜錯，那應該是血竭。」

我渾身一顫。這血竭可是血莧的哥哥，我們聯手殺了血莧，那麼他定會找我們尋仇，我看了看雁南歸胸前的傷口，不禁心口發涼。

「那傢伙就是哈努，他率領你們所說的鬼豹族殺光了我們段氏，還想要搶奪我手中的地獄幽花。」段希夷不知什麼時候走出了偏房，來到我們身邊。

「他天生蠻力，我的力道根本不足以威脅到他。」雁南歸心有餘悸地看了看自己放在床頭的青鋼鬼爪。

「按道理說，塊頭那麼大，速度應該很慢吧？野鳥你敏捷度那麼高，怎麼就沒躲過？」我疑惑地提出。

雁南歸沒有說話，低頭沉思片刻，才緩緩開口道：「我躲過去了。」

此話一出，我們所有人都震驚了。

「他所持雙板斧，目測約有上百斤，劈下來的力度之大是常人無法想像的。我當時被其他幾個鬼豹士兵圍攻，看血蝎上前，我便隨手拉了一名鬼豹士兵當肉盾躲開了血蝎的攻擊，然而我低估了他的威力，那板斧劈下，直接將我前面的鬼豹士兵劈成兩半，因此才傷到了我。我借機化作雁雀飛入樹林，才得以逃脫。」雁南歸說完，就陷入了沉默。

這……不敢相信這會是多麼強大的一股力量，本以為一個鬼臼就已經很棘手了，可現在看來，更強大的敵人還在後面。我有些心慌，現在雁南歸重傷，嬴萱昏睡不醒，敵人卻已經聚集到了這個村落，可我們除了躲藏什麼都做不了。

我懊惱地站起身走出破廟，想一個人靜一靜。

夢演道人……每當我遇到瓶頸或者困難的時候，我總是會想起那蓋帽山頂破廟中的一場牌局，我需要有人來傾訴自己的壓力與緊張，更需要友人的指點和寬慰。當然更重要的，是我要請教燈芯無息，那貼在古墓石棺上的所謂預言咒，到底有什麼樣的作用。

或許，那便是解開我身世之謎的重要線索。

算了，與其窮擔心，還不如趕快修行五行符咒來得實在。我現在只熟練掌握了火鈴符和捉神符，剩下的三種符咒還未運用到實戰之中，我必須盡快學會無息給我傳授的心法，將五行符咒的力量完全發揮出來。

剩下的三種符咒，鎖龍符主水，能像火鈴符一樣喚出猛獸般的洪水吞噬一切；五獄符主土，能操控大地產生大規模的山崩地裂，裂開的地縫直通煉獄，若是敵人掉入其中，便會魂飛魄散，永不輪迴；撼山符主木，可以幻化出吸取對手力量的藤蔓，削弱敵人力量並填充自己的不足，是扭轉戰局的關鍵。

不用說，面對力大無窮的血蝎，使用撼山符是最合適不過的。

「姜楚弦，你歇會兒吧，晚上不是還要化夢。」段希夷擔憂地走出破廟，看著院子裡反覆練習撼山符的我，好言相勸。

「時間不等人，等到血竭和鬼臼帶著人圍攻過來了，可就再也沒時間練習這些。」我頭也不回地答道，繼續一遍遍地催動心法祭出符咒。

段希夷並沒有妥協，強勢地上前擋在我面前：「其一，你作為要保護我的人，怎麼能這樣傷害自己，這樣一來我不也同樣陷入了危險的境地？其二，作為你的朋友，我不忍心看你把所有的責任都攬在自己身上，有困難，大家一起面對，你不用對我們這裡任何一個人負責。」

「可是，」我情緒突然有些崩潰，瞬間筋疲力盡，手中的黃符便軟塌塌地飄落在地，就像是沒有生命的提線木偶，「我真的害怕……」

段希夷緊緊抓住我的肩膀，目光堅定地看著我：「恐懼，是人類最基礎的心理宣洩，面對強大的敵人，沒有人不會害怕。姜楚弦，你並不是聖人，咱們都一樣，都是普通人，理所應當會感到害怕。我們必須學會面對自己的恐懼，這樣才能正視自己，完善自己。」

「道理我都懂，但我總覺得自己有責任保護好你們。」嬴萱的昏迷和雁南歸的重傷於我而言是個沉重的打擊。因我一時偏袒，讓雁南歸獨自外出尋覓；因我一時貪歡，讓嬴萱大醉於荒林……我渾身脫力，洩氣地坐在地上。

面前看似不諳世事的少女像是換了副樣子，雙眸深沉，宛如一望無際的星海：「姜楚弦，不要拿責任心來折磨自己，不管發生什麼，我們總會在一起面對，而且……」說到這裡，她的眼眶又開始泛紅。

「這一切幾乎都是因為我才變成這樣的，我才是導火索，你若是把罪責全部攬在自己身上，讓我該怎麼辦呢……」段希夷又開始哭了起來，這個驕蠻的女子看似要強，但其實內心十分敏感脆弱，稍微一刺激便能哭個三天三夜。我無奈地站起身，面對女孩子的哭泣，我還是有些尷尬，僵直地抬起手臂試圖去拍她的肩膀安慰她，卻沒想段希夷竟猛然撲進了我的懷中。

我緊張地倒抽一口涼氣，下意識往屋裡那昏睡不醒的紅衣身影看去。

段希夷在我懷中放聲大哭，彷彿剛才老生常談滿嘴大道理的人根本就不是她。我眉頭緊皺卻不好粗魯推開她，只好抬手拍了拍她單薄的後背，直到我胸前的長袍被眼淚浸濕，段希夷才抽抽搭搭地放開了我。

我無奈地看著她。

文溪和尚端著熬了半晌的地獄幽花藥引走出來，我像是看到了救星，為了緩解此時的尷尬，急忙從懷中摸出了從那家院子裡摘回來的地獄幽花，卻發現這地獄幽花居然都已經被這丫頭的眼淚打濕，我無奈搖頭，甩了甩就不乾不淨地丟入了文溪和尚的藥碗中。

文溪微微蹙眉，無奈地看了看已經漂在湯藥中的地獄幽花，又掐了一片葉子聞了聞確認後，便抬手把藥碗遞給我：「藥引弄好了，拿這個把地獄幽花送服，也好盡早擺脫了那毒蟲。」

我聳聳肩，仰頭服下了地獄幽花。

文溪和尚與段希夷扶起筋疲力盡的我，不知道是藥物作用還是練習撼山符而體力耗盡，不一會兒我便昏昏沉沉地睡下了。

# 4

最近，我開始頻繁地做噩夢。我本以為這是經常進入別人夢境而產生的副作用，夢境之真實，總讓我無法分清現實與幻想，每次都只能依靠天眼來判斷。從前根本沒有發生過這樣的狀況，不知從何時起，我總是能在各種噩夢中看到一個白衣書生的身影，雖不知是敵是友，但總是徘徊在我的夢境之中，甚至讓我一度懷疑，是他主動入侵了我的夢境。

睡著之後，我做了許多光怪陸離的噩夢，可仔細想來，竟都是我曾經捕捉過的那些噩夢。腐爛的紅衣水鬼，魅惑的美女狐，佛塔中的血色蟻群，鬥獸場中暴走的鐵犀……這些熟悉的場景反覆在我的腦海中上演，讓我精疲力竭，措手不及，伴隨著白衣書生的一次次出現，我都會猛然驚醒，這種高度的精神折磨讓我苦不堪言。

我再次睜開眼已經是深夜了。我一身冷汗坐起身，第一反應竟是先拿出天眼確認自己到底醒來沒有。段希夷端著一碗湯藥走到我身邊，關切地打量著我：「你怎麼了？臉色好差。」

「我沒事。」我急速喘息調整自己的心跳，卻感覺自己的體力正在透支。

「那個和尚囑咐我，你醒了把這個喝下。」段希夷將苦澀的中藥端到我面前。

「這是什麼？」我沒多想，接過來就喝下。文溪和尚的醫術我是從未懷疑的，一般都是他給我吃什麼我就吃什麼，可是喝下去卻突然覺得不太舒服，胸口似乎被什麼東西堵著一般，我轉臉猛然咳嗽，卻不料噴出一口血來。

「怎麼了?!」段希夷嚇得手一抖，急忙拿起一旁的手巾幫我擦拭。

怎麼了……我這是怎麼了？

我的手開始顫抖，段希夷看我不對勁，立馬起身去叫文溪，可是文溪和靈琚都不在破廟，應該是去附近尋找藥材了，這裡只剩下昏睡的嬴萱和臥床不起的雁南歸。裡屋的雁南歸聽到段希夷的叫喊聲立即坐起了身子，卻被突然的撕裂感痛得說不出話來。

「你沒事吧？」段希夷丟下手中的藥碗幫我拍背，我卻呼吸急促，遲遲緩不過勁來。

「沒事……」我搖搖頭用眼神示意段希夷，隨後強撐著高聲朝著偏房的雁南歸喊道，「野鳥，我沒事，就是湯藥不小心燙著我了，你好生待著吧。」

段希夷驚愕地看著我。

我不能倒下……特別，是在這種時候。

說不定這是地獄幽花解除我體內殘存毒蟲的副作用呢，沒必要大驚小怪。我自我安慰著，靠牆調整自己的呼吸。

段希夷眼眶紅紅的，咬緊了下嘴唇看著我，飽滿的臉頰上燦然生光，嬌美無匹，我甚至從她的表情中看到了憐憫。

段希夷一抿嘴，轉身拾起了一旁的枯草拿在手中編織起來，枯草生脆，發出了沙沙的聲響。段希夷這才開口說話：「你幹什麼？為什麼要隱瞞自己的傷勢？」

我頓時明白她為何要突然擺弄枯草，雁南歸作為半妖，聽力敏感，只有這樣進行干擾，才能不被雁南歸聽到我們的談話。我突然對這個看似嬌蠻無理的姑娘產生了莫名的好感，被她這般細微貼心地照顧到男人的要強，而心頭一熱。

「謝謝你。」我沒有正面回答她。

「你這樣反而讓人更擔心你知道嗎？」段希夷有些生氣，晶瑩的雙眸閃現怒色。

我輕輕笑了笑：「即便說了又怎樣，雁南歸傷勢更重，說出來還不是徒增煩惱，反而給他的養傷帶來壓力。等文溪和尚回來了再說吧。」

段希夷的表情有些古怪，突然暗淡的雙眸掠過掉在地上的藥碗，一絲不易覺察的內疚在她的臉上呈現，卻又轉瞬即逝，我沒想太多。

「時間不早了，我得去嬴萱夢境裡面看看到底發生了什麼。」我站起身披上灰布袍。

段希夷丟下手中的枯草站起身，猛然拉住我的手臂：「不要去。」

我有些疑惑地回頭看她，卻見她眼中噙淚，蛾眉斂黛，楚楚可憐。

「怎麼了？」我輕聲問道。

段希夷突然回過神來不自然地笑了笑：「沒、沒什麼。」

段希夷從剛才就表現得有些古怪，但我又說不出是哪裡不對勁，我沒工夫多想，就摸出青玉笛走到了嬴萱身邊。雁南歸見我進來，警覺地上下掃視我，看我還算正常，就放心地舒了口氣。

「等靈琚他們回來，記得給他們說一聲，我先去嬴萱的夢境裡看看。」我回頭對著段希夷和雁南歸說道。

「你一個人沒問題麼？」雁南歸十分擔憂地看著我。

不管有沒有問題，我都不可能放任這死女人這麼一直睡下去，沉睡如淒美雕像的她根本不是真正的嬴萱，一躍而起叫囂著擰斷我的脖子，才是最適合這個女人的。我笑了笑，轉頭吹響了青玉短笛。其實，嬴萱本就陷入了深度睡眠，只是我不確定她是因何如此，怕自己會不慎進入到她的夢境深處而無法自拔，保險起見，還是用自己的方法引導夢境較為穩妥。

我剛拔下葫蘆蓋子喚出阿巴，一旁的段希夷就錯愕地指著牠說道：「就、就是這個！那天我在屋頂看到的，就是這個東西！」

我輕笑。阿巴卻有些不滿地瞥了段希夷一眼：「這位姑娘，什麼東西不東西的，我叫阿巴好嗎。」

段希夷更是瞪大了雙眼：「牠還會說話?!」

我沒工夫和段希夷解釋，示意阿巴直接化夢。可就在阿巴張大了嘴巴要將我吞下的瞬間，段希夷猝不及防地突然上前拉住我的手臂，阿巴已經收嘴，瞬間便將我和段希夷一併吞入了口中，迅速化作一縷黃煙鑽入了嬴萱的鼻孔之中。

一陣眩暈過後，我與段希夷一同來到了嬴萱的夢境之中，我錯愕地盯著她驚魂未定的臉龐怒斥道：「你幹什麼？」

「我……」段希夷第一次化夢，腳下還有些不穩，蒼白慌亂的小臉侷促不安，雙手緊緊拉住我的衣袖，如同一隻受驚的小鹿。

我苦惱地看著她，我的身體狀況本身不太好，不過好在這裡是嬴萱的夢境，嬴萱在夢中會幫我一把的，可是段希夷這個絲毫沒有化夢經驗的人跟在我身邊，著實讓我在無形中增加了不少負擔。

「算了，走吧，你跟好我不要輕舉妄動，我讓你幹嘛你就幹嘛。」我轉身欲走。

「等一下！」段希夷一把攔住我，「你別太小看人，可別忘了，你還不一定是我的對手呢。」段希夷說著，就取出了幽花玉棒持在手中，對我挑眉一笑。

沒工夫和她拌嘴，我急忙四下觀察起周邊的環境，這裡正是破廟後面不遠處的那片小樹林，此時天色已晚，即將入夜，看時間，恐怕再等片刻，就能看到生氣的嬴萱從破廟中走出來了。

這次我得先攔下嬴萱，讓她消了氣，然後商討對策去應付接下來發生在她身上的變故。最重要的是，我不能讓她去前面鎮子上的酒館，一是避免她喝醉了鬧事，二來跳過昨夜那尷尬的一吻。我這般決定後便暗暗鬆了口氣。

果然，沒等多久就看到一個紅色的身影從破廟的方向朝這邊走來。我轉頭叮囑段希夷，讓她躲在樹後等我，畢竟嬴萱生氣就是因為我袒護段希夷，若是此時再讓嬴萱看到我帶段希夷來到她的夢境中，那她不舉起弓箭給我扎成刺蝟才怪。

段希夷知道我的用意，沒說話朝我擺擺手，就聽話地躲了起來。

我上前走到嬴萱必經的路口，然後悄聲藏匿在樹後。只聽嬴萱一邊嘟囔著，一邊快速朝這邊走來。讓我沒想到的是，這女人竟是一路發洩式地砍殺，手裡的獵刀在夜色中泛著冷光，所經之地，花草樹木無一倖免。

我突然有點猶豫。

至於嗎……發這麼大脾氣。

「姜楚弦你個兔崽子，枉老娘死心塌地跟著你吃風喝雨的，你到頭來竟然因為一個野丫頭跟我鬥架！真是白眼狼！」嬴萱一路叫罵著，如同癲狂的母獅朝我步步緊逼。

有點棘手……哄女人這種事情，我真不如文溪和尚拿手。幸虧我昨夜沒有立刻跟上來，要是這樣的場面，可不是我灌自己幾杯酒就能解決的了。

來不及想對策了，嬴萱已經來到我的附近，我一狠心，硬著頭皮衝了上來：「站住！」

等一下，我……我為什麼要說「站住」？

還沒來得及後悔，凜冽的劍氣就朝我這邊飛來，我迅速彎腰躲過嬴萱的獵刀，隨即急忙大喊：「是我、是我！」

嬴萱猛然收手，驚愕地看著我，隨即又轉頭看看破廟，疑惑不解地問道：「哎不是，你不是在破廟裡麼，從哪兒冒出來的？」

我整了整衣襟：「跟著我這麼久了還沒意識到嗎？發生與現實邏輯相悖的事情，這麼明顯都看不出來？」

嬴萱恍然大悟一拍腦門：「你大爺的，老娘這是在做夢啊！」

我點點頭。

「哦對！我想起來了，我從酒館出來後鑽入林子裡，剛走到一棵樹下就不知道被什麼東西給迷暈了！」嬴萱努力回憶著，「是什麼呢……太快了，當時頭也暈暈乎乎的，實在沒看清。」

「要你何用？」我扶額。

嬴萱上前一把掐住我的脖子：「還不是因為你那莫名其妙的……那……那什麼，不然我怎麼會亂了陣腳?!」

我臉一紅別過頭去轉移話題：「所以我才來夢境裡找你，想讓你重現一下當時的情況，我躲在遠處看看，究竟是什麼東西讓你昏睡。」

嬴萱鬆開我的脖子拍拍手：「好吧。可先說好了，看到是什麼就趕緊幹掉，我可不想這麼一直睡著。」嬴萱的聲音越來越小，「省得趁我睡著，你又被什麼楚楚可憐的小姑娘拐走。」

「你說什麼？」我沒聽清，不耐煩地追問。

「走了走了，我帶你去我被人麻痺催眠的地方。」嬴萱低頭躲避我的眼神，推搡著上前，沒走幾步就抬手一指，「喏，就是那棵樹下。」

我抬眼一看心頭一驚：完了，那剛巧是段希夷躲著的地方！

還沒等我想明白該怎麼跟嬴萱解釋，一陣密集的沙沙聲便迅速從遠處傳來，下一秒，樹後的段希夷已經不知被何物催眠，匡噹一聲摔倒在地跌在我倆面前。

「你把段希夷帶到我夢境裡了！」果然，還沒等我轉身，嬴萱就意識到了事情的關鍵。

我有點怯，沒有正面回答：「那個……是她非要、非要來的。」

「說清楚啊姜楚弦，你經過我同意了嗎？誰讓你自作主張帶著別的女人闖入我的夢境?!」嬴萱抬手就是一巴掌，我沒躲，清脆的耳光打在臉上火辣辣的疼。

打吧打吧，要是打了心裡能舒坦，那我也就認了。本來我就怕這種麻煩的事情，牽扯到兩個女人之間的糾葛，我是最不擅長應對的。

可是好死不死，被嬴萱這麼一打，我竟再次噴出一口鮮血來。

嬴萱大吃一驚，不可思議地看著自己的手：「我、我也沒下狠手啊……姜楚弦你怎麼了？」

我抬手抹了一把嘴角的血：「沒事，小傷。」

「都吐血了還小傷！你是不是有什麼內傷？還是你體內的毒蟲又發作了？」嬴萱不依不饒地追問。

我擺擺手：「喝了文溪給我熬的地獄幽花之後就變成這樣了，估摸著是在排毒吧，別大驚小怪的。」

嬴萱半信半疑地看著我。

我倆還未上前攙扶起昏睡的段希夷，就見一群移動的花朵伴隨著沙沙聲從樹後冒出朝這邊迅速聚攏。那些花朵看起來足有人腦袋那麼大，七彩炫目的花瓣如同蓬鬆的繡球，金色的花蕊中散發著催眠的異香，花朵底部被青綠色的花萼包裹，根莖好像根本沒有連著土地，反而變成了人類的雙腿，正成群結隊地朝我們這邊湧來，不一會兒這裡便成了一片花海。

「花獸？」我聯想到段希夷所說的風花雪月四妖獸，不禁將這些花朵與花獸聯繫起來。伴隨著強烈的異香，我想起之前段希夷的話，便急忙捂住了自己的口鼻：「趕緊捂上！它們的花粉有麻痺作用，吸進去就會被催眠。」嬴萱聽聞急忙將手臂上的帕子解下來捂住口鼻。

緊接著，一只圓潤的球形生物憑空從半空中降落在昏睡的段希夷身邊，它除了顏色比阿巴淺一些，身材比阿巴清瘦一些，其他幾乎與阿巴一模一樣。它停靠在段希夷的身邊嗅了嗅，剛要張開嘴，就被突然趕來的雁南歸一擊打斷。

在夢境中，即便是被催眠的對象由嬴萱換成了段希夷，那些夢境中的配角也不會注意到這些，仍舊是按照當時的情景繼續下去。

正如雁南歸所說，這隻食夢貘移動迅速，轉身就逃，雁南歸沒有猶豫就追了上去。

# 5

接下來發生在雁南歸身上的事情太過殘忍，我不想讓嬴萱看到雁南歸為了救她而身受重傷，於是沒有追上雁南歸的步伐，而是急忙上前扶起倒地不起的段希夷。

隨著雁南歸的身影漸遠，嬴萱一巴掌拍在我的腦袋上沒好氣地說：「好你個姜楚弦，原來我跑出來你都沒有追，倒是人家雁南歸好心追出來，早知道昨夜就不那麼輕易原諒你了。」

我自知理虧，也沒反駁，而是一把抱起昏睡的段希夷將她安置在一個妥當的地方，卻一不小心被腳下的花朵絆了一下。這些花朵並沒有跟隨食夢貘離去，而是佯裝成普通的植物待在原地，一動不動，七彩的花瓣也變成了普通的單一色調。

想要把嬴萱喚醒，還是得從這些罪魁禍首下手。我將段希夷安置好，就拿起玄木鞭戳了戳那些花朵中的一個：「別裝了，你們就是花獸吧？」

那個被我戳到的花朵猛然一哆嗦，看再也瞞不下去了，才終於站起身。

隨著這朵花的起身，後面那一片花海也都呼啦啦依次站起了身子，看了看我手中的玄木鞭便又跪下，齊刷刷地發出了一陣刺耳的蜂鳴。

「那個……你們說什麼我聽不懂啊。」我撓撓頭轉身看向嬴萱，嬴萱也是一臉茫然地聳聳肩。

這時，所有的花朵都停下了嘰嘰喳喳的蜂鳴，好像在低聲細語地討論著什麼，隨即它們一拍即合，迅速開始向中間聚攏，相互攀附，借助著彼此的身體疊羅漢般，逐漸形成了一人高的輪廓，它們彼此相互融合重疊，慢慢形成了少女模樣。

「你好，這次可以聽懂了吧？」那名少女一襲七彩長裙，頭頂還有一朵嬌豔的紅花，面色紅潤，可五官卻十分寡淡，與這般濃烈的妝容打扮很不相稱。

「呃，可以了。」我尷尬地點點頭。

「你猜得不錯，我們是風花雪月中的花獸，那晚讓你身邊這位姑娘昏睡的，也是我們。」她倒是大大方方地承認了，這下讓我卻不好開口。倒是旁邊的嬴萱一把上前，痞氣地用手指著那名花獸化作的少女說道：「可讓我逮著你了，趕緊的，快告訴我們該怎麼把我弄醒？」

花獸少女微微一笑：「恐怕這位姑娘還不知道，我們此舉是救了姑娘的命吧？」

我和嬴萱都怔住：「什麼？」

花獸步伐蹁躚地來到段希夷身邊，蹲下身子輕輕從她的耳後摸出了什麼東西抬手丟向一邊，我倆湊過去一看，那竟是一個帶刺的黑色種子，如黃豆般大小。花獸少女沒有過多解釋，抬腳就將那東西踩碎。

「這……到底是怎麼回事？」我發現花獸對我們並無惡意，便主動上前詢問。

花獸少女盯著我，淺笑開口：「不知道你們是否還記得，你們同行之人中那位和尚的妹妹。」

「你說子溪？」嬴萱問道。

「不錯，那位姑娘之所以變成鬼臼的傀儡受他操縱，就是因為中了這個失魂蠱。」花獸少女抬手在段希夷眼前一揮，段希夷便緩緩睜開了眼睛，睡眼朦朧地看著我們。

「失魂蠱形如種子，是鬼臼煉製的一種奇蠱，落在人身上就能迅速融入血脈之中，鑽入大腦控制對方的意識。想要避免被失魂蠱操控，只有一種辦法，那就是讓中蠱者失去意識陷入昏睡，這樣一來，失魂蠱便無法操控中蠱者，只要清理掉那黑色種子，就不會有什麼大礙。」花獸少女微笑看著我們。

我們瞬間恍然大悟，若不是花獸出手相救，嬴萱恐怕早已變成和子溪一樣的傀儡，聽從鬼臼的安排了！

那這麼說，鬼臼也在這附近?!

嬴萱倒是對那失魂蠱更加好奇：「那照你這麼說，子溪還有救麼？」

花獸少女搖頭道：「失魂蠱已經入侵了子溪的身體，只能鬼臼親手解蠱才可以。」

看來要救回子溪並不容易，不過話說回來，風花雪月四妖獸為何會出現在這裡？又和鬼豹族有什麼糾葛？我將自己的疑問提了出來。

花獸少女輕輕歎了口氣說道：「事情是這樣的，我們風花雪月四妖獸從千百年前就隱居在雲南西部，與人類和平共處，本來相安無事，這幾年卻被突然襲來的鬼豹族驚擾。鬼豹族長老鬼臼和血竭聯手掃平西南，一是要找出大理古國國寶幽花玉棒，二是要捉捕月獸。月獸數量本就不多，血竭率領鬼豹族大肆捕捉，現在，月獸就只剩下小漠一個了。」

「你是說，這月獸不止有一隻?!是像你們花獸一樣，成群結隊的？」我驚訝地問答。

「不錯。你的身邊，不也帶著一隻麼？」花獸少女淺笑。

我下意識地握住了裝著阿巴的葫蘆：「那鬼豹族捉食夢貘幹什麼？」

「這個我們就不清楚了。我們為了保護小漠逃避鬼豹族的追蹤，風獸和雪獸與鬼豹族進行了正面交手拖住敵人，而我們則趁此間隙帶著小漠從洱海一路逃亡到這裡。來到這裡，剛巧聽聞你也有一隻月獸，並稱之為食夢貘，本想找你們幫忙保護小漠，卻正巧看到鬼臼將失魂蠱放入這位姑娘的身上，因此才出手相救，卻不想被那朱雀神族的年輕戰士誤會，我們不敢貿然現身，只好在夢境中等待你們。」

「原來是這樣啊……那，多謝了啊。」嬴萱尷尬地笑了笑。

「那鬼豹族現在在哪裡？」我追問道。

花獸少女搖搖頭：「我們也在一路躲藏，只知道鬼豹族已經入侵了這座小村子，本想繼續往東跑，卻不想正好遇到了你們，想與你們結盟商討，看該如何應對。」

我思索片刻答道：「行，這裡不是說話的地方，等我回去，你們便來破廟中找我吧。破廟周圍已經布下了結界，鬼豹族人應該一時半會兒找不到那裡，算是個相對安全的避所。」

花獸少女點頭，隨即再度變回無數的花朵四散滾落在腳邊。我扶起睡眼朦朧的段希夷並喚出阿巴，一舉吞噬掉嬴萱的夢境，我與段希夷便重新回到了破廟之中。

誰知我剛一回到現實，就一口鮮血吐出跪地不起。此時文溪和尚和靈琚都已經回來，見我如此衰弱便急忙攙扶著將我安置妥當，文溪和尚摸向我的脈搏，可我卻再也撐不住，兩眼一黑便昏了過去。

# 6

昏睡許久，再度醒來的時候，就已經看見嬴萱活蹦亂跳地出現在我的眼前。我身子還是有些虛弱，在靈琚的攙扶下緩慢坐起，環顧四周，這時才看到這小小的破廟裡已然擠滿了人。

文溪和尚蹲在我身邊，眉頭緊皺地替我把脈，靈琚也守在旁邊擔憂地看著我；嬴萱在煮粥，忙忙叨叨的看樣子是沒什麼大礙；雁南歸還在偏房躺著養傷，聽不到他有什麼動靜；段希夷蹲在那裡一言不發地添柴火，看我醒來便鬆了口氣；而之前在嬴萱夢境中見到的花獸少女和那隻名為小漠的月獸，也都在角落裡安靜地坐著。

「怎麼，人都到齊了？」我吃力地撐著地，苦笑看著大家。

誰知我剛一起身，文溪和尚沒好氣地一把甩開我的手：「姜楚弦你不要命了？你知道你差點醒不過來了麼！」

我有些驚訝：「不用這麼大驚小怪吧……」

靈琚急得一把抓住我的手，眼裡噙著淚埋怨道：「師父你快嚇死靈琚了，你足足昏睡了三天三夜……靈琚還以為、還以為……」

什麼？三天三夜？

我怔住：「這麼回事？」

「怎麼回事？老娘被這花姑娘給喚醒，就看見你死人一樣躺在那裡，我還想問你怎麼回事呢！夢裡不是說得好好的，怎麼你先倒下了？」嬴萱用削過皮的樹枝攪拌著滾燙的米粥，狠狠瞪了我一眼。

我抬頭看向段希夷，可她卻沒有蠻橫地與我對視，反而有些反常怯懦地躲開，好像隱瞞了什麼似的。

文溪和尚深深歎了口氣，換了副嚴肅的表情說道：「你體內的毒蟲雖然已經消失，可是血脈阻塞，看起來像是中了什麼毒，但我怎麼也找不出原因，而且這種毒經你進入夢境之後就愈發加重，所以姜楚弦，在我還沒有完全治好你之前，你不許再貿然進入夢境！」

「不行！」我立馬拒絕，「鬼豹族就在這個村子裡，我如果不主動出手，那萬一鬼豹族動起手來連累了這些村民可怎麼行！」

誰知我剛說完這番話，破廟中的所有人都沉默了，他們的臉色變得莫名悲傷起來，就連靈琚也默默低頭擦淚。我錯愕地打量著他們，不知自己哪裡說錯了，空氣似乎都凝固在一起，就連我微弱的呼吸都顯得突兀。

「你們……對我隱瞞了什麼？」我雖然已經預料到了事情的最壞結果，但還是不敢相信地問道。

文溪和尚站起身，土黃色的袈裟有些撫不平坦的褶皺。他深呼吸一口，和嬴萱交換了眼神，便回頭低聲對我說道：「就、就在你昏迷的時候，這個村子……已經被鬼豹族屠殺殆盡了。」

宛如當頭一棒，我整個人像是瞬間被人拉入了泥潭之中，四肢僵硬，頭腦麻木，雙唇顫抖卻說不出話來。我一把掀開蓋在我身上的草席，披了灰布長袍就衝出了破廟。

「姜楚弦你給我回來！」嬴萱一把丟下手中的陶碗追了上來。

「姜楚弦！」段希夷也跟了出來。

我沒有理會她們徑直跑向了那熟悉的小村子，剛一踏入村落，撲面而來的血腥味擊打著我敏感的神經，眼前的一切都像是一個殘忍的夢境，屍橫遍野，斷壁殘垣，被燒得只剩下框架的房子在本應溫柔的春風撩動下搖搖欲墜，濺滿鮮血的牆壁記錄著這段殘酷的屠戮。那熟悉的小酒館已經變成一片廢墟，碎裂的酒罈子如同鋒利的刀刃切割我脆弱的心房。

我不敢相信地跪下，腦海裡響起了那名年輕壯漢對我說過的話：

「村子裡的占卜師說，村子要迎來不祥之人，會有血光之災。」

如今看來，這不祥之人並不是鬼臼，也不是血竭，而是我們……是我們的到來，給這個祥和無辜的小村子帶來了毀滅性的傷害，若不是為了尋找躲在這裡的我們，這些本該過著平淡生活的人們又怎會遭到如此殘忍的殺戮……我閉上眼，似乎能從這凝固的血跡中感受到那揮之不去的恐懼。

在這個世界上，沒有什麼比一群驚慌失措的無辜百姓更可憐的了。面對鬼豹族殘忍的突襲，他們搶著去拿順手的武器，或許是鋤頭，也可能是獵刀。他們叫喊著，奔跑著，這些被襲擊的村民們茫然無知，根本不知道自己在做些什麼。這是一場悲慘的徒勞抵抗，在強大的鬼豹軍團面前，連婦女和小孩也不能倖免於難。呼嘯的砍刀揮動著長長的光芒劃破黑暗，引燃的烈火無情吞噬著曾經的家園。到處都是屍首和鮮血，慌亂逃竄的人們踐踏在受傷的人身上，導致地上到處都是呻吟聲。一個女的靠著一垛牆坐著，給她的嬰孩哺乳，她的丈夫一條腿斷了，也背靠著牆，一面流血，一面鎮靜地持起手中的鋤頭，用最後的力量保護身後的妻兒……

這種殘酷的畫面只是想一想就讓人無法接受。我伏地痛哭，拚命用自己脆弱的拳頭擊打早已染紅的土地……這些人不該白白丟掉性命，在他們最需要保護的時候，我卻昏睡在安全的破廟之中，我簡直無用，簡直無能！

「姜楚弦……」段希夷和嬴萱都追上來，遠遠站著卻不敢靠近。段希夷本想上前扶起我，卻突然停下看向嬴萱。嬴萱二話沒說就上前一把拽起我的衣領，用力將我往回拖。

「你趕緊給我回去，傷沒好全，你休想再出破廟一步！」嬴萱力氣大得驚人，根本不容我掙扎，我像翻肚的死魚一般被嬴萱拖回破廟，段希夷怯懦地跟在後面，愁眉不展地看著我。

大家此時都聚集在火堆前，那隻叫作小漠的食夢貘安靜地看著我，身上的顏色比阿巴要淺，幾乎接近米白，和阿巴一樣的眼神中卻透露著悲傷，花獸少女輕輕撫摸著圓潤的小漠，也是一副哀愁的模樣。

「你們怎麼回事?!」嬴萱回屋重重關上了廟門，隨即轉身怒吼道，「你們這麼消極還怎麼去對付鬼豹族？怎麼替這些無辜的村民報仇？」嬴萱說著，上前一把揪住我的衣領，「尤其是你姜楚弦！一灘爛泥算個什麼樣？你還是不是男人？」說著，她就抬起了拳頭。

段希夷見狀立即上前阻攔嬴萱：「不要啊萱姐，楚弦他傷勢未癒……」

嬴萱看了一眼楚楚可憐的段希夷，便心一橫將我鬆開。

我跪坐在地，除了苦笑，什麼都做不了。

「絕對……不能放棄。」

突然，我們身後傳來了虛弱的聲音，循聲望去，重傷的雁南歸竟吃力地站起，用手扶著牆壁來到前廳。

「小雁！」靈琚急忙上前去扶。

雁南歸身上駭人的傷口仍舊往外滲血，臉色憔悴不堪，卻目光堅定地看著我，朝我舉起了青鋼鬼爪：「只要還沒咽氣，就可以戰鬥到最後。」

我驚訝地看著雁南歸，那般觸目驚心的傷口，是要有多麼驚人的意志力才能獨立站起。可雁南歸眼中透露著的那股強韌和堅定，卻是我從未見到過的信仰。

這才是一名戰士，一名真正的朱雀戰士。

丈夫許國，雖死無憾。唯有死在戰場上，才是一名戰士最光榮的信仰。

我熱淚盈眶，咬緊了牙推開身邊的段希夷，轉頭對著身後的文溪和尚堅毅地說道：「給我配藥，把我不停吐血的症狀止住，明日，我勢要與血竭和鬼臼來個了斷！」

文溪和尚剛想要拒絕，卻見我堅毅的目光後突然猶豫，沒有說話，轉身就去抓藥。

「那個……」一直一言不發的花獸少女突然開口，「其實，我們有個對付鬼豹族的好方法。」

所有人瞬間齊刷刷地看向花獸少女和小漠，我也在段希夷的攙扶下站起了身。

那名叫作小漠的食夢貘向我緩慢移動過來，十分有禮貌地對我鞠了個躬：「你好，我是月獸，也就是你們所說的，野生的食夢貘。」

小漠的聲音竟是個女孩子！我有些驚訝，不自覺地摸向腰間的葫蘆，拔掉了封印放阿巴出來。

兩隻食夢貘站在一起，顏色一深一淺，體態一胖一瘦。阿巴一睜眼看到了小漠，驚訝地怔住說不出話來，而小漠則面帶嬌羞地看了阿巴一眼，就低下了頭。

「這……姜楚弦，什麼情況？」慵懶肥胖的阿巴轉身看向我，漲紅了臉不好意思地輕聲對我說道，「我這還沒打算成家呢，你找個姑娘給我幹什麼？」

原來這食夢貘也分公母？我有些好笑，用手捶了捶阿巴柔軟的黃色身體：「想什麼呢！這是小漠，雖然是你的同類，但人家可是野生的，從來不依靠食夢先生，都是獨立捕獵噩夢，哪像你，懶得要死，還胖成這樣。」

「怎麼這麼說話呢！指不定我在遇見你師父之前也是這樣獨立野生啊，只不過我不記得罷了，哼。」阿巴瞪了我一眼，隨即換了副笑容湊到小漠身邊：「你好，我叫阿巴。雖然我也不知道我為什麼叫這個名字，但是……嗯，很高興認識你。」

小漠米黃色的球形身體竟有些微微泛紅，微笑點點頭。

看阿巴這般一本正經的模樣，我心裡突然有些想笑。話說關於阿巴名字的由來，其實是一個誤會。記得當時我還小，阿巴也沒有什麼正經的名字，師父也從來都沒跟我提過該怎麼稱呼食夢貘，於是在某一天師父喝多了的晚上，我才終於好奇地問他睡在葫蘆裡的傢伙到底叫什麼。師父半夢半醒吞吞吐吐了半天，說不出個所以然來：「那個……啊……大概吧……」師父喝多了有些大舌頭，我也聽不清他到底說的什麼，就理所應當地以為他就叫「阿巴」，阿巴後來也沒反對，於是從那時候就這麼「阿巴阿巴」地叫上了。

「你剛才說，對付鬼豹族的方法，到底是什麼？」一旁的文溪上前，追問紅衣的花獸少女。

花獸少女輕笑：「既然你是所謂的食夢先生，那麼你一定可以利用月獸進入別人的夢境吧？」

我點頭：「不錯……難道說小漠也有這樣的本領？」

小漠突然有些自豪地抬頭對我說道：「不，阿巴帶你進入夢境，你只能看到宿主曾經的記憶，而我，能讓你看到未來。」

# 7

此話一出，屋子裡所有的人都怔住，就連同樣身為食夢貘的阿巴也愣在原地。

花獸少女抿嘴一笑，走上前抬手輕撫小漠的身子：「沒錯，小漠的能力比起普通的月獸要更特殊，正因她特殊的體質，因此成為月獸一族的重點保護對象，所以我們才千辛萬苦地幫助小漠逃脫鬼豹族的追蹤。」

我低頭看向阿巴，卻正好撞上了阿巴同樣遞過來的疑惑的眼神。我微微頷首轉向小漠：「你所謂的『未來』，到底是什麼意思？」

小漠眨了眨眼，米黃色的身子散發著透徹的光芒，她那雙貓眼變成了一條細線，盯著我輕聲說道：「作為月獸，以人類噩夢為食，同時也可以帶人類進入他人夢境。然而我們都知道，夢境是意識的產物，是人類潛意識中的記憶在腦海中的扭曲重現，也是對之前發生過的事情的一個重新上演。因此你之前所進入的夢境，都是夢境宿主已經經歷過的記憶。」

「不錯。」我點點頭，我之前不止一次地利用這一特點來找回發生在宿主身上的事情真相。

小漠繼續說道：「可我，卻能洞察到對方的潛意識，並且根據這些意識碎片拼湊呈現出一個對方假想中的未來。說是未來其實也有些誇張，其實說白了，就是能夠預見對手的心理活動，將對手心中所期許的世界呈現在你的面前，好讓你提前做出相應的應對措施。」

嬴萱猛地打了個響指：「意思就是，你能讓我們看到對手捉摸不定的陰謀，和所謂的讀心術差不多唄？」

小漠和花獸少女同時點了點頭。

我有些按捺不住地興奮，如果按照小漠所說，在她的幫助下我能夠提前洞悉詭計多端的鬼臼的計畫，那麼就可以輕鬆率先找出突破口對他進行攻擊，這樣一來，鬼臼這個善於利用心理戰的背後小人，就大大降低了對我們的威脅。

阿巴有些不服氣，晃動著渾圓的身子朝著小漠湊過去，靠近嗅了嗅：「你吃什麼長大的？怎麼還有這樣的本事？」

小漠有些害羞地往花獸少女的背後退了退，我急忙一把揪住阿巴拖回來：「你幹嘛呢，離人家女孩子那麼近！」

阿巴根本沒搭理我，仍舊是目不轉睛地盯著小漠：「我的記憶不好，總是記不得之前的事情，從我有記憶開始，我就是跟在食夢先生的身邊，如果我們同為食夢貘，那你能告訴我，我的身世由來麼？」

小漠茫然地看著阿巴：「這個……風花雪月四大妖獸種族，是從上古時期由自然元素凝結而成，經歷了千年的繁衍生息才形成了如今並不壯大的種族。

我們平日裡就隱居在蒼山洱海一帶，與世無爭，花獸們平時就偽裝成自然植物，風獸們化作無形的風不停奔跑吹動在下關地帶，雪獸凝成蒼山頂部的積雪，而我們月獸生來喜歡黑暗，因此白天總躲在地下洞穴中，只有夜晚出現覓食……」

「哦，怪不得我喜歡住在姜楚弦的葫蘆裡呢。」阿巴若有所思地點點頭。

小漠笑了笑：「至於你所謂的身世，其實我也不太了解。不過據說咱們的祖先便是那頭頂的月光凝結而成，所以說白了，我們其實就是一團凝聚不散的月光。」

阿巴低頭看了看自己渾圓的肚皮，隨即便乾笑兩聲：「月光？有意思……不過，你為何能夠擁有與我不同的能力呢？」

小漠尷尬地咧開嘴笑笑：「這個我就不清楚了，從我很小的時候，我就發現自己擁有這樣的能力，只不過這種能力對於我們與世無爭的風花雪月四妖獸而言並沒有什麼太大的意義。可是現在，我們正遭受著鬼豹族的追捕，因此我們才商議來投靠食夢先生，利用我的特殊能力來對付鬼豹族。」

我不禁握緊了手中裝著阿巴的葫蘆：「你放心，我定不會讓鬼豹族的陰謀得逞，雖然不知道他們大肆追捕月獸有何居心，但你們放心，既然你們選擇相信我，我一定會盡力而為！」

「不是『我』，是『我們』！」嬴萱上前用胳膊一把勾住我的脖子，另一隻手指了指身後的文溪和尚還有倚在門邊的雁南歸和靈琚。段希夷縮在角落裡不說話，只是抬眼看了看我。

「你怎麼了？」我注意到段希夷的沉默，於是轉頭問道。

段希夷沒有說話，站起身拍了拍自己鵝黃色的襖裙，警惕地上下打量著小漠，自己黑曜般的眼珠靈動一閃，不知道腦子裡在想些什麼。

「恕我直言，」段希夷繞著小漠走了一圈，「既然咱們統一了戰線，那你們得給我解釋解釋，那天晚上，我在房頂看到你，為什麼第二天那家就死了人？」

若不是段希夷提起，我早將這件事忘記了。不過經她提醒，我們剛剛放下的戒備心便再次全副武裝，所有人都狐疑地盯著花獸和小漠。

小漠倒是沒有絲毫的慌張，大方地解釋了那時候的行為：「這位和尚師父在破廟四周布下了結界，因此我們無法接近你們，就更別說什麼投靠了。於是我潛入了這村子中村民的夢境中，憑借我能看到未來的能力，發現這位即將死去的老者將會引來食夢先生的注意，因此我就在那個時候利用那名老人的身子，給即將到達的食夢先生留下了『風花雪月』這樣的提示，但願你能盡早化夢，在夢境中與我們相見。」

「原來如此，」我恍然大悟，「那這麼說，那位長者的死與你們並無關係，而是自然死亡？」

「是的。」小漠回應道。

我剛要接話，卻突然意識到了不對——如果小漠從一開始就沒有惡意與怨氣，那麼當日我撒在死者房門前的鹽巴，為何會變成黑色？

難道說……在那個時候，房間裡另有其人？

我有種不祥的預感，文溪和尚見我臉色不好便扶我坐下，並隨手往我的脖子上扎了根金針。

「你幹嘛？」我被這突如其來的刺痛驚到。

文溪和尚頭也不抬，繼續為我扎針：「你不是說，要我想辦法先止住你吐血的症狀麼？」

我聽他這麼說便不再掙扎，抻著脖子任他一通亂扎。

倒是嬴萱不樂意了，上前擋住文溪和尚的手說道：「文溪，你這可是在害他！」

段希夷見狀，也加入了勸說的隊伍：「對啊，強行封穴，一旦姜楚弦用力過猛，是很容易出人命的。」

我剛要說沒關係，卻感覺到文溪和尚放在我脖子上的手突然抖動了一下，隨即，文溪和尚不動聲色地放開我，面帶微笑地轉臉看著一臉焦急的段希夷，緩緩開口道：「段姑娘也懂得醫術？」

文溪此話一出，段希夷的臉色瞬間大變，可這不自然的表情在段希夷的臉上轉瞬即逝，瞬間又換作了平日裡少女的那副機靈勁兒：「嗯……不錯，我兒時的確跟著父親學過一些皮毛。」

「皮毛？僅僅幾個穴位就能推斷出我是在給姜楚弦封穴，段姑娘著實不簡單啊。」文溪和尚說著，起身用沾濕的麻布擦了擦自己的手，又轉身從靈琚的藥簍裡摸出了半株我採回來的地獄幽花，溫聲細語地笑著舉在段希夷面前：「既然學過醫術，這地獄幽花又被你們段氏奉為國花，那段姑娘應該十分知曉，這地獄幽花與何物相剋吧？」

我和嬴萱都一臉疑惑地看著文溪和尚，不知道他葫蘆裡賣的什麼藥。段希夷的氣勢瞬間弱了下來，甚至有些緊張地碎步後退，伴隨著不停吞咽的口水，少女頎長的脖頸微微起伏，而那雙握著幽花玉棒的纖細玉手竟開始微微發抖。

空氣瞬間凝固了，文溪與段希夷這場無聲的對峙讓屋子裡的人都一時間摸不著頭腦，段希夷一改往日嬌俏可人的笑容，微微蹙起的眉頭像是絲綢上的褶皺。可文溪和尚仍舊是一臉不慍不火的微笑，讓我們所有人都不敢輕易出聲打破這抗衡的心理戰，就連平日裡最沒規矩的阿巴都老實地閉上了嘴。

「呵。」就在這鋒芒對峙的高峰，文溪和尚突然輕聲笑了出來，率先打破了這詭異的寧靜，然後抬手扔掉了手中剩餘的半株地獄幽花，緊接著無情抬腳輾碎在腳底：「是我無禮了，這地獄幽花本就是一味比較稀缺的草藥，醫書上記載不多，段姑娘不知道也情有可原。」

面對文溪和尚的態度轉變，段希夷明顯鬆了口氣，低頭尷尬地笑了笑：「是、是嗎……」

我疑惑地站起身，即便自己的脖子被扎得像刺蝟一樣，卻還是吃力地看了看這奇怪的兩人：「怎麼了？這東西還有相剋之說？」

文溪和尚笑笑，沒有回答我的疑問，而是手心發力按著我的肩膀讓我坐下：「沒事，繼續扎針！」

嬴萱更是莫名其妙：「哎，段希夷不是說了，這樣強行封穴是有生命危險的麼。」

文溪和尚沒有回應，而是抬頭對著嬴萱微微一笑，成竹在胸的模樣。

我也剛想發問，卻突感脖子一陣痠麻，兩眼一黑，便再次不省人事。

# Chapter 08

# 使命傳承

# 1

「姜楚弦。」

空無一物的黏稠黑暗中，突然，我聽見有人在恍惚間呼喚我的姓名，然而我卻昏昏沉沉睜不開眼睛。

「友人。」

然而緊接著這一聲熟悉的語調卻讓我瞬間清醒，我猛然睜開眼一躍而起，卻見自己仍舊處於一片黑暗之中，突然發覺這般熟悉的場景似曾相識。我頭痛欲裂，吃力地扶額站起，卻見那熟悉的一襲淡紫色道袍出現在我的眼前。

「夢、夢演道人？」我驚訝地抬頭，卻見鶴髮的夢演道人正手持拂塵站立在我的面前，而身邊則是一臉笑意的文溪和尚。我丈二和尚摸不著頭腦，四下打量著這二人，隨即從懷中摸出了天眼，果然，自己正身處夢境之中。

「怎麼回事，夢演道人為何再次潛入我的夢境？而且……怎麼還帶著你？」我轉頭瞥了一眼旁邊的文溪和尚，不知道他們葫蘆裡賣的到底是什麼藥。文溪和尚乾笑兩聲，抖了抖袈裟上的塵土說道：「還記得你昏過去之前，我們在幹什麼嗎？」

我絞盡腦汁去回憶，卻感到頭痛欲裂，這種記憶混亂的感覺讓我抓狂，好在我一番努力之後，才終於想起了之前的事情：「昏倒之前……對了，是你在給我扎針？」

文溪和尚點頭輕笑：「不錯。」

「你是故意要讓我昏睡的？」我摸著自己痠痛的脖子看文溪和尚的表情猜測道。

夢演道人走上前插話：「是的友人，是我囑咐文溪封了你的穴道，並且讓你陷入昏迷之中。」

我面前的兩個人都是極為成熟可靠之人，也都是城府極深之人，因此不可能無緣無故做一些出格的事情，他們這般做定是有他們自己的理由。我擺出一副洗耳恭聽的模樣，示意文溪解釋給我聽。

「我們現在都在破廟中睡覺，但是我在夢演道人的幫助下進入你的夢境，為的就是告訴你兩件事情。」文溪和尚沒有繞圈子，徑直切入話題。

我心中一緊，文溪和尚若有話對我說，平日裡大可直接跟我交談，這般費勁進入我的夢境來告知我，定是我們身邊出現了不可信任的人，想起剛剛加入我們陣營的花獸少女和月獸小漠，我的心便瞬間涼了一截。

「第一件事情，是我要警告你，一定要小心段希夷這個人。」

「怎麼？」誰知文溪和尚將話鋒轉向了段希夷，讓我疑惑不解。

文溪和尚指了指我的身子說道：「你知道你為何頻頻吐血，氣血瘀滯，身體衰弱？」

「不是因為我服下了地獄幽花，而引起的排毒症狀麼？」我反問。

文溪和尚歎了口氣：「地獄幽花乃解藥，怎會帶來如此嚴重的副作用？姜楚弦，你真是被段希夷迷了心竅！」

「難道我吃的不是地獄幽花？」我恍然大悟。

文溪搖頭：「不，你忘了，你在服下地獄幽花的時候我已檢查過，的確是地獄幽花。可是你忘記了，我在你昏睡之前，曾問過段希夷那樣一個問題。」

我努力回想：「你問她……可知道何物與地獄幽花相剋？」

文溪終於舒展了眉頭：「不錯，我那正是在試探她。因為我懷疑是她在地獄幽花上做了手腳。畢竟，地獄幽花是你們兩人一起去採回來的。」

「可是，地獄幽花是我親手採摘並且一直自己保管的啊。」我疑惑地說道，「不過，與地獄幽花相剋之物，到底是什麼東西？」

文溪輕吐一字：「鹽。」

鹽……我懷中的確是帶有鹽巴做驅邪之用，但鹽巴是裝在布袋之中，地獄幽花也是被我放在最外層的胸前口袋之中，理應是不會和鹽相接觸的。

「地獄幽花在沾了鹽分之後，不僅大大降低了它解毒的功效，還能讓人氣血倒流瘀滯產生中毒的症狀。所以姜楚弦，你再給我好好想想，段希夷到底有沒有接觸過地獄幽花？」文溪和尚嚴肅地質問我。

「讓我想想啊……我摘來地獄幽花之後，就一直揣在懷裡，之後就聽段希夷講述風花雪月的傳奇，然後就回到破廟了，中途別說是段希夷接觸到地獄幽花了，就連我倆都幾乎沒有什麼肢體接觸。」我仔細回想。

文溪和尚不依不饒：「回來之後呢？」

我冥思：「回來之後……我練習撼山符，你去給我熬藥引了啊。」

文溪和尚敏感地提問：「那麼這段時間，地獄幽花也是一直在你懷中？」

我點點頭。

「那段希夷呢？」

我回想：「她……就是勸我不要一直徒勞地練習……不對！我知道了！」我突然意識到了事情的不對勁，一種莫名來自心底的恐懼襲上心頭，讓我對段希夷的看法徹底改觀。她根本不是一個單純驕蠻的小公主，而是一個心思縝密善於偽裝自己的臥底！

文溪和尚看我想明白了其中道理，便詢問道：「怎麼？想到什麼了？」

我不敢想像地回答：「那個時候，段希夷撲進我懷中大哭了一場。」

文溪和尚的臉色大變，看來，他也應該意識到了事情的真相。

「她哭得特別傷心，眼淚浸濕了我胸前一大片，而那個位置，剛好是我放地獄幽花的位置……」我一邊搖頭一邊回憶。

文溪和尚一臉正色：「眼淚的成分，是鹽。」

我不敢相信地搖頭：「不……這一定是誤會！她或許根本就不知道地獄幽花和鹽相剋，她、她可能就只是單純地在我懷中哭了一場而已——」

「姜楚弦，你別再替她開脫了！我早就說過，這個來歷不明的丫頭雖自稱大理古國公主，但是根本沒人能作證，說不定她就是鬼臼派來的奸細呢？」文溪和尚立場鮮明，打斷我的話說道。

我閉上了嘴。不錯，文溪和尚說得不無道理，眼下所有的事實都證明了段希夷身上的蹊蹺，我不能再一味地以貌取人。

「你莫名昏迷了三天，我就覺得事有蹊蹺，正好夢演道人那晚進入我夢境讓我幫忙，將你帶往深度昏睡之中，我便趁此機會讓夢演道人帶我一同前來，好把我的懷疑告訴你。」文溪說道。

「那……接下來該怎麼辦？」我問道。

文溪思索片刻回答：「這樣，既然知道了段希夷不懷好意，那麼咱們先不戳穿她，留個戒心便可。咱們先留她在身邊看看，或許我們能從她身上得到關於鬼臼他們的更多線索。」

我點頭認同：「好，就按你說的辦。」隨即，我便轉頭看向一旁一直沉默不語的夢演道人：「那麼，所謂的第二件事呢？」

# 2

一直候在一旁的夢演道人微微上前，點頭一笑接過文溪的話繼續說道：「第二件事，是我要警告你的。」他走上前湊近了我上下打量，一頭銀髮在飄逸的道袍下顯得仙風道骨，可那堅定的眼神卻讓我感到十分有安全感。

「請說。」我示意。

夢演道人一擺拂塵輕言道：「最近友人可發現，你的夢境總是被入侵，而且深陷其中越來越不容易醒來？」

夢演道人的話正戳中我的痛處，我急忙點頭：「不錯，這應該是我經常進入別人夢境而造成的副作用，可這些日子愈發嚴重了。」

夢演道人表情凝重地搖頭：「可你沒有發現，入侵你夢境的，一直都是同一個人？」

我怔住，同時腦海中浮現出了那名白衣書生的模糊輪廓。

「他不僅能輕易入侵你的夢境，還操控你身處的夢境，將你曾經經歷過的恐懼依次重複上演，進而麻痺你的思維意識，企圖讓你永恆迷失在多重的夢境中無法自拔。」夢演道人說道。

我不是沒有想過這樣的可能，前幾年我的身體從未有過這樣的情況，只是最近這些日子才開始，而且那名在深層夢境中呼喚我姓名的白衣書生，與我而言是那麼的熟悉，卻又無法記起他到底是誰。

「看你的表情，友人，你應該是心底有答案了。」夢演道人微微一笑，抬手一揮，青綠色的火苗突然憑空出現，懸浮在夢演道人的指尖。

「無息，你也在？」我驚訝地說。

夢演道人抬手伸向我的懷中，我不明就裡卻也沒有躲閃，他便徑直從我懷中摸出了幾張臨摹的符篆，那正是我之前在西周古墓中從我誕生的石棺上抄下來的符篆，上次請鬼市的老頭幫忙解了半天也沒說出個所以然來，本想保存著等有空了回蓋帽山請無息幫忙破解，卻不想夢演竟帶著無息主動找來。

「這種貼在石棺上的符咒，叫乾坤萬年咒。」夢演道人不等我發問，便徑自說道。

「之前我聽人解讀，說它是叫……預言咒？」我試探道。

夢演道人點頭：「的確，乾坤萬年咒是屬於預言咒的一種。接下來，還是讓精通符咒的無息來替你解讀它的含義吧。」說著，夢演道人便將那些符咒放置在無息的火苗上，微弱的火光引燃了紙符，扭曲變形的灰燼散落在地，無息的亮度也突然大增，刺眼的火光讓我睜不開眼。

「友人，我本希望你永遠不要想起自己那轉生千年的記憶，而是遠離這一切無憂生活下去，可惜世事不如人願，如今鬼豹族已然主動向你出手，若不及時反擊，後果不堪設想，所以……未到的時機，如今也不得不提前抵達了。」夢演道人一抬手，無息便淩空飄起，散落的帶著餘火的灰燼隨風起舞，竟緩慢地組成了一幅逼真的畫面。

躍動的灰燼如同皮影戲一般，在無息的控制和夢演道人的解說下，給我講述了一個古老而神秘的傳說。

西周時期，兵荒馬亂，民不聊生，闡教崑崙山玉虛宮元始天尊門下有兩名弟子，一為申公豹，一為姜子牙。元始天尊見民間禍亂，於是選派姜子牙下山輔佐明君，代理封神。然而申公豹眼見師父重用師兄姜子牙，心生嫉妒，選擇站在了姜子牙的對立面，修煉邪術，並輔佐暴君商紂王。

二人鬥爭不斷，直到最後武王伐紂，商周覆滅，姜子牙大獲全勝，執掌打神鞭封神。而申公豹卻死於非命，以自己的肉身堵北海之眼。

我們所熟知的神話傳說就此完結，然而姜子牙與申公豹之間的恩怨並沒有就此了結。封神過後，為維持天下正道，三尊以天地精華煉造了一尊自行旋轉的玉晷，名曰天晷，以此來維持時間的正序運轉，晝夜交替，四季輪迴……雖然天晷能維持九州大地的正序，但也一樣能使時間停滯甚至倒退。於是三尊設立聖地保護天晷，命青龍、白虎、朱雀、玄武四大神獸率族人分別鎮守東西南北四極大門。同時將打神鞭交予姜子牙，由他負責永生永世守護天晷。

然姜子牙命中無福成正果，身為凡人壽命有限，無法永生永世守護天晷，於是他利用天晷對時間的掌控力量創造出了乾坤萬年咒。而乾坤萬年咒與其他力量取自天地自然的符咒不同，它屬於預言咒，只有精準的預言才能為它提供源源不斷的力量。為了精準地預知未來，姜子牙將乾坤萬年咒巧妙運用到石棺上，將自己的肋骨封入墓穴石棺之中，以乾坤萬年咒封存。於是，每一百年，石棺中便能誕生出一名壽命百年的新生嬰兒，作為姜子牙的分身替他存活在這個世上，不僅負責守護天晷，同時作為記憶收集器，記錄這一百年來發生的事情。

當一百年過後，這名石棺中的分身壽終正寢，他的記憶就會自動傳輸到西周時期姜子牙的腦海中，這樣一來，姜子牙便獲得了幾千年的記憶，助他編寫出精準的曠世預言，從而為乾坤萬年咒提供力量來源，而乾坤萬年咒則又能繼續在石棺中創造出新的新生兒來接替，如此相輔相成，一代代輪迴，隨著一任又一任的食夢先生的記憶繼續增加預言內容，直到現在。

我震驚得說不出話來，就連一旁的文溪和尚也怔住，我們陷入這樣令人震驚的傳說中無法自拔，直到夢演道人收起無息，跳動的火苗漸漸衰弱，我們才回過神來。

「那這麼說……在我，還有我師父之前，從西周時期算起，每一百年都有一名食夢先生存在？」我雙目無神地回憶著關於我師父的點點滴滴，並且提出了自己的疑問。

夢演道人點頭：「不錯，以往的每一任食夢先生，總會在成年之後喚起這千百年來傳承的記憶，而我乃修道之人，已在世間存活達千年。因此，我不僅和你以及你師父是朋友，再往前數幾百年，我幾乎和每一任食夢先生都是好友，姜玉竹、姜南星、姜于惑、姜空青……到現在的姜潤生和你姜楚弦，在我的眼中，你們從始至終其實都是同一個人，只不過是換了副肉體，換了個名號而已。只不過你……不知為何遲遲沒有喚醒自己塵封的記憶，之前我用時機未到來搪塞你，可事到如今，鬼豹族猖獗，也不得不由我來告訴你這樣的事實。」

聽了夢演道人的話，我忽然意識到了師父曾經在面對我的疑問之時，不緊不慢地伸出雙指敲在我天靈蓋上，以「時機，未到」來答覆我的含義。原來我曾經執拗的那些問題，只要到了合適的時間，便能自行想起。只不過我的這個「時機」，來得終歸是太遲了些。

「那……之前的那些食夢先生，都和我師父一樣，和我有相同的容顏，並且擁有一百年的壽命？」我雙手有些哆嗦，尋求夢演道人的確認。

夢演道人毫無疑問地點了點頭：「不錯，但是說起來你們的壽命，其實並不是如你所說不多不少剛好一百年，換句話說，應該是要比普通人多出來二十年，這種說法似乎才更正確。」

我投去疑惑的目光。

「如你所知，每一任分身成年後便會停滯生長，保持年輕的體魄，同時喚起之前傳承的記憶。在分身活到八十歲左右的時候，理應衰老死亡，可是這個時候，石棺中的下一任分身便會誕生。為了確保嬰兒能夠順利成長，上一任分身在預言咒的作用下便能夠比正常人多活上個二十年左右，目的就是將新生的分身撫養長大，而在嬰兒成年後，上一任分身使命完成，便會迅速衰敗、死亡。」

夢演道人不緊不慢地說道。

我的心口彷彿被閃電劈過，翻騰的腦海中一片空白……為什麼我和我師父長得如此相像，為什麼所有認識我師父的人都把我當成了他，為什麼我和我師父都不會變老，為什麼我的師父突然失蹤，這一切的疑問此刻都有了解釋，可是這樣的解釋，真的是我想要的麼？

我幻想過許多種我和我師父的關係，卻從未想到過，我們，說白了竟是一個人。

我假設過許多種自己的身世，卻從未想到過，自己，竟是姜子牙的一根肋骨，一個分身，一個記憶收集器。

可是在我看來，不管在我們之前，這個世界上出現了多少姜這個姜那個，我的師父從始至終只有姜潤生一個，不管我們是因為什麼這般輪迴傳承，在我的心底，他只是我的師父而已。

我的師父……原來根本不是失蹤，而是將我撫養成人，百年時限已到，壽終正寢。

我的出現，才是造成我師父死亡的真相。

如果我能夠選擇，我寧願選擇不出現在那座西周古墓之中來接替我的師父。

「你說的這些事情，我師父他可都知道？」我抬頭看向這位與我幾世都為摯友的夢演道人。

他點頭道：「是的，在這一任食夢先生的壽命即將耗盡之前，他便會返回衛輝的古墓中，將新生的嬰兒從古墓中抱出撫養長大，在新任的食夢先生有能力自行生活下去的時候，上一任食夢先生便會迅速衰老死亡……這個撫養與陪伴的周期可能是十八年，也可能是二十年，並沒有一個精準的約定，所以只能說是大概。」

那這麼說，我在百年之後也要按照這樣的規矩回到古墓中，將我的下一任繼承者抱出來？而我們在世間活一百年的意義，僅僅就是為了記錄收集這段時間的記憶，保護天晷維持時間正序運轉，為了活著而活著。因為我們只有活著，那乾坤萬年咒才能起作用，而我們也因此才能夠活著……

文溪和尚弄明白了這其中的奧妙，卻也同時提出了自己的疑惑：「可是，這和姜楚弦被他人入侵夢境有什麼關係？」

夢演道人表情耐人尋味：「你覺得會是什麼人，試圖讓姜楚弦陷入夢境中沉睡，好讓這一環扣一環的記憶鏈斷裂，讓這預言咒失效，讓姜子牙再無分身來守護天晷？」

夢演道人的這一系列提問點醒了我和文溪，我倆異口同聲地答道：「鬼豹族！」

夢演道人點頭：「不錯，鬼豹族乃是申公豹的後代。三千多年前，申公豹的肉身被拿去填了北海之眼，可魂魄卻被鬼豹族牽引保留，重塑肉身，成了鬼豹族的首領。」

「你的意思是，申公豹現在還活著?!」我震驚地反問。

夢演道人搖頭：「不，他現在早已換了模樣，已經不是當年的那個申公豹了。現在，他總是以一襲白衣、斯文書生的模樣示人，名曰申應離。」

鬼豹族首領，申公豹後人，申應離。

不錯……就是他，頻繁出現在我的夢境之中！

「那這麼說，眼下這血竭大肆捉捕月獸，定是申應離的命令了。」文溪和尚推斷道。

夢演道人點頭：「不錯，申應離強迫月獸帶自己進入姜楚弦的夢境，並且通過數量極多的食夢貘來創造多重夢境，幸而你有天眼在身，不然早就陷入夢境深層，永遠無法醒來。」

我心有餘悸地回想著自己經歷的一切，一直以來，我遇到的所有我認為巧合的事情，其實都是申應離精心編織的一張天羅地網，命血莧製造衛輝通連的噩夢，收集恐懼來吞噬南極門，造成朱雀神族全軍覆滅；命鬼臼利用金鈴懸棺來煉製毒蠱，給血竭的鬼豹軍隊提供力量來源；命血竭率領鬼豹軍隊捕捉月獸入侵我的夢境，讓我陷入萬劫不復的記憶泥潭……這一切我所經歷的看似不相干的事情，背後都有這麼一個人在操控，讓我們宛如提線木偶般一步步走入他早已設計好的陷阱。

「我與申應離無冤無仇，為何他要如此設計陷害我？」我苦惱地揉了揉發脹的太陽穴。

夢演道人說道：「怎會是無冤無仇，你們申、姜二人的恩怨早已糾葛了幾千年，你作為姜子牙的後代，申應離作為申公豹的後代，本就是宿敵，談何無冤無仇？」

「可是，我只是姜楚弦而已，只是個想要找到我師父的普通人……」我有些失魂落魄地盯著眼前的二人，聲音越弱。

「友人，你並不是普通人，你手持打神鞭，肩頭還有太公的重任，天晷需要你來守護。如今東西南北四門已經在鬼豹族的攻勢下逐漸衰弱，你若是再不站出來將申應離打敗，那麼一旦天晷落入申應離手中，必將天下大亂，讓那種奸邪狹隘的小人成為時間的主宰，你該如何向天下人交代？」夢演道人一改平日裡溫潤的笑臉，凜然對我說道。

「可是，鬼豹族要天晷有何用？」一旁的文溪似乎有所不解。

夢演道人微微搖頭：「天晷能主宰時間的運行，也就是說，它可以讓時間回到從前，也可以推進到未來。我雖不知申應離為何要強行改動時間，但如果他將天晷倒轉回到過去，稍做改動，那麼整個歷史都將會被改寫……」

文溪恍然大悟：「難道申應離要回到商周時期，改寫自己與姜太公的命運？」

我有些耳鳴，文溪和夢演的聲音離我似乎越來越遠……我從未想過自己竟會走到今天這一步，我曾幻想過的未來，不過是找到了我那日思夜想的師父，尋一處無人山谷，建一醫館或茶樓安然度世，帶著靈琚、嬴萱和師父一起晨鐘暮鼓。

可是現在，我瞬間變成了萬人敬仰的姜太公後人，神聖的打神鞭就握在我的手中，窮凶極惡的鬼豹族正在覬覦維持時間正序的天晷，這讓我不得不站出來，以正道人心匡天下正義。

「友人，你所尋找的師父，據我所知一直堅持戰鬥到最後，他的最後一役，就是南極門滅族之戰。姜楚弦，你向來嫉惡如仇，因為你就是身懷正義的姜太公。我相信你定會與之前的自己一樣，不會逃避。」夢演道人說完，抬手將拂塵收起，對我微微拱手。

我有些恍惚，一旁的文溪和尚倒是走上前來用力拍了拍我的肩膀，春光般的笑容散落在臉龐：「姜楚弦，你放心，不管怎樣，我們肯定會陪你一直走下去，即便我不為找回自己的妹妹，即便雁南歸不為報鬼豹族滅族之仇，我們也會像嬴萱和靈琚一樣，毫不猶豫地站在你的身後。」

我有些熱淚盈眶，急忙慌亂地眨了眨眼睛，手臂因過於用力而微微顫抖。

我一直以來所期望的，不過是想找回我的師父，結束眼下顛沛流離的生活，與身邊好不容易得來的摯友安然度過餘生。然而我若不出手阻止申應離，天晷一旦落入他的手中，時間將會扭曲倒轉，歷史將被改寫，到那個時候，世上再無什麼食夢先生，也不會有什麼姜楚弦。不管申應離到底是出於什麼樣的目的來入侵我的夢境而企圖掠奪天晷，只要他的做法觸及我一直以來所堅持的原則，我定會像從前清理噩夢中的邪崇那樣，毫不猶豫地手刃企圖破壞時間正序的惡徒。

# 3

晚來的春風無意吹動額前的髮絲，清晨的薄霧還未散開，我便早早起身，披了袍子坐在破廟的窗前。

窗外塵塵事，窗中夢夢身；既知身是夢，一任事如塵。

我仍在思索昨夜夢中，夢演道人和文溪和尚對我說過的話。其他人都還在酣睡，靈琚仍舊是守在雁南歸身邊，蜷縮成小貓般安靜臥在野鳥身邊；段希夷在角落的草垛後面靠牆半臥而眠，手中緊握幽花玉棒，眉頭微蹙；文溪和尚昨夜化夢更是精疲力竭，此時還在輕微打鼾；花獸少女幻化成了花朵的形態散落一地，靜悄悄毫無動靜；倒是阿巴特殊，竟是沒有回到葫蘆裡，反而和那害羞的小漠依偎在一起淺淺地睡著。

唯獨嬴萱聽見了我起來的動靜，自己打著哈欠也站起了身，去外面添柴熱了鍋湯藥，捧著藥碗走到我身邊。

我接過嬴萱手中的藥碗，卻不慎觸碰到她柔軟的指尖，耳根一紅急忙別過頭去將湯藥一飲而盡。

現在，著實不是想這些的時候。倒不是想逃避，既然有了曖昧和那衝動的行為，我定是不會再像從前那樣對嬴萱的主動模稜兩可了。等我處理完眼下這一切，我定會找機會和嬴萱徹底理清楚我倆的關係。

按照文溪和尚所說，我體內雖毒蟲已驅散，但地獄幽花因與眼淚產生反應而增加了毒性，他當時表面上是給我封了穴，實則是在暗中替我調理，當日的施針不過是為了掩人耳目罷了，畢竟段希夷作為鬼豹族的眼線，我們還是需小心些為妙。

據我推斷，若段希夷是鬼臼派來的臥底，那麼鬼豹族定是早就知道了我們的藏身之處，他們之所以遲遲沒有攻進來，恐怕就是想要讓段希夷利用地獄幽花加害於我，在確保我重傷之後再度動手。畢竟我手上的玄木鞭乃是上古神器打神鞭，雖然我的功力尚淺，但鬼豹族畢竟忌憚我幾分。所以我和文溪和尚決定將計就計，讓我佯裝重傷不起，等鬼豹族攻進來，給他們來個措手不及。

「感覺好些了麼？」嬴萱見我面色蒼白，接過我遞上來的空藥碗關切地問道。

我抬眼看向她。由於剛剛起床，嬴萱的黑色長髮尚未像往常一樣編成麻花辮，此刻正如同精緻絲滑的綢緞慵懶地散落在肩頭。她只穿了內衫，外面披了件夾襖，獸皮裙掩映在其中顯得若隱若現。

不得不承認，嬴萱其實是很美的。

刨去嬴萱那傲人的身材，她的相貌雖看似粗獷英朗，但當她不開口說話的時候，的確是美的。她總是喜歡用帶刺的軀殼來偽裝自己內心的柔軟，作為從小被狼叼走養大的野女人，嬴萱的美與段希夷是大相逕庭的。如果說段希夷是枝頭一朵嬌嫩的小茉莉，那麼嬴萱定是開在草原上的格桑花，經風沙磨礪後不施粉黛的英氣，那純淨天然毫不修飾的美，才是我一直以來所忽略的。

「看什麼？老娘問你話呢？」嬴萱伸手在我出神的雙目前打了個響指，強行將我的思緒攪亂。

「沒什麼。」我回過神來，暗自苦笑。

發生了這麼多事情，嬴萱卻從沒有主動提起過什麼，那夜醉酒衝動的一吻如同根本不存在的幻境，活生生在她的記憶中被自己強行抹去，甚至於她曾經不離口的「十年婚約」也閉口不提。在我的印象裡，這死女人總是大大咧咧一副無所畏懼的樣子，可是眼下的她分明變得敏感細膩了起來，我每一個細微的表情都被她看在眼底，她生怕自己多說一句話就會給我肩頭增添更加沉重的負擔。

所以說……她本質上其實應該是個很溫柔的女人。

師父說過，身為男人，是不能讓女人幫你扛起肩頭的一切的。看著嬴萱的側臉，我暗暗下定了決心。

文溪和尚與我的計畫並沒有告訴其他人，畢竟段希夷鬼靈精怪，心思縝密，越是這樣假戲真做，才越能打消她的疑慮。於是我佯裝痛苦地單手捂住胸口，示意嬴萱將我扶回床榻。

「怎麼回事，怎麼感覺愈加嚴重了呢？」嬴萱心思果然單純，並無多想，反而萬分擔憂。

我緩慢躺下，想到之前段希夷哭得梨花帶雨惹人憐愛的場景，我的心底還是狠狠地揪了一下。

人心險惡，誰能保證你身邊之人沒有小人之心？更何況，是一位只有過一面之緣的姑娘。

隨著嬴萱的動靜大家依次醒來。嬴萱燒了盆水就去洗漱了，段希夷醒來後先來我身邊查看我的傷勢，我故意不動聲色，虛弱地躺在那裡對她笑了笑。

段希夷低頭回應，抬手摸了摸我的額頭：「身子好些了麼？」

「好多了。」我強顏歡笑。

段希夷自然以為我還是在像之前那樣強撐，眉頭一蹙，歎了口氣：「你得趕快好起來才行。」

我突然起了身雞皮疙瘩，感覺自己眼前的這朵小茉莉倒更像是帶刺的虎刺梅，笑裡藏刀，綿裡藏針，若不是文溪和尚提醒，我定是不會對她產生任何懷疑。這種莫名的失落感讓我心有鬱結，我別過頭去不看她，我怕自己再次陷入她那散發著光芒的笑容之中。

「師父，小雁他能起身了呢。」突然，脆甜的嗓音從對面的偏房傳來，我仰頭看過去，只見雁南歸在靈琚的攙扶下正緩慢向我們這邊走來。多虧了雁南歸體質特殊，傷勢恢復極快，若是換作一般人，怎也得躺上十天半個月。

嬴萱在段希夷和靈琚的幫襯下開始著手準備飯食，嬴萱這幾日打了不少的野物，他們還從已無人煙的村子裡找來了白飯和其他簡單的糧食。阿巴縮在角落裡低聲和小漠交談著，畢竟阿巴第一次見到自己的同類，似乎有說不盡的話，一改平日裡慵懶的模樣，神采飛揚不停嘴地講述著自己的經歷，多數時候，小漠都只是靜靜地聽著，偶爾會嬌羞地低頭一笑。

文溪和尚趁做飯間隙說扶我出去走走，我倆交換了眼神，便晃晃悠悠地走出了破廟。

我們沒有走遠，而是來到了村子郊野，這裡有一排排簡易的墳塋，看樣子應該是文溪他們在我昏睡期間替這些無辜的村民進行了安葬，此時此刻，全村上下都安靜地躺在這紅土之中，似乎還能聞得見屠戮過後的血腥。

我跪在這些墳塋前拜了拜，文溪和尚上前行了個佛禮，便不動聲色地輕聲對我說道：「你有沒有想過，如果段希夷是鬼豹族眼線，既然知道了我們藏在何處，那鬼豹族人為何還要屠殺這些村民？」

我站起身，目光飄向遠方：「你說的我不是沒有考慮過，可是你忘記了，在這個村子裡的，可不只鬼臼一人。」

文溪和尚被我的話吸引：「你的意思是？」

「即便是同一群族，也會有相應的勢力劃分和職責所在，你有沒有想過，鬼臼和血竭，或許並不是站在一條戰線？」我雖不敢肯定，但還是提出了假設。

文溪和尚點頭：「的確有這種可能。從我們來到雲南起，便沒有見到過血竭和鬼臼一起行動，屠殺村子的是血竭手下的軍隊，追捕大理段氏的也是血竭，捕捉月獸的還是血竭，而鬼臼看似從未參與其中，卻在雁南歸重傷那晚企圖給嬴萱下噬魂蠱，如果段希夷就是鬼臼的眼線，那麼他還費勁控制嬴萱幹什麼？」

我深吸一口氣：「你的意思是，段希夷是血竭的人？」

「不知道你注意到沒有，血竭如此費盡心思，不過就是為了將咱們困在這破廟中，先斬斷雁南歸，再等段希夷給你下毒之後將咱們一網打盡。他的目的很明晰，就是要置咱們於死地，以報自己妹妹血莧的仇。可是，鬼臼呢？」文溪和尚分析。

「照你這麼說，看來這鬼豹族四大長老都有他們各自的職責所在？這麼看來，血莧與鬼臼應是四處搜尋力量來源，比如之前衛輝村民的恐懼，還有那金鈴懸棺中的毒蠱，這些說白了都是後勤。而血竭，恐怕就是衝鋒陷陣的前鋒了。」

「而申應離那個族長，則躲在背後操控著這一切，同時入侵你的夢境，設法讓你永遠無法醒來。」

我點頭不語。如果照這樣分析，那我們現在需要對付的只是血竭罷了，鬼臼並沒有參與到風花雪月這件事之中，這讓我們的勝算大大增加。可即便這樣，要對付力大無窮手持板斧的獸人血竭，也並不是什麼容易的事情。

「你的撼山符怎麼樣了？」文溪和尚突然問道。

我沒有底氣地回應：「還好，勉強能使出來，只不過必須要一擊制敵才行。」

「咱們就好好利用段希夷，將你中毒的消息傳給血竭，咱們安置好陷阱，就等著血竭他們來跳。」文溪和尚正色道。

「姜楚弦，文溪，吃飯了。」遠處的破廟裡傳來了嬴萱的呼喚，我和文溪和尚交換了眼神，再度晃晃悠悠地往破廟走去。

飯罷，我按照文溪和尚的計畫，先讓阿巴帶小漠回到封印葫蘆中以確保他們的安全，隨即突然昏厥，倒地吐血。嬴萱和靈琚都嚇得不輕，但我所吐不過是文溪和尚提前準備的野雞血，雖然味道腥臭，但效果逼真，我自己都差點信了。

「嬴萱，你帶靈琚去採些藥來！方子靈琚知道，快去快回！」文溪和尚扶我回床後迅速轉身吩咐，「段姑娘，勞煩你再去找些柴火來，等下熬藥要用！」

「噯，好的。」段希夷沒有猶豫轉身便出了門。

文溪故意將段希夷一人支開，為的就是給她製造一個通知血竭的機會，待她們三人分別離去，我才抿了抿嘴坐了起來。

「這是怎麼回事？」此時屋子裡只剩下文溪和雁南歸，野鳥聞聲從偏房走過來見我如此，大惑不解。

我挑眉對他笑了笑：「準備收網了。」

雁南歸轉身看向一旁同樣面帶笑容的文溪和尚，雖沒有理解我的意思，但還是默契地抽出了青鋼鬼爪。

「釣大魚。」我從懷中摸出火鈴符，俯身依次埋在那些枯草之下。

# 4

嬴萱和靈琚果然率先採藥回來，文溪和尚俯身貼在嬴萱耳邊低語幾句，嬴萱便點頭應允，抱著靈琚快步走出了破廟。我準備好之後便重新躺回草席上，雙目微閉，佯裝昏迷。文溪和尚隻身一人坐在院子裡熬藥，一言不發，靜候對手的光臨。

而雁南歸，此時早已隱匿於破廟屋頂，靜觀其變。

成敗在此一舉，正面對決我們定不會佔上風，唯有如此才有勝利的一線生機。果不其然，不多時，破廟外面就傳來了腳步聲。但腳步雜亂無章，定不是出去拾柴火的段希夷。

我努力調整著自己的呼吸，雖是躺在草席上，可手中早已握緊了玄木鞭，等待時機的成熟。一場無聲的對峙悄然拉開了帷幕，現在要賭一賭的，就是對手會不會坦然走入我們這一座空城。

「靈琚，叫你師娘把姜楚弦吐血弄髒的衣服給洗洗，不然明日可沒得穿了。」突然，文溪和尚從院落中站起了身，明知嬴萱此刻早已帶著靈琚先逃往下關，卻還是這般朝空無一人的屋內喊了一聲。

可也正是因為文溪和尚的這一舉動，早已圍在破廟四周的敵人應聲而動，迅速上前將破廟圍了個密不透風。

「姓姜的，今日我定要你血債血償！」只聽得一聲振聾發聵的怒吼，地面幾乎跟著顫了幾顫，不用睜眼就知道是血竭攻了進來。文溪和尚手中的藥碗應聲掉落在地，一聲清脆的碎裂聲，瞬間被無數鬼豹族人的腳步聲湮滅。

文溪和尚慌亂中結印自保，迅速退至我的身邊。然而數十名鬼豹族人早已進入破廟之中，將我們前後的出路堵死。

「呵，姓姜的，今日我就要取你項上人頭，以你的鮮血祭奠家妹在天之靈！」為首的粗獷獸人手持一柄鑲金板斧，身長八尺有餘，腰闊十圍，宛如一隻殘暴的凶獸。卻見他面圓耳大，鼻直口方，腮邊一部絡腮鬍，黝黑粗糙的皮膚上爬滿了駭人的傷痕，一雙銅鈴般的眼眸中吐露著怒火，底氣十足地一聲怒吼，幾乎震得整座破廟都支撐不住。

「在天之靈？你想多了，你那心狠手辣的妹妹，早就下地獄了！」文溪和尚手持無患子珠低聲默唸佛咒，結界陡然增強。一陣強光之下，我猛然睜開雙眼翻身而起，抬起手腕就將玄木鞭擋在身前。

「你?!」血竭看我突然站起而心底大驚，這時，這群鬼豹族人才意識到，這破廟中僅剩我與文溪和尚兩人。

我挑嘴一笑，護住文溪和尚便退至破廟牆根處，幸而有佛光印護身，周邊的鬼豹族人無力上前，只得圍在我們四周。

「就算只有你們兩人，我也絕不放過！動手！」血竭大喝一聲，發黃的一口板牙似乎還掛著骯髒的食物殘渣，鼓起的如同磚塊的肌肉在灰黑色的皮甲下蠢蠢欲動，那雙力大無窮的將雁南歸重傷至此的手臂，正抬起那柄板斧朝我和文溪和尚撲來，暴起的青筋在濃密體毛的掩映下，猶如一隻瘋狂的獒犬。

「花獸！」我急忙將文溪和尚護在身後，讓他能夠繼續維持佛光印，同時按照計畫示意散落在破廟四周的花朵。

剎那間，所有不起眼的深綠色花骨朵都同時綻放出璀璨絢爛的七彩花朵，迸發出柔光絢麗的光影，碩大的花瓣輕柔開合，泛著熒光的花蕊頓時散發出誘人的異香。

而我與文溪和尚及時取出事先準備好的手帕繫在口鼻處，避免吸入花獸的催眠花粉。

那些鬼豹族人沒有料到這是一個精心準備的陷阱，根本沒有任何的防備，瞬間在這花香四溢的破廟中昏昏欲睡，粗礪健碩的身軀卻敵不過這麻醉人心的花粉，紛紛腳下一軟跌倒在地。

血竭見狀，立刻抬手揮舞起那足有半人高的板斧，我們沒料到血竭竟有如此神力，將板斧舞得如同風扇一般，迅速將剛剛瀰漫上來的花粉吹散。可是即便這樣，大部分的鬼豹族人也早已中招，身體軟綿無力，根本無法制約我與文溪和尚接下來的行動。

「野鳥！」我見狀，立即抬頭招呼雁南歸。他雖傷勢未癒，但依舊行動迅猛，只見破廟的屋頂頓時轟然出現一個大洞，青鋼鬼爪閃現，雁南歸迅速從屋頂的洞中落下，提起我和文溪和尚的肩膀就從那洞中鑽出，沿著破廟的屋脊便落至後院。

剛一落地，雁南歸就猛然跪地，單手扶住自己的胸口，只見那繃帶上已經有血滲出。看來，這野鳥的傷還需再養幾日。

我管不了那麼多，腳一落地便迅速轉身抬手用玄木鞭催動心法：「陰陽破陣，萬符通天！火鈴符——破!!」

瞬間，之前被我埋在枯草之中的火鈴符盡數燃起，由於數量較多，而那破廟中又多是枯草破布，因此整個破廟瞬間化作火海，倒在裡面的鬼豹族人也被火龍吞噬，發出了慘烈的號叫。

而那些花獸徑直鑽入土地，按照之前的約定打洞逃出了火海。

熊熊烈火將整座廟宇都囊括其中，焦肉味隨之而來，熱氣熏得我睜不開眼，可我不敢有絲毫的怠慢。因為我們都知道，血竭不會那麼輕易戰敗。

轟然一聲巨響，破廟的窗戶被一名渾身引燃的鬼豹族人衝撞開，他就地打滾並發出淒厲的怒吼，緊接著，又有幾名鬼豹族人從破廟中衝出來，在地上痛苦地翻滾一番後，便再也無力掙扎，化作一堆焦炭。

「姜楚弦……小心！」突然，虛弱的野鳥抬眼低聲對我喊道，我眼皮一抬，就見一道火光從破廟的屋頂衝出，看那壯碩的體型定是血竭不錯，他轟隆一聲巨響落至我的面前，迅速抬手一拳便朝我的胸腔揮來。他的手臂上甚至還帶著火星，卻根本不影響他的任何行動，彷彿他就是一尊鐵鑄的雕塑，根本感受不到痛苦。

我體內的地獄幽花之毒早已被文溪和尚暗中調理，我奮力向後一躲，勉強躲過了血竭的一記重拳。可緊接著，他單手持起那被火烤得發紅的板斧直朝我的肩頭劈來，我無處可躲，只好抬起手中的玄木鞭奮力一擋。

可是下一瞬間，我的腦海中浮現出雁南歸將一名鬼豹族人當作肉盾卻仍舊幾乎被劈成重傷的場景，心有餘悸，手腕一軟，角度有所偏移，幾乎扛不住任何的攻擊。

完了。我心中暗叫不好。

卻突然聽得嗖的一聲，一支利箭從高空直射而下，掠過我的耳畔插入了血竭的右眼之中，而他手中的板斧也因此有所停滯，我猛然一個後仰，算勉強躲了過去。

那是嬴萱的箭！我轉頭朝著箭射出的方向看去，卻見遠處山林裡的一棵大樹枝頭，一個閃爍的紅色身影突然消失。

這死女人……明明讓她帶著靈琚先往下闢方向跑，找到風獸接應，怎麼還在這附近耽擱?!不過也多虧了嬴萱這一箭，讓我得了空，我隨即從懷中摸出撼山符，準備給血蝎最後一擊。

「陰陽破陣，萬符通——呃！」

然而事情並不如我們預料的那般順利，右眼中箭的血蝎根本沒有受到任何影響，迅速抬手上前就卡住了我的脖頸，驚人的力道宛如巨浪般將我一把按倒在地上，強有力的手掌幾乎嵌進了我的肌膚，他那血肉模糊的右眼正往下淌著鮮血，滴落在我的胸前。

還沒等我回擊，血蝎即刻抬起另一隻手死死握住我的手腕，稍一用力，只聽一聲脆響，我握著玄木鞭的手腕便被他硬生生給掰斷，椎心的痛感深入骨髓，讓我痛得幾乎昏死過去，而我手中的玄木鞭自然掉落，被他一腳踢飛。

「姜楚弦，雕蟲小技，你以為我真的那麼好騙？」血蝎碩大的身軀遮擋在我的面前，痛感與絕望共同侵襲著我的神經，我抬眼看了看自己已經變了形的手腕，死死咬緊了牙關。

青光一閃，雁南歸雖身受重傷但仍舊奮起抵抗，可是眼下尚未恢復的他根本不用血蝎出手，從周邊的樹林裡鑽出的鬼豹族人迅速將雁南歸制伏，同時還將結印的文溪和尚逼在角落之中。

我驚訝地看著眼前的情景，震驚得說不出話來。

「姜楚弦，你以為你騙得過那個小丫頭片子，也能騙得過我麼？」血蝎厲聲大笑，站起身卡住我的脖子將我提起，如同拎起一個羸弱的雞仔，我毫無反擊之力。

「你……知道我、我沒有中毒？」我因無法呼吸而憋得滿臉通紅，一隻手因折斷而無法發力，如同斷線的木偶耷拉在身側，我只得單手徒勞掙扎，這種強烈的窒息感讓我雙目眩暈，幾乎要背過氣去。

血竭仰面大笑：「你以為我會多信任段希夷那個丫頭？若不是她父母在我手中，她又怎甘心替我賣命？她的話，我自然不會全信。況且，帶後備軍，是我領兵數百年來的一個習慣！」

我大驚，原來段希夷與血竭並不是一伙的，而是受人威脅才當了血竭的眼線?!

然而現在想這些都已沒了用處，雁南歸與文溪和尚都已被埋伏在樹林中的鬼豹族人質押，我唯一的希望撼山符，此刻也因斷了一隻手臂而根本無法施展。

「姜楚弦，你下地獄，好好去陪我的妹妹吧！」血竭怒吼著一把將我拋向空中，同時用那足有我腰粗的手臂揮舞起那柄板斧，鋒利的寒氣與極大的力道都根本不容許我有任何躲閃。

完了，我人在半空中，根本無法躲閃！

「姜楚弦！」在文溪和尚與野鳥驚恐的眼神和喊叫中，伴隨著強烈的失重感，我彷彿看到了自己裂開的胸膛，還有那顆跳動著的心髒。

「對不起。」

就在我耳畔嘶鳴、劍氣凜冽的瞬間，一聲輕柔低語從我的耳側悠然傳來，在我即將迎上血竭那致命一擊的剎那，一閃鵝黃色的身影毫不猶豫地擋在我的面前，本是柔弱的身軀卻如同堅實的盾牌，替我擋下了那殘忍的殺戮。

熟悉的聲音被我認出，同時，我試圖出手推開擋在面前的她，然而一切為時已晚，板斧重重劈下，撕裂的光明再無任何緩衝，朝我撲面而來。

窒息感充斥著我的神經，我清晰地看著眼前的少女被鮮血染紅，那飛濺的血液帶著少女溫潤的體溫灑在我的臉頰，我的心臟像是被鈍器瘋狂蹂躪撕扯，這是我姜楚弦第一次如此明確地體味心痛的感覺。

不要……這不是真的！

# 5

少女淒美的身軀轉瞬凋零，被板斧劈開的胸膛就那樣攤在我的面前，她蒼白的臉頰上竟然還帶著一絲苦楚的微笑，眼神中寫滿了溫柔，在我驚愕地凝視下緩緩倒下，畫面似乎是定格在了她微笑的面龐之上，這短短一瞬，於我而言竟像是永恆。

「段希夷！」我猛然撲上去接住她柔軟的身子，卻被大量的血液染紅了胸口。

「對不起……」彷彿除了這三個字，她已然不會再說出其他的話語，她顫抖地抬手試圖輕觸我受傷的臉頰，卻在即將觸碰的瞬間失去了支撐的力氣，蒼白的手臂無力且不甘地重重摔落在地。

彷彿一朵幽香的小茉莉，在寒冬的摧殘下無情凋零。

零落成泥，碾作塵屑，在來年的春風中化作春泥，守護下一輪迴的生命之花。

「段希夷！」我歇斯底里地抱起她柔軟的身子仰天怒吼，這般殘忍的現實讓我無法接受眼前的情景。她不過是大理古國驕蠻任性的小公主，被奸人拿父母的性命所逼迫，我姜氏與鬼豹族的恩怨與她何干？我於她而言不過是個相處幾天的陌生人，她為何要這般捨命救我？

段希夷的鮮血不僅染紅了我的灰布長袍，更是染紅了我瘋狂的眼神。血竭也沒有料到半路會殺出個段希夷，一時間也愣住了。同伴的鮮血蒙蔽了我的雙眼，此時的我十分理解雁南歸被激發戰魂時那嗜血屠戮的心情，現在的我，只想親手將血竭撕成碎片，讓他切身感受我所感受到的痛苦。

「姜楚弦！」一側的雁南歸應聲躍起，滾落至我的玄木鞭旁，隨即一個抬腿便將玄木鞭朝我的方向踢來。我猛然起身抬手，用自己完好的那隻手接住了旋轉飛來的玄木鞭，同時忍著劇痛用嘴撕下原始天符，動作行雲流水般迅速完成，根本沒有給血竭留下反應的時間。

「陰陽破陣，萬符通天！撼山符——破！」我迅速催動心法符咒，身染鮮血的我此刻迸發出了無盡的能量，無數的藤蔓隨著我的命令應聲拔地而起，宛如雨後春筍般從地下崛起，更像一隻隻貪婪索取的手臂，空曠的破廟後院此刻瞬間變成了南疆雨林。

堅韌光滑如同蟒蛇般的藤蔓直奔中心的血竭，四周的爬藤則向著一旁的鬼豹軍隊而去，瞬時纏繞在他們的四肢，而剛一觸碰到藤蔓的那些鬼豹族人則像是被人抽乾了精氣一般無力倒地，藤蔓伸出無數的細小吸盤，深深嵌入了鬼豹族人那粗糙的皮膚之中。

我能感受到源源不斷的力量從玄木鞭中傳來，流入我的身體之內。不再受到鬼豹族制約的文溪和尚立即上前抱起血泊中的段希夷，即刻結印封穴，退至安全地帶。

血竭雖也被撼山符的藤蔓所纏繞，但他畢竟不同於一般的鬼豹族人，正在揮舞著板斧試圖砍斷那些吸取他力量的爬藤，我因吸收了那些鬼豹軍團的力量而變得無法控制，用力一拉玄木鞭便將血竭絆倒，這般強大的力量讓我自己都感到震驚。

然而我並沒有因此鬆懈，我毫不猶豫地上前一拳擊在了血竭的側腰，力道之大竟將龐然之軀的血竭震飛，接連撞斷了數十棵大樹才停了下來。

血竭自然不甘被壓制，站起身猛然拔掉了自己右眼的箭，抿了一把嘴角的鮮血，抬手重擊自己的胸膛，猛然扯下了自己身上的藤蔓。

他的力量已經被撼山符所削弱，而我也懷有鬼豹軍團的力量，我倆對峙片刻便同時出手，我抬起玄木鞭單手迎上了他那重達千斤的板斧。

鐺——

震耳欲聾的撞擊聲炸裂開來。

在我倆白刃相接的那一瞬間，天昏地暗，日月無光，極大的力量相撞激發出了強烈的衝擊，灰布長袍的衣袂獵獵飛舞，腳下所踏的土地已出現凹陷，我居然成功地招架住了血竭的攻勢。

「呀啊——」血竭瘋狂地發力，試圖將橫在眼前的玄木鞭震裂，我強忍著手腕斷裂的痛感，迎面而上。

烈風穿林而過，我與血竭的對峙不知持續了多久，我倆誰都不敢有絲毫的放鬆懈怠。可是我知道，撼山符所吸納的力量維持時間並不長，若是一直這般糾纏下去，於我不利。

「姜楚弦，你去死吧！」血竭雙目通紅猛然一發力，不愧為天生蠻力的獸人，我膝下一軟瞬間單膝跪地，可仍舊堅挺地舉起玄木鞭抗衡他那驚人的爆發力。

「哈哈哈，終究不過是凡人，我看你如何再接？」血竭似乎看出了我的力量已經達到極限，狂笑兩聲便使出丹田之氣，粗壯的雙臂猛然下壓，我奮力迎上，卻猛然噴出一口鮮血來。

「姜楚弦，你是凡人之軀，鬼豹族的力量即便在你體內，你若是強行使用，你的身子會吃不消的！」一旁替段希夷封穴的文溪和尚見狀，立即朝我大喊警示。

「可是，」我艱難地挪動自己跪地的膝蓋，幾乎能聽得見自己骨縫裂開的聲響，「可是事到如今，你讓我怎能輕言放棄?!」我大喊一聲，猛然發力蹬起後腿，一把將血竭的逼迫抵擋回去，可自己也因過於用力而血管崩裂，摔倒在地再無反擊的能力。

血竭見狀大喜，猛然抬起手中的板斧呼嘯朝我揮來。

不行……擋不住了！

我咬緊牙關，死死盯住血蝎那猙獰的面孔。

然而片刻之後，血蝎手中的板斧並沒有劈落下來。我疑惑看去，卻見熟悉的青鋼鬼爪不知何時從血蝎的胸口鑽出。血蝎手中的板斧應聲落地，驚訝地低頭看向自己被穿透的胸腔。滴落的膿血散發出惡臭，他那醜陋的面容鋪展著震驚的神情，不可思議地緩慢扭頭。

只見在血蝎身後，虛弱的雁南歸單手持青鋼鬼爪直掏血蝎心口，從後背徑直刺穿到前胸，雖然雁南歸自己也傷口崩裂，單手撐地，但這致命一擊仍舊是恰到好處，並沒有因他的傷勢而削減一分一毫。

嘶啦一聲，雁南歸猛然將青鋼鬼爪從血蝎的體內拔出，血蝎應聲倒地，碩大的身軀幾乎將地面砸出一個凹槽，隨著那劇烈的震顫，我也精疲力竭，癱倒在地。

「作為一個領兵打仗的統帥，豈能把自己的後背毫無忌憚地亮給敵人？」雁南歸緩慢站起身，收起了沾滿鮮血的青鋼鬼爪，挺拔的身軀站在劫後的戰場上，即便是身負重傷，卻依舊雖死不悔的冷酷，「這是常識。」

雁南歸轉身扶我起身，我立即向段希夷那邊衝過去。在文溪和尚的懷中，只見段希夷一臉平靜地躺在那裡，彷彿是午後的小憩，吹彈可破的肌膚在陽光下散發著瑩瑩亮光，根本不像是熄滅的油燈。

「她怎麼樣了？」我擔憂地握起段希夷的手臂，卻怎也摸不到她的脈搏。

文溪和尚搖頭道：「很奇怪，按道理說，受了如此重傷加之失血過多，本該是屍首冰涼。但段姑娘的身體卻像是在瀕死的瞬間被什麼東西給封印了一般，雖無生命跡象，但肉身竟自行癒合，恢復如初。」

我疑惑地撩起段希夷的衣襟，卻發現那板斧所傷的痕跡，的確早已不見。

「這個，」一旁的雁南歸似乎注意到了什麼，抬手指向段希夷的胸口，我隨著他的示意看去，只見她的衣衫之下竟透著閃爍的微光。我忽然意識到了什麼，立即解開段希夷的外衫，將那貼身的發光之物取出。

這……竟是幽花玉棒?!

幽花玉棒被段希夷貼身揣在懷中，正好擋住了血竭致命的攻擊，然而此時玉棒頂部的地獄幽花正散發著黃綠色的光芒，這層光亮籠罩在段希夷的身上，才保住了段希夷肉身不壞的奇蹟。

只是，她還能醒過來嗎？

一個沒有呼吸，沒有心跳的皮囊，還能像之前那般蠻橫地與我大打出手嗎？還能聽得見她頤指氣使的命令嗎？還能看得見她嬌笑的臉龐嗎？還能變回曾經那個會發光的女孩嗎？

我胸中一股惡氣猛然襲上心頭，轉臉噴出一大口鮮血，隨即兩眼一黑，再也看不見段希夷那張蒼白的臉頰。

# 6

這幾日變故太多，雖僥倖勝了血蝎，但我們也因此付出了慘痛的代價。

藏身的破廟已然燒成灰燼，我們轉移至一處僻靜的山洞之中，我筋骨有傷，雁南歸也是傷勢未癒，因此並沒有急於趕往下關與嬴萱和靈琚會合，況且段希夷現在身體異變，我們不敢貿然行事，只好先行休憩養傷。

文溪和尚與花獸少女負責照顧我們的起居，甚至連阿巴和小漠也都在葫蘆裡待不住，硬要出來幫忙，可他們倆既無手腳，也沒做過什麼照顧人的差事，

除了不給文溪添亂，也就是兩人鬥鬥嘴調節一下凝重的氣氛罷了。

我手臂折斷，又被文溪和尚綁了支架固定，因此不好移動。我整日躺在山洞之中，倒不是擔心鬼臼會趁機出現，而是更擔心段希夷的屍首該如何處置。

按道理來講，段希夷早無任何生命體徵，是該早早入土為安，可是偏偏在幽花玉棒的庇護下讓她得以肉身不壞，眼下，應是該找一處合適的處所，妥善安置她的身軀才是。

每當我側身看到她那張微笑的睡顏，我的心就會被自己的良知狠狠地撕扯。如果能重來，我寧願挨下血蝎那一斧的人是我，怎麼也不應該是這個無辜的女孩。

我和她根本毫無關係，她為何甘心替我送死？

文溪端了藥餵我喝下，見我如此愁眉不展便心知肚明，歎了口氣安慰我：「姜楚弦，你別想那麼多。」

我放下手中的藥碗苦笑，心口絞痛奇襲我的神經：「我怎能不多想，原本躺在那裡等著下葬的人，應該是我啊。」

文溪雙手瑟縮在袈裟之中，摸出了那串黑亮的無患子珠盤在手上：「佛曰，一彈指有九十剎那，一剎那有九十生死。自性不生不滅，不增不減，不垢不淨，生即是死，死又是再生。既然段姑娘選擇在生死剎那間救你一命，你就千萬不要枉費了她對你的一片情誼。」

情誼？

文溪繼續說道：「或許在她看來，被挾持做出危害你的事情，是比死還要痛苦的選擇吧。」我雙目無神抬頭看向滿口佛論的文溪，擺手否認：「既然生死能夠被選擇，可段希夷為何剝奪了我死亡的權利？」

文溪和尚輕笑：「說實話，我當時看到段姑娘衝出來的剎那也十分震驚。我沒料到她會在緊要關頭選擇回來救你，或許她的本質就是如此善良，即便是父母被挾持，也要冒著失去雙親的風險，去營救眼前一個與自己毫不相干的陌生人，這樣的勇氣，令我很是佩服。」

「可如果能讓我選擇，我寧願現在死去的人是我，而不是……」我轉眼看了看平躺在角落之中的段希夷，隨即痛苦地將頭埋在手中。

「姜楚弦，你別傻了，你不能死。」文溪突然起身擋在了我的面前，背對我十分堅定地說道。

我疑惑地看向他。

「你忘記了你的初衷麼？你一直以來要尋找的真相，現在就原原本本呈現在你的面前，你身上肩負的使命與你需要傳承下去的東西你都忘得一乾二淨了嗎？如果說段姑娘的一意孤行讓你得以繼續戰鬥下去，一舉將鬼豹族殲滅，避免天下時間運行錯亂，那就等同於段姑娘救下你便是救下了天下蒼生，這樣大我的犧牲，有何不妥？」文溪和尚突然言辭激烈，一旁的雁南歸也不得不側目。

我怔住，低頭思忖猶豫片刻後，緩緩抬頭：「那按照你所說，若是今後再出現這樣的危機局面，就算是你……就算是還沒有找回妹妹的你，也會毫不猶豫地選擇救下我，自己去死麼？」

文溪和尚根本沒有絲毫的猶豫：「即便找回了子溪，天下陷入鬼豹族禍亂之中，又有何意義？」

我苦笑著搖頭，顫抖的肩膀根本不受自己控制，如同陷入了夢魘般發狂，最後聲嘶力竭地跪倒在地。

這就是我最害怕的事情。

我不過是個無比平凡、靠點特異手段吃飯的普通人，為何在大家知道了我是姜子牙分身之後，知道了我身負守護天晷的重任之後，便要無端受到身邊友伴如此大的恩惠？甚至是生命？我視他們為摯友，是可以交付一生的生死之交，可他們這般言行，卻讓我覺得自己是個需要無時無刻受到他們保護的重要角色……這種不平等的關係，才是最為傷人。

文溪似乎注意到了我情緒的改變，意識到了自己言語的不妥，急忙扶我起來：「姜楚弦你別誤會，當然，以後如果是我遇到了危機，我想，你也一定會不顧生死地來救我的，對吧？」

我沒有回話，默默坐下，轉頭盯著段希夷毫無生氣的身軀。

其實我害怕的並不是未知的危險，而是已知的結局。

師父很早就告誡過我「千萬莫沾情」，他說他就是個活生生的例子，只要與自己有所糾葛的女人總是不得善終，彷彿是注定了此生都要孤身一人。耳畔再度響起血莧臨死前的詛咒，我最害怕的，那所謂「逃不出的可悲輪迴」，那我總是用來說服自己遠離嬴萱炙熱目光的，終究還是在段希夷身上應驗。

看來，我之前的決定是有些草率了。

此時此刻的我，似乎理解了師父在大雪與夢演道人對飲後，決絕下山與血莧交戰，卻不忍心給對手致命一擊的選擇。或許這才是最好的結局。

雁南歸見我這般痛苦，便上前打斷了我的思路：「約莫算起來，萱姐此時應該已經帶著靈琚抵達下關了，咱們再耽擱兩天也盡早上路吧，畢竟鬼臼還在附近，這裡不算什麼安全的庇所。」

「文溪，你說……段希夷她這個樣子，還有可能活過來麼？」我根本沒有理會雁南歸轉移的話題，竟如同癡傻般毫無遮攔地提出自己心中所想，雖然心底知道這是不可能的事情，但總是暗自希望，他能給出我不一樣的回答。

文溪和尚自然面露難色：「這個……雖空有肉身，可並無魂魄筋骨，姜楚弦，還是盡早節哀吧。」

雖然答案與我所想一般，但我還是有些失望地擺擺手：「算了，是我想多了。」

「友人，你還未曾問過我，怎算是想多了？」

突然，熟悉的聲音從山洞洞口傳來，帶著空曠的回聲，顯得如此有威嚴震懾。雁南歸警覺地抽出青鋼鬼爪一把將來人逼退抵擋，可是在我舉起火把之後，雁南歸便立刻停住了動作。

來人不是他人，竟是許久未見的夢演道人！

# 7

「你、你怎麼來了？你不是在蓋帽山麼？」我驚愕地在文溪的攙扶下站起身迎了上去。

夢演道人對著雁南歸微微一笑，一抖拂塵踏入山洞之中：「若是不來，從大理到衛輝這麼遠的距離，可沒有把握能那麼輕易進入你的夢境。」

「你帶文溪進入我夢境的時候，就已經來這裡了？」我驚訝地轉身看向文溪。

文溪點頭：「當時為了提防段姑娘，所以夢演道人沒有露面，而是通過夢境與我進行聯繫。」

我急忙讓開身子，讓夢演道人進洞坐下。

「誰?!」可誰知道，雁南歸並沒有就此放鬆警惕，反而再一次衝出洞口猛然揮爪，只聽一聲清脆的碰撞聲，熟悉的骨骼摩擦的咯吱聲就此傳來。

「是我啊，還能有誰？」百靈鳥一般清甜的嗓音傳出，一副森然白骨便搖晃著走了進來，「郡主駕到，還不速速接駕？」

我輕笑，原來是那個青骨郡主。我示意雁南歸無礙，就看著那快要散了架的骷髏骨架不緊不慢地走入山洞，隨著一陣陣骨骼摩擦聲坐在了夢演道人的身邊。

「原來不僅僅是無息，你也來了。那想必，那隻黑貓應該也——」我話還沒說完，就被青骨打斷：「咩咩沒有來，牠還有更重要的事情要做。」

我疑惑地看向高深莫測的夢演道人，他卻只是笑笑，輕輕抖了抖紫色道袍上的枯草。

文溪和尚倒是先開了口：「道人方才說，可是有計謀能救段姑娘一命？」

我一聽，立即像是抓住了救命的稻草：「對，你剛才所說，是為何意？」

夢演道人輕笑，白髮低垂：「友人，生死有命，即便我道行再深，也做不得這種隨意控制生死的事情。」

「可是，青骨郡主不就是你……」我反駁。

「青骨雖失肉身，但魂魄尚有殘存，我不過是將她的骨骼當作了容器，重新拼湊一番而已。」夢演道人微笑回應。

我有些失望，重新低下了頭。

「不過，雖然我沒辦法讓這位段姑娘死而復生，可是有一下策，不知道友人是否認同。」夢演道人故弄玄虛，讓剛剛灰心喪氣的我重燃希望。

「什麼辦法？」我一著急，伸手握住了夢演道人的手臂。

夢演道人微微一笑，站起身走到了段希夷的身旁，輕輕捏了捏段希夷依舊富有生機的手臂，隨即轉頭看向青骨：「怎麼樣，這副皮囊，你可還滿意？」

青骨緩緩挪動過去，上下打量了段希夷一番：「挺好的，的確和我原本的樣貌相差無幾。」

我瞬間意識到了夢演道人所謂的「下策」到底所謂何意，於是一把攔下了青骨：「不行！段希夷為了救我已然失去了性命，我就算再無能，也不能連她的屍骨都無法替她保存完整！」

青骨抬起白骨森森的手臂戳了戳我的太陽穴：「姜楚弦，你現在嘴硬，等下大大給你解釋清楚，看你不跪著求我！哼。」

我一時間茫然，轉頭求助於夢演道人。

夢演微微一笑：「青骨乃是前朝郡主，而段姑娘又是大理古國公主，身分地位本就相似；青骨生前的音容樣貌與這位段姑娘更是相似；況且，青骨死時剛巧十八歲，面前的這位段姑娘今年也是剛好成年，如此推算，正是青骨死去之時，段姑娘才同時出生，兩人生辰八字又幾乎相同，可謂是一個十八年的輪迴，說到此，友人應該知道我所謂何意了吧？」

我怔住：「你的意思是……段希夷，乃是青骨郡主的轉世？」

夢演道人笑而不語，轉身看向青骨。

「可是，就算青骨穿上了段希夷的皮囊，可她們兩人終究不是同一個人。」我仍舊猶豫，護在段希夷的屍首前。

夢演道人這才緩緩點頭，語氣趨於緩和：「是的，正如友人你所說，因此我才說，這是一下策。」

一旁的青骨倒是不樂意了，一把推開我的肩膀說道：「姜楚弦，躺在這裡的可是我的轉世，你憑什麼擋著不放？」

我一時語塞，剛要反駁卻被文溪和尚攔下：「你先等等，如若青骨和段希夷本就是轉世的關係，那麼她們二人共用一副骨架一副皮囊，那麼魂魄自然會隨著時間逐漸融合，到最後，你會漸漸發現，死去的段姑娘，就真的回來了。」

文溪和尚所說不錯，轉世本就是同樣的三魂七魄，即便是換了副身軀，其實歸根結底都是同一個人。

我咬著牙思索片刻，終究是鬆開了攥緊的拳頭，默默地讓開了。

夢演道人上前盯住我的雙眸，略帶幾分威嚴地問道：「友人，你可是想好了？」

我苦笑：「其實我想沒想好根本沒什麼意義，這件事，還是讓青骨自己決定吧。段希夷族人早已被鬼豹族屠殺殆盡，她能返回救我，說明她定是發現了自己父母早已慘死血竭手下。既然段希夷在這世間已無親無故，那麼沒有人能替她做決定，除了她自己。」

夢演道人點頭若有所思地擺擺手，示意我們去山洞外面等待。文溪和尚攙扶起我和雁南歸，我不捨地轉頭再看了一眼沉睡的段希夷，便乖乖轉身走出了山洞。在外面不知道到底等了多久，久到我甚至認為夢演道人早就離開了這裡，才聽得裡面一陣熟悉的笑聲。

我急忙站起身衝進山洞，已經不見了那副可怖的骷髏骨架，只剩下曾經的那朵小茉莉，果然完好無損充滿生機地站在那裡對我笑。依舊是鵝黃色的鑲邊紗裙，依舊是吹彈可破的瑩亮肌膚，依舊是披肩的黑色長髮，依舊是那副嬌俏的微笑，只不過這一切看起來都似乎變得陌生，讓我突然有些恍如隔世。

「段……不對，青骨郡主？」我有些遲疑，停下腳步沒有上前。

「在下大理段氏，名叫希夷，姜楚弦，請多多指教！」眼前熟悉的少女兩手抱拳一拱，有些俏皮地壞笑抬眼看著我，那副神情，簡直和之前的段希夷別無二致。

我愣在那裡，突然有些熱淚盈眶。

接連跟在我後面的文溪和尚與雁南歸見到如此活蹦亂跳的段希夷，同樣都愣住，文溪和尚更是上前細細打量著少女的身子，讚歎連連：「好細緻的縫骨術，根本看不出有任何的痕跡！」

「縫骨術？」我轉眼看向一旁活動手腕的夢演道人。

文溪和尚像是打開了話匣子，一邊讚歎，一邊對我說道：「縫骨術，乃是上古四大奇術之一，是治療面部傷痕、易容改貌的唯一途徑。它要求醫者能在極短的時間內將屍體的骨肉完整分離，只在腳底開一個指肚大小的口子，不會破壞其他的人體經絡。同時，將這張完整的人皮按照相同的方法罩在傷者身上，令關節契合服帖，最終縫合腳底的開口，就完成了如此完美的一次換皮手術。」

我大驚，不僅僅感歎於文溪和尚的見多識廣，更是對面前的夢演道人刮目相看，居然連這種極其複雜的換皮也能夠輕易做到，簡直深不可測。

夢演道人倒是十分謙虛地擺手說道：「哎，你說笑了，段姑娘恰是肉身不壞，我才能完成這樣複雜的過程，若是換作一般的屍體，我這樣的功力根本無法做到。」

文溪和尚仍舊是讚歎連連，可我根本聽不到心裡，只是轉頭盯著披著段希夷皮囊的青骨郡主。

即便音容笑貌完全一致，即便連性格都有幾分相似，可是這站在我面前的人，真的是那個捨生救我的段希夷嗎？

夢演道人指了指放置在石板上的骨架對我說道：「友人，這是段姑娘的屍骨，你好生火化祭奠吧。從此，世上再無青骨郡主。」

我們在夢演道人的幫助下將段希夷的屍骨火化，據夢演道人所說，縫骨術乃是邪術的一種，如果被正義之士發現段希夷是由縫骨術而重生，只怕會徒生事端。為了銷毀縫骨術的證據，我們只好將段希夷的屍骨化成灰燼，葬入山洞之中，並立下刻著青骨郡主名號的墓碑。

即便死去，卻也不能以自己真正的名號安葬，我的這般選擇，不知九泉之下的段希夷會不會責怪。

「放心吧，我定會好好愛惜這副皮囊，並且……」站在一旁的少女轉頭看我，眼神中寫著我讀不懂的訊息。

「並且什麼？」我追問。

她笑著搖搖頭，一顰一笑簡直和段希夷一模一樣，甚至讓我在一瞬間忘記了這副熟悉的皮囊下，包裹著的不過是曾經那個刁蠻任性的骷髏郡主大人。

「好了，」夢演道人深吸一口氣，「我的事情已經處理完畢。友人，接下來的路，就該你自己往下走了。至於……段姑娘，幽花玉棒乃控制天晷的鑰匙，在擋下重擊後碎裂，現今已經與你融為一體，你跟在友人身邊去接觸鬼豹族過於危險，不如隨在下一同回到道觀，我守你不被鬼豹族侵擾。」

青骨郡主瞥了瞥夢演道人，隨即釋懷一笑道：「好吧，既然穿了人家的皮囊，就要做該做的事。姜楚弦你放心好了，這幽花玉棒你何時需要，就來道觀找我吧！」說罷，少女微微一笑，跟上了夢演道人的步伐。

我點點頭，對夢演道人和段希夷的背影深深鞠躬表示謝意。

就此一別，又不知何時才能相見。

我望著他們二人的背影愣在原地，若不是身旁鼓起的墳包在提醒著我，恐怕我早已將之前發生的一切當作一場夢境。在這場夢境中，血竭沒有屠村，段希夷沒有因我而死，我們只不過是在一場大火之中涅槃重生，睡了一個漫長的午覺，而那名會發光的少女，從始至終都沒有離開過。

文溪和尚微笑著拍了拍我的肩膀，向著夢演道人相反的方向走去。

雁南歸當然也無話可說，追上了文溪的身影。

我回頭望了望山洞中那孤零零的墓碑，彷彿看到一個黃衫少女的回眸一笑。我釋然地朝著那墳塚揮揮手，提起玄木鞭，裹緊了灰布長袍，便朝著下一個目的地走去。

Chapter 09

# 人皮花燈

# 1

這裡距離大理下關還有一定的距離，贏萱帶著靈琚雖速度不快，但畢竟也有幾天時間了。我們不好再耽擱，連馬車都沒有雇，直接買下三匹快馬，沿著鄉路奔馳而去。

花獸少女散作花朵，說是遁地要更加迅速，把小漠託付給我便先行上路。

我兒時曾跟著師父在草原生活過一段時間，也就是在那個時候遇到的贏萱，騎馬自然不在話下；雁南歸本身就是戰士，戎馬半生，更是不成問題；反倒是文溪和尚，身子僵硬，怎也跟不上我們二人的速度。

隨著清脆的馬蹄聲響和有規律的顛簸，我們在馬背上飛速馳騁，雖然速度並不如我們預料的那般快，不過已然比馬車快得多。我們只用一天的時間便趕到了下關的風口，烈風陣陣，馬蹄止步不前，再加上文溪和尚不好控制馬兒，我們只好捨下馬匹，就此徒步進入下關。

所謂的「下關風」果然名不虛傳，不僅僅是風速劇烈的勁風，更是打著旋的怪風，受阻力影響，我們幾乎連腳都邁不動，更別說走直線。我裹緊了灰布長袍，翻飛的衣袂讓我站不穩腳，我們四人依次排成一行頂風而上，雖是走得慢了些，但好在趕在天黑之前，順利抵達下關。

當時叮囑贏萱帶著靈琚在下關找風獸安置，我們抵達後卻不見比我們先出發的花獸的蹤跡，更別提風獸的身影。加之我和雁南歸傷勢還未痊癒，只好暫且尋了一家簡陋的旅店住下歇息，順便等待風獸與花獸的消息。不然，下關這麼大，贏萱她們的身影根本無處可尋。

我有些擔憂地站在窗子前，遙望整個下關縣，這裡人口並不多，來往的行人也幾乎都是固定的村民，並沒有什麼異樣。

「病人就要有病人的樣子，你騎了一天馬，現在給我老實地回床上躺著。」文溪和尚揉著他痠痛的腰椎走向我，抬手指了指角落裡的床鋪。

我搖搖頭：「我以為一到下關就能見到贏萱她們，可現在這樣的情況，怎叫人不擔心？」

「你別患得患失的，平時嫌棄人家贏萱，現在倒是關心得緊。看看人家雁南歸，不就聽話老老實實地躺著嗎？」文溪二話沒說推著我的肩膀將我按在床上，隨即轉身拿起桌子上的抹布蓋在翻騰的砂鍋蓋子上，濃厚的中藥味頓時撲鼻而來。

「還要吃藥？」我面露難色。

「姜楚弦你羞不羞？多大的人了，吃藥這種小事……」文溪低聲嘲諷，給我盛了一碗後也給一側的雁南歸遞過去一碗。雁南歸起身接過，皺起眉頭放在嘴邊，卻遲遲沒有喝下去。

「看，人家朱雀戰士都嫌苦，你說我幹什麼？」我有氣無力地反駁文溪，卻仍舊有些恍惚。

「說真的，確實比靈琚熬的要苦一些。」雁南歸倒是十分配合我，隨後便仰頭一飲而盡。

文溪和尚不屑地收回空藥碗：「那是，人家給你熬藥的時候，都會把藥草的根部給摘乾淨，我才沒那閒工夫，自然苦味重一些。」

雁南歸有些驚訝地抬頭看向文溪和尚，隨即釋然一笑，便重新躺下休息。

聽文溪這麼說，我對靈琚的細心感到驚訝，不過想來也是，靈琚對雁南歸總是十分照顧，或許在小丫頭眼中，雁南歸還是那隻落水的小雁，她要憑借自己微不足道的力量來照顧這名堅毅的朱雀戰士。

說實話，不管平時怎麼和那野鳥鬧騰，我終歸還是有些羨慕雁南歸的。

我在文溪的催促下將藥飲盡，剛要躺下，卻聽躺在一側的雁南歸漠然說道：「這裡是有節慶嗎？」

我重新坐起來，不解地問：「何出此言？」

雁南歸側身看向我：「你沒聞到？」

聞？我更加迷茫，象徵性地嗅了嗅，並沒有什麼特殊的味道。

「火藥味。」雁南歸說道。

他這麼一說，仔細聞，空氣中的確有一絲淡淡的火藥味，加之村民們並無任何異常，最近也無戰事，也只能是大量的煙花才能有如此的氣味吧。

「問問小漠吧，畢竟她算起來也應該是本地人。」我聳聳肩單手取下腰間的葫蘆，拔掉蓋子，黃色的阿巴和米白色的小漠便同時緩緩鑽出，二人柔軟的身軀扭動鬆筋，盡情伸了個懶腰。

「的確不錯哦。」小漠剛一站定就肯定了雁南歸推斷，「按照日子推算，的確是快到了下關最為重要的一個節日——花燈節。」

「花燈節？」

小漠點點頭，黑亮的貓眼此時因白天的強光而變成一條極細的縫隙：「花燈節是下關的傳統節日，幾乎算得上和新年差不多規模的隆重節日，為的是祈求來年風調雨順，大獲豐收。在花燈節的時候，夜晚會有煙火盛會，而且在幾個重要的廣場和空地會有篝火與花燈，到時候，村裡的人們都會圍成圈來跳花燈。」

「跳花燈？」博覽群書的文溪和尚似乎對這些風俗民情很感興趣，於是小漠挪動到文溪的身邊，開始滔滔不絕地講述起往年花燈節的熱鬧場面，我聽得無趣，就轉身回到床上。

阿巴也有些無奈地看著根本不搭理自己的小漠，似乎是有些同病相憐地看了我一眼。

我的心思全在趕快找到嬴萱和靈琚的這件事上，根本沒心思去管那所謂的盛世節慶。我煩躁地轉身躺下，在文溪和小漠的聊天聲中漸漸睡去。

# 2

也不知道自己昏昏沉沉睡了多久，突然，我被震耳欲聾的爆炸聲吵醒，猛然驚坐而起，發了一身的冷汗。

「怎麼回事？」我心有餘悸地抬手擦了擦額角的汗珠，轉身看向屋裡其他的人。雁南歸早已起了身，披著被子坐在床頭，卻唯獨不見文溪和尚的身影，就連之前從葫蘆裡放出來的阿巴和小漠，也都不知了去向。

一覺醒來，屋子裡只剩下我和雁南歸兩人，我有些莫名其妙地看向他：「他們人呢？」

雁南歸面無表情地抬頭用下巴指了指窗外，緊接著，一朵絢爛的煙花在窗子外面炸裂，發出了和剛才一樣劇烈的聲響，彩色的光芒映射在野鳥蒼白的臉頰上，居然顯得十分好看。

我鬆了口氣，自己太過於草木皆兵，不過是花燈節的煙火盛會罷了，也能把我嚇成這樣。看來文溪他們是被這盛會吸引，趁我睡著跑出去了。我自嘲地笑了笑，站起身披上了灰布長袍。

「我去找他們，你要一起嗎？」我整理好衣衫揣上玄木鞭，轉身問雁南歸。我們和嬴萱她們還未會合，現在文溪又帶著那兩隻食夢貘不見蹤影，這讓我心裡總覺得不安穩，畢竟鬼臼還在大理，我們如此分散，豈不是更容易被他逐一擊破？

雁南歸還是沒有回話，徑自站起身穿好衣服輕身一躍，便從那大開的窗子翻了出去。我無奈地笑笑，這裡畢竟是三樓，我還是老老實實地出門走了樓梯，在樓下街角，就看見雁南歸已經在那裡等我了。

這野鳥不愛說話、不愛好好走路的毛病，不知道什麼時候能改改。

我倆一路無言，在一聲聲漸近的煙花聲中走向盛會的主場地，簇擁在身邊的人群越來越密集，節慶的喜悅映襯在大家的臉上，看起來是那麼的祥和太平。歌舞聲悄然傳來，遠遠的，就能看到無數的孔明燈從蒼山腳下升起，飄搖的星火帶著人們美好的夙願一同升向天際，隨著數量的增加，夜空逐漸被這點點螢火密布。

我倆沿著主幹道走到了中央十字街口，這裡有個空曠的廣場，擠滿了人，周圍放著許多紙糊的花燈，鯉魚燈、娃娃燈、蓮花燈……造型各異的手工紙燈在燭火的掩映下栩栩如生，可在如此的夜色中顯得有些怪異。

廣場中央是個巨大的篝火火堆，身著少數民族服飾的男男女女整齊劃一地圍成一個圓圈，手臂交錯互挽，用簡單的舞步踏著歡快的鼓點，跳著我從未見過的舞蹈。

「你看到文溪了嗎？真是的，偏偏挑這個時候跑得沒影沒蹤。」我沒好氣地瞇起眼來在人群中尋找文溪的身影，無奈這裡人太多，摩肩接踵的，根本看不真切。

雁南歸搖頭，隨即一個翻身躍至一旁的屋頂，眺望片刻抬手給我指了個方向，我便擁著人群往那邊走去。

果然，在那個方向，我一眼便看到了摻雜在舞蹈隊伍中的文溪，他正面無表情地夾雜在隊伍中機械地跟隨旁邊的人跳著那並不複雜的舞步。我有些奇怪，卻又不見阿巴和小漠的身影，只好先過去招呼他。

「喂，阿巴呢？」我擠到文溪身後喊他，但他像是根本聽不見我說話，如同一個被操控的傀儡，繼續著那現在看起來略帶詭異的舞步。

我有些奇怪，看了看站在他兩邊的人，都是年紀輕輕的白族小姑娘，卻也是一臉呆滯，如此生硬的表情，與當下身體輕快的動作和此時此刻歡樂的氣氛根本毫不相稱。

「花和尚，你幹嘛呢？」我有種不好的預感。

「跳，跳花燈。」文溪這次倒是理會我了，可不僅僅是他，就連一旁的幾個村民也都同時回覆我，語調平緩不摻雜任何感情，更像是在唸誦某種生硬的咒語。

事有蹊蹺，我這時才注意到這圍在篝火前舞蹈的隊伍，幾乎所有人都是面無表情，眼神中透露著空洞，身體似乎不受自己控制一般。我剛要伸手去拍文溪的肩膀企圖喚醒他，卻被突然上前的雁南歸攔下。

「別碰。」雁南歸低聲在我耳邊說道。

「怎麼回事？」我收回手，警惕地看向雁南歸。

「別問那麼多，現在跟我走，其間不要和任何人有肢體接觸，也別讓他們注意到你。」雁南歸機警地壓低聲音迅速在我耳邊說道，感覺像是怕被人聽到一般，說完後隨即轉身空翻，繞開了人群。

這……我的身手可不能和野鳥比，雖然不知道到底發生了什麼，可是眼下只有按雁南歸所說的做。我跺了跺腳，盡量緩和自己的表情，然後不動聲色地向著雁南歸的方向追去，同時避免著和村民有任何的觸碰。說實話，這對我來說不是什麼容易的事情，人多擁擠，雁南歸剛才的語氣又那麼嚴肅緊張，這村子定是發生了什麼我們無法預知的怪事。文溪和尚雖然平日裡沒個正經，可到關鍵時刻，我們幾人中就屬他最為可靠，他定不是貪念玩樂才擅自離開客棧來參與這花燈節，說不定是他發現了什麼蹊蹺來調查。我強裝鎮定，盡量保持自己的常態，避免這些古怪的村民起疑心。

我的心幾乎要提到嗓子眼，卻不敢有任何異動，避免被這些詭異的村民看出我的異常。更讓我感到驚訝的是，前方不遠處的幾個花燈旁邊，我竟看到了嬴萱和靈琚的身影。嬴萱拉著靈琚的小手走在街上，靈琚的另一隻手中持著一個糖葫蘆面無表情地啃著。看到她倆相安無事，我一直懸著的心倒是放下了，可見她們也像文溪那般中了招，我心裡卻因此更加焦急。

為了解開心中的疑團，我加快了腳步，終於追上了雁南歸。

我們來到了一處僻靜的小河邊才終於鬆了口氣，我迫不及待地一把拉住雁南歸的手臂：「怎麼回事？現在總可以說了吧？」

雁南歸冷冷看了我一眼：「你難道沒有發覺，這個村子裡除我們之外，根本就沒有一個活人？」

沒、沒有一個活人?!

# 3

我被雁南歸的話嚇到，驚訝地看著他並不像開玩笑的臉，自己卻遲遲說不出話來。

雁南歸點了點頭道：「不知你注意到沒有，別看這裡有這麼多人，可他們根本就沒有任何呼吸。」

「你、你怎麼知道？」我心裡還是不敢相信，反覆同雁南歸確認。

雁南歸抬起手指了指自己的耳朵，想到他敏銳的聽覺和洞察力，我才終於相信。

「這麼大規模數量的人群，卻幾乎聽不到呼吸聲，再看看萱姐他們的樣子，這裡面肯定有什麼蹊蹺。」雁南歸擔憂地看了看那邊燈火通明的盛世場面，歎了口氣。

「你先別急，我探夢看看。」我總算是緩了過來，定了定神，默唸心法，轉身看向那裡的人群。

然而眼前的景象卻讓我大跌眼鏡，果然如雁南歸所說，這熙熙攘攘的街道，這車水馬龍的廣場，這簇擁歌舞的人群……除了嬴萱、靈琚和文溪和尚，其他村民根本就不是人，而是一個個紙糊的人形花燈，如同一個個傀儡被人替換掉了原本的村民！

不對！我瞇起眼仔細分辨，那栩栩如生的人形花燈上細膩的紋理和如同肌膚的通透，怎麼看也不像是用普通的宣紙糊成，我不禁打了個寒顫。

難道說，這些人形花燈，根本就是用人皮做成的？

雁南歸見我臉色大變，急忙追問：「怎麼樣？」

我將自己所見一五一十告訴了雁南歸，他聽後更為震驚。更要命的是，這些人皮花燈竟能偽裝成人類的模樣自主活動，雖沒有情感，可若不是雁南歸耳朵機靈，幾乎能將我們蒙騙過去。

「對了，食夢貘呢？」雁南歸突然想起從未見到阿巴和小漠的身影，急忙問我。

不好！我心頭一沉，食夢貘是中應離現在的重點圍捕目標，可我卻大意讓他們從封印葫蘆裡出來！該不會……該死的！我一拳捶在地上。

「先別著急，咱們現在還未見到花獸和風獸的身影，說不定事情還有轉機。」雁南歸分析道，「咱們先按兵不動，除開那些被人皮花燈替換掉的村民，萱姐他們現在只不過是被某種巫術操控，暫時應該並沒有生命危險，當務之急是要找到留守下關的風獸，和早應該趕到的花獸。」

巫術控制……除了鬼臼還能有誰！我站起身不甘心地歎了口氣。我們對這種巫術根本一概不知，如何在不危及他們性命的情況下解開這樣的操控，恐怕只有鬼臼才知道。若是我貿然催動火鈴符一把火燒了這些燈人，萬一有什麼變數，眼下只有我和雁南歸兩人根本無法保全他們。想來想去卻無計可施，我只得聽雁南歸的話，沿著下關的周邊野路，試圖尋找風獸和花獸的身影。

那些人形花燈的歌舞聲此刻聽起來像是詭異的唱詩誦經，方才還覺得熱鬧萬分的節慶場面，此刻在我眼中變得奇詭陰森，有種說不出的毛骨悚然。

夜色四合，我和雁南歸沿著小路一路走下去，可這和大海撈針沒什麼兩樣，但我看雁南歸的表情，卻像是有了什麼計策一般。

「毫無目標，你這是要往哪裡去啊？」我追上雁南歸的腳步。

「風口。」雁南歸頭也不回地答道。

既然風獸是造成下關風口常年勁風不斷的緣由，那麼現在也只有在那裡，或許才能找到關於風獸的蛛絲馬跡。

距離那風口越近，長袍衣袂的翻飛也越加明顯，我的腳步也就越來越困難。倒是雁南歸一點兒都不覺得大風礙事，大步朝前，不一會兒便走到了之前風最強勁的位置。

「喂，你幹嘛呢？」雖然已經是深夜，可這裡的風根本不見停歇，我頂風衝著前面的雁南歸喊道，發出的聲音卻又瞬間被風吹散。

雁南歸站立在風口處，雙目微閉，銀色的長髮被風揚起，猶如招展的旗幟獵獵作響。我疑惑地站在他身旁，拿手在他面前晃了晃企圖打斷他的思索，可他仍舊閉目不動，兩側的耳廓卻在微微抖動。

「這裡有人。」雁南歸突然睜開眼低聲說道，同時，說時遲那時快，他迅速一個空翻上前落地，跪在地上抬起拳頭便捶了下去，有力的拳頭猛然鑽入地下，像是抓住了什麼東西一樣用力一拔，就見一個含苞的花骨朵❼被他從地底下給掏了出來。

我怔住，雁南歸沒有住手而是繼續低頭雙手挖土，不一會兒便從地下挖出了十幾個花骨朵，我也沒閒著，用玄木鞭在一旁的地上挖坑，果然也挖出了不少花獸。若是姜太公他老人家得知我用這通天神器打神鞭做這樣的事，他定會氣得吹鬍子瞪眼吧。

一陣忙碌，我和雁南歸才頂著風將這些埋在地下的花獸給全部刨出來，這些花骨朵漸漸甦醒舒展身軀，緩了好久才終於慢慢綻放進行融合，化作了熟悉的花獸少女模樣。

她依舊很虛弱，我背起她遠離風口來到一塊巨石背後。

「怎麼回事？」我將她放下，替她順了順氣。

她面色蒼白，本就寡淡的長相此刻看起來更加虛弱不堪。可即便這樣，她也硬撐著自己的身子拉住我的衣袖，焦急卻又不得不一字一句地說道：「快……快去救小漠……」

糟了。我一聽便心說不好，但雁南歸示意我不要著急，蹲下反問花獸：「你怎麼會被埋在地下？」

花獸少女緩緩說道：「我用遁地術早早便趕到了這裡，可是，我看到了鬼豹族人……他們、他們把村民全部抓走，然後用一些從死屍身上扒下來的人皮製作的花燈來替代他們。我來這裡尋找風獸的身影，卻不料中了鬼豹族人的奸計，只好遁地逃走，可誰知道，他們在這地下也設了埋伏，我無法掙脫這些土壤，因此被困在地下……」

我看了看雁南歸，隨即轉頭問道：「那風獸呢？」

花獸少女猶豫片刻，緩緩抬手指了指勁風呼嘯的前方：「就在那邊。」

我疑惑起身，正要往花獸少女所指的地方走去，不料卻被雁南歸一把拉住：「等一下。」

花獸少女緊張地看向雁南歸，我也有些疑惑，掙脫開雁南歸的手臂問他：「怎麼？」

雁南歸沒有回答我，而是不動聲色地掏出了青鋼鬼爪握在手中，沉默著蹲下身子冷眼盯著眼前的花獸少女。

花獸少女躲避著雁南歸的眼神，將自己的身子轉向一旁。

「你為何要替鬼豹族人做事？」雁南歸突然揮動青鋼鬼爪，猛然在花獸少女的耳畔一擊，呼嘯的殺氣包裹著鋒利的鋼爪將她身後的巨石一擊而碎，花獸少女嚇得猛然痛哭，撲倒跪在我倆的面前：「他們抓走了小漠和阿巴，如果我不按照他們的吩咐……小漠她……她會有危險！」

❼意指花蕾。

我還沒有反應過來到底發生了什麼，雁南歸便站起身無奈地看了我一眼，抬腳將一塊碎石踢向方才花獸少女所指的地方。石塊剛一落地，地面便轟然塌陷，一個巨大無底的陷阱出現在了我們的面前。我瞠目結舌，不敢相信地看向跪在地上的花獸少女。

「這……到底怎麼回事？」

雁南歸冷眼瞥過花獸少女，隨即看向我：「風向不對。」

我恍然大悟，這才注意到了我一直忽略的細節。我們來時便是頂風而來，為何回到這裡依舊是頂風前進？我們既然改變了方向，那麼理應是被勁風推著往前走，若不是這裡的風向也隨著我們而改變，怎麼會出現這樣的情況？

我點頭，卻還是沒有理解雁南歸的深意：「可是，即便風向蹊蹺，你是怎麼知道花獸她和鬼豹族……」

「氣味。」雁南歸輕微皺眉，似乎對花粉味有些抵觸地聳了聳肩。

好吧，觀察力不如人家，鼻子更不如人。我有些無奈地擺擺手，伸手扶起了地上的花獸少女：「起來吧，這事也不怪你，現在還是救小漠和阿巴要緊。那，真正的風獸呢？」

花獸少女起身對我行了個禮，歎氣說道：「這位說得不錯，風向的確是改變了。風獸控制下屬的風，可他在我趕來時便離開了崗位，因此風向才無序起來。」

我面露驚容：「他去哪裡了？」

「沿著小漠留下的記號追鬼臼了。」

雖然仍有些半信半疑，可我此時不得不相信她所說的話：「那些村民被鬼豹族抓到哪裡去了？」

花獸少女轉頭看向遠處茫茫的連綿山脈，擔憂地抬手指了指那仍舊披著白頂積雪的蒼山：「那裡。雪山上有一洞窟，村民全部被關在了那裡，山頂嚴寒，若不及時搭救，恐怕那些村民都會有生命危險。至於那個鬼臼，他帶著月獸往洱海方向走了，風獸一直在後面跟著。」

「蒼山山頂……雪獸不是在那裡嗎？」我疑惑地問道。

她點點頭，卻又面露難色：「之前為了保護我帶小漠逃走，雪獸與鬼豹族展開了殊死的搏鬥，現在他們重傷化作積雪，恐怕一時間是幫不上什麼忙了。」

我思索片刻，轉身對雁南歸說：「看來，這鬼臼是算計好了我們會追上來，故意將村民安置在了和他所逃方向相反的地方，用一村子人的性命換取了他帶著食夢貘逃跑的時間。如果我們現在去救村民，那恐怕是沒法趕在鬼臼抵達洱海之前攔下他；可若我們對山頂的村民置之不顧轉而去追抓走食夢貘的鬼臼，那些無辜的村民便會凍死雪山……鬼臼的把戲總是如此低劣讓人陷入兩難。」

雁南歸陷入了沉思之中。

我繼續說道：「鬼臼大費周章製作人皮花燈，用村民的性命來拖延我們，那麼只說明了一件事……」

雁南歸抬頭對上了我的瞳孔：「申應離……應該就在洱海。」

「不錯，」我點頭，「鬼臼本身羸弱沒什麼本事，可申應離神秘未知，從他統領鬼豹族來看，力量想必十分強大，所以我們更要在鬼臼與申應離接頭前攔下他，不然僅憑你我二人，是絕對勝不過申應離，救不回阿巴和小漠的。」

花獸少女迫切地拉住我的衣袖：「如果鬼臼把小漠交給了你所說的申應離，那小漠……」

我眉頭緊蹙，卻不得不安慰道：「申應離要小漠，是為了入侵我的夢境讓我陷入永恆的沉睡，所以不會對小漠有生命威脅，你放心吧。」

雁南歸一直沉默不語，我看他面色凝重不知在思考些什麼，於是轉身問道：「怎麼，你可有好計策？」

雁南歸歎氣搖頭：「若論計謀，沒人能抵得上文溪。可是他們現在……」

花獸少女猛然醒悟：「差點忘記了！你們的同伴並無危險，是我之前用了催眠花粉將他們麻痺混入人皮花燈之中，不然如果被那些燈人發現，他們與數量龐大的燈人對陣並無優勢。所以我才貿然麻痺了他們的意識，讓那些燈人不起疑心。」

我和雁南歸同時鬆了口氣。

# 4

時間緊迫，我們越是抓緊時間，就越有可能在鬼臼到達洱海之前攔住他。我們迅速離開風口回到燈會，文溪仍舊在不知疲倦地跳著花燈，嬴萱和靈琚也都漫無目的地在街頭閒逛。人皮花燈只是鬼臼為了拖延時間給我們設下的假象，因此並沒有什麼戰鬥力，戳破後人皮便會迅速腐爛消散。我和雁南歸打掩護，斬殺掉他們周邊的幾個人皮花燈後，將他們依次救出到一旁的林子中，花獸少女揮手施咒，他們三人才逐漸恢復了意識。

由於事出緊急，我沒有給他們足夠的休息時間便迅速將眼前的情況告知。嬴萱和靈琚還不知道我們是如何戰勝血竭迅速趕來下關，雖然好奇，但她們也知道現在不是談論這些的時候，因此都乖乖坐在一旁聽我和文溪和尚的分析。

文溪和尚焦急地盤著手中佛珠，隨即突然站起身對我們說道：「情況緊急，現在還討論什麼計策根本沒有用。鬼臼給出的這個選擇題，本身就沒有兩全之策。」

「那你的意思是？」我上前詢問。

「兵分兩路，一路人去救村民，保證村民不被風雪吞噬；一路人去攔截鬼臼，保證在鬼臼見到申應離之前救下食夢貘。」文溪和尚迅速說道。

我錯愕地看著他：「就這麼簡單？」

文溪和尚點點頭：「就這麼簡單，事情發展到這個地步，已經沒辦法再施計去挽回什麼了，只有按照對手的要求去走。他讓我們二選其一，但我們偏偏兩個都要，這樣才能讓他措手不及。」

雖然計策聽起來簡單，但實施起來並不容易，這個關鍵點就在於，到底該讓誰去攔下鬼臼。」

文溪所說不錯，鬼臼身邊有中了噬魂蠱的子溪保護，同時，若是身在洱海的申應離預料到我們的追蹤而派遣鬼豹軍隊對鬼臼進行增援，那麼去攔下鬼臼的人處境會更加危險。更別說我和雁南歸都有傷在身，嬴萱又是女流，至於文溪和尚，想想上次被鬼臼利用子溪虐成那般更是不行，一時間，我們所有人都陷入了沉默。

「我來。」突然，雁南歸挺身而出，同時還鬆了鬆自己黑色玄甲的領口。

「小雁……」靈琚擔憂地上前拉住雁南歸冰冷的手。

「不行，你傷還未癒，萬一他們真的有增援怎麼辦？太冒險了。」文溪和尚率先拒絕。

雁南歸不甘示弱：「不錯，我現在的狀態或許不是他們的對手，但是拖延時間的話，絕對沒有問題。」

此話一出，所有人都看向雁南歸。不錯，論速度，雁南歸無人能敵，他能迅速追上並攔下鬼臼進行拖延，只要我們剩下的人在救下村民之後再全速趕過去，說不定有扭轉乾坤的契機。

二選其一這種事情，我們絕對做不到。

「可是，」我仍舊有些擔憂地看了看決絕的雁南歸，「你身上還有傷，能拖到我們趕回來嗎？」

雁南歸突然輕笑，單臂一震抽出青鋼鬼爪，長舒一口氣看向南方的天際：「朱雀戰士，本就是以防守為主要戰略的軍隊，在軍中我們做得最多的事情，就是學會如何用自己的身體去築成一道鋼鐵城牆，保護那道通往聖地的南極大門不被任何人攻陷。我的父帥，就是我最好的榜樣。」

那南極天際的流火牆浮現在我的腦海之中。一時間，所有人都陷入了可怕的沉默，可我仍舊攔在雁南歸身前，絲毫沒有放他去的意圖。

「丈夫許國，雖死無憾。既然我們朱雀神族的使命就是保衛天碁，那麼我現在所做的事情，和我當年在南極門所做的事情別無二致，這是我苟且偷生的唯一目的，即便當年在那場滅族之戰中活下來的不是我，但我相信，只要他是朱雀戰士，手持朱雀神槍，那麼他的選擇，定會與我無差。」雁南歸企圖說服我，可我知道，此去凶險萬分，僅靠一個人的力量來面對未知的危險和善於玩弄計謀的鬼臼，幾乎與硬闖鬼門無異。

「可是，你別忘了，你還要替你的族人和父親報仇……」文溪和尚也加入了勸阻的隊伍。

雁南歸淡漠一笑，銀色的長髮溫柔垂下，刀削般的容顏露出一絲苦笑：「所以你認為，我現在要去做的事情，和報仇沒有關係嗎？」

文溪和尚愣住：「不……不是……」

「到底何為報仇？族人被屠，雙親亡故，南極門幾乎失守……這樣的恩怨，你以為我不想手刃仇敵嗎？你以為我不想活著看到鬼豹族滅亡嗎？可是當我穿上戰袍的時候，我想我就已經失去了靈魂，唯有滿心殺戮。可我心底知道，這樣的殺戮與自我犧牲並不是毫無意義的，正是因為我這樣的犧牲，才為姜楚弦後續戰勝申應離提供了可能，這樣於我而言，何嘗不是一種復仇？」雁南歸眼神凜冽，言語慷慨，一連串的逼問讓文溪和尚啞口無言。

「南歸，你這樣說就不對了。」嬴萱站起身，「說什麼犧牲，靈琚還在呢。我支持你去，但是，是要你風風光光地去，風風光光地回，什麼犧牲不犧牲的，難道咱們還能倒在那不堪的鬼豹族面前不成？」嬴萱拍了拍雁南歸的肩膀。

「萱姐……」雁南歸順著嬴萱的方向，看向了一直低頭沉默不語的靈琚。

此刻的靈琚，就像是個沉默的雕像，既沒有出言阻攔雁南歸，也沒有發表任何的意見，只是失落地低頭不語，瘦瘦小小的，看得我心生憐憫。我知道，靈琚聽到雁南歸這麼說，心中定是最為不痛快，此時此刻的雁南歸，不再是心繫自己的小雁，而是一名視自己生命為微塵的真正戰士，這讓小丫頭該如何看待他們之間的情誼？

自己的悉心陪伴，竟不如那赴死的決心？

我從未見過雁南歸一次說這麼多話，可是他此刻的每一句話，都像是一個尖銳的刀刃，更像是一根負重的棟梁，不僅在我的心頭狠狠剜下傷口，更撐起了我挺立的希望。

「萱姐說得固然不錯，可我既然是朱雀將士，就理應像父帥和其他同袍弟兄一樣永遠留在南極門，成為阻擋鬼豹族奸計的一磚一瓦，這就是我活下去的，唯一目的。」雁南歸說罷，狠了狠心，甚至沒有與靈琚告別，大手一揮便轉身大踏步離去，那毫不猶豫的逆行背影，像是一座永垂不朽的戰魂豐碑。

他居然選擇不和靈琚告別……這一瞬間我便知道，他是不準備活著回來了。

我的眼眶有些濕潤，剛要轉身招呼其他人抓緊時間去雪山營救村民，卻突然聽見一連串噠噠的腳步聲。

雁南歸突然停下了腳步站定。我轉頭看去，才發現是靈琚從後面追了上去，她並沒有阻攔雁南歸的腳步，也沒有撲到雁南歸的身上，而是溫柔地停靠在雁南歸的身後，似乎是想要說什麼，但是什麼也說不出口，只是輕輕將自己的額頭抵在雁南歸決絕的背後。

而這名向來以戰場為信仰的年輕朱雀族戰士，此時竟害怕得不敢轉過身去看靈琚一眼，只是咬緊了牙關，微微發抖，站定等待著靈琚這漫長的告別。

「小雁，記得回來給我紮頭髮呀。」不知過了多久，靈琚才終於將自己的額頭從雁南歸的背上拿開，隨即笑了笑轉身就跑回到我們身邊，根本沒有給雁南歸拒絕的機會。

靈琚明白，對她的小雁來說，為族人報仇是他破釜沉舟的信仰，那些死去的同袍兄弟是他易水擊筑的背負，小丫頭明白也尊重他執著的這一切，所以從不阻止，卻通過這些小事情想盡辦法讓雁南歸懂得惜命，或許，這是小丫頭最大的心機和溫柔。

我抬手抹了把自己模糊的雙眼，看來，是我小看了靈琚。

「野鳥，等我！」我雙手放在嘴邊朝著他極速遠去的身影大喊，聲音穿透雲霄，卻不見那背影有任何停頓。我隨即迅速轉身，帶領剩下的人與雁南歸背向而馳。

# 5

只有我們抓緊時間，雁南歸才會有更大的生機。嬴萱揹起靈琚，文溪攙扶著花獸少女，一起朝著那高聳的雪山奔跑而去。

蒼山，是雲嶺山脈南端的主峰，由十九座山峰由北而南組成，北起洱源鄧川，南至下關天生橋。蒼山十九峰，巍峨雄壯，氣度凌雲。海拔較高，山頂終年積雪不化，白雪皚皚，銀裝素裹，嚴寒風雪極為嚴酷，山路陡峭，牲畜上不了山，我們只有徒步而行。

快一點，只要我們再快一點，即便不是為了雁南歸，而僅僅是為了嬴萱懷中的那個懂事的小丫頭，我也不能讓那隻該死的野鳥就這麼離她遠去。

上雪山的路途十分艱辛，雖然此時已經是初春時節，可蒼山海拔畢竟較高，越往上走，腳下的積雪越多。我們所有人不敢有絲毫的鬆懈，因為我們彼此都知道，在另一個方向，有一個挺拔不屈的戰魂，正在為我們爭取時間。

爬上山頂已是氣喘吁吁，花獸所說的山洞果然出現在我們眼前。遠遠地看，能看到零星幾個鬼豹族人守在洞口。我示意文溪和尚結印護住靈琚和花獸少女在此等候，自己則同嬴萱兩面包抄過去。

我一聲令下，我們二人同時行動，手中的玄木鞭還未挨著鬼豹族人，眼前那高大威猛的鬼豹族人就被高處呼嘯而來的箭倏忽射中，我翻身擊向聞聲上前的另一名鬼豹族人，在嬴萱巧妙的配合下，我一舉將他絆倒，同時抬起玄木鞭一擊而中。

「抓緊時間！」我趕緊招呼他們進入山洞，果然，裡面黑壓壓的全是昏迷的村民。我急忙高喊文溪和尚，他帶著靈琚走進山洞逐一把脈，一陣查看後放心地舒了口氣：「無礙，都是暫時性昏迷罷了，只不過體溫較低，我生點火熏一些艾草，靈琚你去煮點薑湯，喝下不多時就能醒來了。」

我鬆了口氣，嬴萱上前一甩她腦後的長辮：「這裡的守衛比想像中的要好處理，看來鬼臼還是小心，把大多數護衛留在了自己身邊……」

「噓。」我急忙制止嬴萱，隨即低頭看了看蹲在火堆前熬藥的靈琚。我心裡清楚，鬼豹族大部分的兵力應該都往洱海方向去了，可我們現在不是說這些的時候，以免靈琚聽了擔心。

「文溪，這裡交給你和靈琚，等村民們醒來之後就帶他們下山吧。我倆帶著花獸先往洱海那裡趕。」我見這邊已經沒有鬼豹族人的身影，便做出如此決定。

靈琚居然沒有反對，依舊蹲在角落裡不停攪拌著滾燙的薑湯。文溪點燃的艾草散發出陣陣煙霧，不知是煙霧的原因還是為何，靈琚的眼睛竟然被熏得發紅，我本想說點什麼，剛要上前，嬴萱就一把拉住我的手臂，無聲地搖了搖頭。

算了，與其在這裡空口白話，還不如做出實際行動來得更快。我們將那幾名看守洞穴的鬼豹族人五花大綁後，告別了文溪和尚，轉身朝著洱海方向奔去。

嬴萱和花獸少女畢竟都是女人，腳程自然不如我，我雖然心急如焚卻又不好發作。嬴萱身強體壯，本就是馬背上長大的草原女子，自然跟得上我的腳步，倒是花獸少女，不知長途奔波消耗了太多體力還是維持人形不易，速度一直提不上來，我和嬴萱不得不好幾次停下來等待，這讓我幾乎崩潰，本來就是在和時間賽跑，卻不能全速前進，我有好幾次想要發作，卻都忍住了。

「對不起，要不你們先去，我隨後就到。」花獸少女顯然意識到了自己在拖後腿，懊惱地提議。

「不行，」嬴萱拒絕，「我們人生地不熟，若沒有你引路，萬一繞了遠路更划不來。」

「可是，再不快點的話……」花獸少女也是在擔心小漠，幾乎要哭出來。

我猛然停下腳步，拾起地上的一塊碎石狠狠朝著遠方丟去，心中的憤恨通過這樣的途徑宣洩出來，卻仍舊歇斯底里地轉身朝著嬴萱和花獸大喊：「有這樣閒聊的工夫，為什麼不再加快腳步！」

「姜楚弦，你嚷嚷什麼呢？」嬴萱皺眉。

「我嚷嚷什麼？你們又在嘀咕什麼，知道雁南歸他現在面對的是什麼嗎？雁南歸，他還在等我們！」我上前一把抓住嬴萱的肩膀，十指幾乎嵌入了嬴萱的肌膚，紅著眼厲聲怒吼，一旁的花獸少女見我這般，終於落了淚。

「哭有什麼用！有這力氣不如省省趕快趕路！」我猛然轉頭看向一旁的花獸少女。

「你瘋了？」嬴萱一把甩開我的雙手，一拳打在我的臉上，「你發什麼狗瘋？她招你惹你了？」

我捂住自己生疼的臉頰，胸腔急速起伏，可胸腔的怒火絲毫沒有減滅。

「對不起……你們別這樣……」花獸少女上前攔住嬴萱。

可嬴萱不甘示弱，一把將垂到胸前的長辮子甩到身後，拍了拍自己的獸皮短裙上前推開花獸少女，俯身拉起我的衣襟貼近我，同樣氣勢洶洶地對我怒吼：「你現在有吵架的力氣，倒不如趕快到洱海，說不定還能救南歸一命！」

「你們別吵了，是我不好……我保證，我一定跟得上！」花獸抿了把額頭冒出的虛汗，看嬴萱也紅了眼，急忙蹲下身子扶起我們。

怎麼回事？我這無緣無故的暴躁是因何而起？事後我才想明白，我是在害怕。我害怕雁南歸像段希夷一樣在我的眼前失去自己的生命，我害怕再有人因為姜氏與鬼豹族的鬥爭而無辜受牽連，我害怕看見靈琚失望傷心的眼神，我害怕自己的無能，讓這一切都無法挽回。

鬼臼這場卑鄙的心理把戲，我終歸還是輸了。

我所有的急切與不安，完全都是來自我自己的怯懦。這麼簡單的道理，卻偏偏折磨得我無法應對眼前的情況。

「姜楚弦，你可以的。」

突然，嬴萱鬆開了我的衣領，站起身淡然笑了笑。花獸少女疑惑地看著嬴萱和頹然坐在地上的我，不知道嬴萱何出此言。

這一瞬間我才知道，其實，嬴萱是懂我的。

這個看似大大咧咧沒心沒肺的女漢子，其實是最能摸得透我的內心。

「我相信你。再說了，咱們還有賬沒算清呢。」嬴萱瀟灑地甩了甩辮子，一襲紅衣在烈風中光鮮奪目，那張我曾衝動吻過的唇揚起微笑的弧度，她俯下身子朝我伸出了一隻手，對我輕微點頭。

沒錯，我可以的。

我鼓起所有勇氣，一把拉住了嬴萱遞上來的手臂，挺身而起。

Chapter 10

# 先知未卜

# 1

蒼山距離洱海並不是一個遙不可及的距離，我們三人緊趕慢趕，終於在日落之前抵達了洱海。

洱海其實並不是海，只是一個面積較大的細長形湖泊，因白族人身居內陸從未見過大海，因此取名為海來表達對大海的嚮往之情。從蒼山上往下看，洱海宛如一輪耳廓形狀的彎月，南北長，東西窄，因此取名「洱海」，這和我曾在中原見到過的「眉湖」有異曲同工之妙。洱海靜靜依偎在蒼山和大理壩子之間，水質清純，如同透明的水晶明鏡，清澈見底。此時正是夕陽西斜時分，朦朧的霧靄散去，蒼茫雲霧之間，洱海顯得靜謐沉默。

可是，此時此刻並不是欣賞美景的時候，我們還未走近，便聞見一股刺鼻的血腥味。

我心頭一緊，登時加快了腳步。

夕陽下，洱海岸邊橫七豎八地躺了幾十具屍體，盡是那些粗礪魯莽的鬼豹族人，散落的屍塊昭示著不久前的一場惡戰，一個個被青鋼鬼爪掏了心口的傷痕，似乎是在烙印雁南歸那獨有的勳章。已經凝了血塊的土地上散發著陣陣惡臭，那些兵刃上的血跡，讓人根本無法分清到底是何人所留。

花獸少女自是沒見過這樣的場面，只看了一眼便雙手捂住了自己的臉頰背過身去。我和嬴萱見怪不怪，知道這是雁南歸釋放了體內的戰魂而造成的瘋狂殺戮。

看來事情要比我們想像中的好一些，最起碼，只要釋放出戰魂，雁南歸的攻擊性幾乎無人能敵，怕就怕對手數量過多，因為雁南歸一旦釋放戰魂便會一直戰到死亡，根本無法停歇。

一片堆積的屍體後面，瑟縮著兩個圓潤的身軀。嬴萱最先認出了那是小漠和阿巴，喚著我一同衝過去。阿巴和小漠躲在屍體後面，只是微微露出了半個腦袋，兩人緊緊貼在一起相互取暖，軟糯的身體上濺滿了血跡。

「阿巴，小漠，是我。」我剛要伸手去輕撫小漠那瑟瑟發抖的身軀，就被身後嬴萱一聲淒厲的哭號打斷，她這麼一聲哭號，我真真切切地不敢回頭了。

因為，她哭喊的，正是雁南歸的名字。

方才打眼望過去，全是堆砌的屍體，並無存活的生人。再加上嬴萱這樣絕望的哭喊聲，我便知道，我們終究還是來晚了。

我咬緊了牙關，緩緩站起身，強迫著自己回頭。

只見，在那血腥的戰場中央，挺立著一個堅韌的背影，保持站立的姿勢高昂著頭顱看向遠方的洱海，卷曲的銀色長髮上因沾滿了猩紅的血跡而不再蓬鬆飽滿，狼狽地垂在少年的後背。他身上的黑色鎧甲依舊鋥光瓦亮，絲毫沒有因為這一場惡戰而有所凌亂，蒼白的手腕上仍舊是那柄泛著青光的玄鐵鬼爪，上面還在緩緩滴落著鮮血。渾身上下都被敵人的鮮血染紅，在戰場中挺立到最後。

原來，這才是真正的「朱」雀。

我又驚又喜，抹了把汗就衝了過去，誰知剛跑到雁南歸和嬴萱的身邊，就被眼前的景象震驚。

雁南歸之所以能保持站立的姿勢，那是因為在他的胸前插著一柄紅纓鋼槍，鋼槍底部戳入土地之中，將這名戰士的屍體維持在一個站立的姿態，若是像我剛才那般從背後望去，根本不會發現，他的軀體早已沒有了任何生命的氣息。

更讓我震驚的是，這柄插入胸膛的鋼槍我是見過的，之前我同嬴萱進入雁南歸夢境的時候，在那些朱雀神族的手中，真真切切地見到過！

朱雀神槍……

原來，雁南歸一直都有一柄屬於自己的朱雀神槍，只不過從未用過。

可誰能想到，他第一次也是最後一次使用朱雀神槍，竟是為了結自己殘喘的性命，用來嚇退身後那猶豫不決的鬼豹殘軍。

「不，不是這樣……」我呢喃著搖頭後退，不敢相信自己眼前的景象。嬴萱早已哭倒在雁南歸的腳下，可是那具早已僵硬的屍體，根本無法做出任何的回應。

雁南歸，這個號稱朱雀神族第一勇士、身負朱雀戰魂的半妖戰士，現在只剩下這麼一具冰涼的屍體，這讓我該如何向靈琚交代！

是我來得晚了……我頹然跪下，雙手插入面前這片鮮血染紅的大地，耳邊回響起他臨走時我那信誓旦旦的承諾：

野鳥，等我……

終歸，我還是食言了。

我痛苦地撲倒在地，嗓中一發甜，悲愴的怒吼和鮮血一併從我的喉嚨中鑽出，這種生不如死的悲傷讓我措手不及，根本不知該如何應對。或許在我的心中，這名生性疏闊、不言不語的朱雀半妖，是根本不會死亡的。

我還未從悲傷中走出，就聽得身後呼啦啦一陣腳步聲傳來。我猛然意識到事情的真相，雁南歸之所以在最後時刻祭出朱雀神槍來支撐住自己將要倒下的身體，就是為了在為我們的到來拖延一點兒時間，那些鬼豹族人並未退去，而是四散在周邊觀察雁南歸的情況，若是雁南歸倏忽倒下，他們便會一擁而上，擄了阿巴和小漠後逃之夭夭。

可正是因為我的疏忽，讓自己悲痛的深情表露在外，才讓那些如同偷食地裡糧食的麻雀一般的鬼豹族人意識到，他們與之對峙的，不過是個用鋼槍撐起來的稻草人罷了。

糟糕……雁南歸最後的良苦用心，根本沒有被我看透！

我剛準備起身摸出玄木鞭來應對來人，肩頭忽然一痛，鮮血橫流。還未起身，我便被上前的鬼豹族人圍追堵截，一旁的嬴萱還沒反應過來，就被重錘擊中，一口鮮血吐出倒在地上，手中的弓箭被鬼豹族人迅速奪取，喀嚓一聲便折成了兩截。

不……這不可能。

我的神經已然麻木，瘋狂地揮動玄木鞭，同時不停地使出各種五行符咒，噴射的火龍和金光炸裂的流星都絲毫沒有作用，只能眼看著自己被幾名鬼豹族人鉗制了手腳，根本沒有還擊之力。

突然，一閃而過的一個黑色身影出現在我的面前，對著我的腹部猛擊，我一口甜血咳出，沒了掙扎之力。

抬頭看，那竟是黑衣短髮手持圓刀的子溪。

就在我一頭亂麻之際，那名披著黑色長袍的法師才從角落中緩緩走出，發出一陣輕蔑的笑聲後卻又連聲咳嗽，病態的奸笑被打斷，他自行緩了好一陣，才慢慢將自己黑袍的帽子取下，露出了鬼臼那張蒼白而病懨懨的臉龐。

「姜楚弦，別來無恙。」鬼臼那張笑得變形的臉端在我面前，讓我不住作嘔。

我不甘心……事情絕不是這樣！

我猛然抬頭用力撞向鬼臼的額頭，將他一舉撞翻在地。他沒料到我還有這般氣力，狼狽地摔倒在地，被一旁面無表情的子溪扶起。

「本想留你一命，既然這樣不給老夫面子，那就別怪我無情！」鬼臼氣得翻白眼，我卻邪邪一笑，根本不想反駁。

鬼臼一聲令下，子溪便抬起了手中的圓刀，朝著我毫無防備的脖頸抹來。

我兩眼一閉，同時發出了絕望的苦笑。

野鳥，我姜楚弦說到做到，你，等我。

# 2

本該血腥的痛感居然沒有襲來，反倒是一陣強烈的不尋常的眩暈感隨之而來，就在一片強烈的白光吞噬我眼前一切的時候，我突然意識到，眼前發生的這一切到底是為什麼了。

強烈刺眼的白光吞噬了眼前抬手揮刀的子溪，吞噬了那一臉得意的病態的鬼臼，吞噬了那些殘餘的鬼豹軍團，吞噬了被俘的嬴萱，更吞噬了雁南歸那具悲壯堅挺的屍體……等我再次睜開眼的時候，我仍舊蹲在那一堆屍體前，面前仍舊是瑟縮著的小漠和阿巴，時間就像是作弊般再次回到我們剛剛抵達洱海的瞬間，讓我頓時清醒過來。

剛才的一切……都是夢境！

看到眼前瑟瑟發抖的小漠，我才終於理解，到底什麼是她口中所謂的「未來」。

原來在我們抵達洱海的時候，就在我觸碰到躲在一側的小漠的時候，她便讓我陷入了鬼臼的夢境，方才所呈現在我眼前的一切，不管是雁南歸身死於戰場，還是我們幾人被鬼臼制伏，那統統是小漠給我呈現出來的，鬼臼眼中的未來！

我突然有些慶幸，更有些僥倖，那這麼說來，方才的一切，都有了可以扭轉的機會！

小漠此時微微探頭遞給我了一個堅定的眼神，我十分默契地微微點頭回應，我現在所有的自信，全部是小漠帶我進入鬼臼未來夢境所給予的，因為接下來發生的一切，我已然在夢境中經歷了一遍，該如何應對，我比所有人都更了解。

緊接著，嬴萱的哀號果然按時傳來，這次有了足夠的心理準備，我迅速做出正確的反應，不再失態地撲倒在雁南歸的身前，而是嘴角挑起一抹不易覺察的微笑，起身故作輕鬆地晃蕩到了嬴萓和雁南歸的身邊。

「喲，野鳥，我還真是小看你了。」我故意放大了自己的嗓音，戲謔地上前走到雁南歸的身邊，他的胸腔中仍舊插了一柄朱雀神槍，可是身體狀況明顯要比在方才的預知夢境中好很多，他混沌的雙瞳在我的呼喊下仍舊有反應，我心裡瞬時像吃了顆定心丸，只要我能成功唬住鬼臼，那麼野鳥完全還有一線生機！

「了不起啊，我以為等我們趕過來，你就只剩下野鳥毛了呢。」我嬉笑著上前拍了拍雁南歸冰涼的肩膀，裝作他並無異樣般同他說話，可是我知道，他現在是不可能回答我的。

地上哭泣的嬴萓愣住，不知道我到底在搞什麼鬼，一時間張大了嘴巴哭也不是，不哭也不是。我怕她露餡，便立即上前彎腰扶起她：「你怎麼了，至於高興成這樣嗎？」

嬴萓更是莫名其妙。

我扶起她的瞬間，低聲快速地在嬴萓耳邊嘀咕：「什麼都別問，鬼豹族還未撤退，裝作野鳥沒事他們就不敢出來。」

我不確定嬴萓聽明白了沒有，因為此時此刻的我也是十分緊張的，萬一有什麼差池，我們的結局便和鬼臼夢境中的未來一模一樣。

沒想到嬴萓竟然很爭氣，瞬間明白了我的意思，雖臉色蒼白，但還是強撐著自己站起身，仰頭哈哈一笑，努力遮掩自己的不自然：「咳，我太激動了，沒想到南歸戰鬥力這麼凶悍，我這是被驚著了，哈哈哈……」

一旁的花獸少女似乎看出了我和嬴萓的不對勁，不過相對於嬴萓的神經大條，花獸少女還是比較善於察言觀色的，她注意到我們這樣做一定有目的，既不發問，也不戳穿，遠遠站在阿巴和小漠身邊，對著我們笑。

我鬆了口氣，這個時候，只要我們扶著雁南歸，不動聲色地帶著小漠和阿巴離開，鬼臼他們應該不會追出來。畢竟鬼豹軍團剩餘數量不多，本來同雁南歸一人對峙就已經是勉強，現在又多了我和嬴萱，他們更是不敢貿然行動。

我們所有人的安危，全繫在雁南歸的身上。只要不讓對手發現雁南歸已經失去意識，我們便能順利逃脫。

我腦子飛速運轉，隨即拿胳膊撞了撞嬴萱，聲音響亮地說道：「走吧，還愣著幹嘛？」嬴萱不知我要做甚，只好從容配合：「走。」

我迅速衝嬴萱使了個眼色，暗自用下巴指了指已經無法動彈的雁南歸。

「哦……啊，那個，姜楚弦你也真不夠意思，人家南歸拚死護住小漠和阿巴，你也不表示表示？」嬴萱打著哈哈，揣測著我的意圖。

我順著嬴萱的話說道：「對對，說得不錯，野鳥，我欠你個人情哈！」說著，我便自然而然地攬住了雁南歸的肩膀，用自己身體的力道撐起了雁南歸早已無力的身軀，嬴萱迅速不動聲色地抬腳勾起撐在雁南歸胸前的朱雀神槍，握著底部猛然一發力蹲下，順勢把朱雀神槍從雁南歸的胸口拔出。

「你幹嘛呢？」我心驚肉跳地用唇語無聲問道。

嬴萱抬頭咧嘴一笑：「哎，絆了一跤，對不住對不住。」說著，嬴萱用自己的身子擋住朱雀神槍，保證它不出現在身後鬼豹族人的視線中，暗自將槍放倒在地，隨即站起身踢了踢旁邊的一具屍體，壓在了朱雀神槍的上面。

「這破屍體，絆著老娘了！」嬴萱挪動屍體蓋住朱雀神槍後，還煞有介事地踢了一腳。

好在有驚無險，嬴萱的反應比我想像中要機敏得多。我用眼神示意嬴萱快走，嬴萱轉身招呼了花獸和兩隻食夢貘，便跟上我的腳步迅速往來時的路撤去。我強撐著自己的身子，仍舊單手攬著雁南歸的肩膀，暗自發力，在保證雁南歸不倒下的同時，勉強讓自己保持正常的平衡，避免鬼豹族人從背影看出端倪。

我和雁南歸就這樣貼在一起，我幾乎用盡了半個身子的力量，才勉強讓我倆能夠一起移動。我們必須抓緊時間，等我們走後，細心的鬼臼定會上前查看戰場，等他發現被嬴萱藏在屍體下面的朱雀神槍，這個唬人的把戲就會被瞬間戳穿。因此，留給我們逃跑的時間並不多。

我用半個身子支撐起雁南歸，嬴萱也不敢妄自上前攙扶，花獸少女不動聲色地跟在後面，卻有意無意地用自己的身影替我們遮擋不自然的步伐，我們就這樣不言不語行了一路，估摸著已經脫離了鬼豹族人視線的時候，我終於支撐不住，一個趔趄停了下來。

# 3

嬴萱急忙上前扶起雁南歸，此時的他面無血色，呼吸微弱，胸口的槍傷加上早已耗盡的體力，讓這名朱雀戰士筋疲力竭，在生死線上徘徊。

「我們的時間不多，趕緊把野鳥扶過來，我揹著他速度會快一些。」我來不及歇息，彎腰示意嬴萱幫忙。

嬴萱扶著昏死過去的雁南歸放在我的後背，同時還不忘問：「你怎麼知道那些鬼豹族人還在那裡？」

我回頭感激地望了小漠一眼，她有些羞澀地點點頭。嬴萱看我倆的反應，便恍然大悟：「就……就那麼一瞬間的光景，你就能知曉她所說的未來？這……還真是未卜先知啊……」

「別廢話，趕緊走！」我揹起雁南歸，朝著來時的路飛奔而去。

我們幾人不敢有絲毫的停歇，生怕功虧一簣，被後知後覺的鬼豹族人給追上。算著時間，再往前趕不多時，差不多便能與安置好村民的文溪他們會合。

我們得先找一處隱蔽的地方給雁南歸療傷，他現在命懸一線，即便是鬼臼他們追上來，也只能是我來應戰。我一邊思索著該如何戰勝鬼臼，一邊算計著到底還有多久才能與文溪他們會合。

我手中掌握的五行符咒不外乎火鈴符、捉神符和撼山符，都不是最適合用來打敗鬼臼的選擇。倒是小漠預知對手計謀的能力，還算是能讓我們有一線轉機。

我正苦惱，就見前方已經看得見村子的炊煙了，想必是下關的村民已被安置得當。我正奇怪那些在村子裡替代村民的紙糊的人形花燈該如何處置，走近了才看到，原來那裊裊煙霧並不是炊煙，而正是村民們焚燒燈人的煙跡，勤勞堅韌的下關村民早已奮起抵抗，看來我的擔心是多餘了。

「姜楚弦！」一聲熟悉的呼喊讓我猛然停下腳步，緊接著，便是端著藥碗的文溪和尚風塵僕僕地從村子裡迎了出來：「我組織村民已經把那些花燈給燒——」

「小雁！」緊接著，靈琚的哭喊打斷了文溪和尚的話，文溪這才注意到我背上幾乎斷氣的雁南歸，急忙讓我將雁南歸揹入一戶人家的院落中，放在偏房的木床之上。

「這是村長家，女眷出去守著。我先封穴止血，靈琚你別杵著！把藥箱給我拿來！」文溪迅速招呼著，語速極快，手中的動作也不停，在扶著雁南歸上床的時候還順手把雁南歸身上的鎧甲熟練地卸掉，隨即用刀片將緊身衣割破脫下，野鳥那一身精壯的肌肉便展現在眼前。我想，現在文溪最為熟悉的病人，應該是野鳥了。

靈琚兩眼紅紅地站在那裡點點頭，咬緊嘴唇轉身去取藥箱。這不是她第一次見到雁南歸受如此重傷，顯然要比從前堅強了許多。想起我曾經見到野鳥背脊上密布的傷疤，我就知道這名朱雀戰士早已在生死線上徘徊多次。

「他怎麼樣？」嬴萱先行迴避，我看著已經被扒光躺在床上的雁南歸，擔憂地問著在一旁用金針封穴的文溪和尚。

文溪和尚手就沒停，熟練迅速地扎針：「每次都傷成這樣……再這麼下去，我下回閉著眼都能治他。」

「呸，烏鴉嘴，哪有下次。」我雖然不信這些，但面對此時冰涼蒼白的野鳥，我仍舊是小心謹慎地打斷文溪口中唸叨的不吉利的話，生怕真有什麼差池。

文溪沒好氣地瞪了我一眼：「放心吧，只是體力耗盡加上失血過多，看起來嚇人但是並不難治，這點難題於我不成問題，我這少林神醫的稱號可不是白得的。」文溪說罷，收手起身，取出工具丟進了一旁滾燙的開水中去。

我懸著的心總算是放下，長舒一口氣，正準備轉身，卻正巧碰見捧著藥進屋的靈琚。我愣了愣，轉頭看看床上一絲不掛的野鳥，再回頭看看一臉焦急的靈琚，為難地撓撓頭走向文溪：「這個……畢竟男女有別，你都讓嬴萱迴避了，怎麼我徒弟……」

文溪和尚翻了個白眼：「你怎麼這麼污？醫者心繫病患，哪有你那閒工夫！你也給我出去。」

「我……」我不好意思地搓搓手，低頭看見靈琚正目不斜視地細心為雁南歸清理傷口，面不改色，根本沒我想的那般不堪和尷尬。

「靈琚……」

躺在床上幾乎斷了氣的雁南歸居然開了口，聲音虛弱嘶啞，可這一開口就是叫我小徒弟的名字，這倒是讓我有些不爽。

「哎，小雁。」靈琚一邊應著雁南歸，一邊繼續手中的動作，小心用鑷子把翻起的皮肉規整好，全然沒有了之前小孩子害怕的感覺，更多的自信和認真浮現在靈琚的臉上，在我看來和老到的文溪沒什麼差別。

「我……回來、回來給你紮頭髮了……」雁南歸呢喃著，也不知道是恢復了意識，還是仍舊昏迷在說著胡話。

靈琚會心笑了笑：「嗯，我知道了呢。」說著，拿起了一塊乾淨的紗布浸了藥放在傷口旁，想了想又同神志不清的雁南歸說道：「小雁，春天來了，明天帶我去上關採花花呀？」

「好……」雁南歸條件反射般回答，剛一開口，卻見靈琚猛然將紗布按在傷口處，估計是紗布上的藥物作用，那野鳥痛得一個激靈，咬緊了牙發出低聲嘶吼。

「採了花花小雁給我編成花環吶，好嗎？」靈琚面不改色心不跳，繼續同雁南歸講話。

「嗯……」雁南歸痛得幾乎說不出話來，卻不得不努力讓自己清醒，從牙縫裡擠出字眼來回應靈琚。

我看得一愣一愣，文溪和尚卻見怪不怪地從我身前路過，頭一歪對我解釋道：「得讓患者保持清醒，他要是徹底昏過去，怕是再也醒不過來了。」

我對靈琚刮目相看，畢竟這樣的事情對於一個十歲的小丫頭而言，實在是過於沉重，可是她比我想像中要堅強，甚至抽不出任何工夫來傷心難過，而是全身心地在為命懸一線的雁南歸著想，這麼相比，我甚至還不如靈琚堅強。我乾杵在這裡也不是辦法，索性出去商議如何對付鬼臼的好。

推門出去，守在外面的嬴萱和花獸少女都上前詢問狀況，一旁的小漠和阿巴也投來了關切的眼神。我將情況如實反映給他們，大家總算鬆了口氣。

「現在，抵擋鬼臼的重任，就在我們身上了。」緊接著，我便將眼下更為嚴峻的現實提了出來。

嬴萱和花獸同時看向我，又同時點了點頭。

阿巴和小漠也十分默契地對視了一眼，隨即小漠便緩緩移動過來，輕聲開口：「我想，我應該能幫得上忙。」

我點頭：「不錯，之前在洱海的時候，多虧你帶我看到了鬼臼眼中的未來，才及時扭轉了戰局。鬼臼素來陰險狡詐，沒人能猜得透他下一步的計謀，所以還是需要小漠你來帶我看一下鬼臼接下來的動向。」

小漠剛要點頭，旁邊的阿巴卻攔下：「小漠剛剛預知了未來，體力消耗還沒恢復，姜楚弦你有沒有良心？」說著，阿巴翻了個大大的白眼。

小漠急忙解釋：「沒關係的，現在情況要緊，也多虧了你們我才能得救。」

我瞪了阿巴一眼，抬手戳了戳牠彈性十足的腦袋：「才跟著人家多久啊就胳膊肘往外拐？也不知道是誰沒良心。」

一旁的嬴萱有些不放心，上前蹲在小漠面前問道：「真的不要緊嗎？」

小漠搖頭：「放心吧，結束之後我長長睡一覺就好了。」

嬴萱起身點點頭，我便走到小漠身前，緩緩抬起了自己的手，輕撫在小漠米白色的圓潤身軀之上，跟隨著她的特殊能力，走入鬼臼眼中的未來。

# 4

春風乍起，無意撩撥我垂下的衣袖。我站在下關風口，遙望遠處漸近的隊伍，心緒翩躚。即便是知曉了鬼臼的內心，摸清了他接下來的步驟，可於我們而言，根本沒有應對的策略。因為小漠帶我看到的，竟是那樣一幅畫面。

畫面中，黑衣短髮的子溪手持圓刀領軍，鬼臼穿了鬼豹族戰衣，喬裝成一名普通的鬼豹族人混跡在軍隊之中。僅此而已，並無任何複雜的策略和謀劃。

可正因如此簡單，而讓我陷入了兩難。

子溪是文溪的妹妹，由她作為衝鋒陷陣的領頭人，我就不得不與她正面對抗，可我根本無法保證在不傷害到子溪的情況下將她拿下。想要安然無恙地救下子溪，只有殺死鬼臼才能破除失魂蠱，而鬼臼混跡在鬼豹族軍隊之中，我們根本無從下手。

就是這麼簡單的一個局，我們卻束手無策。

鬼臼總是喜歡將我們陷入這樣一個兩難的局面，讓我們不得不做出犧牲和選擇。然而留給我們的時間已經不多，地面已經傳來了鬼豹族人漸近的腳步聲，我獨自一人站立在烈風陣陣的下關風口，等待著一場鏖戰。

按照小漠帶我看到的未來畫面，風獸會在一炷香左右的時間趕到，這樣一來，我先用捉神符將子溪控制住，隨後配合嬴萱與風、花兩獸一起圍攻所有的鬼豹族人，爭取在子溪掙脫開捉神符之前殺掉鬼臼。這樣一來，便是兩全。

可是我們都知道，這個對策成功的可能性並不大。

然而此時我們只能挺身而上，因為在我們的身後，只要過了下關風口，便是那些無辜的村民，還有正在生死之間徘徊的雁南歸。我囑咐文溪和尚一定要照顧好靈琚和雁南歸，因此我們不能倒下，守住風口，便是守住了身後那些人的性命。

我手持玄木鞭挺立在風中，迅疾的風撩起我額前的碎髮，破爛不堪的灰布長袍更是在風的擺弄下激烈舞動著，我瞇起眼看向前方那黑壓壓的敵群，握著玄木鞭的手青筋暴起，圓口布鞋踩在鬆軟的土地上，幾乎烙印出了痕跡。

來了。

走在最前方的果然是目光呆滯的子溪，一頭俐落的黑色齊耳短髮被風揚起，強大的氣場宛如地獄走出的少女，手中還滴著血的圓刀垂在身側，邁著沉穩的步伐正徑直向我走來。

我輕輕咳嗽一聲，開始了最後的倒數。

三十米，二十米，十米……就是現在！

我抬手吹響口哨，隱匿在高處的嬴萱一陣亂箭掃射，準確避開了前面的子溪，而將最前方的一排鬼豹族人盡數清掃，趁著子溪身邊空出間隙，我迅速揚手撕下五行符咒，厲聲唸道：「陰陽破陣，萬符通天！捉神符——破！」

隨著璀璨的金光乍現，無數的金色鏈條四散開來，準確地鉗制住了子溪的四肢。她身手雖然敏捷，靈活躲閃開了幾個捉神符的捕捉，但架不住符咒數量的直線增多，無數的金色流星迅速纏繞在子溪的周身，我雙手持玄木鞭猛然一拉，所有的金色鎖鏈悉數收縮，牢牢將子溪拴在原地。

「趁現在！」我雙手絲毫不敢鬆懈，握緊玄木鞭朝身側怒吼，隱匿在高處的嬴萱和花獸少女一併上前，迅速加入了與鬼豹軍團的鏖戰。

我們必須抓緊時間，在子溪掙脫開之前，率先找到喬裝隱匿在軍隊中的鬼臼。贏萱畢竟只是女流之輩，攻擊力自然不如雁南歸那般迅猛，花獸不停揮發出麻醉的花粉用以阻隔敵人的攻擊，但好在她們在絞殺鬼豹族人的同時還能護自己周全，這讓我更加放心。

快了，再堅持，風獸便能趕到！

鬼豹軍團的數量要比我們想像中更多，贏萱和花獸漸漸力不從心，我在一旁看得心驚肉跳，卻又不敢分神，生怕手中的玄木鞭有所鬆懈而讓不停掙扎的子溪鑽了空子。

果然還是我們想得太簡單了，數量極多的鬼豹族人已經將贏萱和花獸圍在了中間，四面夾擊對她們而言根本毫無勝算，贏萱的臉頰上掛著血絲，背上的箭壺已經耗空，拔出了腰間的獵刀開始近身搏鬥。

不行……我幾次想要鬆手去幫助她們，可想到文溪和尚那溫潤的目光，我便不忍心將子溪陷入一個危險的境地。我焦急萬分，像是經歷了煉獄般的折磨。

只聽撲通一聲，贏萱身子一歪便跪倒在地，單手撐著獵刀抿了一把嘴角的血，花獸急忙上前護住贏萱，卻已經沒有了可以突圍的機會。

再遲疑一秒，贏萱便會慘死在鬼豹族人手下！

可即便這樣，贏萱還不忘護著守在風口的我，抬手就將手中的獵刀擲出，插入了一個正往我的方向撲來的鬼豹族人的胸膛。

不行……我的雙手開始發抖，開始動搖。

「姜楚弦！」文溪和尚的聲音忽然傳來，我錯愕地抬頭看去，只見在文溪的帶領下，十幾名年輕力壯的下關村民都手持鋤頭、鐮刀簇擁在文溪身後，正氣勢洶洶地往我們這邊趕來。我有些不敢相信，我沒想到，這些平凡的村民竟然願意為了我們而拿起手中並不專業的武器，與那些強大的鬼豹族人進行戰鬥，我雙眼有些發熱，卻驚訝得說不出話來。

「既然是守護下關，為何不通知我們？」領頭的一名壯漢操起手中的砍刀衝了上去，猛然發力，將衝上前試圖砍向我握著玄木鞭雙手的鬼豹族人成功斬殺。這些樸素的村民奮起而戰，這讓我相信，只要腳踩大地，身後護著自己的家園，任何一個人都可以成為英雄。

文溪和尚上前到我身邊結印護住我，防止再有鬼豹族人上前干擾。

「如果每次都躲在你們身後靠你們保護，那我豈不是太沒用了？」文溪和尚說著，抬手拍了拍我的肩膀。

「文溪……」我感激地看向他。

「村民不僅僅是為了報答我們從雪山救了他們，也是為了守衛自己的家。」文溪若有所思，肅然望向那些與鬼豹族人拚命的村民們，隨即視線掃過被捉神符束縛的子溪，「而我……卻自私地，只是為了我的親人……」

說罷，文溪和尚便繞過地上的鬼豹族人屍體，將受傷的贏萱結印攙扶到安全的地帶。

忽然，勁風大作，強烈的旋風從遠處傳來，不用抬頭，就知道是風獸趕到了。

這樣一來，勝券在握，我不由得微微挑起了嘴角。

# 5

倏忽強烈的旋風四起，揚起的風沙如同一張密織的大網向戰場撲來，飄逸矯健的風獸化作人形，蒼白的成熟男性面容在風聲中鶴唳，他身披流線輕盈的薄紗，敏捷飛躍障礙。只見他迅速俯身掠過鬼豹族人的頭頂，一股勁風便巧妙地掀翻了那些正在同村民們交手的殘餘軍隊。

隨之而來的異香更是讓戰局發生了關鍵性的扭轉，在風獸的配合下，只見無數鮮紅的碩大花朵依次綻放，散發出了金黃色的粉塵，而那些粉塵在風獸控制的風向下直撲鬼豹族人的鼻孔，吸入花粉的鬼豹族人便紛紛倒下，一場兩難的戰況迅速結束，配合默契的風獸和花獸站定在上關高崗處，俯視著劫後的戰場。

一片倒地的黑色軀體鋪滿了戰場。隱匿在軍隊中的鬼臼仍不見蹤影，而我手中的捉神符也逐漸放鬆，子溪即便是脫離了捉神符的控制，也因無人下達指令而茫然無措。

文溪和尚率村民在那些躺倒的鬼豹族人中尋覓著鬼臼的身影，他們依次取下一個個鬼豹族人臉上的頭盔，確認這些狂躁獸人的面孔。

戰局已定，我鬆了口氣，現在只要找出鬼臼，解除子溪身上的失魂蠱，我們便能大獲全勝。

然而在大家的搜索下，依舊不見鬼臼的身影，這讓我剛剛放下的心再次懸了起來。我抬手收起玄木鞭，被金色捉神符捆綁的子溪木然站在原地，已經沒有了任何的攻擊性。我見子溪的威脅已經消除，便親自走入戰場，尋找著偽裝成鬼豹戰士的鬼臼。

一旁的嬴萱意識到事情的不妙，也加入了搜索的隊伍。

正在所有人一籌莫展之際，遠處忽然傳出的啼哭聲如同黑夜中探索出的一雙鬼手撩撥著我的神經，讓我整個人渾身戰慄。

「師父……」

那熟悉而甜膩的嗓音，那成天把小雁掛在嘴邊的嗓音，那輕聲哼唱著戲文的嗓音！

靈琚！

我急忙回頭，果然見狼狽的鬼臼正擄了靈琚從村子深處走來。鬼臼已然身負重傷無法逃脫，而子溪方才又被我控制，他實屬無奈才出此下策，為的就是最後放手一搏。

「你放了我徒弟！」我見狀登時怒吼，所謂光腳的不怕穿鞋的，鬼臼已經沒有了任何獲勝的砝碼，若是臨死拉個墊背的，我們任何人都無力阻止。

鬼臼那慘白枯槁的面容上掠過一絲詭異的微笑，他單手卡住靈琚的脖頸，另一隻手將一把鋒利的短匕首抵在靈琚的胸口，只要他稍一用力，無情冰冷的刀刃便會鑽入靈琚的身體，輕易取了小丫頭的性命。

「姜楚弦小心！」身後的文溪和尚突然朝我大吼，我條件反射般猛然壓低身子，圓刀呼嘯著從我頭頂掠過，一旁的黑衣子溪就像是重新被提起的提線木偶，揮刀便向我攻來。我抬手阻擋子溪的攻擊，卻又礙於子溪的身分而無法全力而戰，被她逼得連連後退。

文溪和尚見狀二話沒說，迅速上前結印將我護在身側，隨後自己猛然抬手架住了子溪再次揮舞而來的手臂：「你給我清醒點！」

然而子溪根本聽不到他的斥責，在失魂蠱的作用下，此時的子溪不過是一具行屍走肉，她仍舊是面無表情地發力，文溪和尚的手臂逐漸顫抖，顯然是不敵子溪的力道。

「不許反抗！否則……」鬼臼那陰陽怪氣的聲音從後面傳來，只見鬼臼猛然發力，羸弱的四肢卡住靈琚的要害，匕首已經劃破了她那身翠綠的立襟罩衫。

「不要！」我和文溪和尚同時大吼制止。

就在這一瞬間，文溪和尚的手忽然鬆開，子溪沒了鉗制，揮刀砍下，我猛然抓住文溪和尚的肩膀將他往回拉，刀鋒劃過文溪的肩頭，割破了他那身土黃色的僧袍。

鬼臼見自己佔了上風，更加得意起來，一步一搖地走上前，來到黑衣子溪的身邊，緊緊貼著子溪站在她的身後，只露出了身側的靈琚，這樣一來，鬼臼整個人便被子溪擋住，我們根本無從下手。

奸邪至此，天理難容！

「我絕對……不會讓你傷她一毫！」

羸萱聞聲上前，拉起弓箭卻無法找到合適的瞄準點，不管從哪裡突破，阻擋在鬼臼面前的子溪都是必須要攻下的障礙，我們三人面對如此形勢束手無策，為了不傷害到靈琚和子溪，我們只能對鬼臼言聽計從。

「怎麼樣，就算你料到我會偽裝成鬼豹戰士混跡在隊伍裡，可你能料到我途中抄近路拐進了村子，擄了你的小徒弟嗎？」鬼臼有些輕狂地大笑起來，隨即上前一步貼近子溪，低聲在她的耳邊下達了最後的指令：「殺了他們！」

我和文溪和尚一動不動，牙關卻是咬得生疼。

時間彷彿在這一刻變得緩慢而靜止，只見子溪耳畔的黑色短髮被微風揚起，少女飛揚的身姿在文溪和尚的瞳孔中放大，伴隨著子溪提著圓刀的雙手和那張從始至終都面無表情的臉龐，我迅速在腦海中搜索任何可以打破這兩難局面的可能，而身旁的文溪和尚反而淡然一笑，如同接受了現實般緩緩閉上了雙眼。

「自性不生不滅，不增不減，不垢不淨，無常無我，何懼往生。」一串低聲的誦唱從我耳畔傳來，只見文溪和尚雙手合十撤去了佛印，子溪揮舞的圓刀即將觸碰到他的要害，可他根本就沒有要躲閃的樣子，反而像是看淡了一切，隨時準備接受死亡。

不可以。

我感到呼吸困難，卻又無能為力。

「子溪，對不起。」文溪和尚在那圓刀接觸到自己額頭的瞬間抬手唸咒，手腕上的無患子珠頓時發出了暖黃色的光芒，文溪突然上前反手握住了子溪的手腕，在那佛珠光芒的籠罩下，一股強大的力量從文溪和尚身上迸發。

在佛珠的力道下，只見文溪和尚抬手按住子溪的手腕，順勢將圓刀翻轉，子溪揮刀砍下的力道隨即改變了方向，竟直愣愣地朝著自己的胸膛飛去！

「文溪不要！」我突然意識到了他的意圖，他在這一瞬間，果斷選擇了犧牲掉自己的妹妹！

然而為時已晚，還未等我上前阻攔，那柄圓刀便準確無誤地鑽入了子溪毫無防備的胸膛，鮮紅的血液迸發四濺，飛濺在了文溪和尚那溫潤的臉龐上，如同一幅淒美的畫卷。

「哥……哥哥……」就在這麼一瞬間，子溪的雙眼恢復了正常的神采，可眼神裡卻是一股說不出的悲傷，她疲憊又悲傷地站在那裡，微笑看著自己的雙手被哥哥握住，將那柄圓刀插入自己脆弱的胸腔。

「哥哥，謝謝你。」只聽得一聲恍惚輕柔的女聲，恢復了獨立意識的子溪突然雙臂用力，將那柄已經插入胸膛的圓刀狠狠向體內按去，只聽噗哧一聲，圓刀竟穿過了子溪的身體，準確插入了緊貼在她身後的鬼臼的體內！

即便鬼臼機關算盡，他也斷然不會料到文溪和尚會選擇在關鍵時刻犧牲掉子溪，也不會料到瀕死的子溪竟恢復了意識，選擇如此慘烈的方式結束掉這場疲憊的木偶戲。

鬼臼中刀，雙手一鬆，一側的靈琚便脫離了鬼臼的控制跌坐在地。而子溪，卻與鬼臼穿在同一柄刀刃上，雙雙向後倒去。

我手中的玄木鞭應聲落地，看著眼前一身鮮血卻表情默然的文溪和尚，震驚得說不出話來。子溪的屍體在失魂蠱的作用下迅速風乾，然而伴隨著鬼臼的死亡，失魂蠱也失去了作用。子溪至死嘴角都掛著若有若無的微笑，雙眼緊盯著面前淒楚的哥哥，始終不願閉上。

文溪和尚的眼角倏忽滑落了一滴淚水，隨即無力跪地，渾身顫抖著握住了子溪冰冷的手掌，將那乾枯的掌心貼在自己的額頭上，泣不成聲。

嬴萱早已愣住，包括那些遠處的村民，甚至是枝頭棲息的鳥兒都不忍心啼鳴。夕陽拉長了文溪和尚的身影，跪地哭泣的他如同一尊即將融化的雕像，手心裡捧著妹妹那雙毫無生命氣息的手掌，就這麼一直跪下去。

這世界上唯一的親人，從今而不復存在。這一路奔波的目標，從今而不再有任何意義。這冰冷無情的現實，從今而成一場虛構的夢境，麻木的神經再也無法有心緒的波瀾，親手葬送妹妹的事實，將會伴隨這名始終帶笑的僧人，成為他大夢一生的磨難。

一切世界始終生滅，前後有無聚散起止，念念相續，循環往復，種種取捨，皆是輪迴。子溪被鬼臼控制而痛苦地活在世上，做著與自己本心相悖的事情，子溪的死，或許對文溪和尚而言，未嘗不是一種解脫。她最後的那句「謝謝你」，何嘗不是一種新生的解脫？

濃重的夜幕躲在天際後方，遲遲不忍心走出來。

我默然上前，將脫力不起的文溪揹在肩頭，示意嬴萱把子溪的屍骨收拾得當。文溪伏在我的肩頭絕望地閉上了雙眼，微微發抖的身體讓我不忍回頭。

或許，能揹得起你此時失去至親的痛苦的，恐怕只能是有過同樣經歷的我了吧。

# 6

春風扶欄露華濃，繾綣一生的粉蝶落在含苞的枝頭，驚飛了賞花人的心緒。

這一路，太多變故。

春天悄然來到，而我們身邊的人，竟四散飄零。

我們火化了子溪乾枯的屍體，文溪和尚用一個梨花木雕的匣子裝了妹妹的骨灰隨身攜帶，說等找鬼豹族報了仇，便回到嵩縣老家安葬。

我們在上關住了半月時間來調理傷勢，雁南歸重傷不起，在靈琚的悉心照料下才逐漸恢復了氣色。可當雁南歸看到靈琚脖子上被鬼臼割傷的痕跡時，卻露出了從未有過的悲傷與愧疚。

「靈琚……對不起。」雁南歸輕聲道，「在你遇到危難的時候，我卻不省人事……我……」

靈琚搖搖頭端起藥碗：「才不是呢，小雁一直都在保護我呀。」

雁南歸低頭看了看自己一身的傷痕，再次低語：「抱歉，讓你看到了我這樣狼狽的模樣。」

靈琚壓根兒沒放在心上，粲然一笑道：「所以呀，要趕快好起來呢。」

受傷的人是她，身為一個身經百戰的男人，居然要懷中受傷的小女孩反過來安慰他。這或許就是強大到極致的人唯一的軟肋吧。

風花雪三獸為救回被申應離捉走的其他月獸而懇求我，更是將小漠託付於我。阿巴對此自然是沒有任何意見，還主動在葫蘆裡騰出空間給小漠居住，長久的孤獨讓阿巴對小漠十分熱情，似乎是異常期待今後的同居生活。

我自然沒有拒絕花獸他們的請求。鬼豹族與我姜氏而言本就是宿敵，為守護天晷，我理應率先出手除掉鬼豹族而斷絕天晷被掠奪的可能，自然答應了幫助小漠找回其他的月獸。

鬼豹族四大長老已經除去三人，唯剩下昔邪，和那頻頻出現在我夢境中企圖讓我沉迷於此的白衣書生——鬼豹族族長、申公豹後人，申應離。

若想保證天晷不被鬼豹族人奪走，唯一的方法，便是主動出擊。

入夜，我攜了一筐紙錢，隻身來到上關密林之中，就著一壺老酒，給師父立了一個虛塚，將他給我的那根竹棍埋於此用以祭奠。師父活了百年，在我能夠獨立之後便迅速壽終正寢，甚至連最後告別的機會都不給我，以至於他的屍骨到底飄零在什麼地方我也不得而知，只能用如此方式來祭奠。

或許他那樣突然失蹤，是對我最後的仁慈。

如果是那個時候的我，斷然無法接受自己是一代代輪迴傳承的姜太公後人，更是無法理解姜申之間的恩怨，自然也不會像現在這般親眼見到殘暴的鬼豹族作惡，而主動承擔起守衛天晷的重任。這短短幾年時間，讓我從一個少不更事的師父身邊的小徒，變成一名真正的食夢先生。

或許，這就是當時師父和夢演道人口中那所謂的「時機，未到」。

我將老酒澆入虛塚墳頭，苦笑著磕了三個響頭，便再也說不出什麼話來。

師父，你以失蹤來結束你那不羈的一生，給我留下了如此考驗，你的用心良苦我無以回報，可如果本質上你便是我，我便是你，那麼即使是換作我是師父，說不定我也會做這樣的決定。

這樣的真相，讓我從對師父的怨恨變成了感恩，我曾不停抱怨他為何狠心突然離去，卻根本不知他是帶著一顆赴死的決心趕往南極門聖地，用他那最後的一點兒尊嚴和倔強，消失在那殘酷的戰場上。

我揮撒紙錢，提起空蕩蕩的酒壺，寂寥的背影在密林中顯得更加孤單。

師父，就讓我最後再陪你喝一次酒吧。

我仰頭將最後一滴酒吞入喉中，卻仍不解饞，或許一直以來嗜酒的並不是師父而是我。我跌跌撞撞走向上關城內，尋了家酒館要了兩壺酒，企圖用以澆滅我心底那宛如病魔的悲傷。

我已經不記得自己究竟喝了多少酒，我的世界虛無一片，混沌一片，如同煉獄的絕境。苦澀的酒氣縈繞在我的鼻腔，辣得我流出了眼淚。

什麼爛酒，真辣。

噹的一聲，我的對面多出了一只酒杯，來人抽出我身旁的椅子坐下，徑自給自己倒了杯酒衝我點頭示意，隨後一飲而盡。

紅衣女子豪爽地咂舌：「什麼酒這麼難喝，姜楚弦，這次換我陪你喝！」

我無奈地笑笑，伏在桌案上悄悄擦了擦自己眼角的淚水。

對面的嬴萱看我失落，眉頭微蹙歎了口氣，輕輕用手撫上我的肩膀：「姜楚弦，你別這樣。」

不這樣，我還能哪樣？

原本堅信的一切都被徹底推翻，至親至愛之人消失不見，就連我曾經信誓旦旦說要保護的同伴，也因我而重傷，那些與我一面之緣的人甚至能為了我去死，可我卻怯懦地躲在這暗淡的小酒館，靠猛灌自己才得以麻痺心間那要命的痛感。

「我知道你心裡不好受，可是你要知道，那些死去的人之所以選擇為你而亡，正是希望你今後能過得更好。比如文溪的妹妹，比如你的師父，比如……段希夷。」嬴萱不知從誰那裡聽來了段希夷的死訊，似乎有些小心翼翼地說道。

「可我現在這樣，還不如去死。」我甕聲甕氣地說。

嬴萱歎氣道：「你這人……你若去死，那他們之前的努力不就白費了？況且，你的未來才剛剛開始，你又不知道，今後會不會過得比現在更好一些？哪怕是一點點？」

我抬眼看了看嬴萱，想起師父曾對我說過的「千萬莫沾情」和段希夷的死亡，本想說出的誓言卻被自己硬生生吞回了肚子裡。

嬴萱像是突然下定了什麼決心一樣，目光凜然地看著我：「姜楚弦，不如我們來打個賭？」

「什麼？」我抬眼看她。

「賭我們今生今世，誰能讓對方更幸福。」嬴萱雙目堅定，一字一句地說道。

我眼眶一熱，之前心底的落寞與悲傷一齊湧向頭頂，眼淚不爭氣地湧出，讓我不得不將頭埋在雙臂之中，嗅著灰布長袍中殘留的師父的氣息。

我搖晃著身體站起，抬手攬起嬴萱入懷，將自己麻木疲憊的身體全然放鬆癱倒在她的懷中，湊近了她的耳朵說道：「呵，我認輸。」

嬴萱沒料到我會突然這樣，臉一紅作勢要推開我：「你幹嘛呢姜楚弦！」

「別動，我就想抱抱你。」我口齒不清地回答，用盡力氣將自己揉進對方的懷中，彷彿我面前這個整天嚷嚷著要擰斷我脖子的女人，是我現在僅剩的依靠。

「喂，趕快把你相公扛回家去吧！都醉成什麼樣子了。」

「哈哈，看樣子他不單單是想要抱抱你了。」

身旁的酒客似乎注意到了我和嬴萱的溫存，有些打趣地嬉笑道。

嬴萱更是臉紅，侷促地用力推開我：「誰、誰說的，他……他才不是我相公……」

我被嬴萱推開後一屁股坐在了地上，無賴般不言不語，只是仰頭看著抄起酒壺凶巴巴反駁那些男人的嬴萱，嘴角終於有了一絲微笑。

這樣，也不錯。

據小漠所說，鬼豹族四長老中最後的昔邪，乃是一位脾氣暴躁的獨眼老太，素日裡用黑色眼罩遮住她那隻瞎眼，更是能隨意操控烈火。據傳，昔邪有一支神秘的商隊，沿著古時絲綢之路進行走商，東西往來，買賣一些珍禽異獸和稀奇古怪的至邪之物，所賺的大量黑錢用於供奉中應離的鬼豹軍隊，是鬼豹族唯一的經濟來源。而此時春季，正是商隊休整的季節，我們趁此時機前往西域，定能找到昔邪的商隊。

而除小漠之外的那些月獸，應該就被關在西域。如果我們運氣不錯，說不定能遇到中應離。我們從最開始的被動、毫無頭緒、迷茫，轉變為如今的主動出擊，這樣的轉變是用無數人的鮮血換來的處境，這些逝去的靈魂如同刻在背上的鋒芒，時刻提醒著我鬼豹族人犯下的滔天罪惡。

文溪和尚制訂了一條路線，我們需從雲南往北走，直抵甘肅，以敦煌為中心四下搜索，便能找到昔邪的商隊。

西域，自古以來便是少數民族的聚集地，那裡多風沙走石、戈壁荒漠、盆地山川，複雜的地形地貌和極端的氣候，讓那裡成為古老東方最為神秘的一顆明珠。她擁有不同於中原內地的風物人情，是一個可以讓男人馳騁沙場、縱橫捭闔、建功立業的沙場，一個讓女人胡旋舞蹈、樓蘭